本成果受贵州省社科规划项目《托妮 · 莫里森小说研究》（14GZYB45）与遵义师范学院博士基金项目《托妮 · 莫里森小说中的他者空间》（2013BJ11）资助

托妮·莫里森小说研究

A Study of Toni Morrison's Fiction

赵宏维　著

中国社会科学出版社

图书在版编目(CIP)数据

托妮·莫里森小说研究/赵宏维著. —北京：中国社会科学出版社，2015.8

ISBN 978-7-5161-6451-8

Ⅰ.①托… Ⅱ.①赵… Ⅲ.①莫里森，T.—小说研究 Ⅳ.①I712.074

中国版本图书馆CIP数据核字(2015)第152516号

出 版 人 赵剑英
责任编辑 郭晓鸿
特约编辑 王冬梅
责任校对 王 斐
责任印制 戴 宽

出 版 中国社会科学出版社
社 址 北京鼓楼西大街甲158号
邮 编 100720
网 址 http://www.csspw.cn
发 行 部 010-84083685
门 市 部 010-84029450
经 销 新华书店及其他书店

印 装 北京君升印刷有限公司
版 次 2015年8月第1版
印 次 2015年8月第1次印刷

开 本 710×1000 1/16
印 张 18.25
插 页 2
字 数 303千字
定 价 68.00元

凡购买中国社会科学出版社图书，如有质量问题请与本社联系调换
电话：010-84083683

目　录

序

当代美国文坛一个令人瞩目的现象是族裔文学的兴起，为美国文学创作注入生机和活力。黑人文学作为这支异军突起的队伍中的强大力量之一，已取得骄人的成就。同时，女性作家异常活跃，她们支撑起文学创作的“半边天”，成为当代美国文坛一道亮丽的风景线。女性作家以精彩的故事、细腻的手法、异彩纷呈的创作风格为美国文学增添了无限风采。值得注意的是，这些女性作家大多拥有少数族裔背景，因此，作为社会与历史的边缘人物，她们的文化身份具有他者性。20 世纪 70 年代以来，美国社会多元文化的兴起为这些处于“他者”地位的作家们提供了“发声”的语境，使她们得以通过对“他者”人物的书写，丰富与完善着不断发展的美国文学。莫里森就是这一语境下重要的代表人物之一。

莫里森以极其丰富的想象力和富有诗意的表达方式呈现美国黑人历史，使美国社会现实中最具实质性的方面变得栩栩如生。莫里森常说，文学既是艺术的，同时也是政治的，只有达到了两者的融合，方可达至完美。莫里森的小说是艺术的，因为她在文学创作过程中不但继承了拉尔夫·埃里森和詹姆斯·鲍德温等人的黑人文学传统，同时也受西方古典文学的熏陶，接纳了西方现代、后现代小说的创作模式。她那简洁明快的手笔具有海明威的风格，情节的神秘隐暗感又近似南方作家福克纳，当然她还明显地受到拉美魔幻现实主义的影响。莫里森勇于探索和创新，书中随处可见色彩和音乐的意象，诗意璀璨的语言更是增强了作品的艺术魅力。

莫里森认为，作家肩负着一定的政治责任，她的文学创作就是为了重构美国黑人那被断裂的历史，书写他们在历史入侵的暴力下的生存困境。对于莫里森来说，如果要真正理解美国的文学，需要书写种族，而且去观照黑人种族在美国历史上的他者化过程。莫里森强调黑人及女性在美国社会和历史上的主体性，同时也强调美国黑人文学在美国文学史上的主体性。

莫里森早在20世纪80年代就被介绍到中国，但国内对她小说创作进行比较系统、深入的研究是在1993年她获得诺贝尔文学奖之后。我与吴新云合著的《性别·种族·文化——托妮·莫里森与二十世纪美国黑人文学》于1999年出版，是国内第一本研究莫里森小说创作的学术专著。进入21世纪以来，国内先后已有十多本专著问世。本书从他者空间视角切入，对莫里森小说进行解读，有很多新的见解和新的发现。赵宏维走进莫里森小说世界深处，探索分布于莫里森作品中的各种社会空间，品读小说人物的思想灵魂，感受他们那复杂的身份所造就的生存困境，为推进中国的莫里森研究作出了自己独特的贡献。

本书向读者展现了莫里森小说中至关重要的三个方面：空间、他者与历史。莫里森的整个小说创作是通过空间的叙事手段，描绘他者的社会生存，建构他者的生存历史。作家把对他者的关怀以及他者历史的还原糅进空间的叙事模式与空间的书写当中。这种叙事手段始终服务于莫里森的文学创作目的。莫里森力图通过她的文学作品建构美国黑人和女性的主体性，而在其文学作品中，莫里森对美国黑人以及女性的主体建构总是与空间的书写相联系的，她的空间书写总是关涉处于边缘的他者。他者空间的视野为莫里森研究增添了崭新的内容，揭示了莫里森小说世界的丰富性。

本书是在赵宏维的博士论文基础上扩展而成。在南京大学读书期间，赵宏维认真刻苦，悉心研读莫里森的小说文本以及有关空间与他者的理论，建构起论文的框架和论点。经过4年的学习，她于2013年顺利通过论文答辩，获得博士学位。赵宏维毕业后回到遵义师范学院任教，同时继续认真做学问，脚踏实地开展美国文学的研究。作为她的导师，我为赵宏维取得的进步感到高兴，衷心祝愿她在学术研究中不断取得新成绩。

王守仁

2015年2月于南京大学

绪　论

托妮·莫里森（1931—　）是当代美国最重要的作家之一，从20世纪60年代开始文学创作，迄今为止已发表长篇小说10部，包括《最蓝的眼睛》（*The Bluest Eye*，1970）、《秀拉》（*Sula*，1973）、《所罗门之歌》（*Song of Solomon*，1977）、《柏油娃》（*Tar Baby*，1981）、《宠儿》（*Beloved*，1987）、《爵士乐》（*Jazz*，1992）、《天堂》（*Paradise*，1998）、《爱》（*Love*，2003）、《慈悲》（*A Mercy*，2008）和《家》（*Home*，2012）。[①] 莫里森在小说创作领域取得突出成就，荣获了包括诺贝尔文学奖在内的诸多奖项。[②] 荣获诺贝尔文学奖等重大奖项使莫里森跻身美国和世界主流作家之列，但这种身份的建构却是来自边缘和他者的书写。莫

---

① 莫里森的作品还包括儿童文学：*The Big Box*（1999），*The Book of Mean People*（2002），*Peeny Butter Fudge*（2009）；短篇小说：*Recitatif*（1983）；剧本：*Dreaming Emmett*（performed 1986），*Desdemona*（first performed 15 May 2011 in Vienna）；歌剧：*Margaret Garner*（first performed May 2005）；非小说 *The Black Book*（1974），*Playing in the Dark*：*Whiteness and the Literary Imagination*（1992），*Race-ing Justice*，*En-gendering Power*：*Essays on Anita Hill*，*Clarence Thomas*，*and the Construction of Social Reality*（editor）（1992），*Birth of a Nation'hood*：*Gaze*，*Script*，*and Spectacle in the O. J. Simpson Case*（co-editor）（1997），*Remember*：*The Journey to School Integration*（2004），*What Moves at the Margin*：*Selected Non-fiction*，edited by Carolyn C. Denard（2008），*Burn This Book*：*Essay Anthology*（editor）（2009）；论文："Introduction"，in Mark Twain，*Adventures of Huckleberry Finn*［1885］. *The Oxford Mark Twain*，ed.，Shelley Fisher Fishkin，New York：Oxford University Press，1996，pp. xxxii—xli 等。

② 莫里森所获奖项包括：1977年《所罗门之歌》获美国国家图书批评奖和美国文学艺术与文学研究院奖；1987—1988年获罗伯特·F. 肯尼迪图书奖；1988年《宠儿》获美国图书奖、安尼斯菲尔德图书奖和普利策奖；1989年获MLA联邦文学奖；1993年获诺贝尔文学奖及巴黎艺术与文学领衔作家称号；1994年荣获巴黎孔多塞勋章、赛珍珠奖和雷吉耶姆·朱里文学奖；1996年获杰斐逊奖和美国文学杰出贡献国家基金荣誉勋章等；2000年获国家人文勋章；2002年，学者阿桑特（Molefi Kete Asante）把莫里森列为100位最伟大的非裔美国人之一。

里森小说创作的中心主题是美国黑人的历史、命运和精神世界，讲述他们在一个不公正的社会里寻找自我和建构文化身份的经历。同时，作为女性作家，莫里森的小说在重点关注美国黑人女性命运的同时，也表现出超出种族的普适关怀。莫里森继承了美国文学和非裔美国文学的空间叙事传统，并以独特的方式描写了美国黑人的空间实践，凸显他们的离散特点。空间成为莫里森小说创作的重要叙事策略。她站在边缘和他者的角度，通过“他者空间”的书写重现美国黑人和女性的历史在场，以表达强烈的种族与性别意识，并试图通过还原历史的在场以重塑他者的主体性。

第一节 “他者”、“他者空间”及莫里森小说的“他者”观照

美国黑人和女性是莫里森小说着力书写的他者，他们暗示了处于属下地位的种族与性别身份，其他者性可以追溯到“他者”概念的来历。“他者”的来历有着深厚的哲学渊源。它最初来自柏拉图的“同者与他者”（the same and the other），柏拉图认为，同者的定位取决于他者的存在与他者的差异性，柏拉图的“同者”即相当于“自我”。17 世纪，笛卡尔提出“我思故我在”的重要命题，将自我和外部世界分离开来，形成了主体与客体的二元对立关系。从此，在这种二元对立的关系当中，客体逐渐沦为被认识、把握和征服的对象。人们相信可以运用理性来掌握自然规律，从而驾驭世界，客体逐渐成了外在于自我的“他者”。黑格尔实现了“他者”的概念化，其《精神现象学》对主人—奴隶关系进行分析，认为他者的显现是构成“自我意识”必不可少的条件。主奴双方之间的行为是一场殊死的对抗，两者都试图消灭对方，都以对方为中介确证自己的存在。在黑格尔看来，他者的存在是人类自我意识的先决条件。奴隶主之所以获得奴隶主的身份，是因为奴隶承认他的存在。人类通过他者认识自己。“到了 20 世纪初，现象学创始人胡塞尔发展了黑格尔的他者概念，认为意识本身已经包含了意识的对象（客

体）。处于意识两端的是主体和客体，去掉任何一端，意识都将不复存在。”[①] 胡塞尔关注主体和主体之间的相互联系和作用，进而提出了“主体间性”的概念。这个概念对于西方当代哲学中的“自我与他者”主题的形成起到了重要的作用。[②]

存在主义哲学家萨特摒弃了“我本学”，认为“他人”是“自我”的先决条件。他通过“凝视”的类比阐明人的存在是一种“共他”的存在。这种共他存在（“我们”—we）的经验有两种不同的形式：“看的存在”（being - in - the - act - of - looking）和“被看的存在”（being - looked - at），前者表示“我们—主体”（we - subject），后者表示“我们—客体”（usobject）。作为客体的我们，在被“注视”中感到一种集体的羞耻感，处于一种共同的异化之中。这一状况的形成，必然是因为某种“第三者”（third person）的出现。当我被他人（第二者）所“注视”时，同时又有一个注视着他人和我的第三者，这样，我与第二者（他人）在某种意义上都成了被注视的客体，同时感到自我主体性的丧失，这就是我们—客体的例证。[③] 萨特以阶级意识为例，说明我们—客体的集体羞耻感。他认为，阶级意识就是我们—客体这种客体化经验的典型反映。主人、封建主、资本家等相对于被压迫的奴役阶级、农民阶级和工人阶级而言，就是作为第三者而存在的，这些被压迫的阶级共同感到一种被客体化和被异化（被工具化）的经验，这就是阶级的异化。被压迫阶级需要通过集体的反抗才能摆脱他们的异化，进而获得他们的主体性。[④]

20 世纪 60 年代的法国哲学家、现象学传承者列维纳斯对他者概念进行了系统而深入的思考，他认为，对于自我来说，他者具有不可知性。自我无法对他者的意识、语言和行为的准确性进行判断，因此他者具有完全外在于自我的陌生性，同时对于自我和自我的思想具有不可化约性。“他者同上帝一样具有一种绝对的他异性（alterity），这使得他者绝对地、无限地存在于自我之外。这种他异性和不可知性使他者具有一种神秘感，

① 张剑：《西方文论关键词：他者》，《外国文学》2011 年第 1 期。
② 同上。
③ 万俊人：《萨特伦理思想研究》，北京大学出版社 1988 年版，第 41 页。
④ 同上书，第 42 页。

同时在面对他者时，自我也会感到某种威胁，产生对他者进行收编、控制的冲动。”[1] 列维纳斯阐明了为什么他者成为暴力强加的对象。列维纳斯认为“整个西方哲学传统就是自我不断消化他者，吸收他者，不断将他者纳入自我意识、对其进行感知和认识的过程”。[2] 在西方哲学传统中，他者的定位和定义从一开始就与“压制”联系起来。他者的绝对他异性和外在性使任何对其进行定位和定义的企图都是在对它进行驯化或“殖民化”。“如果他者的言行对我们来说不可理解，那么最容易的办法，就是将其视为庸俗和低级的东西加以归纳和抛弃。这样一个过程，也是不断使用压迫性策略对他者进行收编、同化、驯化的过程，一个自我对他者行使主观暴力的过程。”[3]

以上对他者的哲学界定都来自主体的部分含义，在西方主要语言当中，主体（subject）一词有着双重的意思：一方面它表示自主、主动、主语，另一方面它表示臣服、屈从、臣民。在西方的哲学传统中，主体只被赋予了第一层意思。现当代西方哲学更加关注主体的整体意义，而将制约主体的因素纳入考虑范畴。福柯的权力话语理论论证了权力对主体的控制力量，即规训（discipline），进而证明现代人是受制于社会各种权力机制的“他者”。这种规训权力通过监视、规范化裁决、检查等手段将个人对象化，使他成为可见物，同时被征服、被认识，成为知识的对象。权力的发挥和施展是在将对象客体化的过程中完成的。在福柯看来，权力存在于各处，存在于一切差异性关系中。[4]

萨义德深受福柯权力话语的影响，并从中获得灵感，形成了对“他者”的重新界定。在文化理论语境下，萨义德的他者概念具有很深远的影响并为学术界广泛运用。在萨义德看来，他者概念带着一种文化指涉，它表明文化主体的建构通过一种权力关系来实现，在这种权力关系中，他者处于被征服的地位。在东方主义话语中，欧洲通过对“东方”的知识把它建构成自己的他者。东方主义通过对东方的想象性描述对欧洲自

① 张剑：《西方文论关键词：他者》，《外国文学》2011 年第 1 期。

② 同上。

③ 同上。

④ 赵一凡等主编：《西方文论关键词》，外语教学与研究出版社 2006 年版，第 442—446 页。

身进行定义，它把东方描述为非理性和未开化的他者，这并不是提供了一个真实的“东方”身份的定义，而是为建构欧洲身份所进行的对立面的想象。“非理性”的他者成为“理性”的自我的先决条件。因此，“在东方主义话语当中，他者的建构意味着自我身份的确定，欧洲把东方视为他者的问题实际上变成了一个权力的问题”。① 这种他者概念与后殖民批评联系在一起，西方对东方的他者想象成为西方帝国殖民扩张的依据。殖民扩张的过程伴随着对东方的刻板想象，这种想象与西方的自我身份形成对立。“东方代表着沉默、淫荡、女性化、暴虐、独裁、落后，而西方则代表着文明、开放、男性化、民主、理性、道德、进步。”②

西方与东方的主体和他者定位导致了他者种族的产生，从赵一凡《西方文论关键词》一书中的定义可以得知，“种族”本身与他者概念相联系。“种族”（race）是一个区分人类群体的方式，在生物学范畴，这一术语被译作“人种”，即根据基因导致的遗传标记，结合地理、生态和形态（如肤色和体质特征）等因素，对人类进行分类。然而在科学概念的掩护下，种族同时也作为一种社会文化范畴出现。这就是说，当人们借用生物学概念对人群进行分类时，他们，尤其是西方人，往往将一些假设或想象因素附加在某些弱势群体身上，并据此形成了固定观念。人们对于种族，尤其是少数族裔的认同方式，多受西方主流社会观念支配。对种族的类分过程涉及某一群体“低劣于”其他群体的根本原因。实际上，是某一种文化标准（cultural norm）界定了种族间的“差异”，于是，自然的、非文化的差异就与文化标准联系起来。西方对于“他者”种族、文化的偏见由来已久。萨义德指出，自从欧洲创建东方学起，它的学科体制、知识兴趣与研究方法就反映出一个强势文明的主观意志以及它对东方民族征服的欲望。这种看似中立的学问其实汇集了欧洲人、美国人针对东方的各种想象臆断，无不渗透着资本主义的扩张逻辑与文化霸权。在西方利益及其价值观的支配下，这种东方研究的根本目的不过是将东

① Andrew Edgar and Peter Sedgwick, eds., *Cultural Theory*: *The Key Concepts*, 2nd Edition, London and New York: Routledge, 2008, p. 235.

② 张剑：《西方文论关键词：他者》，《外国文学》2011年第1期。

方民族客体化、概念化，从而有效控制其文化身份。种族是一种隐喻，一种专横的语言范畴。而种族主义的特性，则在于用话语权力与制度规范，强使这种专横的范畴自然化和固化。长期以来，在西方中心论支配下，欧美学界大量生成并保留下一批根深蒂固的种族观念，由此构成了人们对种族看法的固定模式。这种潜在模式所导致的后果之一就是利用人种体质差异的客观概念，强使其他一些人为附加的差异观念合法化。在西方优越论者看来，这些差异不仅证明弱势种族在人种或体质上的特征，而且成为一种证实其文化差异（包括地理、智商、能力、素质、教养、趣味以及社会等级差异等）的依据。就是说，与西方白人种族相对应，它们能证明非白人种族的低劣、呆滞、孱弱及其不良习惯或野蛮的行为方式。在这一种族意识形态（ethnical ideology）的影响下，出现了西方国家的种族歧视、种族偏见和各种种族主义恶行。[①] 美国黑人就是在这样一种语境下产生的他者种族，其他者性具有非常复杂的内涵，他们是萨特概念中的"我们—客体"，是列维纳斯概念中被驯化和殖民化的对象，是福柯话语里差异性关系中的权力对象，是萨义德的他者概念中处于被征服地位的人群。

种族问题在美国文学中有比较集中的反映，对于美国少数族裔而言，长期以来，他们的生存模式一直决定着他们的生活经历和政治态度，表面上的种族差异其实有着深层的心理、经济和其他社会原因。在美国社会中，在非裔美国人的"黑人性"（blackness）与主流"白人性"（whiteness）的关系中，前者是后者建立其主体性的他者，属于受支配的边缘范畴。"作为来自非洲的奴隶后裔，美国黑人被迫在一个白人文化占主流地位的环境中生存，这种生存方式的独特性决定了美国黑人文学的特殊性。"[②] 为此，黑人作家与批评家必须面对两种传统，即自身的非洲文化传统与西方主流文化传统。与此同时，他们必须借助社会主流的语言形式，即英语，进行自己的文学创作和批评实践。也就是说，他们要在西方文化背景中凸显自身，表现那些与主流社会有明显差异的文化传统与

① 赵一凡等主编：《西方文论关键词》，外语教学与研究出版社 2006 年版，第 860—863 页。
② 同上书，第 864 页。

民俗风俗，在“标准”英语表述中突出自己的异质特点，从而以自身对世界的领悟和体验，对其生存境况加以美学意义上的编码，并在此基础上探索和追问人类生存的意义。这种独特性于是成为美国黑人文学和文学理论最具影响力的一个方面。[①]

从文化层面提出的“他者”概念不但涉及种族的建构，也与性别的构建紧密联系，同时成为性别批评的主要话语。在西方传统的主体与客体的二元对立中，其隐含的内在性别特征表现为前者代表男性，后者代表女性，女性成为相对于主体的他者。东方主义话语把东方比作女性而西方则是男性的，这一点本身就暗示了女性相对于男性的他者地位。在迄今为止的历史上，女性从来就没有成为一个强有力的主体，所以，当代女性主义试图挑战并解构这种传统等级制二元对立的“暴力”，以建构女性的主体性，这种建构从关注女性的“他者性”开始。雅各巴斯（Mary Jacobus）说，“女性——本身即为异质与他者性——成为话语体系中的受压制者，女性占据的是这套话语预设的缺场、沉默和支离破碎的位置。”[②] 波伏瓦（Simone de Beauvoir）认为女人是这个世界的主体，她说，“女人并不是生就的，而宁可说是逐渐形成的”，另一方面，女人已经被置于“客体”的地位，她们在整个历史上扮演他者的角色，通过与男人的关系被界定。波伏瓦把女性主体建构的希望寄托在“每个人都能够坦率地承认他者，将自己和他者相互看成既是客体又是主体”，从而改变把他人仅仅作为客体的状况。而第三波女性主义的代表人物伊利格瑞（Luce Irigaray）则认为，波伏瓦的“他者”是一个否定和贬义的概念，认为波伏瓦的观点重复了男权的老路，仍是诉诸等级关系和二元对立，一旦女性把自己界定为主体，同时也就必定要将另一方界定为他者。在伊利格瑞等看来，他者性也可以是一种存在方式、思想方式和讲述方式，它使开放、多重性、多样性和差异成为可能。[③] 他者和他者性所赋予的开放性和多样性使之成为文化批评领域的重要概念，同时也成为文学和文

① 赵一凡等主编：《西方文论关键词》，外语教学与研究出版社 2006 年版，第 864 页。

② Mary Jacobus, *Women Writing and Writing about Women*, London: Routledge, 2012, p. 12.

③ 戴雪红：《他者与主体：女性主义的视角》，《南京社会科学》2007 年第 6 期。

学批评的重要范畴；“他者”概念的引入激起了文学批评领域新的诗学。这暗示了边缘、属下、低级、被压迫、被排挤状况的他者概念是追求正义、平等、自由和解放等文论批评的重要工具。与他者有关的“种族”与“性别”的概念也纷纷进入文学批评与研究范畴。由于西方文明已把种族问题变成一项基本的社会文化差异，我们如果脱离历史、文化和意识形态前提，便无法对种族问题加以有效的分析。在一些美国批评家看来，所有的文学文本、理论文本、文学史与批评史，乃至流行文学和大众传媒对于不同文化群体的表现模式，实际上都应受到一次清理与批判。种族和族性问题所特有的非主流挑战性质，无疑能拓宽他们的视野，激励他们反思，进而促进他们针对文学文本中那些习以为常的“差异”进行更深入的探究。批评家可以借助有依据的观点对以往的主流文学进行梳理，对其文本中隐含的种族歧视与偏见实行批判，或对少数边缘文本进行挖掘整理，使之成为新的研究范畴。事实上，对主流与主流之外的创作，均可以借鉴新方法进行研究。其主题、叙述策略和文化编码都可在新的层面得到考察。

莫里森作为一位来自边缘的作家和批评家，无论在她的文学创作还是文学批评方面都关注了文学中的“他者”和“他者性”，“他者”与“他者性”成为莫里森文学创作与批评的思想方式和讲述方式，也成为她创作与讲述的主要内容。对于来自非主流的作家或读者来说，主流文化的惯例对他们形成障碍。具有不同种族、性别和宗教背景的非主流作家的差异性叙事常常会打破主流文化的成规，有时候只是为了揭示这些成规的偏见。20 世纪非裔美国文学的争论告诉我们，文学批评领域的一个重大转变就是把焦点汇聚在霸权与西方批评方法论的关系上。[①]

莫里森的论文集《黑暗中的游戏——白人性与文学想象》就是这种批评的典型例子。在这部批评文集中，莫里森分析了西方文学及其批评中的偏见，指出在白人经典作家的文学作品中，黑人是被消音的人群，他们即使在场，也只能是非常次要和扁平的人物形象，或者只是刻板想

① Jennifer Lee Jordan Heinert, *Narrative Conventions and Race in the Novels of Toni Morrison*, New York: Routledge, 2009, p. 6.

象。她认为，美国文学中那些主要而深受拥护的特点——个人主义、阳刚之气、反对历史孤立和关注社会、敏锐或模糊的道德问题意识、受死亡与地狱困扰的纯真主题——事实上都是对那些处于黑暗中的、持久的黑人在场的反映。[1] 莫里森说，文学语言“能够强有力地唤起那些种族优越性、文化霸权以及对人不屑一顾的‘他者化’符号，并使之付诸实践”。[2] 她说：“如果我们不能说‘白’，不能说‘黑’，不能说‘种族’，那么，我们就很难理解这个国家的文学。现在我们终于能够清楚地看到麦尔维尔、埃德加·爱伦·坡、凯瑟，看到那些真正影响美国早期作家的真实问题。”[3]

立足于他者是莫里森文学创作的主要特点，她的作品关注的是身处他者地位的黑人种族、黑人女性和其他种族的女性，她的小说描述的是这些人物的在场，传播的是他者的声音。莫里森很重视她个人的种族、文化、性别以及地域身份，而且在各种访谈和文学批评中不断强调这一点。身为黑人、女性和美国作家这三种身份暗示了莫里森小说创作的三大文学语境[4]，这三个术语也是莫里森小说创作立足于他者的重要原因。身为美国作家使莫里森的小说创作离不开英语语言，而另外两种身份则决定了她不可避免地从他者的角度进行创作。盖茨曾评价美国黑人作家具有讽刺意味的处境，说他们总是企图在这种西方的语言里注入一个“黑人自我”，而在这种语言里黑人性本身是一种缺席和遭到拒绝的东西。[5] 莫里森就是身处这种处境的作家，她借助西方主流的英语语言，进行他者的书写。

她的作品以其政治意识带给读者一种震撼，不但挑战人们对美国黑人和女性的态度，而且挑战他们关于信仰和思维的态度，用来自非洲的

---

① Toni Morrison，*Playing in the Dark*：*Whiteness and the Literary Imagination*，Cambridge，Massachusetts and London，England：Harvard University Press，1992，p. 5.

② Ibid.，p. X.

③ Danille Taylor-Guthrie，*Conversations with Toni Morrison*，Jackson：University Press of Mississippi，1994，p. 262.

④ Missy Dehn Kubitschek，*Toni Morrison*：*A Critical Companion*，Westport：Greenwood Press，1998，p. 13.

⑤ Barbara Hill Rigney，*The Voices of Toni Morrison*，Columbus：Ohio State University Press，1991，pp. 37—38.

那些魔幻的、民间的和感伤的东西描绘不为西方人接受的社会现实。[①] 黑人性是莫里森小说创作的核心主题，莫里森小说中的人物反射出多样化和碎片化的自我，他们有时候没有被界定，或者不可避免地具有模糊性。很显然，莫里森的小说中没有"完全的真理"或者"完整的"男人和女人，至少在传统的小说意义上来说是这样的。正如挑战主流文化关于语言及其所指的看法一样，莫里森颠覆了西方关于身份与完整性的概念。[②] 但是，她小说中的人物总是与社区的整体身份或者与黑人性的概念融合在一起。莫里森说："当我观察这个世界、理解它并书写它的时候，我想到的是黑人的世界。不是我不愿意写白人，我只知道当我试图形成不同主题来写的时候，最能表达那些主题的是我要创造的黑人。"[③] 莫里森的创作就是这样，深深地立足于她的种族意识。莫里森绝大多数作品都是关于美国黑人和他们社区的小说，其中有几部甚至没有一个人物来自其他的种族和族裔群体。不过，这种他者叙事不会影响莫里森小说的传播与接受，莫里森认为她的中心主题不会对她作品的普遍意义形成障碍，它不会阻止她把人性中真实的东西传播给不同背景的读者。她自己中学时代对英国和欧洲小说家的阅读就是一个典型事例，在自己的阅读过程中她能够去经历、理解和欣赏那些来自不同文化背景的东西。好的文学作品应该传递作家对特定人群和特定地方的最亲密的知识。[④]

莫里森在无数次的访谈中谈到她将创作立足于黑人经历的意义，她认为黑人的经历是美国黑人作家唯一专注的东西。[⑤] 在创作《最蓝的眼睛》时，她想到的是，在文学上没有人认真地看待过那些人（黑人），而这些人与她自己有着紧密的关系，她说："这些没有得到认真对待的人就是我。"在莫里森看来，黑人因为是黑人而与其他社会的奴隶不一

---

① Mari Evans, ed., *Black Women Writers* (1950—1980), New York: Doubleday, 1984, p. 388.

② Ibid., p. 36.

③ Claudia Tate, *Black Women Writers at Work*, New York: Continuum, 1989, p. 118.

④ Missy Dehn Kubitschek, *Toni Morrison: A Critical Companion*, Westport: Greenwood Press, 1998, p. 10.

⑤ Danille Taylor-Guthrie, *Conversations with Toni Morrison*, Jackson: University Press of Mississippi, 1994, p. 224.

样，作为奴隶和前奴隶，黑人容易发现且容易掌控。肤色的简单划分比性别、年龄和其他任何划分都具有更为重大的意义。[①] 所以，莫里森在她的处女作中写了文学上从未出现过的一种人，一种从未被任何人严肃对待的人——所有那些处于边缘的小女孩。莫里森说，她不仅要书写这样的边缘人物，而且要与这个人保持足够的亲密，只有做到了这一点，这本书才会被许许多多的人看到。[②] 虽然在莫里森后来的小说中偶尔有白人人物和其他种族的人物出现，但她书中的主要人物都是黑人。莫里森感觉自己在创作中肩负着黑人作家不可推卸的责任，因为 300 多年来美国黑人都处在一种被对象化的他者地位，这种他者地位的形成来自一种体制。现有的种族主义是被教授的、体制化的种族主义，每个人在接受教育的时候，都被告知，世上有一半的人是“他者”。莫里森说：“这是一个创伤，就好比我告诉你，你的左手不是你身体的一部分。”[③]

莫里森的小说不但探索了黑人性的意义，探索了在白色美国作为黑人意味着什么，而且探索了身处男性霸权的社会对黑人女性意味着什么。这与作家个人的身份相连。作为女性，莫里森经历了所有女性面临的共同斗争，她说：“无论是在大学里，还是在公司，你都会有一种随时被解雇、遭到蔑视和需要得到庇护的感觉，你总有一个障碍需要克服，每一种职业都有一个领域是为女人准备的，而最终只有一个女性能挑战它。”[④] 莫里森试图通过探索美国黑人女性在白色美国的复杂经历来解决她自己固有的非裔美国人的身份问题。她意识到自己在主流语境下的边缘地位，而开始看重她那处于边缘的存在，因为“这种身份较之别种身份更为深刻和复杂，它有着一种张力，它与中心相连，但是它却不是中心”。[⑤] 在她的小说中，莫里森努力探寻他者地位所能提供的有趣的可能性。她的小说试图在一个黑人性本身喻指了隐身性的社会里去争取他们的可视化。她把自己的创作喻为一种“考古学的探索”，她的主要关注之一就是从一

① Danille Taylor－Guthrie，*Conversations with Toni Morrison*，Jackson：University Press of Mississippi，1994，p. 127.

② Ibid.，pp. 88—89.

③ Ibid.，p. 258.

④ Ibid.，p. 279.

⑤ Ibid.

个黑人女性的角度重写非裔美国人的历史。她的创作目的是书写那些被主流族群的控制所边缘化的美国黑人，更是为了书写那些处于他者地位的女性以及处于他者之他者地位的黑人女性。莫里森说，她是众多美国女性作家中的一员，这些作家把写作当作一种解放的工具、一种颠覆的策略和自我表达的艺术形式。①

莫里森与其他黑人女性作家一道揭示了一个扭曲的黑人社会，这种扭曲来自白人主流族群的控制，他们为了自己的既得利益而把黑人置于他者的位置。黑人女性作家拒绝美国社会中心与边缘的等级秩序并对它的意识形态进行质问，同时投身于一个具有非洲中心视野的、不断进化的非裔美国诗学传统的建构当中。②"莫里森很重视'文化的他者性'，因为她带领着读者走过那些隐喻的丛林，走过那些神话般的世界，走过非洲意象的精神世界，这一切都是被压抑但从未彻底失去和忘却的东西，它们是无意识的一部分，在种族的，尤其在美国黑人的记忆中浮现出来。"③ 莫里森对这些他者文化的再现伴随着对黑人女性的书写，她小说中的女性总是生活在"文化的边缘"，她们处在历史之外的"疯狂地带"，她们是神话般的人物，本身不是历史的主角，但是，她们却是生物与历史之间的中介，是神话的保持者。④ 她们来自比历史更为恐怖的无意识，因为她们代表了一种丢失的历史，她们只有经过到达母亲的空间之旅才能获得自己的身份，那是些不能承受的梦魇和无法理解的神话，那是一个精神的黑暗大陆。⑤ 莫里森的小说尤其呈现了那些在男人之外生存的女性，她们在历史与主流文化之外活着，甚至在黑人文化之外活着。⑥ 他者化视野的开阔性使莫里森的女性观照并不仅仅限于黑人女性，黑人之外的女性也同样进入她的女性书写当中。

---

① Sunanda Pal, "From Periphery to Centre: Toni Morrison's Self Affirming Fiction," *Economic and Political Weekly*, Vol. 29, No. 37 (September 10, 1994): 2439—2443.

② Ibid.

③ Barbara Hill Rigney, *The Voices of Toni Morrison*, Columbus: Ohio State University Press, 1991, p. 3.

④ Ibid., pp. 66—67.

⑤ Ibid., p. 67.

⑥ Ibid., p. 75.

他者视野铸就了莫里森文学批评和文学创作的观点和主题，而莫里森对他者的书写显然蕴含着文学创作的政治性，具有他者所赋予的革命性，其最终目的是突出他者的在场，重塑他者的主体性，尊重差异并重视差异的存在。莫里森认为，作家肩负着一定的政治责任。在她看来，政治和美学是文学创作必不可少的两个方面："我想一个真正的艺术家不会是非政治的，他们也许会对某种特别的困境不敏感，但是他们是政治的，因为一个艺术家同时又是一个政治家。"[①] 莫里森小说创作的政治表达是借助空间叙事来实现的，她通过空间的书写再现美国黑人和女性的他者生存。空间叙事体现了莫里森小说创作的他者性观照，她通过重视差异和强调他者空间来突出政治意识。其空间政治表现为揭露无处不在的抽象暴力对美国黑人和女性的压迫、歧视和排斥。他者的身份与空间有着紧密的联系，空间所体现的他者或他者空间来自列斐伏尔（Henri Lefebvre）的"抽象空间"，是抽象空间权力与暴力作用下的异质性存在，他者空间暗示了空间的权力关系。列斐伏尔在《空间的生产》[②] 中提出了社会空间生产的三种方式：空间实践、空间的再现和再现的空间。[③④] 在列斐伏尔看来，

① Jennifer Lee Jordan Heinert，*Narrative Conventions and Race in the Novels of Toni Morrison*，New York：Routledge，2009，p. 3.

② 列斐伏尔的《空间的生产》一书在批评与运用结构主义、批评理论和解构主义、符号学、福柯关于身体和权力的观点以及萨特的存在主义观点的基础上，从多个角度对现代空间进行批评，是一部具有政治意义的社会学著作。

③ Henri Lefebvre，*The Production of Space*，trans.，Donald Nicholson - Smith，Malden · Oxford · Carlton：Blackwell Publishing Ltd.，1991，p. 33.

④ 索亚（Edward Soja）对这三种方式作了进一步的阐释，他说，"空间实践"是指空间性的生产，它围绕生产和再生产以及作为每一种社会构成的具体地点，资本主义条件下的"现代"空间实践故此陈陈相因并与城市道路、网络、工作场所、私人生活及休闲娱乐密切相连。这种具体化的、社会生产的、经验的空间即是"感知的"空间，它直接可感，并在一定范围内可进行准确测量和描绘。"空间的再现"，指的是被概念化的空间，是科学家、规划家、城市学家和分门别类的专家政要的空间，他们都把实际可感的空间当作构想的空间。此一空间还与生产关系以及这关系设定的秩序相连，从而控制语言、话语、文本、逻各斯——总之一切书写的和言说的世界，由此支配了空间知识的生产。"再现的空间"是既有别于前两类空间同时又将它们包含其中的空间，既相连于社会生活的基础层面，又相连于艺术和想象，乃是"居住者"和"使用者"的空间，一个"被统治的空间"，是外围的、边缘化了的空间，是在一切领域都能够找到的"第三世界"，它们存在于精神和身体的物理存在之中，存在于性和主体性之中，存在于从地方到全球的一切个人和集体的身份之中。它们是争取自由与解放斗争的空间。索亚强调指出，列斐伏尔的第三个空间强调了统治、服从和反抗的关系，它具有潜意识的神秘性，是彻底开放的、充满想象的空间（见包亚明主编《现代性与都市文化理论》，上海社会科学出版社 2008 年版，第 112—113 页）。

贯穿空间实践、空间的再现和再现的空间等空间生产过程的是权力和暴力，它们导致了抽象空间的形成。抽象空间的形成显然与空间的再现有着某种联系，因为它主宰着空间的权力话语。通过对空间的不同界定和阐述，列斐伏尔批判了西方现代社会，即资本主义社会在空间上所体现出来的政治暴力，或者说，他批判了资本主义政治权力的空间化。人类社会的参与使空间社会化、抽象化，社会政治权力努力使空间同质化，这种抽象与同质的过程就是暴力的施加过程，它把空间简化为符号的空间，即抽象空间。空间的暴力及其同质化通过空间隐喻体现出来。

列斐伏尔用音乐对空间隐喻进行阐释，提出了空间的三大逻辑，即空间的几何共振峰（formants）、视觉共振峰和阳具共振峰。几何共振峰来自哲学家们的欧几里得空间，是长期以来用作参照的空间（或空间再现），它被定义为同位空间或者同质空间（isotopy 或者 homogeneity），其同质性保证了它的社会和政治用途。这种首先将自然空间，然后将社会空间简化为同质的欧几里得空间的过程，授之以令人敬畏的权力。更有甚者，这种基本的简化还将三维的空间简化为二维的，例如一个“方案”、一张白纸以及上面所画出的东西。[①] 视觉共振峰暗示了视觉所感知的、替代了所有其他感官所感知的世界，它是一种部分代替整体、是使镜像走向一般化（普遍化）的过程，空间的社会存在通过强烈的、侵犯性和压迫性的可视化过程得以实现。阳具共振峰阐释了空间喻指的男性权力，它象征着一种力量，即男性的生殖力——男性的暴力。男性的粗暴就是政治的粗暴，是强制的手段，如警察、军队和官僚机构等。空间的阳具共振峰暗示了一个充斥着空间的客体的存在，列斐伏尔说，这个“客体”具有毁灭性的力量，它是一个“主体”，一个政治的主体，就是权力本身，即国家本身。[②] 社会空间（或抽象空间）是权力的空间，权力贯穿着空间生产的整个过程。在所有权力中，最突出的便是国家权力，国家权力成为空间政治的重要内容，且往往与男性权力共谋。

主权国家暗示了“空间”，而且暗示一个暴力（潜伏的或明显的）所

① Henri Lefebvre, *The Production of Space*, trans., Donald Nicholson - Smith, Malden · Oxford · Carlton: Blackwell Publishing Ltd., 1991, p. 285.

② Ibid., p. 287.

指向的空间——一个由暴力建立和构成的空间。[①] 国家暴力不能孤立地来看待：它与资本积累、理性以及统一的政治原则相连，这些东西从属于并一体化于社会实践的不同方面——立法、文化、知识、教育——从属于一个决定性的空间之内；也就是说，统治阶级对它的人民和国家实施霸权，并把它们没有来由地归于自己的权力之下。每个国家都声称要生产一个空间，并在那里实现什么——在那个空间里，一些东西甚至能趋向完美，即建立一个统一的因而同质的社会。事实上，而且在实践中，国家与政治行为通过每一种可能的手段所制定和巩固的，是阶级和阶级集团的权力平衡。[②]

国家是一个框架——一个权力的框架，它作出各种决定以确保少数人、特定阶级或者阶级集团的利益得以强加给社会——这种强加的效果如此明显以至于他们的利益与大众的利益已经无法区分。在这样一个空间中，处于中心的权力凌驾于其他权力之上并消解其他权力；一个自称是“至高无上”的民族把其他民族的民族性推在一边，并常常在这个过程中镇压它。各个机构之间的关系（如大学、税务权威机构和司法机关等）以及这些机构的有效性不必考虑空间概念的协调作用以实现自我表现，因为它们所起作用的空间被各种法令和规则所统治，而这一切统统归属于国家的政治空间之中。抽象空间是政治的空间，它同时包含了膨胀的分析理解、国家与国家的官僚理性、“纯粹”的知识和话语权力。[③]知识和权力在国家理性（raison d'état）的统治之下，缔结成坚固而合法的同盟。

抽象空间不是在抽象中构想而成，它具有“内容”，但是这个内容本身只有通过涉及实践才能“抓住”。事实是，抽象空间包含着矛盾，但抽象的形式造成消解这些矛盾的假象。抽象空间是同质的同时又是分裂的，是整体的又是碎化的，抽象空间只是具有走向同质性的趋向。列斐伏尔在论述其内在矛盾的同时，承认了抽象空间内部固有的异质性，并

① Henri Lefebvre, *The Production of Space*, trans., Donald Nicholson - Smith, Malden • Oxford • Carlton: Blackwell Publishing Ltd., 1991, p. 280.

② Ibid., pp. 280—281.

③ Ibid., p. 308.

进而对社会空间进行分类。社会空间或者抽象空间不可能实现完全的同质，虽然其背后的国家权力和统治阶级力图使之变得同质化，社会空间存在着多样化，在这种同质化力量之下的异质存在就是“他者”空间的来源。

抽象空间的同质化力量对空间的生存主体进行统治和规约，不同的主体在这些空间里定位着自己的身份。列斐伏尔通过空间结构的解析和一系列隐喻的运用，把空间与人联系起来，并阐释空间对于人的规约性。空间的结构对住在这个空间里并在这个空间里活动的人产生意义。住在这里的是一个“主体”，一个有着血肉之躯的人，有时候也会是一个“集体主体”。从这个“主体”的角度来说，形式与结构的运用与整体空间的功能相呼应，空白（如缺席与在场之间的对照）和边缘，还有网络都有了“居住”的意义。[①] 从社会的立场来说，空间具有双重的“性质”和（在一个特定的社会里）一种双重的普遍存在。一方面，人把自己和空间联系起来，把自己置身于空间之中。人面对着自己的直接性和具体化，把自己置身于中心，确定着自己，测量着自己，且把自己当作尺度。总之，人是“主体”。一个特定的社会身份——总是假定有稳定的位置，存在于一定的状态，并由这种状态所决定——暗示着一定的角色和功能：一个个体的或者公共的身份。[②]

社会空间是一个禁止的场所，因为它同时被禁令和其对立面，即命令所穿越。[③] 发生在空间里的行为受制于这个空间：空间“决定”哪种行为可以发生，但是连这种“决定”也是有限制的。空间规定着法则，因为它暗示了一定的秩序——因而也暗示了某种无序；空间命令身体，规定和禁止哪些举止、路径和距离被覆盖。[④] 在空间的规约中，“有空间的受益者，也有被空间排出的人，即那些‘被剥夺了空间的’人”。[⑤] 而这些被剥夺了空间的人就成了空间里的他者，他们所生存的空间便成了他

---

① Henri Lefebvre, *The Production of Space*, trans., Donald Nicholson - Smith, Malden · Oxford · Carlton: Blackwell Publishing Ltd., 1991, p. 132.

② Ibid., pp. 182—183.

③ Ibid., p. 201.

④ Ibid., p. 143.

⑤ Ibid., p. 289.

者的空间。这种空间一方面是抽象空间同质化下的异质空间，另一方面，它又是受压迫者的空间。抽象空间把暴力强加在他者的生存之上，主宰着他们的空间实践。莫里森正是通过他者空间的书写来表达其他者观照的。

第二节　莫里森小说中的“他者空间”

莫里森的小说向读者呈现了美国社会不同时代的抽象空间，在那些抽象空间中，空间的三大逻辑得以充分体现，其几何共振峰表现为整个社会均依照统一的有利于白人阶级利益的体制和价值观，其视觉共振峰表现为随处可见的以白人文化和审美标准出现的事物，它们对身处社会空间的不同人群形成视觉的冲击，阳具共振峰则表现为为了确保那些统一的体制、价值观和审美标准得以实现的政治暴力，它们对空间中的差异部分实施强加，而美国黑人和女性的生存空间就是强加的对象，是这种抽象空间里的他者空间和在不同时期国家抽象空间同质化强制力量之下的异质性存在。莫里森的小说人物在不同的历史时期被抽象空间限制、排斥、禁止甚至剥夺了生存空间，空间叙事成为莫里森表现他者政治的重要策略。

20世纪后期西方评论界出现的空间转向重申了空间在哲学、社会学、社会理论和文学上的地位，出现了围绕地方、空间和文化地理问题为中心的跨学科模式，为文学领域的空间批评开启了新的篇章。[①] 克朗（Mike Crang）和萨义德（Edward Said）都就文学空间叙事的政治性进行解读。克朗的《文化地理学》（*The Cultural Geography*）有效地架起了地理、文化和文学之间的桥梁，涉及国家、种族、性别、历史、商品和消费文化、经济、媒体、殖民主义以及“他者”等方面，与列斐伏尔的观点一脉相承，是以列斐伏尔理论阐释社会和文学现象的有力实践。克朗认为，文学里的空间不仅仅是景观描写，而且还帮助构成这些景观，它呈现特

① Julian Wolfreys, ed., *Introducing Criticism at the 21st Century*, Qingdao: China Ocean University Press, 2006, p. 180.

定历史背景下特定地方的特殊情感，反映既定历史时期的社会、经济和政治语境，表现不同人物间的性别关系和性别特点，以及自我主导下的“他者”表达。[1] 克朗认为：在白人经典作家的作品中，空间体现了“白人男子”的统治力量，尤其是在殖民主义期间，欧洲以外的“他者”空间成了白人男性的欲望与恐惧空间。萨义德的《文化帝国主义》也为我们提供了很好的空间批评的例子。萨义德考察了19—20世纪欧美，尤其是英法和美国的文学，发现它们成了帝国的共谋，这些文本中的空间所体现出来的欧洲中心论共同参与了帝国的扩张。[2]

莫里森作为来自他者种族的作家，她小说里的空间不是参与帝国的构建，而是反映了帝国的构建方式，这种构建方式以“他者”为参照。在对他者空间再现的过程中，莫里森表现出种族与性别的观照，黑人和女性的他者地位的形成都与空间生产紧密相连。美国种族现象的形成是与欧洲殖民者的空间掠夺相伴而生而且根据对自然的不同态度加以界定的，欧洲男性中心把自然和女性当作人类之外的他者，当欧洲殖民者到达美洲新大陆以后，对自然与女性的敌对扩展到这二者之外，扩展到“欧洲”之外的一切自然与人类范畴，使空间与种族以及性别紧密关联起来。

美洲印第安人把大地看作是神圣而不可侵犯的，把自然看成是人类和非人类共同属于的群落，人类的生命是内嵌于自然且依赖自然的。相反，欧洲移民则把大地理解为上帝为了满足人类的欲望而赐予他们的礼物。他们认为自己就是由上帝派来征服和主宰地球的，美洲的荒野就是上帝赐给他们这些“选民”的乐土，就像出埃及记里的人们一样。[3] 并且，欧洲移民像对待新大陆一样，把美洲土著人看成没有开化有待驯化的动物，把非裔美国人看成是可以劳动的家畜，他们主要被当作奴隶。受奴役的“他者”经常被描述为资源或者仅仅是身体。美洲印第安人和

① ［英］迈克·克朗：《文化地理学》，杨淑华、宋慧敏译，南京大学出版社2000年版，第56—72页。

② 同上书，第66页。

③ Rosemary Radford Ruether, ed., *Gender, Ethnicity and Religion: Views from the Other Side*, Minneapolis: Fortress Press, 2002, p. 231.

非裔美国人与自然一道成为欧洲白人的“他者”。[1] 自此，欧洲白人成了这块大陆的主人，他们代表人类成了主宰一切的中心，而其他族裔，如非裔美国人则成了与“人类”相对立的“他者”。

美国黑人的空间是存在于欧洲裔白人国家权力主导下的他者空间，它意味着黑人种族在美国土地上的他者化。美国黑人的他者化具有其社会历史根源，与美国这个国家的建立与发展密切相关。考察美国黑人的他者性要求我们认识到两个方面：一是他们的非洲背景，二是美国的奴隶制。首先，在西方的空间扩张中，非洲及非洲人成为欧洲中心主义者首选的他者，他们先把非洲变成了殖民地，然后将非洲人作为另类于欧洲人的人种，甚至把他们当成对立于人类的动物来看待。更有甚者，美国社会企图通过极端的奴隶制使非裔美国人变成类人类。比林斯利（Andrew Billingsley）在他的《白色美国的黑人家庭》（1968）中说，美国社会有把黑人奴隶降为类人类等级的六大步骤：使他习惯严格的纪律，要求他无条件地顺从，让他牢记自己内在的劣根性，培养他对白人的无限恐惧，训练他采纳白人对好行为的规定，给他灌输完全的依赖感。[2] 美国黑人长期以来遭到体制化的拒绝，而不得参与美国社会的主要机构，更不能对之产生什么影响。[3]

莫里森再现了美国帝国主导空间下的“他者”空间，即美国黑人的空间和女性空间，从“他者”的角度反观白人主导空间对他者生存空间无处不在的暴力、强制和强加。这个空间是欧洲白人男性霸权在新大陆建立的国家抽象空间之下的差异空间，这一空间再现了欧洲白人男性霸权如何像对待美洲自然一样，把非裔美国人当成了剥削和压迫的客体，并剥夺他们起码的作为人的尊严和生存权利。这一空间霸权严重破坏了黑人群体作为人类一部分的生态体系，这尤其反映在美国黑人家庭的组建上。而在主导空间挤压下形成的黑人的“他者”空间中，莫里森更加

---

① Rosemary Radford Ruether, ed., *Gender, Ethnicity and Religion: Views from the Other Side*, Minneapolis: Fortress Press, 2002, p. 232.

② Andrew Billingsley, *Black Families in White America*, Englewood Cliffs, N. J.: Prentice-Hall, 1968, p. 56.

③ Ibid., p. 37.

关注来源于非洲传统的女性空间构建的重要性，同时关注着种族之间与性别之间的协调发展。

空间作为贯穿莫里森小说的重要元素，不但体现了美国文学和非裔美国文学的叙事传统，也成为她实现其小说政治性的重要内容和手段。文学不仅仅反映社会现实空间，从某种程度上来说，它也帮助构建了社会空间。伊格尔顿说，国家是一种想象性行为，它不是指一片土地或者一群人，而是一种神话，它需要叫作“文学”的神话创造机制来维持。[①] 在他看来，国家是通过书写而成立的，也就是说，文学与空间理论、身份和地理相互加强——彼此都是变化和动荡的主体而不是固定不变的。[②] 拉塞尔在阐释伊格尔顿说法的基础上进一步说明了文学与美国这个国家之间的关联。她说：“当美国被书写而成的时候，汇聚成美国这个国家概念的美国书写本身是由这块土地的自然地理形成的。”美国文学是“关于空间、开放的空间的文学。在这个空间里，热诚的或踌躇的，挑衅的或防守的主人公们感受着这个空间的潜力和局限”。[③] 美国文学史反映了美国这个国家的移民性质，反映了根与迁徙之间的相互作用，定居与逃离等事件在美国文学作品中随处可见，地理与身份之间的问题成为美国文学和无数作家们长期关注的话题。莫里森作为生在美国、长在美国的本土作家也毫不例外，她的小说充斥着空间叙事，与美国文学的创作传统一脉相承。但是，莫里森作为非裔美国人以及作为女性作家的身份，使她在小说空间叙事方面显示出独到的一面。从莫里森的创作反观伊格尔顿的说法，不难看出，“书写形成国家”的论断毫不夸张。莫里森站在边缘的角度，书写美国社会的边缘空间，还原了一个在美国大的社会背景下被抽象空间的同质性掩盖的差异空间。从某种意义上说，莫里森的小说在“塑造”着美国，让读者看到一个更加全面的美国社会。莫里森着重描写被美国社会边缘化的黑人的生存空间，同时，她的作品贯穿着身为女性作家的女性主义意识，从空间的抒写中透露出来。

---

① Danielle Russell, *Between the Angle and the Curve: Mapping Gender, Race, and Identity in Willa, Cather and Toni Morrison*, New York and London: Routledge, 2006, p. 2.

② Ibid.

③ Ibid.

莫里森在传承美国总体文学传统的同时，更承继了非裔美国文学的空间叙事传统，她的空间叙事与美国黑人的生存和发展历史休戚相关。莫里森等黑人作家的空间书写表现了他者的生存，美国帝国的建构过程伴随着对特定人群的他者化以及对他们实行的空间剥夺。作为美国文学不可或缺的一部分，非裔美国文学以截然不同的方式再现地理空间及空间迁徙，着重叙写了具有明显他者性的美国黑人的空间。美国黑人与欧洲裔白人的迁徙的不同之处在于，前者是作为后者的他者来到美洲大陆的，对于作为奴隶的非洲人来说，他们对这块土地的经历和感受显然有别于欧洲移民：非洲人的离散代表了自由的终结和希望的泯灭。对于欧洲移民来说，不管他们的动机和迁移是怎样的情形，位置的变换意味着逃脱了某种东西，或者逃到了什么地方，对“美洲”的想象总会给他们带来机会和希望。对于作为俘虏的非洲人来说，被强制的迁移使他们从自由走向了监禁，残忍的从非洲运往美洲的旅途和奴隶的极端处境使他们无法认识到“美洲”这片“希望之地”。传统意义上，美国的神话并没有给这个“另类”的民族留有空间，非裔美国人是“被剥夺了空间的人”。历史学家维斯说：“空间和空间斗争是非裔美国人生活的重心”①；他总结道：“白人种族主义通过非凡的努力限制他们占有和使用空间，甚至限制他们在空间中移动。面对这样的种族主义，非裔美国人进行斗争，捍卫和拓展他们的可利用空间。”② 著名黑人女性主义批评家胡克斯也谈到美国黑人的空间：“从奴隶制时期至今，很多抵制斗争的叙事具有同样的空间政治情结，尤其是修造房屋的需要。”③

这种洲际离散下美国黑人的“无根”处境和奴隶制的空间控制成为非裔美国文学一直以来的文学传统，并成为黑人小说的主要内容。在谈到饱含沉重历史的黑人小说时，斯特普陀说：“在这里，我们发现，我们还漂流在大海上，还在‘中段航程’(the Middle Passage) 中，还在寻找

① Andrew Wiese, *Places of Their Own: African American Suburbanization in the Twentieth Century*, Chicago: The University of Chicago Press, 2002, p. 288.

② Ibid., p. 291.

③ Bell Hooks, “Black Vernacular: Architecture as Cultural Practice”, in *Visual Rhetoric in a Digital World: A Critical Sourcebook*, ed., Carolyn Handa, Boston: Bedford/St. Martin’s, 2004, p. 397.

我们的领地，我们的家乡。”[①] 非裔美国文学作品展现了从南方到北方，从农村到城市，从集体到个人，以及从农业到工业的基本流向，如埃里森（Ralph Ellison）的《看不见的人》（*The Invisible Man*）和赖特（Richard Wright）的《土生子》（*The Native Son*）就是很好的例子。贝克（Houston Baker）在他的《布鲁斯、意识形态和非裔美国文学》（*Blues, Ideology, and Afro-American Literature*）一书中运用了“black（w）hole”一词形象而双关地表达了在奴隶释放和废奴宣言发表后很长一段时间里黑人的自我仍旧囿于黑暗之中的微妙情形。[②] 贝克的这一隐喻来自对埃里森和赖特的解读，来自《看不见的人》中身处北方大城市的主人公在一个小洞里（hole）的家和《土生子》中大大托马斯（Bigger Thomas）在地下室里寻找自我的情形。在埃里森和赖特的作品中从南方走向北方城市的主人公，在空间变换中寻找更美好的生活和前途，可是他们得到的只有迷茫以及被城市排挤的命运；空间在他们身上形成冲击，他们居住于无形的空间中，正如他们的身份，是被城市所忽略的，他们是城市里看不见的人。

白人空间主导的无处不在导致的逃离、迁移或被迫迁移成为莫里森小说中较为典型的黑人空间实践。莫里森最大的成就之一就是她能够成功地揭示在美国社会中身为黑人意味着什么。在一个以白人文化为标准的社会里，黑人的身份是边缘化的，这个边缘化的微妙之处表明了与黑人经历相联系的一系列创伤。美国黑人一直被主流文化定义为“他者”，其结果是获得一个积极的、与种族无关的个体主体性是很成问题的，这一切与空间的问题融合在一起。

莫里森小说中的迁徙与逃离包括了埃里森和赖特作品中呈现的从南方到北方或者从农村到城市的迁移，这与美国白人同时期的移民相反。久居城市的白人阶层大多厌倦了城市而向往田园般的乡村生活，但黑人

① Robert B. Stepto, *From Behind the Veil: A Study of Afro-American Narrative*, Chicago: University of Illinois Press, 1979/1991, p. xiv.

② Timothy B. Powell, “Toni Morrison: The Struggle to Depict the Black Figure on the White Page”, *Black American Literature*, Vol. 24, Women Writers Issue (Winter, 1990): 747—760.

却恰好相反，他们把城市看作是希望之地，梦想着去那里找到更加美好的生活。莫里森的亲身经历直接反映了这种空间变换，她出生在俄亥俄州的洛兰镇，她父亲和母亲的家人在20世纪早期从南方迁到了这里，以寻找更安全的居所和更多的经济机会，他们是1880—1920年南方农村到北方工业城市“大迁徙”中的一员。这也是为什么洛兰在她小说中多次出现的原因之一。不过，莫里森小说人物的空间迁移却是双向的，而且，作者更关注从城市到乡村的逆流，这种逆流是黑人寻找自我身份的必需之旅。

莫里森在描绘美国黑人走向城市时，大多带着对城市较为消极的看法，也就是说，美国黑人总是把希望寄托于走向城市，可城市给予他们的回报却是失望与迷茫。虽然不像看不见的人那样生活在城市的小洞里，也没有像大大托马斯一样住在地下室，但是莫里森的小说人物也不能完全融入他们所在的城市，过去和浸透着过去的南方在他们心中挥之不去。身为黑人、身为奴隶或者身为前奴隶的后裔，致使他们与城市格格不入，被城市排挤在可见的空间之外。在莫里森的作品中，北方和北方的城市是美国社会的主导空间，是聚集着财富和权力的地方。身处南方农村的黑人族群，向往着北方城市可能给他们带来的好运，然而走向北方并非意味着他们“美国梦”的实现，城市空间将他们边缘化，他们无法在城市找到归属和自主感，他们在城市里变成空间里的他者。而莫里森一再感到亲和的黑人社区，以另一种可能为美国黑人提供了生存和发展的空间。这也是为什么在莫里森的小说中，人物的迁移会有从城市到农村，从北方到南方的反向移动的原因。在谈到莫里森小说中的时空交织时，库彼茨契克指出，莫里森小说中的每个人物都参与了两个连续体。一个连续体从单独的个体向外延伸到社区，另一个连续体则同时在时间内来回移动，将现在和过去与未来的时代连接起来。这样，托妮·莫里森的小说说明了非裔美国小说何以为非裔美国小说的原因。[①]

可以说莫里森的小说把黑人社区放在了关注的重心，是非裔美国人

① Missy Dehn Kubitschek, *Toni Morrison: A Critical Companion*, Westport: Greenwood Press, 1998, pp. 21—22.

空间实践最重要的方式。在与斯特普陀的访谈中，莫里森谈到她自己在空间上感觉出的身份的不确定性，她感觉自己不属于任何地方，甚至感觉不出自己是个公民。但是她有很强的地方感，这种感觉不是指国家或者州，而是很细节的，关于社区和村镇的情感和情绪。[①] 空间的强加性决定了莫里森小说人物构建自我的方式，他们常常在不同的空间之间徘徊，而无法肯定自己真正的归宿。不过，无论如何，莫里森小说人物的身份建构离不开社区。莫里森小说中的社区是在美国国家同质性空间下建构的差异空间，是相对于主流空间的他者空间，是白人霸权空间排挤下的产物。无论是在北方还是南方，在城市还是农村，社区都是美国黑人身份建构的核心空间，成为他们建构自我和谋求发展的根据地。在社区构建的过程中，身为他者的黑人女性成为一股重要的力量，肩负社区文化传承的重任。

美国黑人的社区之所以显得重要，是因为从来到美国那天起，黑人就失去了自己的家园而变成了无家可归的人，他们被放置于各种异质空间里，成为作为客体的他者，他们需要同样身为他者的族群力量来维持生存。莫里森的作品告诉我们，身为奴隶的经历、那些曾经被当作财产以及被定义为"非人"或者"类人类"的过去使美国黑人无法拥有家和亲情，他们是被剥夺了空间与尊严的人群，是漂泊于不同空间的流散人群。废奴运动使他们获得了人身自由，但过去几百年来体制下形成的他者地位使他们在家的建构上仍然经受着种族创伤的遗毒。他们即使能拥有一个家，这个家也是一个带着"缝隙"的家，是一个"非家"之家，这是因为黑人的生存受制于来自主流社会抽象空间强加的暴力以及一代代的代际创伤。而黑人女性在这种他者空间中承受着更多的压力，她们不但承受着来自种族的迫害，更承受着来自种族内外的性别压迫，同时，她们还承担着家庭空间建构的重担。莫里森作为女性作家的身份使她的关注点不仅限于黑人女性，在各种异质空间呈现的他者化状态中，她也关注着其他种族女性的他者化，具有普适的倾向。

---

① Toni Morrison and Robert Stepto, "'Intimate Things in Place' A Conversation with Toni Morrison", *The Massachusetts Review*, Vol. 18, No. 3 (Autumn, 1977): 473—489.

空间书写成为莫里森小说创作的一大特色，在莫里森小说人物所有的空间实践中，有三种至关重要的空间：一是在迁徙漂泊过程中建构的家；二是无论逃往何处，美国黑人都与之发生联系的黑人社区；三是体现黑人和女性他者生存的各种异质空间。这些空间把莫里森小说中“他者”的所有空间实践串联起来，成为表现黑人和女性他者生存的主要社会空间。家、社区和各种异质空间与种族和性别的他者身份紧紧交织，有力地体现了莫里森的政治意识，在这些空间的生存与实践中，他者得以恢复文本和历史的在场并重构他们的主体性。这些空间的书写成为表现莫里森小说中心主题以及其他各种主题的重要手段和策略，服务于她小说创作的艺术性和政治性，为整体解读莫里森的小说提供了独特的视角。然而，直到21世纪以来人们才开始关注莫里森小说的空间叙事并进行研究，到目前为止，莫里森小说中的空间叙事并没有得到学界足够多的重视，更没有人从家、社区和异质空间等方面从整体上考察莫里森小说中黑人和女性的他者身份。所以，本书将从家、社区和异质空间几个方面着手，解读莫里森小说中的他者空间，探讨她的空间政治意识。

第三节　国内外莫里森研究综述及本书的基本框架

在西方，莫里森小说研究开始于20世纪70年代中后期。1976年，史密斯（Barbara Smith）在《美国黑人女性研究》一文中提到了莫里森，1977年和1978年斯特普陀（Robert Stepto）与贝克曼（Jane Bakerman）分别在《美国多种族文学》（*MELUS*）和《美国黑人文学论坛》（*Black American Literature Forum*）上发表了与莫里森的访谈。在《所罗门之歌》发表以后，*Callaloo*[①] 刊登了狄克逊（Melvin Dixon）的书评《如果你屈服于空气》。随着莫里森小说的陆续发表，有关书评、采访和论文不断增加，到了20世纪80年代，莫里森研究不断升温。1985年，出现了第一部由琼斯（Bessie W. Jones）和文森（Audrey L. Vinson）所著的莫

① *Callaloo*是关于非裔离散的最早刊物，刊载文学、艺术和文化类的原创文章及相关作品，其作者涉及全球范围内的非洲人的后代。

里森研究著作《托妮·莫里森的世界：文学批评探索》(*The World of Toni Morrison*：*Exploration in Literary Criticism*)，该书探讨了《最蓝的眼睛》中的童话故事、莫里森小说中的场景、《秀拉》里的心理扭曲、《柏油娃》里的花园隐喻和基督象征，同时考察了莫里森小说中的神话人物、虚无主义和希腊悲剧母题。[①] 1987年，米德尔顿(David L. Middleton)发表了《托妮·莫里森：注释文献目录》(*Toni Morrison*：*An Annotated Bibliography*)一书，对莫里森的小说(从《最蓝的眼睛》到《柏油娃》)和其他作品、访谈、莫里森作品总体和个别研究、莫里森所获得的荣誉和奖项等作了简要介绍，列出和评注了到该书发表前出现的莫里森批评和评介的文章171篇(含著作)。从此以后，关于莫里森研究的专著和论文集不断涌现，莫里森研究逐渐繁荣起来。20世纪80年代共出现莫里森研究(和相关研究)著作6部，1990—1993年共有莫里森研究著作5部。莫里森荣获诺贝尔文学奖之后，她的小说受到批评界的持续关注。1993—1999年莫里森研究专著达9部以上，另有4部著作涉及莫里森。21世纪以来，莫里森研究专著至少有20部，还有很多研究著作涉及莫里森。从莫里森发表第一部小说至今，研究莫里森的硕士、博士论文达500多篇，学术期刊论文则不计其数。

在过去几十年里，莫里森研究的批评视角有女性主义、马克思主义、解构主义、拉康学说、新历史主义和符号学研究，以及介于这些角度之间的种种方法。众多学者从不同的视角对莫里森小说进行解读和探讨，大量的访谈表现了莫里森的创作观点和政治思想，各种专著对莫里森进行专项主题讨论，而多部论文集则呈现了莫里森作品所赋予的万花筒般的解读世界。其中，批评家布鲁姆(Harold Bloom)和塔利(Justine Tally)对莫里森研究作出了杰出的贡献，他们分别撰写和编辑的研究著作为莫里森研究提供了完整而系统的原创文献，集不同批评者的见解和论述于一体，成为莫里森研究的宝贵文库。除了这两位学者的成就之外，莫里森研究的成果非常丰硕，走进这些批评有利于读者从不同的侧面了

---

① Bessie W. Jones and Aufrey L. Vinson, *The World of Toni Morrison*: *Exploration in Literary Criticism*, Dubuque, Iowa: Kendall/Hunt Publishing Company, 1985, pp. ix—x.

解莫里森的作品，从而得出全面而独到的理解与阐释。

众多的研究成果表明，繁荣的莫里森研究聚焦于一个中心，那就是莫里森作为美国黑人女性作家的身份。所有的阐释差不多都围绕这个身份展开，结合了不同的阐释视角，解读莫里森作品中显示或者暗示的政治思想，或者考察她小说中的美学因素。围绕这个中心展开的讨论主题是种族、性别、文化和文学传统，大体包括种族历史、性别话语和性别政治、非洲及非裔文化传统对莫里森小说创作的影响、莫里森小说创作的非裔美国文学传统、美国文学传统或者西方文学传统等方面。种族与性别常常融于小说人物的身份寻找和身份建构当中，与非裔美国人的双重身份分不开。种族的历史和命运成为学界经久不衰的讨论话题，关涉黑人与白人之间的关系以及白人的主导文化如何主宰着美国黑人的生命与生存。非裔文化传统的沿袭为莫里森小说中的非洲神话、民间传说、黑人口头文化的传扬以及对黑人社区的书写提供了阐释视角。性别问题常常与莫里森小说中的女性在非裔文化传承方面的作用、女性在种族的生存与发展方面的支撑力量、女性话语和女性叙事、母爱主题以及性别歧视对女性的伤害等相联系。而美国作家的身份为莫里森作品的比较研究提供了基础，莫里森成为与美国和西方经典作家进行比较研究的重要对象，探讨她的创作与美国以及其他西方主流作家之间的关联。美国作家与非裔作家的双重身份为莫里森小说的非裔奴隶叙事和现代主义及后现代叙事提供了阐释空间，如莫里森对西方叙事传统的继承、解构以及改写等。

种族是莫里森小说研究最为持久的主题，一直延续至今。在迪德里克（Maria Diedrich）等所编著的《中段旅程和黑色想象》（*Black Imagination and the Middle Passage*，1999）一书中，雷诺（Claudine Raynaud）讨论了莫里森的“抛弃诗学”，指出《宠儿》中奴隶女儿的独白表达了在真正的恐惧和死亡面前感受到的外部世界与内心世界给她造成的被弃感，从而暗示了一种心理分析的所指，即对奴隶贸易无法言说的经历、集体创伤和黑人种族灭绝的重新再现。施莱纳（Evelyn Jaffe Schreiner）的《莫里森小说中的种族、创伤和家》（*Race，Trauma，and Home in the Novels of Toni Morrison*，2010）采用心理分析、神经生物学和文化与社会理论，以跨学科的研究方法考察了莫里森前 9 部小说中奴隶制导致的集体和个人创伤如何植根于黑人的身体和心灵并代际传递的事实。①

性别是莫里森小说研究的热门话题，且不断出现新的阐释空间，从小说中的女性角色研究不断扩展到广义的性别研究。在盖茨（Henry Louis Gates, Jr.）主编的《黑人文学与文学理论》（*Black Literature and Literary Theory*，1984）一书中，威利斯（Susan Willis）用“疯克乐”的爆发来解读莫里森小说中女性关于性经历的体验，指出莫里森对性经验的颜色和意象描写激起了超现实主义的诗学，但她运用较为连贯的散文来展示这些意象和展现历史。莫里森小说中人物对性的感受表明了他们不同时期的人生转折，映射出他们在不同的转折点所经历的社会和心理因素。奥赖利（Andrea O'reilly）的《托妮·莫里森与母亲身份：情感政治》（*Toni Morrison and Motherhood*：*A Politics of the Heart*，2004）考察了莫里森的小说、文论、演讲和访谈，从母亲身份的角度分析莫里森小说中的黑人女性经历，考察了在美国主导文化里黑人母亲的身份与自然母亲身份之间的显著差异。在莫里森看来，黑人母亲的身份意味着基本的、深刻的抵抗行为，是黑人女性反对种族歧视与性别压迫以实现她们自身及其文化之健康存在的综合体现。奥赖利说，莫里森的母爱理论，即“情感政治”就是：母亲身份和母爱的力量使一个更好的世界成为可能，无论是对黑人自身还是对他们的孩子，都是一样。比利（Elizabeth Ann Beaulieu）的《黑人女作家与美国新奴隶叙事：女性魅力的释放》（*Black Women Writers and the American Neo-Slave Narrative*：*Femininity Unfettered*，1999）一书涉及了《宠儿》中的性别政治，考察了当代黑人女性作家如何形成了新奴隶叙事传统，指出这些作家通过新奴隶叙事这种文学样式，从黑人女性的角度重写历史。莫里森等女性作家从性别的视角考察了美国的奴隶制，对那些奴役黑人女性、拒绝她们拥有性别的种种神话进行质问，同时通过这种样式赞美了黑人女性的反

---

① 侧重种族问题的还有姆巴利亚（Doreatha Drummond Mbalia）的《莫里森形成中的阶级意识》（*Toni Morrison's Developing Class Consciousness*，1991）、布森（J. Brooks Bouson）的《如此沉静：莫里森小说中的耻辱、创伤和种族》（*Quiet as It's Kept*：*Shame*，*Trauma*，*and Race in the Novels of Toni Morrison*，2000）等。

抗精神，这种精神使她们从被夺去性别的人走向哺育的母亲。①

学者关注较多的另一方面是莫里森小说中的文化因素，非洲文化对莫里森创作的影响成为学界关注的重点之一。莫里森小说中的文化总是与种族交织，对文化的理解离不开种族身份的建构，突出表现这一点的有霍洛韦（Karla F. C. Holloway）等的《新的精神维度：莫里森小说种族与文化的双面解读》（*New Dimensions of Spirituality*：*A Biracial and Bicultural Reading of the Novels of Toni Morrison*，1987）。希金斯（Therese E. Higgins）的《宗教虔信、宇宙论和民俗学：非洲对莫里森小说的影响》（*Religiosity*，*Cosmology*，*and Folklore*：*The African Influence in the Novels of Toni Morrison*，2001）提供了莫里森小说中呈现的非洲数个国家的信仰、习俗、传统和宇宙观等背景文化知识，该书阐明了非洲文化之根与美国文化产品如何有利于理解和澄清莫里森小说中的若干文化喻指。詹宁斯（La Vinia Delois Jennings）的《托妮·莫里森与非洲信念》（*Toni Morrison and the Idea of Africa*，2008）梳理了莫里森小说中的非洲宗教符号和母题，从莫里森的作品中找出那些可以辨识却又难以捉摸的黑人性。詹宁斯以一种很系统的方式揭示出非洲传统宗教符号在莫里森小说中的重要角色，指出莫里森的作品表现为非洲文化的重写本，它已被附加了欧洲裔美国文化的影响。②

学界关注较多的第四个方面是莫里森小说创作的文学传统。非裔美国作家身份的双重性为莫里森小说创作手法的非裔和美国传统提供了视角。佩奇（Philip Page）的《危险的自由：莫里森小说的融合与碎化》（*Dangerous Freedom*：*Fusion and Fragmentation in Toni Morrison's Novels*，1995）对莫里森的前 6 部小说进行文体风格、解构和意识形态的

---

① 女性和性别研究的著作还有福尔姆（Jacqueline Fulme）的《莫里森、耐惠纳、赫斯顿和拉文小说中的民间女性和间接性》（*Folk Women and Indirection in Morrison Ni Dhuibhne*，*Hurston*，*and Lavin*，1988）、莫里（Aoi Mori）的《托妮·莫里森与女性话语》（*Toni Morrison and Womanist Discourse*，1999）、梅伯里（Susan Neal Mayberry）的《爱我所责：莫里森与她小说中的男性形象》（*Can't I Love What I Criticise*?：*The Masculine and Morrison*，2007）等。

② 以文化为重点的研究还有哈里斯（Trudier Harris）的《文学虚构与民间传说：莫里森小说研究》（*Fiction and Folklore*：*The Novels of Toni Morrison*，1991）和伯奇（Eva Lennox Birch）的《美国黑人女作家的写作：多彩的百衲被》（*Black American Women's Writing*：*A Quilt of Many Colors*，1994）等。

整体阅读，涉及了非裔美国文学以及后结构主义与解构主义理论中常见的双重意识、文化多元和多样化。佩奇的独到之处在于架起了莫里森小说及其批评之间的桥梁，并对解构主义和非裔美国文化习语之间的类似点进行讨论，提供了来源于解构主义、心理分析批评、非裔美国文学理论和实际批评的综合评论，是对作为“文本”的莫里森小说较为彻底的解读。佩奇提炼了莫里森对基于非裔美国人的实际存在和经验语境对人类行为的复杂性进行探索的观点，集中探讨了莫里森的叙事框架和范式，对莫里森小说中的魔幻现实主义进行细读，且与解构主义、心理分析和文化批评结合起来。赖斯（Herbert William Rice）的《莫里森与美国传统：反诘式解读》（*Toni Morrison and the American Tradition*：*A Rhetorical Reading*，1996）从莫里森在不同的访谈中表现出的相互矛盾的说法着手，以巴赫金的对话理论探讨了莫里森小说创作中的西方文学传统。罗斯等（Stephen M. Ross et al）的《无所畏惧的凝视：对莫里森与福克纳的再想象》（*Unflinching Gaze*：*Morrison and Faulkner Re - Envisioned*，1997）对比了莫里森和福克纳的创作主题、风格和艺术特色。海纳特（Jennifer Lee Jordan Heinert）在她的《莫里森小说中的叙事传统与种族》（*Narrative Conventions and Race in the Novels of Toni Morrison*，2009）一书中分析了莫里森小说的叙事策略对传统文学样式的修正，称莫里森打破了主流文化关于种族与性别的逻辑。①

莫里森小说的空间研究始于21世纪初，这主要因为在20世纪末文论批评出现了空间转向的缘故。莫里森小说的空间研究除了少数著作以外，多以博士论文的形式出现，学者们从不同的角度涉及莫里森小说的空间叙事。其中一个较为突出的现象是将莫里森作为比较研究的对象，研究她小说中的某一个特定空间，家、厨房、棺材、壁橱等是主要的涉及点，这类研究主要出现在一批博士论文当中。斯波特克（Nicole Spottke）在她的《壁橱、厨房和女修道院：性别空间中的女性家庭书写》（“Closets，Kitchens，and Convents：Women Writing of Home in Gendered Spaces”，

① 有关文学传统研究的作品还有沃尔特斯（Tracey L. Walters）的《非裔美国文学与古典主义传统：从惠特利到莫里森的黑人女作家》（*African American Literature and the Classicist Tradition*：*Black Women Writers from Wheatley to Morrison*，2007）等。

2009）一文中，讨论了理查逊（Samuel Richardson）的《克拉丽莎》（*Clarissa*），女诗人玛丽·利普尔（Mary Leaper）的《米拉》（*Mira*）和莫里森的《最蓝的眼睛》、《天堂》等作品中家的不稳定性。这些作品中的女性人物在梦想着拥有一个家的同时，应对着家的动荡无常以及不同程度的社会压迫。基切纳（La'Nisa S. Kitchiner）的《喻指的结构：非裔美国女性作家和南非黑人女性作家作品中的房子的表征》（"Signifying Structures：Representations of the House in African - American and Black Southern African Women's Writing"，2010）以莫里森的《宠儿》为例，讨论在20世纪南非和美国非裔女性作家的小说和戏剧中的房子意象。基切纳以博伊斯（Carol Boyce）和胡克斯（Bell Hooks）的理论为基础，研究在黑人女性作家中，在跨越时间和空间的情况下，房子如何成为一种必选的权力空间，以及处在隔离社会里的黑人女性作家如何在她们的作品中利用空间来表达意义、形式和功能。基切纳注意到，在《宠儿》中，赛丝、宠儿和丹弗占据了家的中心位置，而家里的男孩子则选择了逃离，保罗D也只是处于边缘的地位。她认为《宠儿》提供了探讨黑人女性作家建构黑人女性家庭生活方式的文本。尹（Seongho Yoon）的《地方使然：威廉·福克纳、托妮·莫里森和长雷·李小说中的主体地理、社区地理和国家地理》（"The Differences Place Makes：Geo graphies of Subjects，Communities，and Nations in William Faulkner，Toni Morrison，and Chang - Rae Lee"，2006）以莫里森的《天堂》为例，讨论了地理、性别空间和后种族的排外性。他说，在莫里森的小说中，小说人物的历程回应了历史上的事件，比如"中段航程"、"地下铁路运动"（The Underground Movement）、"大迁徙"等，莫里森常常刻画一些来往于南方与北方之间的人物，当这些人物在进行身体移动的时候，他们的情感和心理也经历着相应的旅程，这个旅程的最终目标总是以"家"的形式对非裔美国人的生命产生作用。[①] 除了对比研究之外，也有学者对莫里森的空间进行专门研究，比如克罗宁杰（Betty J. Chroninger）的博

① Seongho Yoon，"The Differences Place Makes：Geographies of Subjects，Communities，and Nations in William Faulkner，Toni Morrison，and Chang - Rae Lee"，Diss.，University of Massachusetts Amherst，2006，p. 86.

士论文《从奇怪的水果到硕果累累的厨房：莫里森小说中的厨房》（“From Strange Fruit to Fruitful Kitchens：The Space of the Kitchen in Toni Morrison's Novels”，2005）。[①]

拉塞尔（Danielle Russell）在她的《角度与弧度之间：绘制维拉·凯瑟和托妮·莫里森小说中的性别、种族、空间和身份》（*Between the Angle and the Curve：Mapping Gender，Race，Space，and Identity in Willa Cather and Toni Morrison*，2006）一书中集中讨论了两位作家作品中的性别空间，涉及莫里森小说中的大地、性别化景观、花园、女性身体、母性空间（女性意象空间）以及家的重要性。拉塞尔认为，凯瑟和莫里森作品中的空间均是流动和相互联系的，而不是僵化和矛盾的空间；两位作家小说中的空间被赋予了亲密性和无限性。她们通过创造混合的地理空间来挑战等级制和二元对立。[②] 凯瑟和莫里森作品中的“家”都具有很重要的位置，因为小说中的多数行为都发生在家中。两位作家挑战了“家”作为压迫之所的概念，相反，在她们的描述中，家成了促进哺育和激励人心的家庭空间。拉塞尔说，家没有被两位作家降至简单的理想空间，也没有被她们一般化为一个消极的场所。两位作家都在家庭空间的建构中融进了这个空间的复杂性和可能性。[③] 不过，由于其论述的“可操作性的控制”，拉塞尔并没有考虑莫里森所有的小说文本。[④]

杰瑟（Nancy Jesser）的论文《莫里森〈宠儿〉中的暴力、家与社区》研究了《宠儿》中家和身体作为记忆与修正的场所，是建立新的家庭机构和亲戚网络的所在。宠儿身体的角色就是记忆与欲望相遇的地方，书中人物居住或者逃到的处所有时成了记忆与欲望的固定容器，有时候

① 相关的博士论文还有米尔斯（Catherine Anne Mills）的《家的叙事：托妮·莫里森和迪安·布兰德新近小说中的民族和跨民族归属感》（“Narratives of Home：National and Transnational Belonging in the Recent Works of Toni Morrison and Dionne Brand”，2007）、斯通（Patricia Stone）的《跨文化小说中的时空体：托妮·莫里森、路易斯·欧文和莱斯利·玛尔蒙·斯尔可小说中的时间、空间和意义》（“Chronotopes in the Cross－Cultural Novel：Time，Space and Meaning in Novels by Toni Morrison，Louis Owens，and Leslie Marmon Silko”，2005）等。

② Danielle Russell，*Between the Angle and the Curve：Mapping Gender，Race，and Identity in Willa Cather and Toni Morrison*，New York and London：Routledge，2006，p. ix.

③ Ibid.，p. viii.

④ Ibid.，p. ix.

又成为使自我变得温和的领域，使聚集与必要的连接成为可能，使解放斗争成为可能。多布斯（Cynthia Dobbs）的《托妮·莫里森〈天堂〉中房子、家和避难所的流散设计》（“Diasporic Design of House，Home，and Haven in Toni Morrison’s *Paradise*”，2011）分析了《天堂》中女修道院、炉灶和非洲三种空间与家之间的关联。女修道院作为一名前贪官的豪宅是美国白人男性征服的典型设计，是不受侵犯的、强大的白人男性家长自我的再创造。莫里森揭示了这样一个事实，理想化房子的设计常常基于对穷人、非白人和女性等下层阶级的拒绝与排斥。来自“非家”之家背景的不同女性在废弃的贪官豪宅里藏身，把它变成 一个“家”，然而却遭到鲁比男人们的袭击。《天堂》里的炉灶具有反讽的意味，炉灶原本是放在厨房里的，是女性的主要空间。而在《天堂》中，它却成了一个“没有房子”的家，成了体现男权的空间。非洲成为流散的美国黑人关于家的乌托邦想象，是他们企图逃避历史的一种选择，真正的家的构建还需要从内部、从他们自身的处境开始，也就是说，黑人必须面对自己的历史。

当“家”等空间成为学者热心的话题时，莫里森小说中的城镇和城市也一样受到了关注，不过，学界对这种空间的关注相对较少，只有少数几篇论文涉及相关研究。达尔斯加德（Katrine Dalsgard）在《值得一提的黑人小镇：莫里森〈天堂〉里的非裔美国例外论、历史叙事和国家批判》（“The One All - Black Town Worth the Pain：African American Exceptionalism，Historical Narration，and the Critique of Nationhood in Morrison’s *Paradise*”，2001）中探讨了莫里森对美国例外论的运用，同时背叛这种传统且对其进行批判以使之变得复杂化。相对于白人文学作品来说，城市作为非裔美国文学中长期出现的元素并没有得到研究界足够的重视，莫里森作品中的城市也一样。帕格—德里斯（Anne - Marie Paquet - Deyris）在《托妮·莫里森的〈爵士乐〉和“城市”》（“Toni Morrison’s *Jazz* and the City”，2001）中指出，《爵士乐》中的“城市”是作为主人公乔寻找和建构自己身份的背景而存在的。夏德维克—约书亚（Jocelyn Chadwick - Joshua）则认为，莫里森特别将《爵士乐》中的城市变成书中人物（乔、维奥利特、爱丽丝以及菲利斯）的抚育者、煽动者和母亲，城市和它发狂的意向也反映了这些人物内心深处的欲望、挫折和恐惧。[①] 马洛塔（Melanie A. Marotta）在她的博士论文《托妮·凯德·班巴拉、盖尔·琼斯和托妮·莫里森作品中农村与城市地区对女性社区的影响》（“The Influence of Rural and Urban Areas on the Female Communities in the Works of Toni Cade Bambara，Gayl Jones，and Toni Morrison”，2009）中选择了莫里森的《天堂》和《爵士乐》为研究对象，因为前者书写了位于俄克拉荷马农村的一个纯粹女性的社区，后者则强调了城市里不同年龄女性之间的相互关系。两部小说都塑造了从一个地方到另一个地方的女性，当这些女性在新的地方安顿下来的时候，她们先前所生活过的地方仍然在其心中存有价值。[②] 马洛塔认为，农村与城市对这些特别的女性社区来说是很关键的，一如她们的性别、阶级、种族和文化。[③] 当莫里森小说人物从南方农村走向北方城市纽约的时候，城市里具有文化同质性的社区说服她们留下来。[④]

施莱伯尔的《托妮·莫里森小说中的种族、创伤和家》基于依恋理论、分离焦虑理论和神经生物学理论，结合文化和心理学动态，讨论了莫里森前9部小说中的创伤主题，并使创伤与空间联系起来。莫里森的社区组织由具有不同创伤的个人组成，每一代人都把家庭和社区的创伤传递给了年青的一代。施莱伯尔以《爵士乐》和《柏油娃》为例，探讨莫里森小说人物逃避创伤的方式：他们都通过迁移，企图通过新的、不同的生活来重新创造自己。但是，迁移到另一个地方并不能把他们和创伤的源头或者创伤的经历分离开来，因此，《爵士乐》和《柏油娃》证明了身体的迁移并不能抹去创伤。[⑤] 她还探究了莫里森的《爱》中家与记忆

---

① Yoshinobu Hakutani and Robert Butler，eds.，*The City in African－American Literature*，Madison·Teaneck：Fairleigh Dickinson University Press；London and Toronto：Associated University Press，1995，p. 169.

② Melanie A. Marotta，“The Influence of Rural and Urban Areas on the Female Communities in the Works of Toni Cade Bambara，Gayl Jones，and Toni Morrison”，Diss.，Morgan State University，December 2009，pp. 2—3.

③ Ibid.，p. 4.

④ Ibid.，p. 9.

⑤ Evelyn Jaffe Schreiber，*Race，Trauma，and Home in the Novels of Toni Morrison*，Baton Rouge：Indiana State University Press，2010，p. 29.

和人物身份之间的联系，认为《慈悲》继续了莫里森对家、主体性和创伤痊愈的关注。[①]

以上研究表明，从20世纪70年代至今，莫里森小说在西方的研究一直处于上升趋势，莫里森小说的中心主题的阐发得以不断丰富。21世纪以来，国外的莫里森研究有转向空间研究的势头，尤其是大量博士论文的出现，为莫里森小说的空间研究开辟了一片天地。到目前为止，西方的莫里森研究已涉及其作品中的多种空间及其与小说人物身份建构之间的关系，尤其涉及了空间和女性之间的关联，以及家的建构与美国黑人迁移之间的关系。在以上学者的研究中，尹非常重视家这一空间的重要性，分析了家对于流散的美国黑人的重要性，家把不同的空间实践尤其是莫里森的小说人物在不同空间的迁徙联系起来，但他并没有对家庭空间作更为深入的研究，没有深入探讨家与种族和性别之间的关联。拉塞尔对莫里森小说中的家作了较为丰富的阐释，但她没有从房屋的建构和家庭成员方面探讨家庭空间。另外，由于拉塞尔做的是比较研究，为了便于操作，她的研究中只涉及了莫里森的部分作品，显得不够全面。杰瑟较为深刻地分析了《宠儿》中的家庭和社区空间，但由于她的作品只是一篇论文，所以未能涵盖莫里森所有作品，其论述也无法做到尽可能周全。马洛塔对莫里森小说中的社区进行了研究，但她只涉及了《天堂》和《爵士乐》两部作品，论证的角度上也只考虑了女性与社区的关系，没有能从更为宽广的视角探讨莫里森作品中的社区。达尔斯加德谈到了《天堂》里的小镇以及莫里森对美国例外论的改写，这从某种层面反映了莫里森小说中社区建构的特点，给本书以启发，但他的论述不能对莫里森小说中的社区作全面探讨。施莱伯尔在她的作品中讨论了种族的创伤给家庭空间带来的影响，尤其是黑人家庭的变异和扭曲，涉及的作品也很多，包括了莫里森除了《家》以外的所有小说。但由于她的著作本身主题的限定，也只能涉及莫里森小说中家庭空间的某一方面，但她论述中的创伤主题为本书的论题提供了启示。另外，西方学者中，并没有人

① Evelyn Jaffe Schreiber, *Race, Trauma, and Home in the Novels of Toni Morrison*, Baton Rouge: Indiana State University Press, 2010, p. 30.

涉及莫里森小说中的异质空间。现有的莫里森研究表明，其小说中的空间阐释仍然存在局部和零碎的现象，有待更加全面与系统的研究，这为本书提供了视野和依据。

我国莫里森研究可分为三个阶段，莫里森获诺贝尔文学奖之前、莫里森获诺贝尔文学奖之后到世纪之交以及21世纪以来的研究成果。在《最蓝的眼睛》发表10年以后，莫里森的名字出现在中国文学研究领域。从20世纪80年代至莫里森荣获诺贝尔文学奖前夕，我国学者对莫里森的研究多限于介绍和翻译，其中董鼎山、罗选民、胡允桓等作出了较大的贡献。董鼎山作为早期中国莫里森研究的代表人物，介绍了莫里森早期的作品，涉及她小说中的种族、性别与阶级压迫并指出莫里森小说中女性主题的普适意义。① 胡允桓不但是最早翻译莫里森小说的人，而且也是早期重要的莫里森批评家，对莫里森小说创作的主题、风格、创作思想和莫里森本人进行评介。罗选民对《宠儿》的荒诞叙事进行解读，指出《宠儿》“用理性的荒诞来对过去、现在和将来一切荒诞的理性进行无情的批判，从而把黑人争取人身自由这一基本的要求上升到争取人格的尊严和黑人自爱这一高度，体现了一种崇高的道德理想”。② 罗选民认为《宠儿》这部小说标志着当代美国文学主流所能达到的最高艺术成就和精神境界。③ 同时期的学者还有王家湘、王黎云等，他们分别就莫里森早期小说的主题和叙事模式进行探讨。

1993年10月，莫里森荣获诺贝尔文学奖带来了中国莫里森研究的热潮，各大外国文学刊物（如《外国文学评论》、《外国文艺》、《外国文学》等）成为莫里森研究的重要基地，莫里森其人其作更全面地进入中国读者的视野。这一时期的主要学者有王守仁、王家湘、孔祥平、周长才、吴艳、胡全生、杜志卿、杜维平、方红、陈法春等。他们主要涉及了莫里森小说中丰富的内容和思想，讨论她的作品中有关历史、种族、文化

① 董鼎山：《美国黑人作家出版近况》，《读书》1981年第11期；《美国黑人女作家的双重桎梏》，《读书》1986年第4期。

② 罗选民：《荒诞的理性和理性的荒诞——评莫里森心爱的小说的批判意识》，《外国文学评论》1993年第1期。

③ 同上。

和性别等主题。这一时期部分学者开始聚焦莫里森的创作手法、叙事模式和艺术特色，主要学者有李贵仓、方红、吕炳红、杜维平、杨仁敬等。他们就莫里森小说对传统现实主义叙事的颠覆、音乐和声等叙事及其对莫里森小说主题的作用等进行探讨。1999 年，王守仁、吴新云出版了《性别·种族·文化——托妮·莫里森与二十世纪美国黑人文学》，这是我国第一部系统研究莫里森小说创作的专著。该书通过解读莫里森的 7 部长篇小说，对莫里森的文学创作思想和艺术特色进行全方位的探讨和中肯透彻的阐释，展示出莫里森对美国文学发展作出的贡献，成为莫里森研究第二时期的突出成果。

21 世纪以来，我国学者对莫里森作品所提供的多释性和批评的多角度性有了更为全面的挖掘和拓展。这与新世纪以来我国莫里森研究的学术环境大大改善有关，正如在西方一样，莫里森已走进我国高校校园，成为众所瞩目的对象。研究莫里森的学术专著从 21 世纪前的 1 部增加到 13 部①，博士论文 10 多篇②，硕士论文 200 多篇，学术期刊论文 450 多篇。在原有的如历史、种族、女性等基础主题得到丰富的同时，身份政

---

① 这 13 部论著分别是：王守仁、吴新云：《性别·种族·文化——托妮·莫里森与二十世纪美国黑人文学》，北京大学出版社 1999 年版；朱英杰：《伤痛与弥合——托妮·莫里森小说母爱主题的文化研究》，河南大学出版社 2004 年版；胡笑瑛：《不能忘记的故事：托妮·莫里森〈宠儿〉的艺术世界》，宁夏人民出版社 2004 年版；王玉括：《莫里森研究》，人民文学出版社 2005 年版；毛信德：《美国黑人文学的巨星——托妮·莫里森小说创作论》，浙江大学出版社 2006 年版；章汝雯：《托妮·莫里森研究》，外语教学与研究出版社 2006 年版；唐红梅：《种族、性别与身份认同：美国黑人女作家爱丽丝·沃克、托妮·莫里森小说创作研究》，民族出版社 2006 年版；胡俊：《非裔美国人探求身份之路——对托妮·莫里森的小说研究》，北京语言大学出版社 2007 年版；田亚曼：《母爱与成长——托妮·莫里森小说》，中国社会科学出版社 2009 年版；李美芹：《用文字谱写乐章——论黑人音乐对莫里森小说的影响》，浙江大学出版社 2010 年版；王烺烺：《托妮·莫里森〈宠儿〉、〈爵士乐〉、〈天堂〉三部曲中的身份建构》，厦门大学出版社 2010 年版；朱小琳：《回归与超越——托妮·莫里森小说的寓指性研究》，中国社会科学出版社 2010 年版；赵莉华：《空间政治：托妮·莫里森小说研究》，四川大学出版社 2012 年版。

② 相关博士论文分别是：修树新：《托妮·莫里森的文学伦理学批评》（2009）；张宏薇：《托妮·莫里森宗教思想研究》（2009）；方红：《完整生存》（2008）；李美芹：《在精神荒野中重建精神家园》（2008）；王玉：《在差异的世界中重构黑人文化身份：解读解构主义者托妮·莫里森》（2006）；焦小婷：《多元的梦想——百衲被审美与托妮·莫里森的艺术诉求》（2006）；曾梅：《托妮·莫里森作品的文化定位》（2006）；朱新福：《美国生态文学研究》（2005）；王玉括：《重读、重写与抗拒：评莫里森的文化立场》（2005）；王泉：《驶向双性同体：托妮·莫里森三部小说的性别研究》（2004）；胡俊：《对托妮·莫里森的小说研究》（2003）；张洪伟：《托妮·莫里森的女权主义思想评析》（2003）等。

治与“爱”的主题较以往得到更多的关注；文本叙事与比较研究得到更大的发展。女性主义、文化研究、心理学、伦理学、原型研究、叙事学、空间、视像、时间、创伤等研究视角大大丰富了各种主题的探讨与阐发。

这一时期的种族、文化研究从以前单纯的小说主题研究拓展到关涉作家本人文学创作的种族与文化立场的讨论，从莫里森总体创作的角度探讨种族与文化问题，且成果较为显著，主要著作有王玉括的《莫里森研究》、杨中举、王红坤的《黑色之书：莫里森小说创作与黑人文化传统》、朱小琳的《回归与超越——托妮·莫里森小说的喻指性研究》、毛信德的《美国黑人文学的巨星——托妮·莫里森小说创作论》和章汝雯的《托妮·莫里森研究》。这一时期仍然有大量的种族、文化研究的学术论文，出现有关种族、文化以及结合历史追问的论文50多篇。21世纪以来，我国莫里森研究对其作品中的身份意识和身份政治进行了深入挖掘，主要著作有唐红梅的《种族·性别与身份认同：美国黑人女作家爱丽丝·沃克、托妮·莫里森小说创作研究》、胡俊的《非裔美国人探求身份之路——对托妮·莫里森的小说研究》、王烺烺的《托妮·莫里森〈宠儿〉、〈爵士乐〉、〈天堂〉三部曲中的身份建构》、王玉的博士论文《在差异世界中重构黑人文化身份——解读解构主义者托妮·莫里森》以及其他相关学术论文。这一时期的研究中，黑人女性的命运和处境得到了进一步的阐释，包括母亲形象的分析、女性与自然的关系、女性的主体意识建构、女性的成长、女性的分裂与扭曲、女性的身体政治以及莫里森小说中的姐妹情谊等。更为突出的是，莫里森作品中的男性角色研究的纳入和两性关系的讨论更加丰富了女性和性别研究的内容，这使莫里森小说的性别关怀在研究领域得以呈现。叙事方面的研究有较大突破，复调叙事、边缘化表述策略、身体叙事、爵士乐风格、哥特叙事、象征意蕴、语言风格等均有所涉及。这一时期还有一个亮点，即比较研究。这包含了莫里森作品的纵向对比研究，莫里森与其他作者之间的同性同族、同性异族和异性异族的对比研究等方面。另外，我国还出现了少量莫里森作品的翻译研究。

近年来，我国学界也出现了莫里森小说的空间研究。但是，与西方的研究相比，我国国内的莫里森空间研究有明显不足。到目前为止，这方面的研究还不是很多。赵莉华是其中较为突出的一位学者，近几年来有一系列成果问世，连续发表了论文《〈宠儿〉中的“空间表征”之争》（2009）、《空间结构与权力关系——托妮·莫里森〈所罗门之歌〉的空间政治研究》（2010）和论著《空间政治：托妮·莫里森小说研究》（2011）。赵莉华第一篇论文讨论了《宠儿》中空间表征的两大阵营，即以废奴主义者鲍德温兄妹为代表的北方阵营和以种植园“学校教师”为代表的南方阵营。两大阵营均强调了“黑白”二元对立，其区别在于是否将黑人作为“人”来对待，南方阵营拒绝把黑人看作人类，而北方阵营则是将他们看作人来对待。赵莉华认为二者之间的冲突在于19世纪美国南北经济制度不同而导致的种族意识形态的冲突。在其第二篇论文中，赵莉华集中于《所罗门之歌》的前半部分，讨论黑与白、穷与富的二元对立形成的种族和阶级的空间政治，她探究了“非医生街”这一阈限空间并进一步讨论戴德一家的尴尬处境。基于以上两篇论文的《空间政治》一书进一步总结了赵莉华对莫里森小说空间研究的成果，即《所罗门之歌》中种族主义的内化与挑战、《宠儿》中的种族主义话语和反种族主义话语、《天堂》中的建构与结构的二元性以及《爱》里的阶级与性别问题。都岚岚的《空间策略与文化身份：从后殖民视角解读〈柏油娃娃〉》（2008）一文论述道，莫里森在《柏油娃》一书中运用骑士岛、巴黎、纽约和埃罗等空间作为叙事策略，这些空间使小说人物抵制固定身份而寻找一个不稳定的文化身份。在其另一篇论文《〈柏油娃娃〉的空间策略》中，都岚岚讨论了白色文化霸权下非裔美国人的身份危机，认为莫里森《柏油娃》里的移位和多背景叙事和主人公的文化与身份冲击有紧密的联系，小说家运用地点、性别和身份的交织以解构殖民主义的身份固化概念。杜维平的《呐喊来自124号房屋——〈彼拉维德〉叙事话语初探》一文虽然发表于20世纪90年代，却对莫里森小说空间阐释有所启示。该文通过小说中三次出现的124号房入手，解读其作为“逃难的避风港”、“桎梏的象征”和“一幢久经风雨亟待修葺的老屋”的深刻寓意，并结合“124”这个数字的深刻隐喻来考证《宠儿》所暗示的主题含义。124号房，一如赛丝的杀婴行为，是一种对话和书写，是黑人话语与白人话语的对话。关注莫里森空间研究的还有江凤（2009）和江顺来（2011）等。

以上国内外的研究虽然总体上数量不少，但莫里森小说中丰富的空间表征还没有得到足够的阐释和挖掘。目前的研究要么把莫里森的部分作品作为目标文本以进行某一个特定空间问题的研究，要么将莫里森与其他作家进行比较，讨论其有限的作品，抑或只讨论她作品中的某一个空间表征主题。本书力图在前人研究的基础上，主要以列斐伏尔的空间理论为支撑，对莫里森小说进行整体的空间研究，以莫里森的10部小说为考察对象，探讨莫里森小说中的空间策略和空间政治，考察莫里森的空间叙事与文学创作政治思想之间的关系以及小说人物的空间实践与作者创作思想之间的关联，并试图讨论莫里森如何站在边缘的视角书写美国黑人和女性的他者空间以实现自己的文学创作目的。

第一章从种族矛盾、家庭居所、家庭情感和性别问题几个方面讨论莫里森小说中黑人之家的他者性，分析莫里森作品中黑人家庭空间“非家之家”的特点，它反映了种族和男性霸权对家庭空间建构的影响。社会历史原因导致的黑人的从属地位使他们作为仆人寄居在白人阶级家中，家庭空间对他们进行排斥与规训。家庭居所暗示了肤色的隐喻，肤色的不同决定了居住空间的差异和等级，反过来，恶劣的家庭空间又成为小说人物悲剧的原因之一。在家庭情感上，美国奴隶制下形成的美国黑人的他者地位使他们不可能拥有完整的家，莫里森小说中的人物都是家的弃儿，在重新建构家的过程中，身为弃儿的他们携带着自身和父辈的创伤，家因为这种伤痕而缺乏应有的温情，仅有的爱也变得扭曲。在性别方面，莫里森作品中的黑人之家存在着严重的性别失衡，它们要么表现为没有男性的女性之家，或者表现为父权之家。无论以哪一种形式存在，家都成为黑人女性在种族与男权暴力之下的他者空间。

第二章讨论社区对美国黑人的重要性，涉及社区的建构以及黑人整体生存、个体身份建构和个体居住空间与社区的关系。莫里森小说中的黑人社区是在特权与排斥之下的他者空间，是美国抽象空间同质化过程中对黑人群体进行整体压迫和歧视的结果。他者化共同命运下建构的黑人社区成为美国黑人谋取集体生存与发展的重要空间，这种生存与发展与非裔文化有着密切的联系，而黑人女性则成为促进非裔文化传承与发展的重要力量。美国黑人在抽象空间同质化暴力之下寻求生存，其个体身份建构离不开社区，社区对黑人个体具有哺育和限制的力量。个体生存空间，即黑人的家庭空间建构与社区有着密切的关系，社区控制和影响着家庭空间，社区与家的联系是彼此得以生存与发展的重要途径。

第三章讨论莫里森小说中的各种异质空间所体现的美国黑人和女性的他者化，异质空间以更为直观和明显的方式体现种族与男性暴力对他者的强加。本章着重以种植园、坟墓、教堂与各种流动空间为例探讨莫里森小说中的他者生存。奴隶制种植园体现了资本主义的社会关系和空间政治，在种植园里美国黑人成为权力的他者和“赤裸的生命”。坟墓和墓地表现了作者的种族意识与性别政治，体现了黑白种族之间的地位等级，白人对黑人的种族歧视与压迫，以及种族与性别暴力对女性的强加，而非裔文化中坟墓与幽灵传说的运用有力地凸显了这些观点。原本作为殖民空间的教堂与美国黑人的他者生存密切关联，成为他们寻找自我生存的重要空间；同时，教堂也成为深受种族和性别压迫的女性的他者空间。各种流动空间与他者身份有着密切的联系，汽车、火车和轮船等空间再现了美国黑人和女性的他者存在，涉及奴隶贸易、欧洲殖民和不同时期的种族歧视与隔离对黑人和女性的压迫。

莫里森小说的空间叙事与作家典型的空间形式的叙述模式相互交融、相互作用，本书也将适当涉及莫里森小说创作的空间化叙事，探讨这种叙事何以完美地呈现了莫里森的空间叙事，从而实现其小说创作的目的。

第一章 “我”与“我所居”：莫里森小说中的“非家”之家

“家”通常表示一个积极的地方，它是一个能够提供庇护和保护的空间，以避免来自外界的无法预计的危险和损害。“家”可指代一个实际的地点，如居所、社区、地区（例如家乡），也可以指居住在某个地方的人群，如亲戚和家人，并常常与积极的感受相联系，如温暖、舒适、接纳、哺育，当然还有宽容和爱。居住的家和亲人的家所具有的安全感通常成就了个人的成长，使他学会爱、接受和获得自我的平静。① “家”在中国和西方有相类似的含义。在《汉典》中“家”的释义为“共同生活的眷属和他们所住的地方”。② 然而，当一个人的家庭和外部环境都不能给他提供爱的时候，将会怎样呢？当家变成了令人恐惧的、无情而残忍的处所时，当家与外部空间一样给人带来创伤的时候，人的心理和自我将会是怎样的情形？莫里森在她的小说中向我们讲述了这样的故事。

无论在中国还是西方，“家”有一个共同的特点，那就是，它是社会的基本单位，也是最基本的社会空间，包含了血缘、性别和年龄等社会关系。列斐伏尔说：“社会空间暗示、包含或者掩饰的社会关系变得很显目而且成为空间的主要特征”③，家庭空间的社会关系对身处家中的人具

---

① Leester Thomas，“When Home Fails to Nurture the Self：Tragedy of Being Homeless at Home”，in Harold Bloom，ed.，*Toni Morrison's The Bluest Eye*，Philadelphia：Chelsea House Publishers，1999，p. 225.

② http：//www. zdic. net/zd/zi/ZdicE5ZdicAEZdicB6. htm.

③ Henri Lefebvre，*The Production of Space*，trans.，Donald Nicholson - Smith，Malden · Oxford · Carlton：Blackwell Publishing Ltd.，1991，p. 83.

有深刻的影响。由于人是一个形成习惯的动物，所以家会对人的生理和心理产生影响，失去家是人产生迁移的主要原因。在家的空间中，成员之间的行为受到这个空间的规约，比如乱伦禁忌，正如列斐伏尔所言，“社会空间暗示一些行为可以发生的同时，也禁止其他行为的发生”。[①] 莫里森的小说再现了美国黑人的家庭空间，包括他们的居所、家庭结构的变化和家庭成员之间的关系，并从这些角度再现了美国黑人的家是失去“家”之本义的“非家”之家。

“非家”之家来自美国黑人的他者性，这种他者性与美国历史紧密相关。美国奴隶制是导致黑人他者化的主要根源，其他者化伴随着黑人家庭的丧失，无论是奴隶贸易还是美国的奴隶制本身，都从未把黑人的家庭纳入考虑的范畴。“黑人家庭的形成明显地受制于美国的社会力量。”[②] 在美国社会里，甚至在全世界，黑人在很多方面被看成是与其他人类不同的群体和类别。彼林斯利认为，在美国社会，黑人的家庭有着与其他美国家庭不同的地方，要了解美国黑人的家，就必须了解以下三个方面：(1) 它的历史发展过程；(2) 美国社会等级制度的世袭性，这种制度总是把黑人归为劣等阶层；(3) 把黑人置于低等社会阶层的社会阶级和经济制度。[③] 黑人的独特历史表明，美国黑人从非洲来到美洲的时候，被迫与自己的亲人分离，被迫与自己的文化割裂；到了美国以后，奴隶制和奴隶买卖从不考虑奴隶家庭的完整性，奴隶主从不考虑尊重黑人家庭的权利；在美国，削弱黑人家庭最残忍的形式，即在所有奴隶制州中广泛存在的一种实践，就是把奴隶像牲畜一样喂养，以喂养奴隶为产业的奴隶主可以享受情感和经济的好处。一方面，他可以和自己的女奴隶发生性关系，另一方面，他还可以卖掉自己和女奴的后代以获得经济利益。[④] 即使在奴隶制度废除以后，美国黑人在社会上的卑贱地位致使他们没有稳定的工作，黑人男子往往没有足够的收入去结婚、与自己的家人一起

---

① Henri Lefebvre, *The Production of Space*, trans., Donald Nicholson - Smith, Malden · Oxford · Carlton: Blackwell Publishing Ltd., 1991, p. 73.

② Andrew Billingsley, *Black Families in White America*, Englewood Cliffs, N. J.: Prentice - Hall, 1968, p. 4.

③ Ibid., p. 28.

④ Ibid., p. 60.

并支撑他的家庭，这种生存能力的缺乏使男人无法保证家庭的稳定性。

莫里森的作品再现了非裔美国人在美国社会的他者性和他者空间，并通过这种空间书写再现美国社会的历史。显然。家作为出现在莫里森每部小说中的空间元素，突出显示了美国黑人空间的他者性，它呈现出“非家”之家的内涵。莫里森作品中的黑人之家，是相对于美国标准核心家庭的“他者之家”，或者说，美国黑人的家是家的“恶托邦”（dystopia）。

莫里森的作品详述并探索了美国黑人在奴隶制和种族隔离等制度下的苦难和斗争，她的小说呈现了浓厚的文化、传统和智慧，以及持续的种族主义和性别主义的影响。而在呈现这些重大主题的同时，“家”是贯穿莫里森所有作品的主线，这条主线把莫里森作品的宏大主题串联起来。从她的处女作《最蓝的眼睛》到 2012 年发表的《家》，作者无不把“家”视作其小说创作的重心，这些小说描绘了受到移位与他者化的人们创建家庭空间的经历，书中人物对“家”的经历和感受富含着可能性和流动性，他们在寻找和营造“家”的归属感的过程中定位着自己的身份。理解莫里森小说离不开对家的建构、解构和重构的关注，这个构建过程总是与种族的历史和命运连接在一起。在莫里森的小说中，“家绝不是件小事”。[①]

莫里森重视家的作用，因为美国黑人总是处在流散过程中，他们一直努力重建那被剥夺的家。然而黑人他者化的历史使家的构建远离这个空间的真正内涵，他们的家成为“非”家或者“去”家的空间。巴巴（Homi Bahbah）在《世界与家》（“The World and the Home”）一文中对“非家”之家（unhomely home）或“去家”之家作如此界定：

> 被去家（to be unhomed）不等于无家可归，非家（the unhomely）也不是简单地把社会生活分为私人和公共的领域。非家的感觉在某个时刻偷偷地涌上你的心头，于是你发现自己像亨利·詹姆斯《贵妇画像》里的伊萨贝尔·阿切尔那样，以一种“难以置信的恐惧”去看待你的住所。家庭空间在这个间隙中遭到历史的复杂入侵。

① Toni Morrison，*Paradise*，New York・Toronto：Alfred A. Knopf，1998，p. 213.

在这种置换中，家与世界的界限变得模糊，令人吃惊的是，私人和公共的领域相互成为彼此的一部分，给我们强加上一种分裂而迷失的感觉。①

巴巴的定义说明了当“家”从房屋中缺失的时候意味着什么。在巴巴看来，实际的房屋并不能保证安全和归属感，因为每一个家庭的空间都在“历史入侵”面前显得无力。莫里森的小说无不向读者透露这种“非家”之家在美国黑人生存过程中的含义。在其论文《家》中，莫里森承认，家和种族是她的作品优先考虑的方面，“家”与一个“种族的房子”相关联，它让她在房屋与家的隐喻之间作出基本的区分，帮助她澄清关于种族构建的思路。② 的确，莫里森小说中的家反映了种族构建的过程，美国黑人身份的形成包含了家的失去和家的“去家”，家成为种族构建的主要内容，美国黑人的家都是深受历史入侵的家。“家”成为映射莫里森创作思想的一扇窗，透过它，读者看到了莫里森关于种族、阶级与性别的关注和思考。

在美国黑人历史上，空间对他们的意义是很复杂的。在这块土地上的安置和迁移，使他们的身份与空间的不定联系在一起，家的建构对于美国黑人来说具有深远的意义。“白人统治”这一“父权”的力量使他们对家的建构充满了种族的含义，种族歧视和压迫使他们在空间的强制力量面前努力挣扎。在《空间的诗学》一书中，巴什拉（Gaston Bachelard）把家定义为“我们在世界的角落，是我们的第一个世界，这个词的所有含义告诉我们，它就是我们的宇宙”。③ 巴什拉在对家做如此定义时是站在家屋④的角度而言的，他说，作为家的房屋的重要性在于：

---

① Homi Bahbah，“The World and the Home”，*Social Text*，No. 31/32，Third World and Post-Colonial Issues (1992)：141—153.

② Wahneema Lubiano，ed.，*The House That Race Built*：*Black Americans*，*U. S. Terrain*，New York：Pantheon Books，1997，p. 3.

③ Gaston Bachelard，*The Poetics of Space*，trans.，Maria，Jolas，New York：The Orion Press，1964，p. 4.

④ “家屋”一词选自龚卓军与王静慧所译巴什拉《空间的诗学》，原文为 house。但笔者认为译文中“家屋”一词的含义“作为家的房屋”比“房屋”更能体现“家”的意义，所以在本书论述中采纳“家屋”。

如果没有这个屋子，人将会成为一个分裂的人。这个房屋使人经受住来自天庭和生活的狂风暴雨。它就是肉体与灵魂，是人类的第一个领域。人类在被“抛向这个世界”之前，在被某种仓促的形而上所认证之前，就已经被放置在“家”这个摇篮里了。而且总是这样，在我们的白日梦里，这个家屋就是一个巨大的摇篮。具体的形而上不能忽略这样一个简单的、具有重要价值的事实，我们在梦境里回到这个事实。生命由于拥有了价值而总会有一个好的开始，被这个家屋暖暖的胸怀包围着、保护着。[①]

然而，与巴什拉诗意的描述相反的是，“莫里森所创造的空间常常令人不安和无所适从”。[②] 种族的命运使美国黑人对这个“暖暖的家的胸怀”永远地期待。在这里，“家”作为“舒适安逸、让人留恋的地方”的含义已不再纯粹，家的含义走向了另一面。在莫里森笔下，美国黑人并非生来就进入自己的“摇篮”，他们可能降生在荒野里，或者大路边，甚至被扔进垃圾堆，如《宠儿》里的丹弗、《爵士乐》里的乔和《最蓝的眼睛》里的乔利。他们在“白日梦”里回到的不是拥有温情的暖暖的家，而是一幕幕孤零零的被无端抛弃的情景，感受着童年的悲苦记忆以及渴望父母亲情却无法获得的痛苦。这一切沉淀在他们成年的岁月中，传递着一代又一代的对家之温暖的期待。拥有自己的房屋，也是他们努力奋斗的目标。莫里森作品中的空间呈现出多种形式和类型，她的作品不但探索了空间的多样性，还探索了不同空间之间的相互联系，真实的空间和幻景交错，亦真亦幻，难辨虚实。在这虚实交替中，莫里森向读者呈现的是美国黑人的生存空间，是他们过去与现在的家。

莫里森小说中丰富的房屋意象为我们分析美国黑人家园空间建构提供了重要的依据。美国黑人从一开始就被定义为附属于白人奴隶主阶级的他者，他们被看成是白人统治阶级的财产，统治者的家就是他们的家。

---

① Gaston Bachelard, *The Poetics of Space*, trans., Maria, Jolas, New York: The Orion Press, 1964, p. 7.

② Danielle Russell, *Between the Angle and the Curve: Mapping Gender, Race, and Identity in Willa Cather and Toni Morrison*, New York and London: Routledge, 2006, p. 49.

这种现象一直延续到20世纪，在黑人早已获得了人身自由以后，有些黑人仍然无力构筑自己的家，而作为奴仆寄居在白人阶级家中。在这里，无论是作为奴隶还是作为仆人，能给他们提供庇护的房屋并未成为他们的家，这个社会空间的生产关系决定了黑人只是白人家中的他者。重获自由的美国黑人努力建构他们的家，然而在构建“家”的时候，他们处处经受着白人文化的冲击，他们在种族差异和种族歧视下与白人相互定义。居所的等级与他们身份的等级相对应，他们的家常常是地处边缘的空间，破败而凌乱。莫里森的小说人物即使能拥有一个家，那也是问题重重的家。这些问题表现为历史原因导致的性别问题以及长期以来总体抽象空间压迫下黑人家庭的生态失衡和家庭成员结构上的不完整，而且家成了没有爱，或者爱已发生变异的地方。本章将分四部分进行阐述，先后讨论莫里森作品中的“白人家中的他者”、“边缘的家屋”、“弃儿之家”和“性别化之家”。

第一节　白人家中的他者

“家”是莫里森很重视的概念，她总是把家与种族联系起来，并在她的文学批评中介入文学创作与家庭空间建构之间的微妙关联，这一点与她小说中的家庭空间书写相互交织，表现其小说政治性与家庭空间书写之间的关系。莫里森认为，家是种族的，否则就是想象的、不具有实质性的、毫无意义的乌托邦。[①] 她试图想象出一种“无关种族的世界”，在这个比喻中，作者向往的是一个“家”而不仅仅是一座“房子”。她喜欢“家”这个概念，因为它能帮助她“驯化”种族的问题而使一种乌托邦的想象成为“容易处理的、可行的现代人类的活动”。[②] 在美国社会里，“种族及其背后的权力机制是家这一空间经历的关键因素”。[③] 空间是权力的

① Wahneema Lubiano, ed., *The House That Race Built: Black Americans, U.S. Terrain*, New York: Pantheon Books, 1997, pp. 10—11.

② Justine Tally, *Paradise Reconsidered: Toni Morrison's (Hi) stories and Truth*, Hamburg: Lit Verlag, 1999, p. 134.

③ Danielle Russell, *Between the Angle and the Curve: Mapping Gender, Race, and Identity in Willa Cather and Toni Morrison*, New York and London: Routledge, 2006, p. 105.

空间，而在白人处于主导地位、种族主义盛行的美国，只有白人才是空间的主宰，空间显示出明显的等级特点。“种族”这个很敏感的术语在美国黑人“家”的建构方面意义尤显突出。在莫里森的小说中，家的建构无处不打上种族的烙印，直接反映了美国黑人的命运、他们与白人之间的等级差异以及黑白之间的对抗与斗争。

莫里森小说中家的建构无不反映了种族主义及其体制对美国黑人空间的剥夺，“种族，以及种族主义背后潜在的体制力量是家庭空间经历的关键因素”。[①] 美国各种体制对黑人空间的剥夺首先表现为夺走他们的家。美国黑人家庭开始于安东尼和伊萨贝拉，他们都是 1619 年即“五月花”号到达前一年首批在詹姆斯顿登陆的 20 个黑人之一。后来安东尼和伊萨贝拉结婚了，1642 年他们的儿子威廉出世，成为“在英属美国出生的第一个黑人孩子”。这些最先到来的黑人主要被当作契约奴。不过，1690 年以后，大量的黑人被运到美国并被卖作奴隶。[②] 即使奴隶制早已废除，美国黑人仍然长期处在不平等的待遇当中，他们当中很多人仍旧从事服务白人的工作。自从到达美国成为奴隶那天起，黑人就没有了自己的家，他们的生存都与白人产生联系，在居住空间上尤其如此。作为新奴隶叙事的重要代表人物之一，莫里森的作品都反映了奴隶制等体制给美国黑人造成的创伤和毒害。她在《宠儿》和《爵士乐》中讲述了黑人作为奴隶附属于白人统治阶级的情形，而《天堂》则呈现了曾经作为奴隶和作为前奴隶后裔的美国黑人建构家园的心酸历程。但莫里森作品中较为明显地从家的角度表现黑白交织和对立的是《慈悲》与《柏油娃》，这两部作品分别描述了在奴隶制建制之初和 20 世纪 60 年代美国黑人与白人共同生活的情景。在这里，看似和谐的居所空间暗示了资本主义的社会关系，对处于被统治阶级地位的黑人来说，虽然他们有居住的空间，但他们并没有家，他们是家这一空间里的他者。

《慈悲》回到美国建国以前，从时间和场景设置上更贴近了美国早期

---

① Danielle Russell，*Between the Angle and the Curve：Mapping Gender，Race，and Identity in Willa Cather and Toni Morrison*，New York and London：Routledge，2006，p. 105.

② Andrew Billingsley，*Black Families in White America*，Englewood Cliffs，N. J.：Prentice－Hall，1968，p. 48.

的文学传统。这部小说很生动地再现了早期殖民者在空间上的种种作为，欧洲移民在其殖民的过程中促进了奴隶制的体制化进程，从而使种族关系及其定位得以形成。在早期殖民过程中，大多数美国人的“美国梦”其实就是对一个“家”的拥有。[①]《慈悲》中的雅各布就是这样一个例子，他通过在新大陆占据土地，构建他的家屋作为殖民的主要方式。巴特勒说，莫里森在创作小说的过程中一直深入地思考人类身份的形成过程与地点和空间的关系。[②]《慈悲》在这一点上尤其突出，在体现雅各布通过空间建构彰显自己身份的同时再现了欧洲殖民者对有色人种在生存空间上的掠夺和摆布。

《慈悲》讲述的是美国东北部一所农场里的故事。小说人物有 16 岁的黑人女孩弗洛伦斯，土著女人莉娜，盎格鲁荷兰籍商人雅各布·瓦克和他的英格兰籍妻子丽贝卡，混血儿索洛，两个来自欧洲的白人契约奴威拉德和斯卡利，以及作为自由人的黑人铁匠。雅各布与丽贝卡、弗洛伦斯、莉娜和索洛住在他的农场上。他把这些女人“招”进家来的时候几乎都是出于需要，比如他需要一个妻子，于是从英国娶来了丽贝卡；他需要一个帮手，于是买来了莉娜；索洛也能够在农场帮上忙。但雅各布是个善良的人，他的行为使无家可归的莉娜有了归宿，使索洛有了安身之地，使丽贝卡逃脱了欧洲女人的不幸命运，能够与丈夫和谐相处，得到应有的尊重。丽贝卡如果不来到美国嫁给雅各布，凭借她并不高贵的身世，她在欧洲的命运顶多就是做一个仆人。弗洛伦斯来到农场的时候还是个几岁的小孩，雅各布把她领进屋作为抵押，纯粹是为了她母亲那求乞的眼神，因为她看出雅各布是个善良的人。弗洛伦斯的母亲把女儿留在身边只意味着灾难，因为她知道，她主子家的男人们早就在打她女儿的主意。雅各布夫妇与别的欧洲人很不一样，他们善待这里的动物，当然更善待从不同地方来的这些“孤儿”，他们甚至把弗洛伦斯当成自

① Danielle Russell, *Between the Angle and the Curve: Mapping Gender, Race, and Identity in Willa Cather and Toni Morrison*, New York and London: Routledge, 2006, pp. 120—121.

② Robert Butler, *Contemporary African American Fiction: The Open Journey*, Cranbury · London · Mississauga: Associated University Presses, 1998, p. 75.

己的孩子一样看待。尽管雅各布深知当时“不成文的法律”对白人的保护，保护他们永远与其他任何人类分离，尤其是赋予白人以任何理由杀死黑人，以及因为奴隶的受伤或者死亡而得到补偿的权利，在他看来，这些法律就是在鼓励他们实现“共同事业”的残忍，他的内心是很排斥这些做法的。[①] 身为孤儿的雅各布对不幸者别有一番同情，虽然这些人之间并没有血缘关系，但他们却能在一起和睦相处。在外人看来，这个农场里的人际关系实在紧密，就像一家人，有一对好心的夫妇，他们就是父母，还有三个佣人，而她们更是姐妹，还有契约奴斯卡利和威拉德这两个有益的儿子。[②] 尤其是雅各布，从不咒骂或者威胁他们，他甚至在圣诞节给他们礼物。莉娜等自然也和雅各布一样，都把这里当作自己的归宿。

但是，虽然雅各布处事善良，但是他却在这个过程中参与了奴隶制的建构，他把几个女人领回家时已参与了奴隶买卖，他的资本积累更参与了对美洲劳动力的剥削。他在殖民过程中变得贪婪，并大兴土木建构空间以彰显身份。在雅各布的大房子未竟之时，他却患天花死亡。这个时候，莉娜她们方如梦初醒，顿时感觉其实这里并不是她们的家，她们是永远的流浪者。虽然她们为农场的发展作出了重大贡献，农场上的人们也真的像一家人一样相处，但没有后代的雅各布所留下的一切都不由她们来继承，她们成了没有归宿的人，随时都会变成任何人的猎物，因为她们是女人，是非法的人。如果丽贝卡死了，她们将重新面临被卖掉、聘用、强暴、劫持或者流放的处境。农场就会被拍卖给浸礼会或者被它拿走。其实这些女人早该明白，她们大家并不是一家人，哪怕是想象的一家人也不是，她们只是些孤儿，是雅各布的存在掩盖了这样的事实。[③]

实际上，在雅各布去世之初，农场的“家庭”气氛便已开始转变。在丽贝卡被雅各布传染而患天花期间，莉娜就感觉到这个家即将崩溃，她感受到“非家”的处境。她透过在风中摇曳的玻璃窗，对着屋外的树林低语道，“这片土地是你们和我的家，但是，与你们不同的是，我却是

① Toni Morrison，*A Mercy*，New York · Toronto：Alfred A. Knopf，2008，pp. 10—11.

② Ibid.，pp. 143—144.

③ Ibid.，pp. 58—59.

个流浪儿”。[1] 这种“非家”的境况在丽贝卡康复之后变得更加明显，雅各布的房子里开始出现阶级的分化，同为女性的身份已不能把农场上的女人联结在一起，空间的社会关系凸显出来。从死亡线上回来的丽贝卡一改过去的风格，整日沉迷于宗教。不过，“她的虔诚的宗教面纱下掩藏的即使不是残忍，也是冷漠”[2]，不管天气如何恶劣，她都让莉娜、弗洛伦斯、索洛和她初生的女儿睡在牛棚或者杂物间里。丽贝卡作为雅各布的妻子，在丈夫死后对大房子拥有完全的主宰权，她把对房子的排斥和抵触情绪迁移到每个人身上。对待雅各布房子的态度表现出丽贝卡复杂的心情。首先，她排斥雅各布的新房子，因为当初她压根就不同意雅各布修建它，而雅各布执意为之。作为妻子，丽贝卡的意见并没有得到采纳，雅各布根本不理会她的任何想法。她排斥这座房子，是对当初的性别压迫作出反抗。然而她阻止任何人靠近它，则是发挥着对空间的控制权，是通过压制他者来确保自己的奴隶主身份。在对空间的严格界定中，丽贝卡展现了她高高在上的阶级身份和种族优越性。丽贝卡甚至通过武力来捍卫她的主人身份，一旦有谁对空间有所逾越，她就会对她进行毒打。索洛就曾因为一天晚上住进了雅各布死去的房间而挨了耳光，弗洛伦斯偷偷溜进那间屋子并在地板和墙壁上写字，如果被丽贝卡发现了，她定然也会招来毒打。[3] 丽贝卡甚至打算着如何遣散其他几个女人，并开始张罗着把弗洛伦斯卖掉，把索洛送人。显然，弗洛伦斯她们已成为丽贝卡任意处置的财产，其他者身份已十分明显。

然而，这些人曾经与丽贝卡亲如姐妹，她们曾相依为命，朝夕相处，并曾为了农场的发展共同探讨和学习。为什么丽贝卡就不能像当初那样，与她们一道重新使农场振兴起来呢？在没有雅各布的情况下，为了生存她们应当更加团结。但是，她们做不到，也不可能做到和睦共处了。雅各布农场的变迁告诉读者一个道理，那就是种族与奴隶制度的形成就是一个主体和他者建构的过程。在这个过程中，来自欧洲的白人阶级通过把黑人和印第安人他者化而把自己建构为主体，西方与东方的差距使黑

① Toni Morrison, *A Mercy*, New York • Toronto: Alfred A. Knopf, 2008, p. 59.

② Ibid., p. 153.

③ Ibid., p. 159.

人与印第安人成为权力关系中的弱势群体，他们在种族的建构过程中被迫接受他者的位置。虽然莉娜、索洛和弗洛伦斯都有反抗的行为，索洛曾带着女儿于寒冷的冬天在雅各布的房间里过夜，弗洛伦斯也敢在那间屋子里书写情感，人们更是预言莉娜会用一把火把雅各布的房子烧掉，但她们在强权面前也只有等待命运的安排。这一切证明了一个道理，肤色的不同是种族建构的基础，种族的形成过程就是黑人和印第安人他者地位形成的过程。而在奴隶制形成的过程中，主奴双方之间形成一种对抗，并以对方为中介确证自己的存在。因此，雅各布的房子成了蕴含着统治、服从和反抗的空间。只要种族和奴隶制的关系存在，雅各布的农场作为家的空间就是有问题的，邻舍的契约奴斯卡利在他的观察中十分感慨地说：

> 她们一度认为自己是一家人，因为她们在孤独中建立了友情和伙伴关系。但是这个想象的家是虚假的。无论她们爱的、追求的和逃避的是什么，任何人都能猜到她们的未来注定是分道扬镳。有一点是肯定的，即光有勇气是不够的，没有血缘，什么也不能把她们联系起来。[①]

雅各布农场作为家的假象在雅各布死后充分显露其实质，他的房子已失去家的含义，莉娜她们不但感觉自己不属于这个空间，而且觉得它无比疏离。在她们眼里，雅各布的房子成了“先生愚蠢的房屋”、“一个令人诅咒的世界”和“他自己亵渎的纪念碑”，房子的大门是“不吉祥的大门”。[②] 在这里，弗洛伦斯她们经历了“去家”过程，从过去归家的感觉到重新失去家园的状态。弗洛伦斯在雅各布去世的房间里书写自己的思想，讲述着一个被弃的灵魂对家的感受，她说：“太阳正在离去，在它身后只留下黑暗，这个黑暗就是我，是我们，是我的家。”[③] 这里，弗洛伦斯把黑暗和她的肤色联系在一起，她的肤色暗示了黑暗，暗示着家的

① Toni Morrison, *A Mercy*, New York · Toronto: Alfred A. Knopf, 2008, pp. 155—156.

② Ibid., pp. 45, 51, 44, 51.

③ Ibid., p. 115.

“不在”。她们曾经当作家的雅各布的农场，事实上只是个“非家”之家。

雅各布借助修建房屋和构建家园以建构自己的主体性，即作为美国人的主体性和作为男人的主体性。雅各布的房子以一种隐喻似的意象帮助他实现了这一点。虽然房子差不多完工时雅各布就死去了，但他的鬼魂在房子里出入，其他人都被拒而远之，这所房子仍然是“先生”的房子，是作为白人的“先生”的房子和作为男人的“丈夫”的房子，因为他的妻子也从不靠近它。房子对弗洛伦斯她们的拒绝则暗示了雅各布主体性的建构来自他者的参照，其主体性是建立在黑人和印第安人的他者化基础之上的，同时也是建立在女性的他者化之上的。也就是说，西方的殖民主义从空间上表现为白人男性的权力扩张。

《柏油娃》描写了20世纪60—70年代一个美国家庭里的故事。百万富翁瓦里安·斯特利特退休后，从费城来到加勒比的骑士岛，在这里置下了漂亮的别墅L'arbe de la Croix。这是一座由一个出色的墨西哥建筑学家设计的房子，它的建筑已接近完美。房子安全得就像乌龟的外壳，同时还具有宽敞、通风、明亮的特点。优美的景观设计使房子美不胜收，每一个细节的处理都尽量使之不带有“设计”的痕迹。没有哪个环节不合适，少有的稍微不是很整齐的地方都极具魅力。随处可见的一些小岛装点，如洗涤间、厨房花园等，都很实用，至少有识别能力的来客会这么看。他们一致认为，除了不幸起了个不好的名字而外（这处别墅起了个法语名字，但其中Arbe一词却给它的含义制造了麻烦，因为在法语词典中无法找到这个词），这座房子是加勒比海上最漂亮、最幸运而不做作的房子。[①] 瓦里安来到这里以后便流连忘返，他还建了一座温室，在他的男管家西德尼的陪同下，在温室里养育了各种花草，瓦里安刻意播放世界上著名音乐家的曲子，伴随着它们发芽、开放。

这个家里除了瓦里安和他的管家西德尼之外，还住着西德尼的妻子昂迪安（她是这个家的厨娘）、来回于美国和骑士岛的瓦里安的太太玛格丽特以及受瓦里安赞助的西德尼的侄女雅丹。雅丹在巴黎上大学，偶尔回来度假。瓦里安还有个儿子叫迈克尔，故事中迈克尔一直没有出现，

① Toni Morrison, *Tar Baby*, New York: Alfred A. Knopf, 1982, pp. 10—11.

但却成为小说故事发展的关键所在。

这幢美丽的小岛别墅安静祥和，主仆之间关系融洽，他们在一起30年了，作为仆人的西德尼和昂迪安一直以来都把这里当成自己的家。然而，一个逃离者——森的出现打破了这个安详之家的平静，早已潜藏着的矛盾在瞬间爆发，种族与阶级的冲突在这个家里进一步凸显出来。瓦里安的“纯真”受到了挑战，他固有的种族歧视暴露出来。一向把这里视为家的西德尼和昂迪安最终发现自己处在一种“非家”的境地，他们因为与主人融洽的关系而生的优越感以及作为奴仆的恭顺都受到了颠覆。当意识到自己他者的地位时，西德尼夫妇表现出少有的反抗精神。

空间主要体现为社会关系，尤其是生产关系和再生产关系。在L'arbe de la Croix这个空间里，这两种关系相互交织，相互作用。生产关系体现为瓦里安夫妇和西德尼夫妇之间的主仆关系，或者统治阶级与被统治阶级之间的关系。再生产关系包含了瓦里安夫妇和他们的儿子迈克尔之间的关系以及西德尼夫妇与他们的侄女雅丹之间的关系。玛格丽特与昂迪安之间原本亲密的主仆关系因为玛格丽特对儿子迈克尔的虐待而变得陌生和仇恨，这导致了玛格丽特对昂迪安的极端忌妒，因为瓦里安似乎一直以来对昂迪安夫妇十分亲密。这种忌妒和矛盾是导致最后冲突的根本起因。瓦里安对西德尼夫妇依赖却缺乏信任，对雅丹的赞助也不能除去他的戒备之心。他心里觉得这种表面上看来很紧密的主仆关系并不可靠。他更希望从这种赞助和雇佣中收获什么，以弥补他因年迈而孤独的心，这可以从瓦里安与玛格丽特的对话中看出：

> “她（雅丹）是他们的亲人，他们是一家人。”
>
> “你也是，你和她一样是他们的亲人。他们对你的了解远比对她的了解时间长。”
>
> ……
>
> 她笑着说道：“你看你，你害怕了，你怕月鱼（西德尼）和比尤拉（昂迪安）不照顾你。”
>
> “我一直都在照顾他们。”
>
> “他们也会一样对你的，上帝知道他们会的。你不会把他们驱除

出去的，有没有雅丹都一样，他们永远是你的。”①

这段对话体现了玛格丽特对瓦里安与仆人之间紧密关系的忌妒，同时也体现了瓦里安对作为仆人的西德尼一家不放心以及想从他们那里得到回报的心理。

另一方面，西德尼和昂迪安虽然知道房子不属于他们，但也从不把自己当外人，也没想过要离开瓦里安。他们认定这里就是自己的家了，尤其是昂迪安，她在瓦里安的房子里，公然表现出对女主人玛格丽特的不满。为了准备即将到来的圣诞节，昂迪安在厨房里忙乎。从美国大陆飞过来的玛格丽特非要过一个美国式的圣诞节，要准备火鸡、苹果派和南瓜等。昂迪安感觉自己受到了非难，因为在骑士岛上根本无法找到这些材料，于是她牢骚满腹，表现出对玛格丽特的反感和不敬。西德尼劝慰道：

“你别那样了，昂迪安，每次她来的时候你都要露情绪。我已经厌倦了对每个人进行评判。”

“缅因州的首席美女（玛格丽特）是王子（迈克尔）的坏女人。”②

愤怒中昂迪安又想起玛格丽特年轻时虐待她儿子迈克尔的情形，俨然忘记了自己在这个家里的仆人身份。与瓦里安的亲密相处不但使西德尼把主人的别墅当成自己的家，更使他们以白人的眼光和以主人的身份看待其他黑人，西德尼、昂迪安和雅丹都已被白人文化所同化，这一点尤其体现在他们对待森的态度上。身为黑人的他们也像白人一样，认为像森这样的黑人是小偷和强奸犯，他们接受了白人眼中黑人的刻板印象。当玛格丽特吃惊地发现森在她的衣橱里的时候，所有人的第一反应都是森是否强奸了她。当森想与雅丹进一步接触的时候，雅丹用“强奸犯”一词来挖苦他。西德尼更是认为森是个入室抢劫的人。当瓦里安对森表

① Toni Morrison, *Tar Baby*, New York: Alfred A. Knopf, 1982, pp. 30—31.

② Ibid., p. 35.

示友好时，西德尼的不满是很激烈的。他对自己的妻子说：

> 你已经丧失理智了，女人。它是我的一块骨头，这块骨头令我很不爽。我也住在这里，你也住在这里，雅丹也住在这儿。我们一家都住在这儿——不光是他的家人。如果这个黑鬼想偷什么东西，想杀什么人，你以为因为我们不拥有这幢房子，他就会放过我们吗？见鬼，不会的。我不是一整晚上都坐在那把椅子上吗？斯特利特先生睡得像根木头。早上我进去的时候，他打着响鼾，像只猎狗一样。①

西德尼甚至比瓦里安更怀疑森的人品，并且对瓦里安的表现很不理解，它不明白瓦里安为什么对森那么放心。虽然西德尼知道房子不是他的，但他似乎觉得这个“家”是他与瓦里安共有的，森入侵了他的“家”。

雅丹自然也把自己当作这个家里的成员之一，她对森说：“也许吧，取决于你想从我们这儿偷到什么。”② 这一句话道出了雅丹在 L′arbe de la Croix 的归属感。然而森的一席话仿佛使雅丹有所醒悟。原来虽然斯特利特夫妇资助她上学，为她承担一切费用帮助她成长，以及雅丹舒适地住在瓦里安的家里，但这一切并不能改变她是孤儿的身份。雅丹的同化除了欣然地接受白人文化以外，更表现在她对这个家里空间等级的视而不见。她坦然地与瓦里安夫妇住在同一层楼，与他们同一桌吃饭，心安理得地看着身为长辈和亲人的叔叔和婶婶在厨房里吃饭以及在厨房的起居室里睡觉，并接受叔叔和婶婶的伺候，她已然把自己当作瓦里安和玛格丽特家的人。

西德尼深知这个家的空间对他的限制，也很明白在这个房子里的身份等级。他对住在楼下的厨房间自然是认同的，并且认为他的侄女雅丹因为受过高等教育，受到过西方文化的洗礼，可以和主人一样住在楼上的卧室。但他们不理解的是，黑人入室者森居然也被安排在楼上的客房

① Toni Morrison，*Tar Baby*，New York：Alfred A. Knopf，1982，p. 99.

② Ibid.，p. 118.

里。西德尼深知瓦里安这么做只是白人权威人种对黑人的游戏，因为那样做能使他高兴。[1] 不过，瓦里安的做法始终让西德尼感到不快，他仿佛感到瓦里安是在空间上跟他过不去，心想自己再怎么也比一个入室者的地位要高，凭什么森不但没有受到惩罚，反而被安排在比自己卧室更为高贵的房间里？

西德尼和昂迪安自知楼上的空间不属于自己，但他们都理所当然地认为昂迪安的工作阵地、他们长期居住的厨房领地是他们的。当森来到厨房跟他们道歉时（森觉得悄悄溜进瓦里安的房子给他们带来了恐惧和不安），西德尼对森说：

> “如果这个房子是我的，你的脑袋早就吃子弹了，就在这儿，”西德尼指着森眉头之间的额头，“当然你可以明白这个房子不是我的，因为你还直挺挺地站着。但是，这儿是我的。”他指着脚下的地板说道。[2]

昂迪安更是理所当然地把厨房认作自己的空间，她常说的一句话是，“我了解我的厨房，胜过了解我的脸”。[3] 而当玛格丽特为了迎接日夜期盼的儿子迈克尔回来过圣诞节而亲自下厨做饭时，昂迪安觉得玛格丽特侵占了她的空间，心里很不愉快。

昂迪安把自己当作厨房的主人，不过，她与西德尼也只能被限定在厨房，他们只能在那里吃饭，在那里睡觉，他们必须遵守这幢豪宅对居住者的规约。他们生活中唯一的一次与主人共享空间的机会打破了瓦里安别墅一贯的平静，主仆之间发生了激烈的冲突，西德尼与昂迪安的空间幻想被击得粉碎。为了迎接久别的儿子迈克尔回家过节，玛格丽特亲自下厨准备美国式圣诞晚宴，并邀请了一些朋友共进晚餐。但是，不巧的是，迈克尔与客人们都因故不能到场。瓦里安为了不让玛格丽特辛苦准备的晚宴就此浪费，也想让她开心，所以提议大家一起过圣诞节。可

---

① Toni Morrison, *Tar Baby*, New York: Alfred A. Knopf, 1982, p. 162.

② Ibid.

③ Ibid., p. 40.

是，当人们坐下后不久，原本快乐的气氛却因为一些话题而改变了。席间，瓦里安透露家里的两个黑人雇佣特雷斯与吉登因盗窃他的苹果而被他解雇了。昂迪安因为没有被告知此事而深感人格受到了伤害，因为那两个人是她找来的。这件事情导致了主仆之间激烈的争吵。随着争吵的升级，多年来隐藏在昂迪安和玛格丽特之间的秘密，即玛格丽特早年对儿子的虐待也被揭露了，昂迪安对玛格丽特的不满也纷纷抖了出来。昂迪安再次强调了她对厨房的所有权，称玛格丽特进了她的厨房。她说："她想干涉我的厨房，在那里胡弄什么果派。而我的助手（被解雇的特雷斯与吉登）……"[①] 昂迪安的话使瓦里安非常吃惊，他说道："你的厨房？你的助手？"[②] 见到自己遭到了质问与挑战，瓦里安很气愤地说道："够了！这是谁的房子？"[③] 他一再声明自己是房子的主人，后来他以解雇西德尼与昂迪安来平息因昂迪安空间冒犯而生的愤怒。一向认为自己是这个家里稳定居住成员的西德尼和昂迪安，第一次清醒地认识到，这个家不是自己的，并且有被逐出这个空间的危险。多年来的亲密关系也无法与种族和阶级的礼节抗衡，主仆之间的斗争趋向了白日化。正如森告诉雅丹的那样，"这意味着白人与黑人就不应该坐在一起吃饭。也许有时候他们应该一起工作，但是他们不该一起吃饭或者一起睡觉，或者做任何较为私人的事情"。[④] 这顿不该共进的晚餐让西德尼与昂迪安更加清楚自己的他者地位，哪怕是他们常年居住的厨房也不是他们的，他们得重新面对自己的归宿问题。不过，虽然面临着失去家的危险，昂迪安与西德尼已公然和统治者进行对抗，并为下一步的生存空间争取条件。

《慈悲》与《柏油娃》的例子告诉我们，欧洲人美国梦的实现首先是以种族的形成为前提的，而空间在种族关系的形成上起到了至关重要的作用，种族关系借助于将黑人和其他人种置于他者的地位——使他们处在"非家"之家的空间——而得以形成。其"非家"处境造就了白人家园的建构而使之稳固化，白人的主体性也因此得以确立。从此白人成了

① Toni Morrison, *Tar Baby*, New York: Alfred A. Knopf, 1982, p. 207.

② Ibid.

③ Ibid., p. 206.

④ Ibid., p. 210.

家的主人，而黑人却成了家的他者。奴隶制长期作用下对黑人的他者化使他们在家庭空间上无法拥有自主的权力，即使到了20世纪后期，仍然存在黑人在家庭空间上从属于白人的现象。但是，从《慈悲》和《柏油娃》的他者之家中，他者的反抗与斗争意识逐渐增强，体现了他者的革命力量。而发表于2008年的《慈悲》从时间上回到了美国建国之初，有意识地体现了作者关于他者的包容性。在该书中，他者不仅仅是黑人，身为印第安人的莉娜也成为书中的主要人物之一，她对他者之家的感受得到了充分的描写，这反映了莫里森对他者更为普遍的观照。

第二节　边缘的家屋

《慈悲》与《柏油娃》表明，奴隶制度的形成和发展及其灾难性后果对美国黑人的他者化使他们无法自主建构家庭空间，他们作为白人的他者而存在，因为在某种意义上来说，他们只是财产或附属品，而《柏油娃》则更为明显地表现为剥削与被剥削的关系。在这两部小说中，家的建构与种族建构及种族关系不可分离。在废奴运动后的年代里，黑人努力建构家庭空间的实践仍旧与种族紧密联系，虽然他们的家不一定是寄居在白人的家中，但这个家依旧处于建构过程中，且这种建构与他们作为他者的身份相对应，美国黑人的家和他们的身份一样，处在边缘和他者的地位。

巴什拉曾说："我即我所居。"（I am where I am.）[①] 这句话不但强调了家是人的亲密情感所在，是主体的梦想与记忆之所，它还恰当地体现了居所与个体身份之间的关系。居住空间生动地表现了美国黑人的身份，就像他们自身的身份那样，家的意义对他们来说，体现为一种"存在"的同时，也表现为一种"不在"，因为他们是因外力而一直处于流浪的群体，他们常常会处于"居无定所"或者"无家可归"的境况当中，即使有栖身之处，也随时有被"夺去"家的危险。《最蓝的眼睛》中"out-

① Gaston Bachelard, *The Poetics of Space*, trans., Maria, Jolas, New York: The Orion Press, 1964, p. 137.

doors”一词很形象地刻画了美国黑人的空间处境。在《宠儿》中，赛丝一家住在蓝石路124号，虽然赛丝总是把他们居住的房子说成“我的房子”①，可这座房子并不为她所拥有，它是白人鲍德温家的财产，鲍德温随时准备把房子收回去，因为他对房子有着很亲密的情感，那儿储藏了他难忘的、深刻而甜蜜的儿时记忆；②《爵士乐》里维奥利特儿时的家被白人分子抢劫，他们被追赶到无家可归的境地；《所罗门之歌》中吉他和他社区的人们也是靠租用别人的房子，而且随时都有被赶出家门的危险，彼拉特的房子处在城镇的边缘，十分简陋；《天堂》里黑人们的几度迁徙无不向读者诉说家对于美国黑人的拒绝；《家》里美国黑人遭到白人的追赶，被迫离开久居的地方；《爱》里科西通过建造豪华的居所来彰显自己的能力。莫里森小说中的居住空间反映了美国黑人在另一个种族参照下的“他者”性存在，体现了在美国社会中，肤色所蕴含的空间政治意义。

在美国黑人的历史上，房屋的等级和他们肤色的等级是密不可分的。这种等级制来源于美国的奴隶制。西方帝国主义扩张到来之前，在非洲，尤其是撒哈拉以南的村落和部落联盟里，奴隶制是一个较为普遍的制度，但它与美国的奴隶制有着天壤之别。就数量上来说，它规模更小而且奴隶常常与他们的主人一起劳作，一起居住，并常常与他们通婚。一个人只是因为不幸而变成奴隶——比如吃败仗变成了囚犯或者庄稼没收成而变成债务人，或者因为个人的罪行而变为奴隶，比如犯罪等。因此，奴隶制很少是继承制的，而奴隶也不一定被看作是人类的卑微者。③当奴隶贸易兴起，欧洲殖民者以强制力量把非洲人运往新大陆而建立新的奴隶制度的时候，这些来自非洲的黑人的命运走向了悲惨。奴隶买卖代表了非裔美国人生命中最残忍和最恐怖的时刻。④从那时候起，“种族平等”就成了美国黑人一直努力追求的目标。美国奴隶制历史学家杰诺维斯(Eugene Genovese)写道：“残忍、不公、剥削、压迫的奴隶制，把两个

---

① Toni Morrison, *Beloved*, New York: Signet, 1991, pp. 9, 14.

② Ibid., p. 259.

③ James Ciment, *Atlas of African - American History*, revised edition, New York: Facts On File, Inc., An imprint of Infobase Publishing, 2007, p. 11.

④ Ibid., p. 55.

民族以极端敌对的方式捆绑在一起，它制造了如此复杂而矛盾的关系，以至于哪怕是表达最简单的人类情感，两者都离不开对方的参照。”① 这种参照最初体现在奴隶制种植园的等级制上面。奴隶是作为种植园主的财产而存在的，他们的身份命运和牲畜没有什么不同。种植园主为了保持奴隶与其他财产的等同地位，不让奴隶读书识字，为的是不让他们知道外面的世界，因为，如果他们了解了外面的世界，他们就会逃走，因而会导致财产的损失。在居所方面，种植园主自己住着豪华的庄园，而他的奴隶们往往被安排在与马厩平齐的矮棚里。② 从这里开始，美国黑人就与白人在居所上出现了等级差异。奴隶们在居住空间上体现出来的等级特点，显示了他们与牲畜类似的地位。

奴隶制的废除并未能使美国黑人与白人在种族上达到平等，家屋的建构成为种族之间差异的重要表现。历史原因导致的黑人种族的流散特点使家的建构随着这个种族的流动而存在着可变性，种族歧视和经济的不平等，也使他们建构家屋时显示出明显的等级性。主宰一切的白色文化成为美国黑人判断和评价自己的标准，他们在反抗和吸收这种文化之间挣扎。作为有色人种之一，肤色上与“白色”之间的距离也在家居的建构上体现出来。在莫里森的小说中，黑人的居所总是处在主流社会的边缘或者某个城市的边缘地带和环境恶劣的地方，不被社会所重视，其存在带着明显的他者性。最能代表家屋等级差异的是《最蓝的眼睛》，因为这部小说向读者呈现了较为全面的肤色等级。小说的中心地点是俄亥俄州的洛兰，在这个城市里，不同层次的肤色与不同的家庭空间相互映照。在这部小说中，家的意象给读者呈现了丰富的种族意义的阐释，黑白之间肤色的次第变化从房屋的建构上得以呈现，主要体现为深度黑色的佩科拉家的房屋、浅肤色的杰萝丹家的房屋、普通白人家的房屋和白人贵族费希尔家的房屋。

《最蓝的眼睛》讲述的是黑人少女佩科拉的成长故事。在佩科拉生活的社会里，人们关于美的评价标准是白皮肤、蓝眼睛和金色的头发，而

---

① James Ciment, *Atlas of African - American History*, revised edition, New York: Facts On File, Inc., An imprint of Infobase Publishing, 2007, p. 53.

② 路易斯安那的蔗糖种植园图。Ibid., p. 59.

黑人因为肤色的原因往往被认为是丑陋的。这种审美标准被强加于整个社会，不少黑人都已认同它，并努力追求它，在生活方式和价值观念上努力向它靠拢。佩科拉因为长得实在太黑而被认为是丑陋的人，她受到社会和学校的歧视，被母亲波琳所忽略，更可悲的是，她遭到父亲乔利的强暴，最终走向疯狂。莫里森在呈现这一主题的时候，却是借用房屋这一意象展开的，借助于全知全能的叙事者和书中人物叙事者克劳迪娅对各种房屋的目击和描绘，展现了社会的不公和美国黑人的社会处境。空间的建构是权力的体现，所以社会空间在某种程度上体现为权力的空间。在《最蓝的眼睛》中，不同房屋的分布体现了空间的权力化特点以及肤色权威对空间建构的强加。房屋的等级体现了社会的生产关系，即处于统治阶级地位的白人中产阶级和上层阶级居住在环境优美的城市区域，而身处社会底层的黑人则住在肮脏的角落和灰暗的天空下。

书中不同房屋的等级通过一个标准的房屋意象的参照体现出来，小说首先向读者呈现了美国白人中产阶级的房屋意象，为美国社会提供了一个普遍参考的抽象空间。列斐伏尔说，抽象空间

> 是中产阶级占据居住权并扩张的地方，表面上因为中产阶级处在资产阶级和工人阶级之间的中间位置而显得中性。这个空间不是在任何意义上“表达”这些阶级，它只是根据宏大的计划来分配他们：这些阶级发现他们要寻找的东西，即一面关于他们“现实”的镜子。这个空间控制着他们，以及他们那些自己也不明白的强烈愿望和太明白的需求。[①]

在《最蓝的眼睛》中，莫里森在小说前言里用一种标新立异的手法，呈现了这样一个抽象的标准，一个典型的白人中产阶级的家庭模式：

> 这就是那所房子，绿白两色，有一扇红色的门，非常漂亮。这

① Henri Lefebvre, *The Production of Space*, trans., Donald Nicholson-Smith, Malden · Oxford · Carlton: Blackwell Publishing Ltd., 1991, p. 309.

就是那一家人：母亲、父亲、迪克和珍妮就住在那所绿白色的房子里，他们生活得很幸福。看见珍妮了吧，她穿着一条红裙子。她想玩，谁会和珍妮玩呢？看见小猫了吧，小猫喵喵地叫。过来和珍妮玩呀，小猫不愿玩。看见母亲了吧，母亲很和善。母亲，你愿和珍妮玩吗？母亲大笑。笑吧，母亲，笑吧。看见父亲了吧，他又高又壮。父亲，你愿和珍妮玩吗？父亲笑了。笑吧，父亲，笑吧。看见小狗了吧，小狗汪汪地叫。你愿和珍妮玩吗？看见小狗了吧。跑吧，小狗，跑吧。看那，看那，来了一位朋友。他愿和珍妮玩。他们要玩一个有趣的游戏。玩吧，珍妮，玩吧。①

这是当时美国小学通用的普及性读物，以一个白人中产阶级的家庭作为范本对青少年进行教育。其实这也是美国实现其同质化空间的策略之一，试图建立这样一个统一的家庭空间模式。这段读物映射出小说的主题，为描述佩科拉及其居住空间作准备。首先，这段普及读物就是针对少女佩科拉和她的伙伴克劳迪娅姐妹这样的孩子的，因为文中的珍妮正好和佩科拉她们年龄相仿，这和小说的成长主题是相符的。然而，另一方面，这段关于白人中产阶级家庭的描述，映射了佩科拉们的处境。在美国，白人中产阶级的标准即为大家的标准，更是美国黑人所要遵循的标准，也就是说，佩科拉们已经被强制性地接受并努力走向这个标准。可是，种族自身的特点，使之不可能与珍妮们一样，因此，佩科拉的悲剧就有了伏笔。而莫里森接着对这篇读物进行改写，就是使用没有标点，紧接着是既没有标点，也没有了大小写、没有空格的文字符号，使其断章凌乱地出现在每章节前面。作者这一做法旨在对这一普及教育标准进行解构和颠覆，暗示了在统一标准下黑人生命与生活的混乱，暗示了佩科拉们生活和成长的无序性。这面镜子映照出来的混乱与无序体现了抽象空间同质化之下的矛盾与对立以及一致性之下的破碎与脱节。在这里，“一切都重压在下层或者‘微观’的层面上、局部和可以局部化的地方，

① ［美］托妮·莫里森：《最蓝的眼睛》，陈苏东、胡允桓译，南海出版公司2005年版，第3页。

一句话，压在日常生活领域。整体也依靠这个层面而存在：剥削和统治、保护与压迫不可分割”。[①]

《最蓝的眼睛》中的人物不再像他们的祖先一样受到奴隶制度的奴役，但是却持续遭受文化歧视的奴役，这种奴役更难以辨别和消除。在长期的暴力、奴役和歧视中，他们学会了自我贬低和自我仇恨。迎合白人中产阶级消费文化而产生的商业化市场力量，往往是黑人少数民族无法企及的，可是，他们又渴望得到这一切。他们越是接受白人的美学标准，就越是感到自己的不足，因而形成一种扭曲的自我形象。这种“日益增加的受挫感和被弃感就发展成为一种对丑陋的确信——外表的和内心的——导致了对自己和他人从漠然到虐待的一系列病态行为”。[②] 因此，莫里森在《最蓝的眼睛》对白人中产阶级家庭空间的描绘和篡改的意义是很深刻的。与白人中产阶级家庭的幸福生活相反，黑人在追求这种标准的过程中，不断扭曲或贬低自己，这种扭曲与贬低体现在黑人“家”的建构上，肤色的差异使家屋的建构也呈现出不同的色彩，这可以从佩科拉和杰萝丹两家的情况得到证明。

《最蓝的眼睛》中对白人中等家庭的描述导出了整篇故事中不同层次的家居形式。小说中克劳迪娅和佩科拉所在的小城（俄亥俄州的洛兰镇）住着不同肤色和阶层的人物，有像佩科拉一家那样“丑陋”的黑人，有像克劳迪娅和弗里达一家那样的普通黑人，有杰萝丹和皂头牧师那样的浅肤色黑人，也有佩科拉的母亲波琳的主人那样的富有白人。叙事者克劳迪娅是这肤色次第及其房屋的目击者。克劳迪娅和姐姐弗里达曾两次亲历了不同的房屋给她们的感受。第一次是她们去波琳的雇主家寻找佩科拉时的情景：

> 我们沿着长满绿树的马路走去，浅灰色的房子像疲乏的老太婆歪斜地站立在路的两旁，街道逐渐变样了；房子看上去更坚固，漆

---

① Henri Lefebvre，*The Production of Space*，trans.，Donald Nicholson－Smith，Malden·Oxford·Carlton：Blackwell Publishing Ltd.，1991，p. 366.

② Naomi Rokotnitz，“Constructing Cognitive Scaffolding through Embodied Receptiveness：Toni Morrison's *The Bluest Eye*”，*Style*，Vol. 41（Winter，2007）：385—481.

得更新，立柱更直，院子更深了。之后是砖房，离马路很远，房前的院子四周的灌木丛被修剪成锥形、球形，郁郁葱葱。湖边的房子是最漂亮的，院子里有各种摆设及装饰物，有明亮如镜的玻璃窗，但没有任何动静。这些房子的后院斜坡一直连到沙滩，然后就是蓝蓝的伊利湖，一直流向加拿大。铁厂那边橘红色的天空到不了这里，这里的天空永远是碧蓝碧蓝的。[①]

这段引文告诉我们三种有层次的房屋：一是离马路很近，污染严重的灰色矮屋，它们不但颜色单调而且破旧，显然这是处于社会底层的穷人的房屋；然后是较为富有人家的房屋，绿化不是太多，但是房屋比较坚实，色彩也比较新颖；而第三种显然是白人贵族的居住空间，它们不但有漂亮的外观，还有丰富的内部装点，更有周边优美而宁静的环境。这些次第鲜明的房屋意象是孩子们在路上看到的，她们还因为出售金盏花籽而步入不同的居住空间，从房屋内部看出居住空间的等级性，她们目睹了“充满油腻尿臭、六家挤住在一起的十二间一套的房子，铁路边树林里四室一套的小木房，鱼市、肉店、家具店、饭馆二楼的单元房，以及内有大花地毯、玻璃器皿的整洁砖房”。[②] 克劳迪娅们目睹的正是这个小镇上不同肤色的人们所居住的地方，它体现了如肤色般不平等的居住空间。

不同的家屋对应着不同的种族身份。身为黑人的克劳迪娅、弗里达和佩科拉分别在步入高等级的房屋及类似空间时受到了冲击。在步入费希尔家的时候，那座她们见过的最漂亮的房子使克劳迪娅们赞叹不已，同时她们的内心也充满了被禁止的恐惧，不敢在这里长久逗留。波琳的主人费希尔家的房子离公园入口处不远，是一座大白房子，周围长满鲜花和绿叶，这些鲜花绿叶都是经过精心设计的，花园的走道弯弯曲曲，巧妙地掩饰其对称的设计。这个美丽的居住空间对叙事者和她的姐姐是拒绝的，或者是不欢迎的，所以，“因为怕被人看见，也因为知道我们不该到此地来，我们未敢闲逛，绕过房子走到了后门”。[③]

---

① Toni Morrison, *The Bluest Eye*, New York: Pocket Books, 1970, pp. 83—84.

② Ibid., pp. 146—147.

③ Ibid., p. 84.

费希尔家的房子就是这样与众不同，就连厨房也是一间很大的屋子，里边摆着白色的瓷器和木器，以及擦得铮亮的壁橱和铜器。对于原本出生于贫贱环境中但又一直向往白人中产阶级生活的佩科拉的母亲——波琳来说，忽略自己和家人居住的空间似乎也在情理之中了。波琳在自己破败的家与费希尔豪华舒适的家之间建构着自己摇摆不定的身份。她在费希尔家发挥着年少时学会的管家本领，享受着主人的地位给她带来的虚荣心和少有的尊敬。回到自己的家中，她要求家人称呼她为“布里德洛夫太太”。但这种做法丝毫改变不了她作为黑人底层妇女的身份，她不能改变自己和家人在“橘黄的”抑或“黑沉沉的”天空下蜗居于破败之所的命运。在这个家中，她照旧因为家里的柴米油盐与丈夫乔利打闹不断，家里的境况在这种混乱中日益走向恶化。

佩科拉家的房子是整个小镇上最破败不堪的，这似乎与他们实在黑与丑有关。他们起初住在出租房里，当乔利一把火烧掉了出租房时，他使他自己、波琳和两个孩子——佩科拉和山姆——成了无家可归的人。后来他们住在宽街与三十五街交界的东南角上一个废弃的库房里。这房子的外观给目击者留下一种很别扭的印象，它无法与黑沉沉的天空融为一体，也与四周灰色房屋与黑色电线杆很不和谐。列斐伏尔把房子的外观比作人的脸，它具有非常丰富的含义，他说，“就比作脸或者脸面这一点而言，外观变得善辩而有力。”① 正如费希尔家漂亮的房子外景映射了它主人的尊贵身份一样，佩科拉家的库房外观也告诉读者他们一家卑贱的身份。费希尔家的房屋外观暗示了对克劳迪娅们的禁止，而佩科拉的住所外观则会引来外人鄙视的眼光。按照叙事者的说法，它的存在让人感觉碍眼、恼怒而伤感。住在这里的佩科拉一家，总是来无影去无踪，就像这个住处一样，从上到下引不起任何人的注意。这个住处从头到脚都使人感觉到它的“底层”的含义。

这个库房的内部结构特点也凸显了这一家人的地位并暗示了他们的命运。这间库房用胶合板隔成客厅与卧室两半，房子内部的家具摆设没

① Henri Lefebvre, *The Production of Space*, trans., Donald Nicholson - Smith, Malden · Oxford · Carlton: Blackwell Publishing Ltd., 1991, p. 273.

有一点想象力，一家四口挤在一间卧室里，三张床，卧室中央放着一个煤炭炉。墙的四周摆放着箱子、椅子、一张小床头柜，以及纸板做成的衣柜。厨房在这个单元房的后面，是个单独的房间。这个家里没有淋浴设施，只有一个马桶，置于黑暗的角落，看不清却闻得见。按照叙事者的说法，房间的家具不给人以任何记忆，起码没有值得留恋的回忆。客厅里的破沙发"让人厌恶"，并"给整个屋子带来晦气，使人难以对其余的家具产生钟爱之情"。[①] 善于料理家务的波琳没有能让自己的库房之家变得有条理，她把她的技能和热情均用于打理费希尔家的豪宅了。

按照叙事者的说法，佩科拉一家之所以住在库房里，并不是因为工厂裁员造成暂时的困难，而是因为他们穷，他们是黑人。在这里，破败难堪的住所与肤色的独特巧妙地结合起来：

> 他们住在那里也是因为他们相信自己十分丑陋。尽管他们长期贫困，并且变得迟钝，但他们的贫困生活并不独特，独特的是他们的丑陋。没人能让他们相信自己并不是丑陋得让人无法忍受。除了父亲乔利——他的丑陋是行为的丑陋（是绝望、放荡、欺负弱小的结果）——其余的家庭成员（波琳、佩科拉和山姆）把丑陋当面具一样戴着，尽管丑陋并不属于他们。[②]

丑陋的房屋映衬出丑陋的人，在叙事者的话语中得到进一步验证，佩科拉一家的丑来自一种无形的强制力量，正如他们受一种强制力量的驱使而居住在丑陋破败的库房里一样，叙事者的话反映了白人抽象空间的审美标准对黑人的强加，进而使他们产生自轻自贱的心理，一种外力的强加使他们对自己的丑陋作出认可：

> 你再仔细观察也找不出丑陋的根源，之后你意识到丑陋来自信念，他们对自身的信念。似乎有个无所不知的神秘主子给他们每人

① Toni Morrison, *The Bluest Eye*, New York: Pocket Books, 1970, p. 32.

② Ibid., p. 34.

一件丑陋的外衣，而他们不加疑问便接受下来。主子说：“你们都是丑陋的人。”他们四下里瞧瞧，找不到反驳此话的证据；相反，所有的广告牌、银幕以及众人的目光都为此话提供了证据。①

抽象空间无处不在的强制力量使佩科拉一家身不由己地屈从于一个同质化的标准，然而这个标准却是他们无法企及的，佩科拉一家不可能像小说序言中珍妮一家那样住在漂亮的房子里，他们的肤色与丑陋决定了只有破败不堪的库房才是他们的藏身之处。而与住房相伴而生的自我贬低更与美国社会消费文化抽象空间的压迫有关，因为所有的广告、银幕都成了审美标准的一面镜子。这段话里有着非常深刻的隐喻，美国的白人社会就是那个主宰一切的“主子”，它给美国黑人强加了“丑陋”的信念，这种丑陋似乎必须得有简陋不堪的住所与之匹配。也就是说，“黑人被限制在贫民区里不是一个单纯的现象，因为它既是美国主流社会普遍存在的对黑人排外的结果，也是这种排外的标志”。②

这个库房的条件促使佩科拉一家过着极不正常的家庭生活，对他们来说，它仅是个藏身之处而已。不仅如此，这个家里发生的一切，远比丑陋的外表让人感到悲哀。列斐伏尔强调了空间的限制性或者规约性：“空间里的行为是受这个空间限制的，空间‘决定’什么行为可以发生。”③ 他还特别强调了房屋的布局，他说，现代房屋分成内外空间，凡是具有身体行为的如卧室、浴室等房间通常都设在房子靠后的位置，而客厅等则设在前面。住房的空间心理分析可以理解为对性行为的过滤和压抑，住房说教的严肃性是日常生活的秩序，是家庭和夫妻生活的秩序，它暗示了内部空间的私密性和神秘性。④ 也就是说，家庭住房内部空间的设置体现了乱伦的禁忌。而在佩科拉一家所居住的库房里，不但没有单独的卧室，他们一家居住的卧室甚至连一个隔断也没有，完全没有了夫

① Toni Morrison, *The Bluest Eye*, New York: Pocket Books, 1970, p. 34.

② Andrew Billingsley, *Black Families in White America*, Englewood Cliffs, N. J.: Prentice - Hall, 1968, p. 93.

③ Henri Lefebvre, *The Production of Space*, trans., Donald Nicholson - Smith, Malden · Oxford · Carlton: Blackwell Publishing Ltd., 1991, p. 143.

④ Ibid., p. 315.

妻生活空间的隐蔽性和私密性。佩科拉和哥哥山姆对他们父母的所有行为均一目了然，他们没有空间的禁忌。当佩科拉的同学笑话她看到“光屁股”的父亲时，佩科拉的内心被羞辱感笼罩。当她的母亲与光身子的父亲在卧室里打架的时候，佩科拉只有蜷缩成一团，渴望自己的身体消失。而她的哥哥山姆会加入战斗，然后无数次地选择了离家出走。与小说前言中的普教读物里的家相比，佩科拉的家是混乱的，她受到的教育和美国社会的普遍标准相去甚远。这个家因为空间的局限而显得紊乱，而且，他们不可能像迪克和珍妮一家那样，充满欢笑与幸福。如果说乔利对女儿的强暴加速了佩科拉的疯癫，那么，贫困、破败而混乱的居所早已为她悲哀的自我埋下了伏笔。在《最蓝的眼睛》中，莫里森使用了一个隐喻，这个隐喻就是“无家”，更重要的是，身在家中而感觉不到家的存在。①

如果佩科拉的悲剧来源于她绝对的黑和丑以及在低劣空间状态下的生存，那么肤色稍好的人情况又是怎样的呢？白人的文化塑造着杰萝丹一样的混血儿，并磨灭她们的天然秉性。杰萝丹也是从南部北迁而来的，是莫毕、麦瑞典、爱肯等地众多女孩中的一个。她上了公立师范学校，学会了如何服务白人并在他们塑造的抽象空间里谋生的一切本领，以及培养出他们所要求的优雅气质。她跟着丈夫路易斯搬到了洛兰，在这里安家筑巢还生了儿子路易斯·裘尼尔。杰萝丹把自己定义为有色人，自认为从各个方面都高于黑人，并在自己和黑人之间划出界线。她不许自己的孩子和黑人小孩一起玩耍，因为她认为黑人小孩肮脏吵闹。为了使自己的孩子更多地脱离与黑人之间的联系，她把他的头发剃到发根以免露出黑人的卷发，还请理发师给他的头顶烫出一条缝来。她时刻警惕儿子不要落入“黑人”的身份中。杰萝丹的表现进一步证明了美国黑人的他者地位，她害怕处于黑人的他者地位而努力脱离黑人的身份，另一方面，杰萝丹的人格变化反映了抽象空间的强迫力量在她身上实施的后果，她内化了白人的审美标准，努力使自己靠近白人社会的生活而对黑人的

① Leester Thomas, “When Home Fails to Nurture the Self: Tragedy of Being Homeless at Home”, in Harold Bloom, ed., *Toni Morrison's The Bluest Eye*, Philadelphia: Chelsea House Publishers, 1999, pp. 225—238.

世界产生自贱的心理。

杰萝丹和她的儿子还有她的小猫住在华盛顿·欧文小学旁边的一幢房子里。杰萝丹的房子是透过佩科拉的眼睛呈现的。有一天，当杰萝丹的儿子裘尼尔把路过球场的佩科拉拽进他家的时候，佩科拉目睹了这个家的豪华：

> 真是太漂亮了，她想道，多漂亮的房子啊，餐桌上放着一本大大的红底金色的《圣经》。房间处处都点缀着带花边的布垫——椅背上，扶手上，餐桌的正中央，还有小桌上。所有的窗台上都摆放着花盘。墙上挂着一幅彩色的耶稣画像，四周围了一圈漂亮的纸花。她想慢慢地，慢慢地欣赏这一切。……他把她拽进另一间屋子。这间屋子比第一间还漂亮。又有一些小布垫。落地灯的底座是绿金两色，配有白色灯罩。地上居然还放着一块地毯，带有巨大的深红花卉图案。①

杰萝丹努力使自己在居所上靠近美国白人的生活，并以此体现她与纯粹黑人的差别，她的家似乎与序言中迪克和珍妮一家很相像了。可事实并不一样，珍妮一家是幸福的，而杰萝丹的家并非如此。在长期努力靠近白人文化的过程中，杰萝丹的性情已经走向扭曲，甚至变态，她在房屋的布置上极力模仿白人资产阶级的形式，如墙上的耶稣画像，桌上的圣经读本，桌布、地毯和花盘等，生活习性上也过分看重形式，模仿资产阶级妇女爱怜宠物的生活。杰萝丹的同化似乎体现了美国社会抽象空间的成功，她爱着她崇尚的白人社会的一切。然而，杰萝丹的同化却使她的家陷入一种畸形状态，她爱她的猫，胜过了她的孩子和丈夫，她除了从形式上和生活上要求他们靠近白人社会以外，并没有在情感上亲近他们。

裘尼尔在孤独的童年中形成一种强烈的忌妒心理，他把伤害家里的猫作为报复母亲的手段。而在这个报复的过程中，偶然遇见的佩科拉成

① Toni Morrison, *The Bluest Eye*, New York: Pocket Books, 1970, p. 73.

了替罪羊。杰萝丹感觉从佩科拉眼睛里能看到世界的末日、世界的起源以及末日与起源之间的荒芜。[1] 佩科拉在杰萝丹的家里，感受了肤色带来的地位悬殊。杰萝丹一句低沉的“滚出去”使她退出了这幢美丽的金色和绿色的房屋。当佩科拉转身去寻找前门时，她发现屋里墙上挂着的耶稣画像朝下看着她，他的眼神忧伤而不惊讶，他的脸被相框周围的花纸弄得扭曲。[2] 这一幕的种族寓意是很深刻的：杰萝丹努力以白人中产阶级的标准来要求自己，以浅肤色的优越感鄙视自己的黑人同胞，她在她漂亮的屋子里用蔑视的眼神和话语，标榜着肤色的次第带来的等级感。

作为叙事者的克劳迪娅从某种角度代表了作者自己。叙事者不时在叙事过程中插入自己的评价，对社会现象表现出爱憎和评判。她的家也最能代表普通黑人的家庭。照例地，由于是黑人，他们很穷，居住环境也不好。叙事者对自己家屋的描述并不多。但寥寥几句，足以概括家里的情况。克劳迪娅说：“我们的房子是绿色的，破旧而冰冷。到了晚上只有大屋里点了盏煤油灯，其他屋子则充满了黑暗、蟑螂和老鼠。”[3] 窗户也是破的，“堵窗户缝的破布掉出来了，冷风又吹了进来”。[4] 然而所不同的是，当佩科拉和那些浅肤色的黑白混血儿们都在一味地以白人文化标准来对照自己，所有人都用歧视佩科拉来获得尊严的时候，克劳迪娅则是对周围的事物持怀疑的态度，对浅肤色人们的表现表示反感和鄙视，这与她们的父母有很大关系，他们从不曾因为自己是黑人而自我憎恨。房屋虽破，却充满着温情。当成年的克劳迪娅回首过去的岁月时，她说，

> 可是往事真是如此吗？和我记忆中一样痛楚吗？不完全如此，或许只是一种导致成熟的痛楚。爱像枫树蜜一样稠密，慢慢地涌向窗户缝。我闻着它，尝着它——甜甜的，带一点霉味，又带一点冬青油味——爱充满了整个房子。爱跟我的舌头一起，粘在带霜的窗

① Toni Morrison, *The Bluest Eye*, New York: Pocket Books, 1970, p. 75.

② Ibid., p. 76.

③ Ibid., p. 12.

④ Ibid., p. 14.

户上……[1]

克劳迪娅们的顺利成长映射了莫里森自己的成功。莫里森总是被坚强的亲人所包围，他们为了生存，在艰难的世事中做出了不一般的成就。莫里森常常被亲人们的强大个性所鼓舞，他们从来不夹着尾巴走路，比如，她的父母从来就很藐视脆弱，且总是相信自己的孩子能有出息。[2] 克劳迪娅的父母也是这样的。家虽然破败，但他们总是很坚强，对孩子也充满了爱和严厉，作为父母，他们总是孩子最大的保护伞，当得知女儿弗里达被房客亨利先生骚扰时，克劳迪娅的父亲气愤得要杀了他，吓得亨利只好逃之夭夭。这与佩科拉的父亲乔利形成鲜明的对比，乔利不但不能支撑起家庭并保护自己的女儿不受外界的侵害，他还成了强暴女儿的凶手。

《最蓝的眼睛》给读者展现了抽象空间下美国黑人的他者处境，社会的抽象力量强加给他们以白人的审美观和价值观，从而导致他们努力靠近白人社会的生活方式和价值标准，然而这一切往往总是难以企及，于是他们自轻自贱，走向生活状态的另一端。家屋的构建体现了这种影响，肤色决定的社会等级以及白人文化价值观的侵蚀，使美国黑人在家屋建构上呈现出"非家"的特点。佩科拉家几次搬迁进破败的居所，他们的住房结构本身没有了家屋所应该具有的格局，从而导致这一家人的生活混乱而毫无质量，甚至走向悲剧。杰萝丹努力建构漂亮的居所，她的家屋结构具有现代资产阶级家庭所应该具有的一切，然而这个房子并没有变成"家"，因为对家屋设计的过分关注已经使杰萝丹丧失了对家人的热情，过分模仿白人资产阶级的生活方式使她把注意力更多地集中在一个宠物身上。家对于杰萝丹一家人来说，其实是一个"非家"之家。《最蓝的眼睛》以不同阶层和肤色人们的房屋建构体现了美国黑人由于历史和文化的原因，生活于社会底层或生活于黑白夹缝中的不幸处境，作者通过叙事者的角度，赞美了坚强不屈、自信和乐观向上的黑人品质。尽管历史和现实使黑人处于不利的地位，但是，保持自己种族的优良品质、

---

① Toni Morrison, *The Bluest Eye*, New York: Pocket Books, 1970, p. 14.

② Kelly Reames, *Toni Morrison's Paradise: A Reader's Guide*, New York & London: The Continuum International Publishing Group, 2001, p. 10.

不被白人文化力量吞噬才是最为可贵的。

第三节　弃儿之家

《最蓝的眼睛》里“非家”的居住环境酿成了佩科拉的悲剧，但是如果我们仔细探究悲剧的深层次根源，不难发现，除了社会上无处不在的审美标准和难堪的居住环境之外，更因为佩科拉有一对曾经为“弃儿”的父母。在乔利强奸女儿的时候，他感到他很爱她，却又为自己的爱感到无能为力，酒醉中的乔利错误地认为，他要进入女儿的身体才能表达他那无助的爱。他不知道如何去爱，不知道如何去爱他的孩子，因为他没有得到过父母的爱，不知道父母之爱为何物。莫里森小说中的“非家”之家不仅体现在居无定所和居住环境的混乱与破败，更体现为美国黑人在大的国家抽象空间里遭遇的人性戕害与剥夺，体现为家庭成员的残缺以及爱的缺失与扭曲。在这里，爱与暴力之间以奇怪的逻辑合理地联系在一起。

除了少数小说如《最蓝的眼睛》和《所罗门之歌》以外，莫里森小说中的黑人之家几乎都没有完整的成员结构。这些家庭中，有的没有男人，比如在《秀拉》中，皮斯家三代女人同住在一幢房子里。这种三代女性同堂的例子还见于《所罗门之歌》中相依为命的彼拉特、她的女儿丽巴以及外孙女哈加尔，《宠儿》里蓝石路 124 号的贝比·萨格斯、赛丝和丹弗，《爱》里的梅、克里斯汀和赫德。有的家庭没有孩子，如《爵士乐》里的乔和维奥利特、《柏油娃》里的西德尼和昂迪安夫妇以及《天堂》里的几户人家。有的家庭没有父母，如《爵士乐》里的多卡斯、《慈悲》里的女仆们、《家》里的弗兰克和 C、《天堂》里的康妮以及《柏油娃》里的雅丹等。有的是丧失了家庭成员，如《宠儿》和《最蓝的眼睛》中逃跑的孩子以及《宠儿》中被赛丝杀死的女儿、《天堂》里摩根家和《家》中在战场上死去的孩子以及《秀拉》中被伊娃烧死的儿子等。

然而，只要追踪到源头，读者都会发现，莫里森小说中的家都是孤儿的家。她的小说人物大多都是孤儿，孤儿成了每部小说中的主要人物，他们要么丧失了父母中的一个，要么父母双亡，要么不知道父母是谁，要么失去了父母的爱。比如，《所罗门之歌》中麦肯·戴德的母亲在生下彼拉特时死去，后来父亲又被白人枪杀，兄妹俩成了孤儿，被迫四处流浪，后来却走散了，并导致二者之间长期的隔阂与误会；吉他的父亲在替白人干活的时候死于工伤，母亲抛弃几个孩子出走了，吉他和弟弟们成了孤儿，流浪于密歇根，成了黑人地下组织“七天”的成员之一。《爵士乐》里多卡斯在一场大火中失去了父母。《宠儿》里赛丝并不知道自己的父亲是谁，她只知道他是个黑人，她目睹了她的母亲被白人绞死的情形。莫里森小说中的人物都成了“弃儿”。这个“弃儿”之家是有来历的，无论小说人物遭遇的抛弃是出于主观、被迫或者出于不可抗拒，它均来自主导一切的美国社会的抽象空间。美国社会对黑人的空间控制致使“抛弃”成为黑人家庭中非常普遍的现象。这种抛弃对黑人的成长形成了极大的创伤，因儿时失去父母而导致的依恋丧失感伴随着他们的一生，甚至传递给下一代，从而造成了家庭结构持久的残缺和变异。

我们不得不重新回到《最蓝的眼睛》中“迪克和珍妮”的普及读物。迪克和珍妮的家是一个完整的家，他们有漂亮的房子，有爸爸、妈妈、迪克和珍妮，还有他们的宠物小狗。一家人生活在一起，其乐融融。这给所有美国人提供了一个完美核心家庭的范例，它成为所有家庭参照的一面镜子。按照这面镜子，回照莫里森小说中黑人的家，那么，他们几乎都是不完美的。有人分析英语中 family 一词的意义，将之阐释为 Father and Mother I love you 几个单词的首字母缩略词，确实不乏其道理。在莫里森的小说中，family 一词业已显得不够完整，是带着缺憾的，没有了父母，没有了爱——这种缺憾来源于家庭组织的残缺或者情感的缺席。

家庭成员和家庭情感的缺席往往也是通过缺场的空间来体现的，缺场的空间是莫里森小说中反复出现的意象。例如，在《宠儿》中，正如许多批评家所指出的那样，小说的中心地点就突出了空缺的事实。巴迪克（Budick）说，“124 意味着许多缺失，不仅仅是宠儿，小说中没有了的第三个孩子”[①]，显然它还暗示了这个家中男人的缺失，如赛丝的丈夫，

① Emily Miller Budick，“Absence，Loss and the Space of History in Toni Morrison's *Beloved*”，*Arizona Quaterly* 48（1992）：117—138.

即丹弗的父亲哈尔以及从家中逃跑的两个男孩的缺场：

> 这个门牌号中混乱的顺序映射了自然顺序的混乱——失去祖先和后代。这些具体的空缺给读者制造了一个浮动的空间，一个浮动与缺失的过去和不可获得的未来之间的某个空间。不可恢复的过去和不可得到的未来困扰着现在，奴隶制度阻碍了个人和历史的连贯性发展。①

这无不让人想起赛丝的身世，以及她的母亲，还有她的婆婆贝比·萨克斯的经历，而回到非裔美国人的整个生存历史。

彼林斯利对比了美国的奴隶制和拉美国家的奴隶制，突出了美国奴隶制相对于拉美国家来说更为灭绝人性的一面，它对美国黑人的个体和家庭进行社会阉割。其实，在奴隶贸易之初，黑人家庭就被分裂了，俘虏奴隶的人从不考虑家庭和亲人纽带，而是只顾选择青壮年男性作为他们的奴隶，这导致几百年的女性人数的严重不足，以及黑人奴隶安置、工作和对待上的非人性条件。美国的奴隶制更进一步恶化了美国黑人家庭的状况。彼林斯利的考察告诉我们，奴隶制度对美国黑人家庭的建立、维持和发展都产生了极坏的影响，使其失去了正常的家庭模式。任何一个地方的奴隶制都是残酷而灭绝人性的，但美国的奴隶制最为恶劣。拉美国家能够建立不同于美国的奴隶制度，并在社会、经济和政治上形成良好的气候，其中一个重要的基础就是他们能够公开地惩罚或者实际地鼓励奴隶和自由黑人之间的稳定婚姻。在拉丁美洲，法律和教会为黑人奴隶的家庭生活提供一定的保护。奴隶有结婚的自由，而且可以违背他们主人的意愿，只要他们一如既往地为他服务。只要他们的奴隶身份没被暴露，他们也可以和其他自由人通婚。已婚的奴隶，夫妻不得因为买卖而拆散，除非保证他们仍然以夫妻的身份生活在一起。但是这些关于家庭的解放和保护方式在美国的奴隶制度中是没有的，奴隶们只有在奴隶主的慎重考虑后才能结婚。在美国，作为奴隶家庭家长的不是身为奴

---

① Danielle Russell, *Between the Angle and the Curve: Mapping Gender, Race, and Identity in Willa Cather and Toni Morrison*, New York and London: Routledge, 2006, p. 45.

隶的男性，而是他们的主人。奴隶买卖从不考虑奴隶家庭的完整性，奴隶主从不尊重黑人家庭的权利。

莫里森作品中家的残缺向我们再现了以上事实，例如《宠儿》里贝比·萨格斯曾说，黑人男女“被当作棋子搬来搬去”，他们的存在就是“逃跑或者被白人吊死、出租、出借、买走、带回、储存、抵押、赢走、偷走或者捕获”。[①] 在《宠儿》一书中，斯坦普·佩德之所以拥有这样一个名字，原因在于他的妻子被他主人的儿子霸占了，他认为自己在这个世界上不会欠任何人什么了，因此把自己原本的名字耶和华（Joshua）改名为斯坦普·佩德（Stamp Paid）。[②] 总之，在美国，黑人的家庭作为身体的、心理的、社会的经济单元，缺乏社会的支持和保护。这不但使个体奴隶的发展遭到了削弱，而且还削弱了他们的家庭，甚至整个黑人社会的发展。

《宠儿》里赛丝的母亲和她的婆婆贝比·萨格斯就是其中的受害者。贝比·萨格斯 8 个孩子就有六个父亲，她的两个女儿还没换牙就被买走了，贝比·萨格斯却没有能够见她们最后一面，哈尔是她在世上活得最长的孩子，也只活到了 20 岁。赛丝的母亲扔掉了所有白人的孩子而只留下了赛丝，那个她“抱着他脖子的”黑人的孩子。[③] 赛丝记忆中只见过母亲几面，母亲被绞死前给赛丝看了她身上的标记，告诉她如果自己有所不测，就通过那个东西来识别她。赛丝或许算是幸运的，因为她遇到了一个较为开明的奴隶主加纳先生，他把他的奴隶们都当人看，也能让赛丝嫁给哈尔，并享有 6 年完整的婚姻生活。不过，在那里，赛丝的身份也只是个财产，因为她生下的孩子将继续作为奴隶，继续作为“甜蜜之家”的劳动力而存在。在赛丝逃往辛辛那提之后，“学校教师”等赶到这里想把赛丝抓回去，因为在他看来，赛丝不但是庄园的好帮手，而且她还很年轻，处于极好的育龄期，还可以为“甜蜜之家”生下更多的奴隶。

奴隶制对美国黑人家庭的残忍破坏在《爵士乐》中得到了很好的再现。位于雷诺克斯大道的乔与维奥利特·特雷斯的公寓房的房间“像是些裹着破布的空巢”。房子的空洞暗示了这对夫妇没有孩子，意味着家庭

---

① Toni Morrison, *Beloved*, New York: Signet, 1991, c. 1987, p. 23.

② Ibid., pp. 184—185.

③ Ibid., p. 62.

成员的缺场。当然，它的意义远不止这些。拉塞尔谈到莫里森作品中的“空洞”时说道：

> 对于许多莫里森小说的人物来说，空洞的空间具有特别的恐惧景象。这种景象不仅仅表现为《宠儿》里闹鬼的空间。在不少莫里森的作品中，未被充实的空间都会有一个困扰人心的在场。[①]

乔与维奥利特空洞的房子有着一个扰人心肠的在场，那就是刚刚被乔杀死的多卡斯的照片，以及照片背后理不清的头绪和情感纠葛，更有乔和维奥利特远逝的过去，这一切制造了这个家屋的空洞。那远逝的过去驱走了乔与维奥利特之间的交流，并导致了乔与多卡斯之间的故事及其悲剧。那久逝的过去就是乔与维奥利特的童年，他们儿时的家被奴隶制无情地驱散，他们在失去父母亲情的环境下长大，这种儿时的创伤伴随着他们的成长，即使是到了北方的纽约，儿时的记忆依然在他们的心中根深蒂固，阻碍着他们前行。

乔和维奥利特 1906 年从南方弗吉尼亚的维斯珀尔县（Vesper County）踏上“南方天空”号列车来到纽约——一个“比完美还好的地方”。[②]然而，城市的生活并没有能使他们从过去的阴影中脱离出来。儿时被抛弃的创伤导致他们的悲剧人生，到了北方以后这种悲剧依然延续。成为弃儿的不只是乔和维奥利特，他们的父母曾经也是弃儿。莫里森作品中充满了身为弃儿之弃儿的人物，他们传递着被弃的创伤。

维奥利特的外婆“真美人”（True Belle）曾经是白人上校格雷（Gray）家的奴隶。格雷的女儿维拉·露易丝·格雷与黑人奴隶亨利·勒斯托里（Henry Lestory）相好并怀上了戈登·格雷（Golden Gray）。格雷上校认为女儿给自己丢脸，于是扔给她一笔钱并把她赶出了家门。临行前维拉要求真美人与她一道去巴尔的摩，帮她照顾她的孩子。真美人不得不抛下了自己的丈夫和两个女儿，与维拉一同去了巴尔的摩，一去

① Danielle Russell, *Between the Angle and the Curve: Mapping Gender, Race, and Identity in Willa Cather and Toni Morrison*, New York and London: Routledge, 2006, p. 45.

② Toni Morrison, *Jazz*, New York: Alfred A. Knopf, 1993, p. 107.

就是18年。真美人的离去给女儿——维奥利特的母亲罗斯·迪尔（Rose Dear）心头造成了巨大的被弃感，她从此变得郁郁寡欢，后来结婚生子后也没有能改善她的病情，白人分子的抄家和驱逐更加重了她的抑郁。18年后，一方面因为戈登·格雷离家寻找生父，另一方面因为得知女儿病情，真美人便向维拉告老还乡。但真美人的返家并没有能够拯救罗斯·迪尔，她在一天夜里跳井自杀了。母亲的自杀给年幼的维奥利特心头造成了巨大的伤痛，她久久不能从中恢复过来，而且发誓在自己的生命中不要孩子。这致使她婚后几次都让腹中的孩子流产了。而人到中年的维奥利特却无法从对孩子的渴望中走出来，每天晚上抱着布娃娃入睡，想象着自己曾经丢弃的女儿或者儿子。纽约市里他们的公寓房的空洞使她痛不欲生，这种渴望“令她无法克制，甚至令她气喘”，“像锤子一样敲打着她的心”。[①]

与维奥利特有着类似经历的乔当初也支持妻子不要孩子的想法，所以，当孩子几次流产时，他宁可认为有孩子是件麻烦事，而没有感觉到失去他们的痛楚。[②] 然而，这并不能说明乔不喜欢孩子，相反，他与孩子总是很相投的，他与维奥利特一样，甚至是爱孩子。不要孩子，是因为不想让孩子承受他们那种失去母爱、失去亲情的被弃感。乔并不知道他的父亲是谁，他在出生后被他的母亲威尔德（Wild）抛弃。威尔德之所以有这样一个名字，是因为她生下乔之前被正在寻父的戈登·格雷发现于林中，又因为生他的时候咬了为她接生的亨利·勒斯托里而被后者命名为Wild。威尔德是个疯子，常年生存在野外。乔在其养父母罗达和弗兰克·威廉姆斯家长大成人后，与威廉姆斯家的儿子维多利（Victory）一起被亨利·勒斯托里选为狩猎者培养对象。在这个过程中，“猎手中的猎手”勒斯托里暗示乔，林中出没的野人就是他的母亲。乔曾三次走上孤独的旅程，去找寻他的母亲。在他的家乡维也纳（Vienna），“乔首先是生活在对母亲的恐惧当中，后来生活在她的玩笑当中，最后被她拒绝，生活在对她的困扰当中”。[③] 当乔目睹他母亲令人难堪的状况时，他就像

---

① Toni Morrison, *Jazz*, New York: Alfred A. Knopf, 1993, p. 108.

② Ibid., p. 107.

③ Ibid., p. 175.

《最蓝的眼睛》里的出生时被母亲抛之于垃圾堆、后来又被其生父拒绝的乔利那样不知所措和迷茫。乔利在遭到生父拒绝后失去了自我，在漫无目的的逃跑中甚至失禁，拉得浑身又湿又脏。而乔在遭到母亲的拒绝并看到她肮脏的人及其生活环境时，被打击得无地自容，他宁愿自己是妓女的儿子也不做一个疯女人的孩子，并从此以发狂的工作来驱逐母亲在他心头的萦绕。正如乔利儿时的被弃导致了他后来的悲剧和对女儿的伤害一样，乔儿时被弃的创伤导致了一系列悲剧的产生，导致他那不幸的婚姻以及他和多卡斯之间的悲剧。乔追逐多卡斯，犹如追逐他的生母，而娶维奥利特为妻，也是因为林中的母亲拒绝她这个儿子。乔杀死多卡斯，按他后来的说法，是因为他不懂该怎么去爱，这与他从小没有母爱有关，就像乔利一样。

乔和维奥利特的例子告诉我们他们孩提时对母亲依恋行为的失败。鲍比（John Bowlby）在他的《依恋与丧亲》上册《依恋》（*Attachment and Loss*，*Volume* Ⅰ：*Attachment*）中把“依恋行为”定义为“寻求与保持和另一个人之间的亲近关系”。[①] 对于婴幼儿或者儿童来说，这个人多为他的母亲。鲍比在弗洛伊德心理分析的基础上得出，婴儿憎恨从母亲的子宫里分离，且总是寻求回到那里。[②] 所以，自从出生以后，婴幼儿就与母亲产生了一定的黏附关系。儿童有很多必须满足的心理需求，尤其是食物和温暖。它同时还有另一个习性，就是与一个人保持联系并黏附他。这是除了保暖之外的又一个主要需求。依恋行为是当某种行为机制受到激活时发生的，这种行为机制是婴儿与它的适应性环境发生互动的结果，尤其是它与那个环境中的主要人物，即它的母亲，互动的结果，在这个过程中，保暖不再是最重要的需求了。除非孩子在成长过程中有所不幸，依恋行为最初总是指向母亲的，当然不排除指向其他家庭成员的情况。[③] 与依恋行为相对而存在的是依恋对象对依恋者的“抚育”或者“照顾”行为，就母亲而言，就是母爱。鲍比认为，对多数人来说，与父母之间的联结会一直持续到成年时期，以若干种方式影响他们的行为。[④]

---

① John Bowlby, *Attachment and Loss*, *Volume* Ⅰ: *Attachment*, New York: Basic Books, Inc., Publishers, 1969, p. 194.

② Ibid., p. 178.

③ Ibid., pp. 179—182.

④ Ibid., p. 207.

在《爵士乐》中，维奥利特的母亲罗斯·迪尔长期处在忧郁当中，她无法给自己的孩子足够的抚育和关怀，而且因为他们是奴隶的后代，黑人的身份使他们食不果腹、衣不蔽体。维奥利特的依恋行为永远得不到满足，这导致她认为“最重要的事情，最大的问题是永远、永远不要孩子”。[①] 维奥利特和乔都是这样的例子。乔几次寻找生母就是因为一直没有得到她的爱抚与关怀，虽然威廉姆斯家将他视为己出，但罗达总是告诉他他不是她亲生儿子的事实，她总是告诉他“你就像我亲生的”。[②] 这使乔渴望对母亲的依恋，然后去寻找，又因寻找的结果而绝望。《爵士乐》中的另一个人物戈登·格雷的情形则是，由于他是个混血儿，他的母亲维拉·露易丝本可以给他足够的关爱，她确实也很爱他，可她在孩子面前的身份总表现得若隐若现，这使戈登把依恋行为转向了日夜照顾着他的真美人。

依恋行为的成败会对依恋者产生很大的影响。母亲与孩子之间的互动伴随着最强烈的情感，幸福的或者痛苦的。当彼此互动很顺利的时候，相互间会感受到强烈的喜悦，尤其在情感的表达上。相反，只要彼此之间出现交流的冲突，那么就很有可能表现出强烈的焦虑和不快，尤其是遭到对方拒绝的时候。[③] 在莫里森的小说中，父母与孩子的沟通都是很有限的，甚至充满障碍和沟壑。如《秀拉》中秀拉的母亲对社区的女人说，她很爱秀拉，可是并不喜欢她，这给秀拉幼小的心灵留下了深深的阴影，她不但对母亲没有强烈的依恋，反而带着仇恨。在她的母亲汉娜被大伙焚烧的时候，秀拉居然袖手旁观，不是带着恐惧，而是带着一种好奇。《最蓝的眼睛》里波琳压根认为自己的女儿丑陋，从不给予她关爱，而佩科拉更是通过称呼她的母亲为“布里德洛夫太太”来回避和母亲之间的依恋行为。母亲与孩子之间依恋与抚育的纽带被割裂，佩科拉走向自惭形秽也就不奇怪了。爱在这里变得冷漠而且被距离所代替。鲍比说：“母亲对孩子的行为方式会影响他表现依恋行为的强度，以强烈的、严重的、

① Toni Morrison, *Jazz*, New York: Alfred A. Knopf, 1993, p. 102.

② Ibid., p. 123.

③ John Bowlby, *Attachment and Loss*, *Volume* Ⅰ: *Attachment*, New York: Basic Books, Inc., Publishers, 1969, p. 242.

终止性的方式表现出来的母亲行为会打击孩子的亲近努力，甚至对其形成威胁。”[①] 秀拉和佩科拉都是这样的情形。对维奥利特来说，母亲长期的抑郁致使母女之间谈不上交流，母亲的病情也使她无力疼爱自己的孩子，所以，在成年的维奥利特的世界里，在她与乔的公寓房里，总有一条“秘密的缝”。[②] 这个缝隙暗示了维奥利特失去的母爱和失去的儿女，这也是她为什么在帮别人照看孩子时，企图偷走那个孩子，她希望用那个孩子来填补她的“缝隙”。对于乔来说，他与多卡斯的爱情更可以理解为为了填补他一生中与母亲互动之间的“缝隙”，多卡斯既成了他的情人，也成为他的母亲，抑或他的女儿。这里，我们可以将多卡斯理解为乔的又一个依恋对象，因为依恋行为不会因为童年的逝去而消失，而是持续一生。依恋对象可以是过去的也可以是新的，依恋者保持和他们的亲近并与之进行交流。显然依恋行为的结果与早期的依恋行为差不多，但达到这种结果的方式却多种多样。[③] 乔杀死了多卡斯，他的爱变成了暴力，维奥利特企图将死去的多卡斯毁容，她是将恨转换成暴力。然而，随着小说故事的发展，暴力的分量却渐渐消退，都被代之以那个“缝隙”的填充以及那些铭刻着儿时痛苦记忆的阴影的再现。乔杀死多卡斯，因为他觉得被她遗弃了。儿时被母亲遗弃的历史使乔无法战胜这场考验，因为“生活中不断遭受威胁或遭到遗弃的人，在到达成人阶段以后仍旧会对某种危险十分敏感”。[④] 乔与维奥利特奔向了北方，没想到 20 多年以后，他们仍旧活在过去的“裂缝”中。这使维奥利特感到这个城市和她想象的不一样，它并不是一个完美的地方。[⑤] 他们的家里剩下的是空洞和沉默，他们甚至通过不时地阅读多卡斯的照片来消磨时光。

维奥利特的例子告诉我们，惯常地将孩子与他们的父母分开，干扰

① John Bowlby, *Attachment and Loss*, *Volume* Ⅰ: *Attachment*, New York: Basic Books, Inc., Publishers, 1969, p. 260.

② Toni Morrison, *Jazz*, New York: Alfred A. Knopf, 1993, p. 22.

③ John Bowlby, *Attachment and Loss*, *Volume* Ⅰ: *Attachment*, New York: Basic Books, Inc., Publishers, 1969, p. 350.

④ John Bowlby, *Attachment and Loss. Volume* Ⅱ: *Separation: Anxiety and Anger*, New York: Basic Books, Inc., Publishers, 1973, p. 298.

⑤ Toni Morrison, *Jazz*, New York: Alfred A. Knopf, 1993, p. 111.

依恋与母爱的进程，其导致的创伤一直延续到成人阶段。除了以上例子以外，莫里森小说中的依恋创伤人物还有《秀拉》中的秀拉、奈尔和奈尔的母亲，《天堂》里的康妮和其他女性，《最蓝的眼睛》里的乔利和波琳，《所罗门之歌》中的麦肯和彼拉特、吉他和露丝，《柏油娃》里的森和雅丹，《爱》里的克里斯丁、赫德和朱丽尔，《慈悲》里的弗洛伦斯、索洛和丽贝卡、《家》里的弗兰克和C等。依恋创伤的结果是，作为一种防御，“创伤的孩子会形成一种特有的方式来阻止创伤中的无助和无望状态重新返回”。然而，“不幸的是，这些弥补措施往往是对个人和社会有害的”。[①] 在莫里森的作品中，小说人物对依恋失败的反应除了上文提到的乔和维奥利特以及乔利、秀拉之外，还有吉他、麦肯、宠儿、克里斯丁、赫德、吉吉、斯蒂华德、K. D. 以及森等，他们弥补创伤的方式往往具有损伤性后果。

依恋理论认为，“发生在上一辈身上的事件对下一代有着很强大的间接影响，且导致奇异的恐惧、幻想和构思”。[②] 在莫里森的作品中，起源于奴隶制并长期存在的社会制度对美国黑人家庭的影响导致家庭成员之间的代际创伤。在莫里森小说的黑人社会中，种族的关系产生并延续父母的创伤，这种创伤来源于奴隶制的历史和种族歧视。父母创伤的传递往往会在他们的后代身上产生不可战胜的负面影响。[③] 奴隶制灭绝人性的后果无不让人想起赛丝杀死宠儿的情形。赛丝之所以要杀死自己的女儿，将爱变成了暴力，是因为她在“甜蜜之家”遭遇了非人性的待遇，那种创伤记忆使她心有余悸，为了使女儿免于重蹈自己的覆辙，赛丝忍痛割断了女儿的喉咙。这不是爱的缺失，而是爱的扭曲。另一方面，这是赛丝从其母亲那里延续的奴隶杀婴行为。《最蓝的眼睛》中也描述了种族歧视与遗弃导致的代际创伤。乔利与波琳把他们儿时失去依恋和被抛弃以

---

① Evelyn Jaffe Schreiber, *Race, Trauma, and Home in the Novels of Toni Morrison*, Baton Rouge: Indiana State University Press, 2010, p. 9.

② Erik Hesse and Mary Main, “Second - Generation Effects of Unresolved Trauma in Non - maltreating Parents: Dissociated, Frightened, and Threatening Parental Behavior”, *Psychoanalytic Inquiry*, Vol. 19, No. 4 (1999): 481—540.

③ Evelyn Jaffe Schreiber, *Race, Trauma, and Home in the Novels of Toni Morrison*, Baton Rouge: Indiana State University Press, 2010, p. 16.

及受到种族侮辱的创伤延续至他们的孩子，佩科拉就是这个创伤延续的替罪羊。这种创伤的传递几乎见于莫里森所有的作品当中。而乔与维奥利特显然也是这种代际创伤的典型事例，乔的母亲因为个人成长过程中的创伤，虽然文中没有说明她是否被遗弃，但读者不难看出她是被遗弃林中的。她再一次遗弃自己的儿子，把创伤传递给他；乔在其人生旅途中继续着这种依恋创伤，并以恶性的方式表现出来。维奥利特的母亲被真美人抛弃，忧郁而死，然后把她的创伤传递给维奥利特，让她同样感到被弃；维奥利特延续着这种创伤，并导致她在成年阶段不幸事件的发生，她照例抛弃腹中的孩子，而后又生活在对孩子的无限渴望当中。

奴隶制根深蒂固的影响导致了美国黑人“弃儿”之家的形成。伴随着奴隶制形成并在奴隶制废除之后长期存在的种族歧视，如种族隔离、驱逐等，进一步促使一代又一代的“弃儿”产生，并使代际创伤不断延续。如果说奴隶制时期父母对孩子的抛弃是出于无奈（如《慈悲》中的弗洛伦斯的母亲、《爵士乐》中的乔以及维奥利特的母亲以及莫里森其他小说中的孤儿的母亲），那么奴隶制废除以后的时代里，父母对孩子爱的缺乏要么是由于他们迫于生活，有太多的事情需要考虑，要么就是代际创伤的结果，而忽略对孩子的关爱，这种爱的缺乏又会往下传递。例如，《秀拉》里汉娜问伊娃她是否爱过他们几个孩子，因为伊娃从未和他们一起玩耍。伊娃的回答是她的主要目标是灌饱他们的肚子。莫里森也曾在一次访谈中谈到这一点，她说：

> 当你必须为如何活着发愁的时候，和孩子一起玩本身已经很成问题了。伊娃的孩子对伊娃没和他们玩一事一直耿耿于怀，并把这种影响随身携带。那种对孩子爱的情愫是不大可能的，只有在一个充满爱心的社会里，你才能享受这样的奢侈。孩子是激烈的压迫社会最显目的标记。[①]

① Anne Koenen, “The One Out of Sequence”, in Danille Taylor - Guthrie, ed., *Conversations with Toni Morrison*, Jackson: University Press of Mississippi, 1994, pp. 69—70.

在以20世纪50年代美国社会为背景的《家》一书中，弗兰克兄妹感觉到父母对他们的冷淡和忽视，他们的父母也因为生计而无暇顾及孩子；身处20世纪六七十年代的麦肯·戴德也因为自己儿时丧亲的创伤阻碍了他对子女和家庭的关爱，并把他的创伤传递给他的孩子们，这使“非医生街”麦肯家的豪宅变成了一个牢笼。

由于黑人从在美国生存的第一天起就被界定为他者，被剥夺了作为人的尊严，“家”对于他们来说也是无法企及的事，因为在白人统治者看来，身为“财产”的他们没有资格和权力拥有家，他们是可以被任意搬动的“棋子”，父母与孩子、丈夫与妻子之间的亲情纽带可以被他们随意割断。这导致了一系列因为被弃而产生的依恋创伤，继而发展为代际创伤。而在废奴运动之后的时代里，美国黑人也因为苦于生计而无暇顾及孩子，同样导致了亲情的匮乏。美国黑人的家庭之所以有这样的命运，是因为在过去的时代里他们遭到了制度的暴力，而“对于当代美国黑人家庭来说，社会对他们的关注很少，因为美国黑人作为自由人的历史还相当短暂，美国黑人家庭被彻底忽视一点也不奇怪”。[1] 所以，家，即family，在美国黑人的家中意义是不完整的，他们的家是“非家”之家。

第四节　性别化之家

在关注种族对美国黑人家庭空间建构的同时，莫里森从未忽视性别对家之构建的重要性，性别政治是莫里森作品中家庭空间反映的又一个重要主题，女性书写是莫里森他者视角的另一个重要方面。这与莫里森作为黑人女性作家的身份和美国黑人在历史上的经历分不开，里格尼如是说：

> 就美国主流文化来说，莫里森毫无疑问是一个“边缘人物”，尽管她在当代文学历史上处于中心地位。对于莫里森和其他当代黑人

① Andrew Billingsley, *Black Families in White America*, Englewood Cliffs, N. J.: Prentice-Hall, 1968, p. 203.

女作家爱丽丝·沃克、托妮·凯德·班巴拉以及格洛里亚·雷罗尔来说，性别问题与种族和性别的压迫是分不开的，性别和种族一样是从形式和主题上构建文学的出发点。①

作为黑人女性作家，莫里森在她的作品中表现出对黑人女性的关怀。莫里森曾说，在美国和流散的语境下，黑人女作家的文本“不是狭隘的，它具有很强的探索性，而且毫不退缩”。② 虽然莫里森断然拒绝批评界对她进行的女性主义评价，但她还是很肯定地断言她以及其他黑人女性作家为黑人女性创作的事实：“我们不像有些白人女作家那样对男人说话。我们也没有相互攻击，像白人和黑人男作家那样。”③ 事实上，当回顾她20世纪60年代到70年代开始创作时，莫里森说，那时候很少有关于黑人女性的作品。没有一本小说代表黑人女性的经历：“这个人，这个女人，这个黑人，她没有中心自我。”④

莫里森的作品是关注黑人女性的作品，而且在她的作品中，黑人女性以一个发展变化的个体存在，从《最蓝的眼睛》经《秀拉》、《柏油娃》一直到2012年发表的《家》，读者能从莫里森的小说中听到日益强大的黑人女性作家的声音。莫里森的作品思考了女性的友谊、爱的不同方面以及她们为社区提供的照顾。莫里森小说的声音公开地表现为黑人的和女性的。1988年，在BBC的一次访谈中，莫里森解释她坚持自己作为一名“黑人女作家”的定位。莫里森认为，理查德·赖特、拉尔夫·埃里森和詹姆斯·鲍德温著作的成功在于保证黑人的声音得以听见，可这种声音并非对她发出，他们也不是在“为她”说话。她没有在他们的作品中听到“女性的内心世界”。在欣喜于黑人作家得到严肃重视的同时，莫

① Barbara Hill Rigney, *The Voices of Toni Morrison*, Columbus: Ohio State University Press, 1991, p. 2.

② Christina Davis, "Interview with Toni Morrison", in Henry Luois Gates, Jr. and K. A. Appiah, eds., *Toni Morrison: Critical Perspectives Past and Present*, New York: Amistad, 1993, p. 418.

③ Sandi Russell, "It's OK to Say OK", in Nellie Y. McKay, ed., *Critical Essays on Toni Morrison*, Boston: G. K. Hall & Co., 1988, p. 46.

④ Ibid., p. 45.

里森也在质问持续的文学经典的男性化，这种男性化暗示着白人与黑人男作家们代表着所有的性别。莫里森说，黑人女性对彼此感兴趣，她们从“另一个地方写作”。这“另一个地方”就是她们的身体和精神的美被拒绝的地方，是她们遭受性与经济剥削的地方。她认为，男性的声音不能表达黑人经历的全部，不能代表女性的声音。[①] 莫里森认为女性声音来源的“地方”就是她们为了争取自我定义和自爱的地方，这种定义和自爱的兴盛来自对祖先和过去的重申。重申过去以及从文化传承上定义女性的自我，既是女性的，也是种族的愿望。[②] 莫里森的作品，正如她自己所申明的那样，讲述了黑人女性的世界，发出了黑人女性的声音。“她的创作素材取自她作为黑人女性的意识，是必须理解的历史过程的一部分”，莫里森的作品“是美国黑人女性经历和关注片段的完美组合，也是美国黑人女作家正在制作的文学‘被子’不可或缺的一部分”。[③] 女性是莫里森小说关注的重心，《最蓝的眼睛》考察了白人社会关于美的压迫性标准在黑人女性身上造成的后果，反映了一个以蓝色眼睛为美的审美观对一个黑人少女造成的悲剧；《秀拉》以秀拉和奈尔的成长经历为主线，表现了几代黑人女性在特殊历史背景下的命运与抗争；《所罗门之歌》虽然以一个男人的成长为主题，但其背后却描绘了黑人女性的命运，奶娃的成长也离不开他的母亲、姐姐们以及哈加尔的牺牲，更离不开彼拉特的精神导向；《宠儿》则以赛丝的命运为中心，叙写了美国黑人女性在奴隶制下的悲惨命运，赛丝像彼拉特一样，在命运面前不服输，哪怕胜利意味着违反常规的行为准则；在《爵士乐》中，莫里森探寻了当女性的梦想遭到延迟的时候将会发生什么，本是仇人的女性之间何以最终成为朋友；《爱》表面上写了科西作为黑人男人的辉煌，事实上却书写了在他的阴影笼罩下女性的悲惨境遇；《天堂》在叙写男人们建构“天堂之家”的同时，实际上却关注了女性的命运，小说每个章节都以相关女性人物的名字命名，以她们的故事发展为线索，并以这些人物的最终归宿为结

① Eva Lennox Birch, *Black American Women's Writing: A Quilt of Many Colours*, London: Harvester Wheatsheaf, 1994, p. 149.

② Ibid., p. 150.

③ Ibid., pp. 193—194.

局；《慈悲》更是以一群女性人物的生活场景为核心，关注的是奴隶制早期黑人女性和其他族裔女性的生存境遇；莫里森最新的小说《家》虽然以男性主人公弗兰克的创伤和救赎为线索，但实际上却歌颂了以埃迪尔小姐为代表的黑人女性。

莫里森对黑人女性的关怀与家庭空间的构建联系在一起，这种联系与女性自身的命运不可分割。作为黑人，作为黑人女性，她们扮演着“家”中各种各样的角色。《最蓝的眼睛》中，种族主义的内化和丈夫乔利日益发生的变化使波琳逐渐疏离自己的家，把注意力和爱心献给了她的雇主费希尔一家及他们的孩子，却忽略了对自己的家以及孩子的关照和爱，最终导致了家的崩溃和佩科拉的悲惨结局。《秀拉》中伊娃传奇般的持家方式有着深刻的历史背景，让读者在惊叹的同时不禁深思在种族与性别重压下女性的挣扎和抵抗。《秀拉》、《所罗门之歌》以及《宠儿》中那祖孙三代同堂的女性之家无不让人思考在美国不同时期黑人女性的生存处境。在《爱》与《所罗门之歌》里，女性们生活在男性权威的阴影里。所以，莫里森小说中的家，既是种族之家，又是性别化的空间，带有很强的性别色彩。韦伯斯特（Wendy Webster）在《想象家园：性别，种族与民族身份 1945—64》（1998）一书中专门谈到了家与性别之间的关系，尤其是家与女性的关联。“家”这个词的丰富联想与有关女性的学科产生了千丝万缕的联系，涉及女性主义文学、女性主义历史学以及文化研究领域。女性主义文学特别关注与女人生活有关的私人领域，如人与人的亲密情感、个人关系以及家庭的生活空间等。女性历史学家追溯了从 18 世纪晚期以来不同意识领域的发展过程。在这个过程中，中产阶级在把自己和别的人群相区别的时候，总是把女性排除在公共角色和公共领域之外。女性主义文学总体上更质疑家作为安全与哺育场所的意义。在不断出现的家庭暴力和虐待主题下，当女性在家庭父权制下处于从属地位时，家便成了妇女压迫的主要场所。文化理论家们在逐步形成关于定位和错位、归属与移位、迁移与流放的文本时，一直热衷于家与来源、身份、依恋以及定居的联想，常常把它与民族的隐喻联系在一起。黑人女性文学在汇集这些观点的同时，探讨了家对于黑人女性在奴隶制、后殖民以及迁移语境下的多重含义。它认为，公有和私人之间的区分是种族的，居于中产阶级女性建构中心的是白人性。[①] 胡克斯（Bell Hooks）在《祖籍：抵抗之所》（“Homeplace：A Site of Resistance”）一文中论述了黑人女性和家之间的关系，突出了她们在“家”中的重要地位，以及她们是如何用家作为政治抵抗的。胡克斯认为，家是女性的家：

> 我常谈到的是回到祖母的家，虽然我祖父也住在那里。在我们孩子的心中，家是属于女人的，是女人的特有领地，不是作为财产，而是作为生活的重要场所——作为庇护所的温暖与舒适，意味着我们身体的成长和灵魂的哺育。在家里我们获得尊严、获得作为人的完整性；在家里，我们获得了信仰。充当我们生活的主要向导并教会我们以上品质的人，是黑人女性。[②]

胡克斯这种论述无疑在家的层面上对黑人女性给予了很高的赞扬，作为家的创建者，黑人女性是伟大的。胡克斯的论述告诉我们，黑人女性的生活是艰难的，而非容易的。她们生命中的大部分时间都是在自己家庭之外，服侍白人，为他们打扫房间，洗衣服，给他们照看孩子——或者在田野里或者街道上工作，反正为了养家糊口，她们干各种各样的事情，然后她们回到家里，使那里的生活成为可能。胡克斯说：

> 在白人男性至上的社会里，黑人女性的命运和黑人男性命运之间的主要区别来自黑人女性服务于自己的家、家人、亲人网络及其之外的世界，服务于白人社会的大量时间与精力，以及保留足够的精力回到家中，努力服务于自己的家人和社区的张力。[③]

在《最蓝的眼睛》中，莫里森有一段关于黑人女性的描写，也深刻

---

① Wendy Webster, *Imagining Home: Gender, "Race" and National Identity*, 1945—64, London: UCL Press, 1998, p. ix.

② Bell Hooks, *Yearning: Race, Gender, and Cultural Politics*, Boston, M. A.: South End Press, 1990, pp. 41—42.

③ Ibid., p. 42.

地反映了她们在那种社会的现实处境，与胡克斯的论述一脉相承：

> ……之后她们就长大了，从后门擦着边儿进入生活，成熟了。世上的每一个人都有权利对她们发号施令。白人妇女说“去干这个”，白人小孩儿说“把这个给我拿来”，白人男子说“过来”，黑人男子说“躺下”。她们唯一不需听从命令的是黑孩子和她们自己。她们忍受着一切，并按自己的形象重新塑造一切。她们替白人管家，对此十分清楚。当白人主人打她们的男人时，她们打扫干净血迹，回到家里又遭受被打者的欺侮。她们一只手殴打孩子，另一只手则为他们偷窃。她们的双手既能锯倒大树，也能剪断脐带；既能杀鸡宰猪，也能养花种草；她们的双臂既能将捆成袋的东西装运上车，又能哄抱孩子入睡；既能烤饼，也能裹尸。①

无疑，在莫里森看来，黑人家庭的女性特点是很突出的。在莫里森的小说中，守在家里的几乎都是女人，男性大多从莫里森小说的家中缺失了。但这种家并非意味着真正的母权制。在莫里森的作品中，黑人女性经历的重心集中于她们所肩负的三大负担，她们控制不了自己的丈夫、孩子以及自己的身体。1965 年，莫伊尼汉报道（Moynihan Report）曾说，美国黑人的家庭是母权制的，在这种家庭中，作为丈夫与父亲的黑人男子很软弱，这种处境导致他们表现出退却、对社会的仇恨、在家庭和种族内部的攻击性行为、自我仇恨甚至犯罪。② 勒纳（Gerda Lerner）针对这个观点辩论说：“黑人母权的问题被普遍误解了。这个词本身就带有欺骗性，因为‘母权制’暗示了女性实施的权力，但是在我们整个社会中，黑人女性一直都是最没有权力的人群。”③ 赛丝、伊娃、彼拉特和《天堂》里的女修道院的女人们以及《家》等小说中的女性们无不是这样的情形。

---

① Toni Morrison, *The Bluest Eye*, New York: Pocket Books, 1970, pp. 109—110.

② Daniel P. Moynihan, “The Negro Family: The Case for National Action”, Office of Policy Planning and Research, United States Department of Labor, March 1965, http://www.dol.gov/asp/programs/history/webid-meynihan.htm (Moynihan 1965).

③ Eva Lennox Birch, *Black American Women's Writing: A Quilt of Many Colours*, London: Harvester Wheatsheaf, 1994, pp. 178—179.

在莫里森的作品中，美国黑人的家大多表现为男人的缺失，或者最终只是女性的留守。家表面上体现为对男性的排斥，表现为母亲的家。男性要么在家建立之初就不存在，或者名存实亡，或者因为无能抑或因为背叛而逃逸。《秀拉》中家里的主要成员是伊娃、她的女儿汉娜和外孙女秀拉。伊娃的丈夫波依波依还在他们的儿子李子没有断奶时就与别的女人跑了。李子由于深受战争的创伤变得颓废，而且吸毒成瘾，他的生命毫无意义，最后还想回到伊娃的母体来寻求庇护。最终伊娃只有通过烧死李子而为他解脱。伊娃收养的三个名叫"杜威"的孩子也由于没有典型的个性及姓氏而缺乏自我。这个家是在伊娃的母性权力下存在的。《所罗门之歌》中彼拉特的家里也只有祖孙三个女人：彼拉特、丽巴和哈加尔。这里没有男性的声音，更奇怪的是，丽巴和哈加尔连姓氏都没有，她们不知道自己的父亲是谁。三代女性在破旧的屋子里过着祥和的日子。《宠儿》里蓝石路124号的主要人物也只有贝比·萨格斯、赛丝和丹弗。整个叙事中男性是缺失并遭到排斥的。赛丝的两个儿子霍华德和巴格勒被宠儿的鬼魂吓跑了。赛丝的丈夫哈尔在南方的种植园"甜蜜之家"莫名地失踪，自那以后就再也没有消息。"甜蜜之家"最后的幸存者保罗D来到了蓝石路124号，与赛丝再续过去的情谊。可是，124号似乎对他有着强烈的排斥，首先丹弗对保罗D并不欢迎，她害怕他抢走自己的母亲，因为她心中一直怀着对自己父亲的想象。保罗D用他男性的力量将长期萦绕124号的鬼魂驱之门外，这个鬼魂后来又化作肉身，以"宠儿"的身份来到124号。宠儿强烈的忌妒之心，驱使她通过占有保罗D来使他离开，以此独占赛丝。124号这个空间似乎只属于女人，两个男孩在鬼魂面前显得没有男子气概，他们表现得无能，而且以逃跑作为对策，出逃以后就再也没有回来。保罗D的男性力量也没有能保证他在124号的家长地位。他一度想通过让赛丝怀孕来建立他在124号的稳固地位，但却未能如愿。所以，保罗D仍不能实现自己在这个空间的主导权力。《爱》里最终留守空屋的只有克里斯汀和希德——她们是儿时的亲密伙伴，又是后来相互敌对的祖母和孙女。

最能代表母性之家的是《秀拉》、《宠儿》和《所罗门之歌》几部作品。在这些女性家庭空间中，母性的特点是很突出的，家的主人对家这个空间实施了自己的权力。在这几部作品中，莫里森改写了列斐伏尔关于家是“父亲的家”的说法，家的建构蕴含着女性的经历和她们对不公平命运的抵抗。

伊娃对家的建构传奇令人心酸，她的独腿引起人们各种猜测和想象。但是，人们无一例外地认为她失去一条腿并非偶然，而是故意为之。伊娃嫁了一个毫无责任心的男人波依波依，夫妻俩年轻时随波依波依的雇主从弗吉尼亚搬迁到梅德林，他们结婚5年后，波依波依就离家出走了。没有出走前，他也经常和别的女人姘居，不怎么回家。他第一好色，第二贪杯，第三欺侮伊娃。家中有三个孩子：汉娜、珍珠和李子，但是，波依波依从不曾对他们担负责任。他出走时老大才5岁，最小的还未断奶。时值冬天，家里只有一块六毛五分钱、五只鸡蛋、三棵甜菜。饥饿使伊娃六神无主，她靠向邻舍们求助，东拼西凑，才勉强度过了那个冬天。饥饿和孩子们对她的需要使她忘却了对波依波依的仇恨，她把患肠胃病的儿子从死亡线上拉回来。在这燃眉之际，伊娃狠心地将孩子扔给好心的贝比·萨格斯太太，一走就是18个月，回来的时候拄着双拐——她只有一条腿了。后来伊娃在“木匠路”边盖起了一所房子，而把原来和波依波依盖的小房子出租了。两年后，波依波依造访了伊娃。可他的来访就像是一个远亲路过顺便进屋搭讪一样，他居然压根儿就没有过问伊娃的腿是怎么回事，也没有提出想看看他们的孩子。当波依波依向楼下走去，而后传来一个女人的高声尖笑时，伊娃像是给人用大铁锤重重地打了一下，此时她才意识到胸中涌起对波依波依的仇恨。这种憎恨在伊娃的心里经久不衰，使她坚强起来并“产生一种安全感、一种激动之情和坚持到底的精神，并且能将其保持到她需要用来加强自身或保护自身不受日常琐事纠缠的时刻”。[①] 伊娃曾对自己的女儿说，对她父亲的仇恨使她得以活下来并活得高高兴兴。[②] 不知伊娃的话是否属实，总之，自从波依波依造访之后，伊娃就从未出过她的卧室。不过，这座房子却因为伊娃的爱和对空间的权力而存在着。

---

① Toni Morrison, *Sula*, New York: Plume, 1973, p. 161.

② Ibid.

伊娃的住房有许多屋子，都是按照她的明确要求不断修建的：今天加一架楼梯（有三架楼梯通向二层楼），明天盖一个房间，东开一道门，西修一条廊。结果，有的房间开了三个门，有的房间又只有朝着门廊的一个门，有的房间需要穿过别人的卧室。伊娃建造了这所巨大的住宅，在房子的前庭后院分别种植了四株弯梨树和一棵孤零零的榆树。她坐在三楼的一把轮椅上，指挥着她的子孙、朋友、流浪汉和不断来来往往的房客们的生活。即使后来退居到卧室里，她仍然是这座房子最关键的在场，她知道并明白一切。伊娃从她的阳台上看到了楼下玩耍的孩子，然后派人去把他们找来"抚养"。[①] 她营造了一个既是个人的避风港，也成为一个社区中心的家。她以很独特的方式，在这里参与各种社会关系。

然而，女儿汉娜引火烧身而亡改变了这一切，改变了伊娃和她的房子。目睹女儿意外着火，伊娃从窗户里冲出，她没有能挽救汉娜，自己也严重受伤。这个打击使伊娃从此关闭了她卧室的那扇窗，拒绝修理那个窗户是伊娃观点改变的标志。从实际层面上来看，她不再能观察世界了（或者至少是窗户外面的世界）。拒绝观察使伊娃变得脆弱，她看不到秀拉即将实行的操纵。秀拉在离开梅德林十年后回到"底部"，她居然强行把她的外祖母伊娃送到了养老院而攫取对房子的控制权。

房子主权的改变并没有在卧室的外观上体现出来。当秀拉把房子据为己有的时候，窗户还是保留了原来封闭的样子。伊娃没有风景的卧室变成了她的外孙女的死亡匣子。把每个人赶走后，秀拉回到了胎儿的姿势，在那个奇怪的木板挡着的窗户下等待她的死亡。"秀拉最后实现了她一直申明想得到的——彻底的孤独——不过她最后的意识却似乎违背了她的说法。秀拉并不是独自死去的，她的情感的孤独也不像她想象的那样彻底。"[②]

伊娃个性的强势和她的爱并没能使她的家兴旺起来，她没有能够救出被火焚身的女儿汉娜。跟《宠儿》里的赛丝一样，她的母爱浓烈到需要用杀死自己的孩子李子来拯救他，因为李子已经无能到需要回到母体以寻求庇护。自然，这种爱的表达使她的孩子们难以理解，汉娜后来反

① Toni Morrison, *Sula*, New York: Plume, 1973, p. 37.

② Danielle Russell, *Between the Angle and the Curve: Mapping Gender, Race, and Identity in Willa Cather and Toni Morrison*, New York and London: Routledge, 2006, p. 111.

复问伊娃是否爱过她们几个孩子，正如赛丝的女儿丹弗对母亲依赖的同时又心存戒备。伊娃爱的施与也没有能使三个杜威的命运有所好转。他们在她的屋檐下生活了那么多年，总是看不到有什么变化，后来被秀拉赶出去了，最后在突如其来的灾难面前死亡。秀拉的最后死亡使这所曾经热闹非凡的木匠路 7 号变成了一个空屋。

伊娃的例子告诉我们，当“压迫”对家的构建形成干涉的时候，家的概念和现实都将发生变化。种族与性别的压迫使伊娃的家成为没有男人的残缺的家。孩子们在没有父亲的环境中长大，伊娃的母爱，尽管深厚与浓烈，却不能保证孩子们健全地成长。她不惜用牺牲自己的一条腿以换取足够的抚恤金来抚养几个嗷嗷待哺的孩子，并用生命的代价去挽救孩子的生命。她不顾个人生命安全，企图用自己的身体去覆盖女儿汉娜的身体以挽救她在烈火中燃烧的生命。而她的爱也浓厚到扭曲的程度，她通过烧死自己的儿子来让他死得像个男人，死得有点尊严。母爱的力量使伊娃不惜一切代价建构了木匠路 7 号，这个有着很多屋子的大房子——这个完全拒绝了男性逻辑及其实践的房子——最终变成一座空巢。伊娃努力通过建构自己的家，通过对住宅的所有权和对空间的自主来对抗一度因经济上的无助和被丈夫遗弃所带来的伤害。伊娃的努力没有白费，她把孩子们都养大成人了。然而在她这个母亲的空间里，她的孩子们似乎并不独立。汉娜在丈夫死后就来到母亲的住宅里，说是来照顾母亲，但她却无能到引火烧身，把自己烧死了。伊娃的儿子李子从未真正长大，李子想回到母亲的子宫意味着他的放弃意识或者死亡愿望。“母性的空间是危险的或具有毁灭性的。”[①]

《秀拉》的母性空间在赋予生命的同时，又对这些生命的毁灭制造了前提。在莫里森的小说中，小说人物与母亲的关系总是模棱两可，而且具有揭露性和毁灭性。这个空间不但表现出对男性的排斥和拒绝，甚至对女人来说也是如此。秀拉和汉娜原本与伊娃在木匠路 7 号房里自在共存，但到头来她们母女俩也在伊娃创建的母性空间里夭亡。

① Barbara Hill Rigney, *The Voices of Toni Morrison*, Columbus: Ohio State University Press, 1991, p. 16.

作为母性空间存在的蓝石路124号除了对男性进行拒绝，是女性实施自主和权力的空间以外，同时也是对奴隶制度进行抵抗的场所，更是具有桎梏性的母性空间。蓝石路124号首先表现为母性的空间。当加纳先生从废奴主义者爱德华·鲍德温兄妹家那里把这个房子租给了贝比·萨格斯后，她就带着两个孙子和一个孙女住在这里。后来赛丝带着初生的女儿也来到124号。虽然她们不是这座房子真正的主人，贝比·萨格斯以及赛丝却按自己的意愿对房子进行了改造，她们将房子的内部设计得充满了温暖和生命。这种温暖既是赛丝一家的，也是他们所在的社区的。她们使124号变成了一个幸福的庇护所和抚育之地，使这里充满了欢声笑语，陌生人在这里栖息，孩子们在这里玩耍，邻居们在这里聚餐。贝比·萨格斯以她伟大的母亲的胸怀拥抱着自己的同胞，124号充满了浓厚的母性色彩。但是，虽然这座房子里曾经住过两个男孩，也有不少社区的男人光顾过，别的过路的黑人也来过这里，但是小说的绝大部分叙述都是在没有男性的状态下进行的，呈现为女性的空间。

与《秀拉》一样，《宠儿》中的蓝石路124号似乎并不欢迎男性。保罗D在赛丝弑婴18年后来到这里，探望久别的赛丝。当赛丝把他领进屋的时候，他被迎面而来的红光阻挡，死婴的亡魂将他拒之门外。但是，赛丝和她的婆婆贝比·萨格斯、女儿丹弗一直都能与这个鬼魂朝夕相处，孤独中的丹弗甚至把它当成了必需的同伴。保罗D希望冲破这种阻挡，并用他那男人的力量驱走鬼魂，但是后来还魂的宠儿再次对他进行排挤；保罗D因无意中知道赛丝杀婴的事而最终离开了124号。作为赛丝的丈夫、贝比·萨格斯的儿子的哈尔始终只是女儿丹弗的一种想象，他从未出现在124号。哈尔和两个男孩从124号的缺失进一步说明这幢房子就是一个女性的空间。两个男孩目睹妹妹的亡魂在家中出现，蛋糕上出现了她小小的手印，墙上的镜子也莫名地破碎了[①]，他们还来不及看到更多家里的奇怪现象，刚满13岁时就逃跑了。这两个男孩就像伊娃的儿子李子那样，表现为家庭空间的懦夫。124号的老朋友斯坦普·佩德在杀婴过后18年内都不曾光顾这里，当18年后他来到124号门外时，感觉只有陌

① Toni Morrison, *Beloved*, New York: Signet, 1987, p. 3.

生，房子里的轰响声和奇奇怪怪的声音数次把他拒之门外。当他最后一次敲响124号的大门时，他的敲门声却被房子里边的声音吞噬，这幢房子只拥抱那三个女人：赛丝、宠儿和丹弗。124号对男性似乎“充满了恶意”。[①] 按照比利的说法，在《宠儿》中，男性的畏缩和女性的坚强形成强烈的对比，在这种情况下，男性被定义为怯懦和没有男子气概的，剩下的是几个在一个鬼魂常驻的非常态的情景下，像常人一样紧紧偎依且坚定地活下去的女人。[②]

蓝石路124号作为母性空间的另一个特点是作为抵抗之所的存在。当“学校教师”等四人骑着马来到124号门前，企图把赛丝带回“甜蜜之家”的时候，赛丝的抵抗使白人的体制力量为之胆怯。“学校教师”原本期望着把赛丝和她的四个孩子都追回肯塔基，因为在他看来，只要这几个孩子还活着，就可以把他们带回去养大，然后就可以作为“甜蜜之家”目前急需的劳动力了。另一方面，赛丝还那么年轻，她至少还有10年的生育时间，还可以继续为“甜蜜之家”贡献劳动力。赛丝还有很多优点，她曾经为他磨出最好的墨水，为他做过最好的汤，还可以按他喜欢的方式把他的衬衫领子熨得平平整整。[③] 在“学校教师”看来，赛丝和她的孩子依然是“甜蜜之家”的财产，虽然她已经逃到了辛辛那提的自由人所居住的地方。赛丝的力量无法与“学校教师”等代表的体制进行抗争，如果不反抗，她就只有认命，带上自己的孩子，随着他们的人马回到“甜蜜之家”，重新去过她刚刚逃离的非人的生活。赛丝认为孩子是自己的，是她“最好的东西”，她不让“学校教师”等抢走他们。爱和恐惧使赛丝变得疯狂，她的举动是想夺走“学校教师”对自己和孩子们的所有权，她通过在自己家里杀死他们来与白人的体制进行抗争。从某种程度上来说，赛丝胜利了，她的举动使“学校教师”及其侄儿等闻风丧胆。他们原本是想活捉赛丝一家，要么就是就地杀掉他们，结果却被吓得浑身颤抖，失败而归。赛丝条件反射般先割断了大女儿的喉咙。这一举动

① Toni Morrison, *Beloved*, New York: Signet, 1987, p. 3.

② Elizabeth Ann Beaulieu, *Black Women Writers and the American Neo - Slave Narrative: Femininity Unfettered*, Westport, Connecticut · London: Greenwood Press, 1999, pp. 61—62.

③ Toni Morrison, *Beloved*, New York: Signet, 1987, p. 149.

足可见在奴隶制度下女性的命运，赛丝自己的经历告诉她，宁可死也不要去做一个女奴。所以她的举动，既是种族的抵抗，也是性别的抵抗。她母亲的经历，她的婆婆贝比·萨格斯的经历，还有她自己的经历都反映了奴隶制度下黑人女性毫无尊严与人格的生命，她要首先把自己的女儿“送到安全的地方”。多年以后，当与保罗D谈起宠儿的时候，赛丝依然毫不后悔。蓝石路124号首先是赛丝和她的孩子们以及婆婆贝比·萨格斯从奴隶走向自由人的避难之所，是走向自由、走向温暖、走向亲情的乐园，然而这种短暂的幸福却被赛丝的暴力抵抗行为葬送了。从此，124号一步步走向封闭和孤立。

赛丝在抵抗白人社会体制的时候，她作为母亲的角色走向了另一面，抵抗使她的母爱表现为暴力，表现为对生命权利的剥夺。她在杀死自己孩子的时候，一方面把她当成自己的东西，另一方面，她又好像是在毁掉“甜蜜之家”的财产。在“保护”自己的孩子的同时，实现着一种报复，这使124号从一个原本充满欢乐的母亲的空间变成了另一个恐惧的、具有排他性的母性空间。一向开朗慈善的贝比·萨格斯退居到自己的卧室，足不出户，更不要说带领同胞们去林中空地祈祷和共庆了。她日渐变得消极悲观，并通过思考颜色的秘密来打发最后的日子。赛丝在弑婴事件之后也把自己的空间限定在一个房间里，她对外部世界发生的事情漠不关心，孤立而绝缘。赛丝除了她的女儿宠儿和丹弗之外什么也不渴求。她对世界的经历——一个由奴隶制的暴力形成的世界的经历——不鼓励她去对外部世界做进一步的探索。对家里人员的控制和内外空间界限的限定是一种寻求自我保护的尝试。赛丝努力去建构恐怖环境与她所爱的弱小者之间的障碍。不幸的是，在宠儿的灵魂以肉身的方式回来之前，这个障碍削弱了她为了自己剩下的孩子维持一个庇护空间的努力。两个儿子从恐怖的房子里逃走了，丹弗不敢确定她的母亲对她来说是否安全。她在一种悲伤的扭曲中，被迫在这座房子里寻找一个避难所。由于害怕母亲，她得创造一个保护的空间。她唯一能去的就是赛丝够不着的地方，在丹弗看来，就是她祖母的卧室——现在已成为“储藏室”的地方。从一个小女孩的角度看来，这个地方可以给她提供家里其他任何地方都找不到的安全感，因为这个空间是母亲的空间里的母亲空间。贝比·萨格斯会保佑她的——贝比·萨格斯是所有人的母亲，虽然她并没有救下任何人。

宠儿出现以后，赛丝在确认她的身份的情况下，为了弥补她的母爱，整天与她以及丹弗斯守在一起，满足宠儿的各种要求。124号更进一步走向封闭和孤立。更可怕的是，这个房子里的生命在一天天走向消亡。宠儿在一天天吞噬着她母亲的生命，丹弗也因为饥饿不堪濒临生死的边缘。124号这个女性的空间是具有双面性的，一方面，它曾像母亲那样抚育着生命，而另一方面，它却是具有毁灭性的。

《所罗门之歌》中彼拉特的家也是祖孙三代的女性之家，彼拉特、她的女儿丽巴以及孙女哈加尔住在密歇根某市（底特律）城南的宝贝街。那是一座狭窄的平房，房子里没有家具，处于黑人社区和白人主导文化的边缘。与赛丝、秀拉家的房子不同的是，彼拉特的房子最大限度地做到了和自然界协调共存，她的家与周围的环境融为一体，屋后的几棵大松树已成为彼拉特一家生活的一部分。这个房子的突出特点是有很多窗户，"满屋子都是窗：三面墙上每扇墙有两个，门的两边又各有一扇，水池和火炉的两侧也各有一扇，远处那堵墙也有两扇。第四扇墙一定在那儿间寝室那边"。① 房子里边充满了阳光和松树的味道，这使室内和室外的界限模糊了。彼拉特就地取材，用松树的松针来做褥垫，用柴火和煤来取暖做饭。彼拉特实际上并没有去建造她与女儿和外孙女共住的房屋，但是她的家却明显反映了她自己建构的个人身份。她家里的布置找不到常人所认为的正统和得体，这个房子里也没有电灯和窗帘。彼拉特的房子是卑微的，但它却是一个"没有一件舒适的物品，但能令人舒服"的家。对于彼拉特来说，家是躲避外界因素的场所，而不是自然界的障碍，自然与家之间生硬的划分是不具吸引力的。

彼拉特的房子具有开放性和流动性，而这些往往是正式建筑的房屋所缺少的，她哥哥家令人窒息的生硬和端庄显然是彼拉特的家所没有的。但是，和《秀拉》里的木匠路7号与《宠儿》里的蓝石路124号一样，彼拉特的家也不是一个积极地维持生命的空间，虽然她的房子充满了祥和的气

---

① Toni Morrison, *Song of Solomon*, New York: Signet, 1977, p. 40.

氛，充满着平静、能量和歌声。那些窗户在与自然进行足够沟通的同时，却暗示着房子主人的缺陷。彼拉特在把目光投向外面，对邻居们倾注热情的时候，却没有看到外孙女哈加尔的需要。结果是，她给哈加尔一面镜子，本想作为礼物让她开心，可没想到，这面镜子却刺激了哈加尔不顾一切的狂购。彼拉特对外部世界强加的审美标准一无所知，因而不能帮助哈加尔。彼拉特伟大的爱和开放性，本来是她的强项，却没有能对抗她外孙女的弱点。最终，彼拉特的家对哈加尔来说是拒绝生命的，这个家并没有能使她从奶娃施加的打击中振作起来，而是因为失恋疯狂而死。

莫里森呈现了女性的家，但这并不能证明她赞成或推崇纯粹女性的家，恰好相反，这些女性的家都不是人们想象的母亲空间那样，具有维持和哺育生命的特点，而是相反，它是桎梏的空间，甚至意味着扼杀。这反映了莫里森关于家之建构的观点，家不能只是女性的家。男性或者父亲的缺失会使家具有缺陷，人的健康成长和存在是需要男性和女性共存的，“性别的中断会削弱家中所有的成员”[①]，因此，在莫里森关注女性的命运和她们在家庭建构方面的重要作用的时候，她更强调男女性别在家庭建构上的平衡。对于下一代的成长来说，父亲和母亲都很重要。彼拉特之所以拥有健全的人格，并能指引奶娃走向成熟的自我，是因为她虽然在生下来的时候就没有了母亲，但是她的接生婆瑟丝总是以一个积极的母亲角色出现在她的生活中。与此同时，她拥有父亲和哥哥两个男性的亲密情感，这在彼拉特的成长过程中无疑是具有正面效应的。足够的男性家长和母亲的培养使彼拉特在往后的生活中能经受住无数的生活和生命的打击，坚强而乐观地活着。但是，虽然彼拉特的人格超群，她浓厚的爱还是不足以拯救哈加尔的生命。按照莫里森自己的说法，彼拉特的女儿和外孙女都因为缺少了她那样的经历，她们一个比一个在孩提时更少地接触男性的抚育，与祖先严重脱节。由于父亲的缺失，她们在成长的过程中不是日益旺盛，而是社会应对能力的日渐减退。彼拉特的人格接近了男性和女性的完美，但是如果得不到进一步的哺育抑或再生，

---

① Danielle Russell, *Between the Angle and the Curve: Mapping Gender, Race, and Identity in Willa Cather and Toni Morrison*, New York and London: Routledge, 2006, pp. 132—133.

这个平衡就会被打断。这是我们必须注意的关于未来的无能——女人生下女性，女性再生下女性。[1] 彼拉特由于自己非常特殊的身世以及她与众不同的身体特征（她没有肚脐）而经历了诸多不幸，其中就包括了她的孩子丽巴注定会失去她的父亲。《宠儿》与《秀拉》中不同人物的悲剧命运都与失去父亲有很大的关系，他们个个性情怪异，或者极不健全，这也给家的建构造成了很大的难度。

在以上的三部作品中，莫里森呈现了美国黑人的母性家庭空间，这些家庭一个共有的特点，就是都不曾显示出兴旺的迹象。秀拉、汉娜和哈加尔的死亡表明了莫里森关于性别之间相互依存的整体态度。伯奇说："由于秀拉和哈加尔在与她们的男人分离时和祖先的联系也削弱了，因此她们发现要活下去就更难了。"[2] 在《宠儿》中，当男人们被逐出蓝石路124 号的时候，这里只剩下贝比·萨格斯、赛丝和丹弗祖孙三代。她们的故事告诉我们，没有男性的家庭空间无法兴盛起来，而是被不曾解决的焦虑撕裂了。先是贝比幽居抑郁致死，后来赛丝又因为对外界恐惧而不让女儿跨出家门。蓝石路 124 号成为一个毫无希望的空间。家中性别的失调和母性之家的建构无不使读者重新回到非裔美国人的历史，以及美国历史和奴隶制度对非裔美国人的生命与生活酿下的恶果。

莫里森的作品多数表现为父亲的缺场或者伤亡，不过，她的作品中也有少数美国黑人的家，在那里，父亲不但在场，而且是作为家长来统治这个家的，这个家表现为男性的家。虽然女性依然在人数上占有多数，但家却表现为男性的权力，是父权的象征。父权之家主要出现在莫里森的《所罗门之歌》和《爱》等作品中。和女性之家一样，种族问题也成为父权之家形成的主要原因。目睹自己的父亲被白人的枪支打飞五英尺高的惨状，使麦肯立志要做父亲那样出色的黑人，在对财产的极力追逐中，麦肯的人格与品性日益走向异化，他的精神世界走向荒芜，并最终导致他走向极端的父权主义。《爱》里的科西为了树立富有黑人的形象，

① Michael Awkward, *Inspiring Influences: Tradition, Revision, and Afro - American Women's Novels*, New York: Columbia University Press, 1989, p. 488.

② Eva Lennox Birch, *Black American Women's Writing: A Quilt of Many Colours*, London: Harvester Wheatsheaf, 1994, p. 168.

并为富有的黑人提供享受和娱乐的场所，修建了漂亮的度假胜地，的确为当地和远近的黑人贵族和黑人贫民做了好事。但是科西却是一个专制的家长，他的在场与缺场都给家人带来伤害。

对于莫里森来说，对家的所有权来源于某种超出法律和经济因素以外的东西，那是努力而持续地承担起“家”所暗示的义务。承担养育和保护家庭成员的责任使一座房子提升到家的地位，并使住在其中的人提升为家的主人。麦肯·戴德，一个着迷于财物和地产的男人，实际上是被剥夺了财产的人。家庭空间的结构和内容都让他感觉他住在别人的房子里。他自己不能从情感和心理上关注他家人的需求，这是导致他疏离其住所的真正原因。他从没有试图去营造一个家，他只是感兴趣于聚集财富。[①] 麦肯丧失了真正的自由，他把自由拿去兑换财富了，他有一个错误的信仰——“金钱就是自由，是世界上唯一的自由”。[②] 他把当年父亲的训言“租下来，买下来，卖掉它，拥有它”[③] 牢记在心，然后变成了一个无情的房东。他通过他的权力与成功的符号——他衣兜里的钥匙和大型帕卡德轿车等把自己武装起来，残酷地追逐着资产阶级的梦想。只有当他偷偷路过妹妹彼拉特的住处，去听她们祖孙三代的歌唱时，他的情感才体现出一点退化的残留，聆听她们的歌声使他在记忆和音乐的重量下变得柔和。[④] 在麦肯的大多数生命中，他的情感都是断裂的。麦肯教导自己的儿子去“拥有东西，然后用所拥有的东西再去拥有东西，进而拥有自己和别人”。[⑤] 奶娃在想到父亲的时候，也证实了麦肯对财物的喜好：

> 他的父亲，现在已经是一个老人了，聚集财富，使用别人去聚集财富。作为麦肯·戴德一世的儿子，他对他父亲的生与死都表示敬意，这种敬意通过喜欢他父亲喜欢的一切来实现：财产、好的固定的资产以及生活物资的富足……拥有、建造、获取——那就是他

---

① Danielle Russell, *Between the Angle and the Curve: Mapping Gender, Race, and Identity in Willa Cather and Toni Morrison*, New York and London: Routledge, 2006, p. 142.

② Toni Morrison, *Song of Solomon*, New York: Signet, 1977, p. 163.

③ Ibid., p. 235.

④ Ibid., p. 30.

⑤ Ibid., p. 55.

的生活，他的未来，他的现在，以及他所知道的一切历史。所以他为了获得财富而扭曲了生活，使之变得弯曲。①

对财物的追求和拥有使麦肯失去了精神上的东西，他失去了对家人的情感。他的妻子和儿女都生活在他制造的恐惧当中。

麦肯的妻子露丝由于当初没有支持他用她父亲的财产去投资，便换来了麦肯的不悦之心。他因为目睹妻子亲吻死去父亲的手指而想入非非，无限扩大事实真相，最后甚至用“乱伦”来定位妻子露丝与其父亲之间的关系，并从此不再理她，他对妻子的恼恨闪现在每一个字眼里，心中的仇恨使他断绝与露丝之间的夫妻情分，年轻的露丝从此与孤独相伴。麦肯多年的冷落使露丝只能到父亲的墓地，与一个坟堆说上半天的话来打发自己的情思，以及通过延长儿子的哺乳期来寻找情感的依托。她“由于丈夫的鄙薄，总是胆战心惊乃至呆若木鸡地开始一天的生活，又在这种鄙薄之下变得生机勃勃地结束一天”。② 麦肯对露丝做的饭菜百般挑剔，生活中动辄对露丝大打出手，拳脚相加，他甚至会因为露丝微笑而打她。露丝孤独得只有通过每天细看饭桌上的水纹来证实自己还活着：

> 这样她就可以相信，这就是生活而不是梦境，她在一个地方活着，仅仅由于她所熟知、倍感亲切的东西摆在那里，在她之外存在着，她的内心也就坦然地相信了她是确确实实地活着的。③

麦肯的父权使他的家无比沉闷，他常常会在不动声色中突然爆发一通脾气，全家人都因畏惧而惴惴不安。他的女儿们在他失望的眼神下变得阴沉而没有生气，她们原本应该是轻快抑扬的嗓音在他的威压下也变得抑郁，他那使人发冷的目光使她们做起事来磕磕绊绊，毫无自信。她们的心智和面子被她们的父亲一味地践踏。在她们沉闷的生活中，父亲这种冷眼和凶

① Toni Morrison, *Song of Solomon*, New York: Signet, 1977, p. 300.

② ［美］托妮·莫里森：《所罗门之歌》，陈苏东、胡允桓译，上海世纪出版集团、译文出版社 2005 年版，第 15—16 页。

③ 同上书，第 16 页。

恶似乎成了唯一的刺激，如果缺少了这种刺激，她们反而会感到手足无措。

对于家里唯一的儿子，麦肯当初也是不想让他出世的，几度想将之扼杀在母亲的腹中。他对降生后的儿子也没有倾注多少父爱，只有严厉的训斥和命令。为了他自己作为黑人资产阶级的面子，他以各种条规管束自己的孩子，使他们的成长毫无个性和特点。麦肯极端的自私使他对每个人都很冷漠，包括他自己的亲妹妹彼拉特，他甚至对她很仇恨。一来因为年少时他们在山洞里丢失的黄金，二来因为多年后出现的彼拉特“邋遢”的形象有损他的地位和声誉。麦肯的家对每个人都是座牢房，他的女儿们整日被关在家里，日渐枯萎，而他的妻子则是被“一幢了不起的大宅第”压成了“小包裹”。[①] 就连麦肯也觉得对于自己的家来说是个外人，他只有从刻意经过妹妹的家，从她们的歌声中寻找一点点感觉，使自己的心“软化”，而奶娃则“很想感觉到非医生街上那扇沉重的大门在他背后咔嗒一响，从此再不去听那门钩落进插销的声音”。[②]

《爱》以不同的女性视角，再现的却是一个父权的阴魂，在不同叙事者的讲述中，一个缺场的人物逐渐显现，比尔·科西以一个神秘的形象出现在读者视野当中。《爱》的叙事很有特点，它将科西家的性别问题通过每章的标题和叙事主体结合起来，小说各章的标题分别是“画像”、“朋友”、“陌生人”、“恩主”、“爱人”、“丈夫”、“监护人”、“父亲”和“幽灵”，从不同角度再现男主人公科西的角色，而叙事的主体内容却主要涉及了在科西主导力量下的科西家女性的生活。通过《爱》一书，莫里森再次向我们展现了在美国黑人家庭空间的建构中性别问题的另一面：在男权统治的家中，女性在这个父权的阴影下失去自我。《所罗门之歌》中露丝母女的压抑和无趣的生活到了《爱》里则演变为家里的女人们为了争夺自己在一家之主科西心中的位置的相互仇恨，而这一切均是作为家长的科西的随心所欲和毫无责任导致的。当然，在《爱》中，莫里森仍然将她的关注重心投向了女性，再次表明了性别问题的解决“任重而道远”。[③] 科西作为一个成功的美

① Toni Morrison, *Song of Solomon*, New York: Signet, 1977, p. 146.

② Ibid., p. 190.

③ 王守仁、吴新云：《性别·种族·文化：托妮·莫里森与美国二十世纪美国黑人文学》，北京大学出版社1999年版，第48页。

国黑人，建造了出色的度假胜地和位于君主街1号教堂般的大房子，为他自己和家人创造了豪华的居所。然而，到头来这两座大房子却变成了无人光顾的废墟和与世隔绝的“牢房”。[①] 科西是一个具有矛盾人格的人，用小说人物L的话来说，他是一个“好的坏人”（a good bad man）或者一个“坏的好人”（a bad good man）。[②]

科西的父亲丹尼尔·罗伯特·科西曾经因为替政府法院告密抓捕有色人而赚到一笔黑心钱，酷爱美钞的丹尼尔·罗伯特·科西临死前给比尔留下了114000美元的遗产。兴许是为了赎罪，科西使这笔遗产发挥了最大的用处，与他的父亲相反，科西成了人们的楷模和崇拜的对象。他用父亲遗留下来的钱修建了远近闻名的度假胜地。这一举动不但为他自己带来了巨大的财富，而且改变了他所在的城市的命运，给每个人的生活都带来影响，在这一带，科西帮助过的有色人比政府的福利救助20年内帮助的人还多。[③] 除了度假胜地之外，科西拥有无数房子、酒店山庄、两条船和无数钱财。科西家族的生活连续50年来成为海边、索科尔海湾、上海滨（Up Beach）和希尔克一带人们的热门话题。科西的度假胜地给当地的人们提供了就业机会，使他们不再去以打渔和捞螃蟹为生。度假胜地吸引了大量的外来游客，使当地人们的生活不断丰富。后来胜地的萧条导致游客们不再光顾，“他们每个人的生活都变得艰难，就像退回的潮水，度假村留下的只是贝壳和褐藻的剧本，撒满一地却无法阅读”。[④] 人们用敬仰和喜爱的眼神看待科西，谈到他的时候都是面带笑容，为他的谋略和金钱感到骄傲，他树立的榜样激励着大家去耐心而充满智慧地思考，并努力和他做得一样，科西的辉煌时代是大众所公认的“最好的好时光”。

但是科西却不是一个好家长，对科西家的女人们来说尤其如此。在科西家的等级体系的比喻中，科西是皇室成员，戴着大厨帽子的L是神职人员，其他所有人——希德、维达、梅、侍者和清洁工们——都可视

---

① Toni Morrison, *Love*, New York · Toronto: Alfred A. Knopf, 2003, p. 14.

② Ibid., p. 200.

③ Ibid., p. 9.

④ Ibid., p. 39.

为皇宫里为了赢得王子的笑容而相互争斗的人员。科西是“拥有这个酒店的漂亮的巨人，没有任何人敢跟他顶嘴”。[①] 他随心所欲、风光一生。而在他背后，君主街 1 号的女性们则在他的父权阴影笼罩下一个个过着痛苦不堪的日子。在科西死去 25 年之后，君主街 1 号依然弥漫着他的在场，制约着这些女人对彼此的反应。他对她们几乎没有爱，然而，她们个个都因为想在他的情感世界里占有一席之地而相互排挤挣扎。科西对这一切置若罔闻、漠不关心，他只是觉得她们讨厌。然而，这些女人却为他的事业作出了重大贡献。他的儿媳梅把毕生的精力和心血都倾注在科西度假胜地的发展和维持这个家庭的努力上了。L 曾说：“如果我是这个家里的奴仆，那么梅则是这个家的奴隶。她整个的一生就是为了让科西家的男人们得到他们所想要的东西。公公的地位超过一切，超过了她的丈夫，超过了她的女儿。”[②] 梅“似乎生来就是为了苦干和义务，像蜜蜂迷恋花粉一样热爱酒店的事业”。[③] 在民权运动时期，梅甚至因担心家里事业的前途焦虑过度而精神失常。为了处理好因科西毫无考虑地娶了 11 岁的希德为妻而对自己的女儿克里斯汀的教育形成的麻烦，梅多次将自己的女儿遣走，这导致了母女间多年的误解和隔阂，并给克里斯汀的成长带来伤害和阴影，她觉得自己一直在被抛弃，被魂牵梦萦的家所驱逐。她认为，“房产”和“家”是不可分离的，这也是为什么克里斯汀一直与希德争斗的原因。

科西娶年幼的希德为妻的目的为众人所猜测，但没有一样是对希德有利的，他居然在新婚之夜就留宿别处，婚姻存在期间他也一直在外面有女人，且时常对希德进行言语和身体的羞辱。这场婚姻除了赋予希德“科西太太”的身份之外，对希德并不意味着幸福。希德在生命垂危之时对昔日的好友克里斯汀说，自己被母亲“卖”给了科西，虽然科西早些时候对她还算好，但后来就日渐对她丧失兴趣。希德一度想与人私奔，但终究未能成功，从 20 岁左右起就过起了孀居的生活。她唯一的生活目标就是活在对克里斯汀和梅的仇恨里，为了死守她的名分带给她的权力

---

① Toni Morrison, *Love*, New York • Toronto: Alfred A. Knopf, 2003, p. 190.

② Ibid., p. 102.

③ Ibid., p. 103.

而拼命挣扎。科西的做法打乱了家中所有的秩序，友谊和亲情悄然隐退，取而代之的是忌妒与争夺。

科西除了缺少对家人的爱，同时也缺乏对他们的责任，他因为是这个家高高在上的主人而在这个空间里为所欲为。他在孙女的卧室里无视一切地自慰，被年幼的克里斯汀无意中看见了，这对她的心灵造成了恐惧和非常不好的影响。而娶孙女的好友为妻这种滑稽的事情使家里所有人感到难堪，并使她们在家这个空间里尴尬地相处，这导致了后来一系列的悲剧事件的发生。可怜的梅得去教会像自己的女儿一样的婆婆来管理大家，包括她自己；同时又要想尽办法，避免让女儿看到曾是自己好友的“奶奶”的一些事而强制她对空间进行规避。希德因为身份的变化实现了对空间的逾越，从而使本为科西家直系血统的克里斯汀遭到排挤。梅和她的女儿感到了身份的危机，她们觉得自己的空间遭到了入侵。三个女人都因为和科西的关系而认为这个空间是属于自己的，她们在彼此忌妒和争夺中心生仇恨，这种仇恨甚至成了她们活下去的动力。科西对这一切并不关心，有时甚至从中取乐。在克里斯汀 16 岁生日和毕业庆典那天晚上，希德由于忌妒而放火烧掉克里斯汀的卧室。当科西得知这件事之后，他只是觉得好玩：

> “她会杀掉我们的，”梅压低了嗓门说道。
>
> “床上没有人嘛，”他说道，还不住地暗笑。[①]

后来的处理方式就是让克里斯汀去同学家寄宿了两周。

科西对一直为他付出的家人没有爱怜之心，在他立下的遗嘱里，除了把一条船留给桑德勒·吉本斯之外，科西把所有的财产留给一个叫作西莱秀的女人。是 L 偷偷修改了遗嘱，否则，科西家的女人们就该流落街头了。科西对他家里的女人恨之入骨，他认为她们把他的家变成了“一群母螃蟹吵嚷的大桶”，把他一生的功劳变成了黑人历史上的一堂训诫课。[②] 但是 L

① Toni Morrison, *Love*, New York · Toronto: Alfred A. Knopf, 2003, p. 134.

② Ibid., p. 201.

作为这个家里的主厨，把一切事情都看在眼里。她想，不管科西所认为的是否属实，她都不准许他将自己的家人赶到大街上去。L对遗嘱的修改使可怜的梅感到安慰。为了使希德和克里斯汀都有所归宿，L通过文字的模糊性篡改遗嘱，将君主路1号归为“甜蜜的科西孩子”。[①]“甜蜜的科西孩子”所指的不确定性使希德与克里斯汀免于流落街头，因为她们都能找到证据证明这个孩子就是自己。虽然这两个女人在这幢房子里争斗不断，但她们彼此都离不开对方，仇恨也使她们紧密地生活在一起，“仇恨像友谊一样，它需要比身体的亲密更多的东西；它需要用创造性和努力来维持”。[②] 无论怎样，希德与克里斯汀总算有一个安身之所。

科西从未意识到，或者不愿意去意识到他给自己的家人带来的伤害，然而，作为受害者的希德与克里斯汀却明白她们在这个家里受父权重压的事实。当克里斯汀回忆祖父去世时的情景时她想到，她的祖父是个强权的、肮脏的家伙。在希德垂死之际，两个昔日的好友进行了最后的交谈，她们都一致认为是“无处不在”而又“无处可在”的科西害了她们，而且她们都相信自己在某种程度上助长了科西的霸权。她们不愿意想起他，“只有魔鬼能把他想起”。[③]

在《所罗门之歌》中，莉娜和科林西安丝分别用言语和行为对家中的父权表示了反抗。在这部小说中，莫里森通过故事情节的发展，赋予在小说题献中无声的黑人女性以声音。[④] 在众多女性成为奶娃成长支撑的同时，奶娃的两个姐姐在长久的沉默中，终于发出了反抗父权的声音。麦肯·戴德暴君似的家庭统治激起了子女们的公然反抗，科林西安丝最终走出了牢狱般的家，走向黑人贫民区，拥有了自己的爱情和归宿，而莉娜也在对奶娃的训斥中伸张了自己的主见，声称自己之所以没有离开家，就是为了留下来保护他们的母亲，因为她害怕父亲会杀了她。这一公开的对峙全面拉开了非医生街戴德豪宅里反父权的序幕。《爱》里

---

① Toni Morrison, *Love*, New York · Toronto: Alfred A. Knopf, 2003, p. 79.

② Ibid., p. 74.

③ Ibid., p. 190.

④ Sheng Qin, “Toni Morrison's Gender Politics in *Song of Solomon*”, *Canadian Social Science*, Vol. 7, No. 2 (2011): 95—101.

比尔·科西似乎并没有显示明显的暴力行为，但是他以一种无形的方式，使他的父权力量强压在家里的女性人物身上。这种影响深远而彻底，直到君主街1号即将剩下克里斯汀一人之前，女人们都只顾相互之间的争夺，从不曾把矛头指向导致她们不幸的男权家长科西。她们的抵抗意识在最后的时刻来临。但两部小说有一个共同之处，就是在一个强大的父权统治之下，有三个女性的生命处在沉默与卑微之中；都有两个纯真的少女，在有形与无形的父权阴影下变得枯萎。

在莫里森的小说中，家是一面镜子，反映了美国黑人的他者生存，美国黑人的他者性来源于他们的种族。当一个弱势种族被一个强势种族践踏的时候，这个弱势种族就成了他者，它丧失了主体性，并为社会歧视和忽略。黑人的他者地位决定他们作为白人的奴仆出现于白人的家中，与他们共享同一个生存空间，这里总会暴露出黑人的他者处境。在美国历史发展的各个阶段，美国黑人都成为美国主导社会力量的他者。在家的构建上，他们首先表现为没有自己的居所，即使拥有自己的居所，也会很简陋，而且常常位于很恶劣的环境之中，他们的生存空间受到白人社会抽象空间的摆布。即使有了居所，美国黑人的家也是不健全的，或者扭曲的，这与他们在历史上的他者地位有关。奴隶制等制度的迫害，使美国黑人总是在丧失亲人的环境中长大，他们不同程度地变成了孤儿，在不断地寻找和建构家的过程中，他们传递着持久的代际创伤，家无法拥有幸福和温馨，无法拥有爱。在经历创伤的家庭中，出现了母性或者父权的家庭空间，两者都是扭曲的、不利于生命成长的空间；性别的问题，尤其是黑人女性遭遇的性别歧视使家失去了应有的幸福与祥和。家作为社会的最小单位，作为人之生存的最亲密的空间，在黑人的家中得不到完整的表达，他们的家是“非家”之家。家的建构反映了在抽象空间力量下美国黑人的他者存在。

种族与性别是莫里森作品所关注的核心问题，这些问题在她的小说中很奇妙地通过家之建构的方式呈现出来。美国黑人的身份特点以及美国历史导致的生存状态，使他们的家永远处在建构过程当中。家的建构体现了这个种族身份的不确定性、相对性、抵抗性和他者性。这种“他者”之家首先体现了美国黑人女性的处境和她们在家的建构和维持方面的作用，同时也涉及了家的建构中男女性别的失衡，这一失衡有其固有的社会原因，并带来相应的社会问题。

莫里森的作品涉及了从奴隶制度建制之初到 20 世纪 60 年代到 70 年代美国黑人建构家的历史，这一历史展现了他们存在的他者性，他们的家总是像他们自身的存在一样，处在建构当中，从无家可归到非家之家的演变见证了美国社会普遍存在的种族歧视给美国黑人带来的伤害。在建构家的过程中，种族的原因使美国黑人在建构自己的“庇护所”的时候，并没有完全和绝对的自主，他们活在白色文化的阴影当中，无论是破败的家、华丽的家、借住的家，还是自建的家，都没有能带给他们完整的归属感，家对美国黑人来说，只是个“非家”之家。

第二章 “我”与“我民”:莫里森小说中的社区空间

奴隶制与种族的形成导致了美国黑人他者地位的产生，伴随着对他们“去家”的过程，黑人个体成为孤独的流散者。莫里森的作品告诉我们，黑人作为历史的孤儿，努力重新建构他们的家园，但其非洲背景和奴隶制度的残害使他们的家呈现出“非家”的特点。所以，家庭空间不足以支撑美国黑人的生存，对于被割断和亲人与家园联系的黑人个体来说，社区成为极其重要的空间，它给予离散的黑人个体以维持生命的集体力量，是对家庭空间的有力补充。

黑人社区是抽象空间同质化之下的他者空间。列斐伏尔说，空间具有政治性，其政治性存在着这样的悖论：空间一旦取得了政治的特质，它的去政治化特点便浮现出来。一个政治化的空间会摧毁使之形成的政治条件，因为对这个空间的管理和征用会与国家和政党产生冲突，它要求有其他形式的管理，要求对土地单元、城镇、城市社区、地区等空间进行“自主管理”。空间如是加重了政治领域和国家本身内在的冲突，它给政治领域中反政治力量的引入提供了推动力，促进了政治批判的进行，这种批判推动着“政治时刻”的自我毁灭。[①] 在美国，黑人社会/社区的形成与存在就是一种去政治化，是对美国总体政治空间的反政治力量的表现，而它的存在本身也是美国国家空间内部冲突的体现。

亨德森（George Henderson）在《保持我们的灵魂：美国社会的黑白关系》（*Our Souls to Keep*：*Black/White Relations in America*，1999）

---

① Henri Lefebvre，*The Production of Space*，trans.，Donald Nicholson－Smith，Malden·Oxford·Carlton：Blackwell Publishing Ltd.，1991，p. 416.

一书中谈到了美国早期的自由与民主法则，认为从这一法则提出那天起其本身就产生了一种悖论。早期到达美国东部的殖民者致力于《圣经》旧约信条，对人类关系作出了一个里程碑性质的决定，就是“宣布在这块土地上实现普遍的自由，使其惠及每一个居民”。[①] 这个信条后来被镌刻在自由钟上。美国人成为历史上第一个致力于国家民主原则的民族 (American became the first people in history to commit themselves to the principles of democracy as a nation)。虽然这种原则在其他一些国家小范围地尝试过，但只有美国敢于全国性地采用“人人生而平等”的格言。不过，即使在那个时候，殖民地当中业已存在一种事实，那就是一些人比另一些人拥有更多的平等。因而，从这个国家诞生开始，不平等、歧视和种族主义就已经定下了基调。种族歧视成为一个巨大的障碍，它阻碍着美国黑人充分、平等地享有这个国家的富足。[②] 所以，在美国总体平等、自由的政治概念下掩盖的却是不平等，它暗示着国家抽象空间建构自身的内在矛盾和差异性。

安德森说：“歧视是指向一个人群的消极态度，尤其是指向一个种族或者宗教群体，它形成于一种高度个人的、毫无理智地对一个群体中所有成员或多数成员的一般化，并导致一种‘群内’和‘群外’的形成。”[③] 在美国这一国家抽象空间的建构过程中，一个明显的标志就是形成了白人和黑人两大种族的对立，并且其中一个种族的存在以另一个种族的存在为依托——白人种族通过对其他种族，尤其是对黑人种族的他者化来建构其空间的主导地位。在美国，“对非裔美国人 300 多年统治的本质促使美国社会里一个不寻常的黑人世界的产生，美国奴隶制固有的认为黑人低人一等的假设导致了种族的蓄意分离”。[④] 在一次访谈中，莫里森谈到了美国白人与黑人之间的这种对立和依存，并透露出西方人通过黑人这一他者来定义自身的事实；在美国这个国家里，黑人一直被用作各种

---

① George Henderson. *Our Souls to Keep: Black/White Relations in America*, Yarmouth: Interculutfal Press, 1999, p. xiii.

② Ibid.

③ Ibid., p. xiv.

④ John Hope Franklin and Alfred A. Moss, Jr., *From Slavery to Freedom: A History of African Americans*, New York: Alfred A. Knopf, 2001, p. 464.

权力抵制阶级斗争以及其他各种重大灾难的缓冲剂。她谈到白人如何通过黑人的他者性来建构他们的主体性：

> 如果这个国家没有黑人，那么它将变成一个巴尔干半岛。来到这里的移民会相互厮杀，就像他们在世界上任何地方一样。但是，从欧洲来到这里，变成一个美国人，他们相对于另一个移民来说就是对“我”的蔑视——不是别的什么，就是肤色。不管他们来自哪里，他们都会站在一起。他们会说，我不是“那个”。所以，在那种情况下，成为一个美国人是基于一种态度，就是对“我”的排斥。黑人的存在不是对他们的否定，而是使他们团结起来，他们下船后学会的第二个词就是“黑鬼”。……每一个移民都知道他不会是作为社会最底层的人而来的，他至少是高于一个人群的，这个人群就是我们。[①]

莫里森的陈述体现了她在种族问题上的鲜明态度，她总是站在美国黑人的立场，站在他者的立场，这一立场无一例外地体现在她的作品当中。莫里森认为，300多年的历史，不是一场战争，而是一代又一代的把黑人当作任意宰杀的牛马，把他们当作无成本的、可以再生产的财产的过程。这段历史是所有美国人都不愿意记起的历史，黑人和白人都不想记住它，似乎美国社会患上了全国性的遗忘症[②]，莫里森想通过小说创作来还原这段历史，她说：

> 在这个国家，美国黑人历史的矫正是最重要的，因为虽然你不能责怪你的征服者用他自己的方式来书写历史，但你肯定可以为之进行争论。关于黑人的历史有大量的模糊、扭曲和消音，因而黑人的在场和心跳一直都被以各种方式体制化地消灭了。复原这个历史

① Bonnie Angelo, “The Pain of Being Black”, in Danille Taylor－Guthrie, ed., *Conversations with Toni Morrison*, Jackson: University Press of Mississippi, 1994, p. 255.

② Danille Taylor－Guthrie, ed., *Conversations with Toni Morrison*, Jackson: University Press of Mississippi, 1994, p. 267.

就是我们的责任，这是一份很严肃的责任，一个人只能做到其中很小很小的部分，但我认为对于一个作家来说，它既是一项现世的也是一项非现世的工作。你必须分清和辨别出走在你前面的人——重新召回他们和承认他们只是这个矫正过程的一步——以便他们一直在那里，确认一种我个人并没有经历过的生活的存在。我是属于这个国家里有过这种生活的黑人有机体的一分子。①

莫里森通过他者空间的书写重新召回这一被扭曲与模糊的历史。美国社会空间的同质化是建立在西方白人利益基础上的，对其他种族的他者化，不可避免地导致了美国社会异质空间的产生与存在。即使到了自由时期，美国社会对黑人低劣身份的假定仍然存活下来，使分离于白人社会的非裔美国社会得以长期存在。黑人社区成为美国社会中不同于总体社会的差异空间，它的存在“对于一个致力于人性平等概念和奉行种族与文化融合政策的国家来说，是 20 世纪极不正常的现象”。② 莫里森的作品在致力于描述美国黑人“他者”之家的同时，更着重叙写了这种“不正常的”美国黑人社区。她把黑人社区的书写作为一种反抗的策略，从他者的角度折射美国历史和社会建构的权力机制。莫里森通过描写黑人社区，重塑黑人自我和黑人文化的主体性。

在长期种族歧视和压迫下形成的美国黑人社会有着自己的结构体系，包括完整的宗教、媒体和娱乐体系等。被称为“黑色穆斯林”（Black Muslim）的“伊斯兰国”（Nation of Islam）是最引人注目和最强调美国黑人异化的宗教机构，它给那些失业和被夺去权利的黑人以鼓励和安全——这些人试图在美国寻找一点生存的信心，但总是徒劳无功。在伊斯兰教义的指导下，黑色穆斯林否认美国的种族问题有最后解决的可能，它拒绝一切暗示与白人美国发生关联的名字，且寻求与白人社会的彻底分离。③ 富兰

① Danille Taylor-Guthrie, ed., *Conversations with Toni Morrison*, Jackson: University Press of Mississippi, 1994, pp. 224—225.

② John Hope Franklin and Alfred A. Moss, Jr., *From Slavery to Freedom: A History of African Americans*, New York: Alfred A. Knopf, 2001, p. 464.

③ Ibid., pp. 465—470.

克林和莫斯在谈到黑人社会/社区的时候，用的是 community 一词，这是相对于美国总体社会和白人社会而存在的黑人空间。Community 也是莫里森最为关注的术语。作为美国黑人作家，莫里森总是把自己的创作与黑人社会/社区联系在一起，她认为，重视黑人社区，是一个黑人艺术家的责任。莫里森说："在我看来，艺术家，黑人艺术家不是一个孤立的、对社区没有任何责任的人。艺术本身就是一种社区经历，在那里，如果没有争议、没有讨论——没有情感伴随着写作的过程，我就会很不快乐，我希望有人为我说'阿门'。"① 无论是富兰克林与莫斯，还是莫里森，在谈到社区的时候，都是着眼于美国黑人群体而非单独的个人来考虑的，他们涉及的都是作为"种族"的美国黑人。在对黑人社会或者社区的关注中，莫里森更强调作为居住空间的社区。当然，这个社区是与大的黑人社会紧密相连的，是那个社会的核心部分。莫里森说，她写的是乡村文学，她的作品是真正为村庄、为部落而写的小说，是农民文学，是为"她的人民"所写的文学。她说："如果我通过写小说来做的一切（或者无论我写什么）不是关于村落或者社区或者关于你，那么它就什么也不是。"② 莫里森在她的《根——作为基础的祖先》（以下简称《根》）一文中说："一定有那么个时候，艺术家代表着部落并置身其中，这个时候他有着部落或者种族的情感和个人表达。"③ 莫里森认为她的作品"应该澄清那些曾经被隐藏的角色，澄清过去那些有用和无用的东西，且给它们以滋养"。④ 在莫里森看来，社区书写是一种必要，是因为"她的人民"已经进入城市，他们的生活带着城市的价值标准。在旧有部落的价值观和新的价值观之间存在着冲突，在这种冲突中，他们已经被吞

① Danille Taylor-Guthrie, ed., *Conversations with Toni Morrison*, Jackson: University Press of Mississippi, 1994, p. 231.

② Therese E. Higgins, *Religiosity, Cosmology, and Folklore: The African Influence in the Novels of Toni Morrison*, New York and London: Routledge Taylor & Francis Group, 2001, p. 75.

③ Michael Nowlin, "Toni Morrison's *Jazz* and the Racial Dreams of the American Writer", *American Literature*, Vol. 71, No. 1 (March, 1997): 151.

④ Toni Morrison, "The Language Must Not Sweat", in Evelyn Jaffe Schreiber, *Race, Trauma, and Home in the Novels of Toni Morrison*, Baton Rouge: Indiana State University Press, 2010, p. 13.

没了。[1] 莫里森小说中的“人民”是美国社会的他者。首先，美国黑人被白人社会歧视和排斥。从奴隶制社会以来，黑人就被当作财产，当作等级低下者。其次，北方城市的工业化发展并未能够给黑人的生存带来改观。走向城市的他们仍然在夹缝中继续着他者化的存在，在这种存在中，他们的价值观出现了异化。莫里森对社区的书写，实际上是试图实现她的怀旧情怀，呼吁美国黑人回归自我，从自己的民族性中寻找实现自我的力量。与社区的存在一样，莫里森的社区书写是为了实现一种对抗。

社区几乎出现在莫里森所有作品中，她的小说几乎都离不开社区的存在和功用。《最蓝的眼睛》中的“洛兰”，《秀拉》中的“底部”，《所罗门之歌》中的“城南”、“丹维尔”和“沙理玛”，《柏油娃》中的“埃罗”小镇和加勒比海岛上的黑人社区，《宠儿》中辛辛那提的黑人小镇，《爵士乐》中纽约市里的“小非洲”等黑人社区和南方维斯泊尔县的“罗马”和“维也纳”小镇，《天堂》里的“鲁比”和“哈文”，《爱》里的“上海滨”，以及《家》中的“莲花镇”等社区为解读莫里森的种族和性别意识提供了极为合适的空间维度。本章将从“社区建构”、“社区与整体生存”、“社区与个体身份”以及“社区与个体空间”等几个方面讨论莫里森的社区空间。

第一节　社区建构

社会政治矛盾通过空间得以实现，因此，空间的矛盾使社会关系的矛盾得以运作。换句话说，空间矛盾“表达”着社会政治利益力量之间的冲突。这些矛盾只有在空间中才能有效地发挥作用，这样，它们就成了空间的矛盾[2]，莫里森小说中的黑人社区建构无疑体现了空间的这一特点。在莫里森的小说中，美国黑人的社区是处于特权与排斥之下的“他者”空间，其建构过程充分体现了种族特权下的他者性和流散性。黑人

① Danille Taylor - Guthrie, ed., *Conversations with Toni Morrison*, Jackson: University Press of Mississippi, 1994, pp. 120—121.

② Henri Lefebvre, *The Production of Space*, trans., Donald Nicholson - Smith, Malden · Oxford · Carlton: Blackwell Publishing Ltd., 1991, p. 365.

社区的形成是美国国家抽象空间同质化过程的结果和表现，是对一个人群进行整体压迫和歧视的结果。哈金和马丁对比了西方社会（society）与美国黑人社区形成之间的差异，他们说，西方的“社会”通常由国家地域界线予以界定，而黑人社区则形成于主流社会群体树立的种族障碍。[①]在莫里森的小说中，决定黑人存在的社会压力无处不在，主流社会对少数族裔个体的自我建构形成一种威胁，它决定着莫里森小说社区的外部界线，使黑人社区成为世界中的世界。[②] 这种他者空间既是联结美国黑人的主要社会空间，同时也由于白人的特权与排斥而变得扭曲和变异。莫里森的小说无不呈现美国社会中黑、白力量的对峙以及这种对立对美国黑人社区建构的影响。

在美国，黑人所遭遇的歧视和凌辱使他们彼此紧紧聚集起来，并形成一种对抗的空间。当非洲人被贩卖到美洲做奴隶的时候，他们都是孤独的个体，被割断了与自己的种族和家人的联系。但是当被贩运的奴隶人口不断增加的时候，同一个种植园或者邻近种植园里的奴隶开始多起来，他们就开始建立家庭、亲戚网络和社区。到 18 世纪的时候，有一半以上种植园里的奴隶人数达 20 人以上，“哪怕是极小的农场里的奴隶们也能感受到更稠密地区的社区感”。[③] 即使获取自由的黑人到了北方，来自白人社会的歧视仍然使他们生活在城市边缘或贫穷的区域——来自“乡村”以及黑人的身份使他们注定处于美国社会的边缘，这种边缘化与空间的生产不可分割。“乡村或类似的居住空间往往由城市空间来确认，谈论‘城市空间’，就是谈论中心或者中心位置。”[④] 美国的北方城市是以白人为中心的城市，来到北方以后，“不同阶层的黑人常常因为共同的受压迫符号——种族——而‘团’在一起”[⑤]，组成并居住于处于他者地位

---

① Wendy Harding and Jacky Martin, *A World of Difference: An Inter – Cultural Study of Toni Morrison's Novels*, Westport: Greenwood Press, 1994, p. 88.

② Ibid.

③ James Ciment, *Atlas of African – American History*, Revised Edition, New York: Facts On File, Inc., An imprint of Infobase Publishing, 2007, p. 43.

④ Henri Lefebvre, *The Production of Space*, trans., Donald Nicholson – Smith, Malden · Oxford · Carlton: Blackwell Publishing Ltd., 1991, p. 101.

⑤ Peter A. Anderson et al., *The Nobel Lecture in Literature* 1993, London: Chatto & Windus Limited, Random House, 1994, p. xviii.

的黑人社区，因为“城市空间主导着农村空间，两者之间是感知的距离和想象的统一。城市人对乡下人总是怀着特殊的情绪，要么是蔑视，要么是好奇，要么是敌视”[①]，而身为黑人的“乡下人”更是招来城市白人歧视和敌视的眼光，这使他们不得不为了彼此的生存而聚居在一起。

安德森以芝加哥为例，讲述了第一次世界大战期间从南方的阿拉巴马、佐治亚和密西西比等地方来到芝加哥的黑人的生活。他们居住在芝加哥的贫民窟里，讲的是南方口音，同时他们将南方的习俗和传统传递给他们的孩子。实际上，对于这些奴隶的后代们来说，“家”仍然是美国南方地区，而不是芝加哥这个城市。他们的生活环境十分恶劣，食不果腹，衣不蔽体，夜晚被跳蚤困扰，孩子们在学校里遭到歧视和嘲笑，医疗条件极差——没有白人医生肯为他们治病，他们从来都是采用家用的办法来治疗和预防，黑人社区因为生病无法救治而死亡率很高，也因为环境恶劣而出生率下降。太多受到良好教育的黑人因为族群的限制找不到工作，社区成了那些梦想破灭和被弃的人们的世界。[②] 无论是在奴隶制扎根的南方农村还是在自由时代的北方城市，社区都是美国黑人生存的主要空间形式。

在莫里森的小说中，黑人社区的建构是黑人族群面临他者化的过程和结果，当然，这与他们原本的他者地位有关。《秀拉》中的“底部”是俄亥俄州的一个黑人社区，地处高于梅德林富有白人社区之上的山地。“底部”最初来自一个奴隶主给他的前奴隶的礼物。这个“礼物”实质上是个骗局：白人奴隶主许诺要给他的前奴隶一块肥沃的洼地，结果却给他开了个“黑鬼玩笑”。奴隶主把一块贫瘠的山地给了他的奴隶，告诉他这块土地是很有价值的，因为它地处山上，因而离天堂最近。奴隶主告诉他的黑人奴隶：“当上帝俯视时，它就成了底部，它是天堂的底部，是世上最好的土地。”[③] 从此，白人奴隶主占据了靠近山谷的肥沃土地，黑人奴隶则只能得到那块称为“底部”的坡地。这块土地水土流失严重，

① Henri Lefebvre, *The Production of Space*, trans., Donald Nicholson - Smith, Malden · Oxford · Carlton: Blackwell Publishing Ltd., 1991, p. 268.

② Peter A. Anderson et al., *The Nobel Lecture in Literature* 1993, London: Chatto & Windus Limited, Random House, 1994, pp. 2—6.

③ Toni Morrison, *Sula*, New York: Plume, 1973, p. 5.

整个冬天狂风不断，种植起来能让人累断了腰。渐渐地，富有的白人聚集在山谷肥沃的洼地里，黑人则聚居在贫瘠的山坡上。尽管黑人们每天都能够俯视低地里的白人社区，但他们并不能从这样的事实中得到些许安慰。然而，随着时间的推移，“底部”逐渐显示出它的可爱之处，当山下洼地里的居住区不断增大，农场变成了村庄，村庄变成了小镇，梅德林的街道变得炎热并因发展而灰尘满布的时候，“底部”浓郁的树林遮盖着窝棚的情景很美丽，人们不由得对当年“天堂的底部”的说法持赞成的态度。“天堂的底部”由一个“黑鬼的玩笑”变成了事实，但是，它的命名与运作都受制于白人的主导权威。白人们把眼光投向了他们小镇上方的“底部”，他们把这里的各种树木连根拔起，为梅德林的“城市高尔夫球场”提供空间，大量的资金被用来将这里的黑人居住区夷为平地。顷刻间，“底部”将不再有，一个玩笑生成的黑人社区在白人特权操控下走向灭亡。“底部”的兴衰表达了黑人无根漂泊的生存状态，黑人除了接受、适应之外，别无选择。

在《爵士乐》中，身在纽约的黑人居民表面上按照自己的选择构建了一个单独的社区，他们很乐意地融入那些和自己一样穿梭的人群里，这些人对他们充满了友好，也不会对他们的南部方言有什么歧视，相反，他们会以浓厚的兴趣倾听，并把这种语言当作一种专为他们设计的复杂的游戏和玩具。[①] 然而，拥抱城市的他们怎么也忘不了他们在南方社区里遭受的暴力，是这种暴力把他们驱赶到了北方。书中人物乔几次转变的经历告诉读者，黑人社区因为白人主导空间或者国家主导空间的力量而处在流散当中：

> 1893 年是我第三次改变。那时维也纳烧成了一片废墟。白纸花了太长的时间完成的东西，红彤彤的火焰很快就解决了：废除所有契约；腾空每一块土地；那么快地把我们从自己的家里清除出去，我们只好不停地从县城的一头跑向另一头——不然就没处跑。[②]

---

① Toni Morrison, *Jazz*, New York: Alfred A. Knopf, 1993, pp. 32—33.

② ［美］托妮·莫里森：《爵士乐》，潘岳、格雷译，南海出版公司 2006 年版，第 132 页。

其实，到了城里以后，乔与维奥利特也几经搬迁，他们所居住过的社区同样是白人空间主导下的边缘而恶劣的地方。他们曾居住的是“臭气熏天”的马尔贝里街和“小非洲”以及“老鼠吃肉”的西五十三区。①

《爱》里的“上海滨”（Up Beach）的边缘位置体现了美国黑人的边缘地位，这里是白人种族不愿意居住的地方，这里的黑人居民不仅在生活上受到贫困和失业的困扰，而且受到自然灾害的侵袭，不是遭遇飓风就是遭到干旱——水井干涸，他们的水龙头里喷出的是泥浆，少有的降水也不够维持他们的生存。上海滨干旱过后就是飓风，沼泽变成了泥团，这片土地干得连蚊虫都撤离了。一个名叫“阿格里斯”（Agnes）的飓风把上海滨整个地淹没了。黑人们这样的生存状况无不是白人空间主导的结果。

《家》中弗兰克的家人曾经居住过的社区也在白人特权和排斥下被迫搬迁流离。在逃到佐治亚州的莲花镇（Lotus）之前，弗兰克一家住在得克萨斯州的班德拉县（Bandera County，Texas），住在那里的白人不许黑人居住，把弗兰克一家和他们的邻居们连夜赶走，限定他们 24 小时内撤完，如有违者，只有等死。果然，有个拒绝搬迁的长者被棍子和枪托活活打死挂在他自已家院子的大树上。第二天凌晨，已经逃跑的邻居们回去将他埋葬。弗兰克他们到达的莲花镇也是被国家抽象空间边缘的地带，虽然这个镇离政府所在地不远，但这里的人们依然生活在贫困和单调之中。他们的生活中没有电，也没有自来水，除了两个破旧的教堂外，也没有根本的教育设施，他们生活的世界是与主流社会截然不同的空间。

特权与排斥同样在《所罗门之歌》中体现出来，表现了白人在空间上的权力。小说开篇即呈现了美国黑人与白人在空间上的对立，并详述了他们如何通过语言的运作来颠覆种族歧视的力量，通过对空间的重新命名实施抵抗。《所罗门之歌》首先呈现的是处于密歇根州某市（学界一致认为是底特律）的黑人社区。因为曾经有一名黑人医生在一家名叫“慈善医院”的医院里工作，于是黑人社区的人就把这家医院所在的街道命名为“医生街”。官方拒绝承认一度被黑人社区称作“医生街”的街名，从远方寄来的注有“医生街”收信地址的信件被扔进垃圾堆。政府官员们在城南的黑人

① ［美］托妮·莫里森：《爵士乐》，潘岳、格雷译，南海出版公司 2006 年版，第 133 页。

社区的商店、理发店和餐厅里贴上布告，声称：“从滨湖的外滩路到通向宾夕法尼亚去的6号、2号公路交叉点，在鲁泽佛德韦之间并与之平行的那一条南北向街道一直被称为、今后也将继续被称为‘干线大道’，而非‘医生街’。”从此，城南的黑人社区又把这条街称作“非医生街”——按作者的说法，这种叫法既让白人统治者高兴，同时也保留了他们对“医生街”的记忆。[①] 另一方面，“慈善医院”并没有像它的名字所昭示的那样具有慈善的性质，因为它历来不接受黑人患者，所以黑人社区的人们把它称作“非慈善医院”。“非医生街”和“非慈善医院”的命名反映了抽象空间同质性下的反抗力量，是空间政治性下的去政治化表现，表现出空间权力的对抗。然而这些命名恰好“验证了美国黑人在空间上遭到排斥的事实”[②]，同时也体现了美国黑人在白人空间强制力量面前的顺从。与白人空间主导的对峙并不能改变黑人受排斥的命运——城南的黑人社区连街灯都没有，路人只靠月光辨别方向。在《所罗门之歌》中，“莫里森将她的小说人物从南方农村连根拔起，把他们置于北方的工业城市。但是，尽管到了北方，他们仍然无法逃避种族歧视的暴力。莫里森这一做法旨在强调南方黑人社区在向北方迁移过程中进一步流散”。[③]

莫里森的《天堂》最能反映美国社会空间主导特权对黑人社区建构的影响，它再现了美国黑人在白人主导社会的强制力量面前迁徙和建构社区的故事。虽然《所罗门之歌》中城南的黑人社区处在被排斥的边缘，但却能够通过对“非医生街”的更名来体现他们对空间主导的对抗，可是，《天堂》里黑人社区的建构反映了白人社会的空间主导对美国黑人心灵造成的伤害以及这种主导意识在他们种族意识领域造成的内化，继而导致一种“非裔例外论”的产生。

《天堂》描述了白人文化压迫和拒绝下黑人的自爱和极端的排他思想，这种思想以社区的建构体现出来。在他们集体建构家园的过程中，

---

① Toni Morrison, *Song of Solomon*, New York: Signet, 1977, p. 4.

② Maryemma Graham, *The Cambridge Companion to the African American Novel*, New York: Cambridge University Press, 2004, p. 226.

③ Eva Lennox Birch, *Black American Women's Writing: A Quilt of Many Colours*, London: Harvester Wheatsheaf, 1994, p. 164.

逐渐形成一种“例外论”，这种例外论导致了一个乌托邦似的社区的瓦解和重构。《天堂》通过对“美国例外论”这一叙事传统的改写，映射出仿制这种例外论而形成的“非裔例外论”观念下建构的乌托邦所反映的种族问题，这种问题直接反映在鲁比镇族群关系的建构上。

关于“美国例外论”的定义，不同学科有不同的说法，但是文学历史学家们共同认可拜尔斯（Thomas B. Byers）在《山巅之城：美国文学与例外论意识》（“A City Upon a Hill：American Literature and the Ideology of Exceptionalism”，1977）中的界定：“美国例外论是指，美国是独特的，优于一切的，这种优越性带着独特的道德价值和责任。”（Dalsgard，234）[①] 从这个角度说，美国例外论回应了17世纪时为了逃避英国宗教迫害而逃离至新大陆的一小群清教徒的故事。在他们的头人约翰·文斯洛普（John Winthrop）的带领下，这些清教徒在新世界建立了一个基督徒的示范社区——“山巅之城”。带着对于新大陆的欧洲想象，这群人参照了《圣经》中的《创世纪》和《出埃及记》中“上帝的选民”（The Chosen People）和“允诺之地”（The Promised Land）的故事，来定义他们的美国乌托邦。他们认为自己是在上帝的指引下寻找这片未知的土地，上帝选择了他们，经过艰苦的努力，在这新世界荒芜的土地上建立了“他的王国”。因此，这些清教徒们认为他们的社区被赋予了更为重要的使命，而且比世界上任何国家都具有更为重要的地位。[②]

这一信仰和观念深深渗透进美国不同时期的人们心中，更体现在美国的治国政策和对外关系方面，也出现在不同的文学经典作家的创作中。

但是，作为美国文学的创作传统，美国例外论大多出现在欧洲裔作家的作品中，非裔美国作家们一向对美国例外论持怀疑主义态度——非裔作家和批评家们努力寻求他们自己的文化传统，他们不但不属于大的白人文化传统中稍有偏离的部分，而且他们的文本需从非洲文化、奴隶

① Katrine Dalsgard，“The One-Black Town Worth the Pain：(African) American Exceptionalism，Historical Narration，and the Critique of Nationhood in Toni Morrison's *Paradise*”，*African American Review*，Vol. 35，No. 2 (Summer，2001)：223—248.

② Ibid.

制以及美国南部黑人文化的角度进行阐释。不过，尽管“非洲中心论”坚持文化上的分离，并产生了对非洲文化丰富的知识，从某种程度上来说，它还受制于欧洲文化的霸权。对于非裔文化来说，例外论并不是一个陌生的概念。拜尔斯论述道：“哪怕是从他者声音的角度来说，那些在非裔文化和文学上具有重大影响的人物，如弗雷德里克·道格拉斯和哈利诶特·雅各布斯，拉尔夫·艾里森，马丁·路德·金以及托妮·莫里森等都借助于美国例外论。”[①] 在《天堂》一书中，莫里森将美国例外论引入非裔文学话语，并对美国例外论进行巧妙的改写，从这种改写中，莫里森呈现了她一再关注的种族问题。在这本小说中，莫里森站在白色文化局外人的角度，对美国例外论进行斥责，因为对于美国黑人来说，他们不可能享有美国例外论所赋予的美好前景。

作为莫里森历史三部曲之一，《天堂》继续像《宠儿》与《爵士乐》那样挖掘非裔美国人历史中的关键时刻，成为作家对“当代美国历史编纂工作的小说化干预”。[②] 莫里森在该书中努力探索基督教在维持主流美国和非裔美国民族性以及社区建构方面的历史重要性，以开启在痛苦的历史境遇下对创伤和不公进行疗伤的可能性。与之前的小说不同的是，《天堂》似乎对民权运动和黑人民族运动的失败作出回应，这些运动并没有给所有美国黑人带来平等和社会公正，并没有实现马丁·路德·金所期待的“亲爱的社区”。[③]

在《天堂》中，莫里森并没有站在局外人的立场去批判强势的例外主义的美国对她个人的排斥，也就是说，她并没有以普适的方式支持或反对例外主义，她也没有暗示如果非裔美国人在美国社会拥有足够平等的参与权，那么美国社会将实实在在地兑现其天堂般的美好承诺。相反，莫里森从一个独特的美国黑人社区出发，通过例外主义叙事来探索例外

① Katrine Dalsgard, “The One-Black Town Worth the Pain: (African) American Exceptionalism, Historical Narration, and the Critique of Nationhood in Toni Morrison's *Paradise*”, *African American Review*, Vol. 35, No. 2 (Summer, 2001): 223—248.

② Peter Widdowson, “The American Dream Refashioned: History, Politics and Gender in Toni Morrison's *Paradise*”, *Journal of American Studies*, Vol. 35, No. 2 (2001): 313—335.

③ Channette Romero, “Creating the Beloved Community: Religion, Race and Nation in Toni Morrison's *Paradise*”, *African American Review*, Vol. 39, No. 3 (Fall, 2005): 415—430.

论在鲁比镇这个社区的运作。

《天堂》里的非裔例外论来自鲁比镇祖先们建镇之初的经历，他们的观念之所以是“例外论”，是因为这个经历类似于早期清教徒对乐园的寻找。《天堂》是一部史诗般的小说，描绘了一群人寻找家园的全景图，跨越了1890—1975年85年的时间。这部史诗般的小说超越了时空，呈现了作为前奴隶和奴隶后裔的美国黑人在寻找家园的路途中经历的种种痛苦与悲伤、一个“乌托邦”社区的建构以及随之而来的艰难对它的威胁和毁灭。在《天堂》中，莫里森借助黑人社区的生成和演变过程，反映美国白人主导空间对黑人生存空间的影响以及对美国黑人造成的种族毒害。

小说运用《出埃及记》的隐喻，暗示了美国黑人在废奴运动之后重新找寻自己家园的历程。在这个过程中，一群前奴隶和他们的后裔们，经受了种族的迫害和拒斥，但最终还是战胜了种种磨难，并在俄克拉荷马的一个地方定居下来，在这里建立了他们的天堂之国“哈文”和后来的“鲁比”小镇、他们的“山巅之城”——一个独特的自由自主之邦。这些人认为，他们之所以能够战胜重重困难并最终建立了自由的乌托邦，是因为他们是“上帝的选民”并且他们顺从了上帝的旨意，建立像哈文和鲁比镇这样的天堂之国，自然也是上帝的旨意。

《天堂》里的非裔例外论的独特不仅仅在于它的来历，更在于例外论在鲁比这个小镇上独特的运作，它的运作结果是种族主义的另一面。在《天堂》中，莫里森借助一个开阔的公共空间来构想人的归属感，把她关于“家”之构想的概念扩大而上升到社区的范畴。在《家》这篇论文里，莫里森说在《天堂》一书中，她力图创建一个没有种族主义瓦砾的家园，在那里居住、游走；在那里，种族既重要，也变得羸弱；这是一个“为我准备好的，舒适、宽敞、开放的地方。它的房门永远不需要关闭，有朝向阳光和秋色的风景但不遭受雨水的侵袭”。[①] 同时，莫里森摘录了她在《天堂》里使用的一段话，以进一步强调她的“乌托邦”的

① Wahneema Lubiano, ed., *The House That Race Built: Black Americans, U.S. Terrain*, New York: Pantheon Books, 1997, p. 10.

构建理想：

> 我不愿意想象自由所带来的威胁或者它那令人喘息的脆弱，而是想象它的无边际的魅力——一种在室外能感受到的安全感。在这里，“一个失眠的妇女总是能够从床上爬起来，裹上披肩，在明朗的月光下，坐在门前的台阶上。如果她愿意，她可以走出自己的庭院，然后沿着大路走下去。没有灯，也不用害怕。路的两边草丛里发出的蛇虫声不会吓着她，因为不管是什么东西发出的声音，都不会是冲她而来的。周围方圆数英里，没有人会认为她是一个猎物”。①

莫里森说，《天堂》里这段描述不仅唤起人们对一个种族主义的房子以外的平安与自由的向往，而且暗示了他们对一个从心理到生理上都安全的社会空间的渴望和追寻。

这样的理想家园或许就是《天堂》一书名字的来历，然而，这个天堂，在给人提供一个开放安全的处所的同时，也是自我封闭的——这就是它的问题所在。《天堂》在呈现一个平安的乌托邦的同时，也在探讨这个乌托邦的可行性。莫里森解释她探索为什么天堂是排外的，她详述道：

> 隔离或者分离，总是任何乌托邦必不可少的组成部分。我在小说中思考和询问关于天堂的所有意义，即天堂是一个安全、富有和没有任何人伤害你的地方。但是，这还不够，天堂的存在基于一种排外性。所有的天堂，所有的乌托邦都是被那些不在场的人，被那些不被准许进入的人所定义的。②

---

① Wahneema Lubiano, ed., *The House That Race Built: Black Americans, U.S. Terrain*, New York: Pantheon Books, 1997, pp. 9—10.

② Elizabeth Farnsworth, "Conversation: Toni Morrison", *The News Hours with Jim Lehrer Transcript*, March 9, 1998, http://pbs.org/newshour/bb/entertainment/jan-june98/morrison_3—9.html.

鲁比镇就是这样一个乌托邦，它的存在在于其对小镇以外的，或者“八巨石”（eight rocks）（简称8—R），即布莱克霍斯（Blackhorse）、摩根（Morgan）、普尔（Poole）、弗利特伍德（Fleetwood）、博尚（Beauchamp）、卡托（Cato）、弗勒德（Flood）以及都普瑞斯（DuPres）八大家族之外的浅肤色的拒绝和排斥。鲁比镇人坚信自己的小镇是天堂之邦，是上帝赋予他们的圣地，因为从建镇以来，鲁比的逝者都是在小镇以外的地方死去的。当罗杰·百斯特（Roger Best）办起了他的丧葬服务店，尤其是他买了一辆救护车兼灵车之后，迪克·摩根对他的生意很是鄙夷，并认为他将很快倒闭。他们坚信，小镇这样的福祉来源于镇上的纯净，而且这种纯洁是永恒的。[①] 在鲁比的人看来，这种永恒来源于他们绝对的“黑”，他们为自己的姐妹和小镇的其他女性没有为白人当过佣人而深感荣耀。因此，为了捍卫小镇的纯粹，他们拒绝和小镇以外的人通婚，更不愿意和白人以及比他们肤色更浅的人有更为亲密的来往。在这里，他们不需要监狱，他们的小镇从来没有出现过罪犯。镇上曾出现的一些有辱家族名声以及威胁小镇观念的事情也都得到了合理解决。镇上更没有过马虎和放荡的女人，原因很清楚，从一开始，小镇的人就是自由的，并且受到保护。[②]

然而，莫里森在描述这样的非裔例外论的时候，同时对它进行了解构。在强调鲁比特别偏僻的位置时（即它距任何最近的政府机构都在90英里以上），莫里森暗示了小镇的自满，这种自满体现为他们对小镇纯洁性的坚守，但事实上，在坚持所谓的上帝赋予他们以道德使命和责任的时候，他们拒绝“不纯”的他者的行为走向了极端，这一点很明显地表现为小镇上不同家庭之间的结构变化。

为了保持小镇黑人的纯洁性，鲁比人拒绝与外界通婚，这导致了鲁比镇种族内部的繁衍问题和伦理混乱。鲁比镇的肤色观念是很突出的，在这里，黑的深浅决定着人的地位和命运。镇上的“八巨石”们的肤色

① Katrine Dalsgard, “The One-Black Town Worth the Pain: (African) American Exceptionalism, Historical Narration, and the Critique of Nationhood in Toni Morrison's *Paradise*”, *African American Review*, Vol. 35, No. 2 (Summer, 2001): 223—248.

② Toni Morrison, *Paradise*, New York · Toronto: Alfred A. Knopf, 1998, p. 8.

黑得像深深的矿井，他们长得高大而且俊美，他们明亮的大眼睛丝毫没有透露出他们是否对“八巨石”以外的人们有任何同情和怜悯。[①] 他们以摩根家族为首，在小镇上具有无上的优越性，这种优越感使他们不屑于与8—R之外的人通婚，而只限于他们内部，这大大缩小了婚配的范围，并导致了家族之间关系的混乱和乱伦现象的产生，同时阻碍了种族的繁衍。例如，摩根家的双胞胎兄弟蒂克和斯蒂华德分别娶了布莱克霍斯家的姐妹苏妮和达维，双胞胎兄弟两家都没有了后代，蒂克与苏妮的两个儿子在越南战争中牺牲了——他们去参军的时候，夫妇俩都很支持，因为他们相信两个孩子比任何来自鲁比以外的战士都要安全，在他们心中，上帝赋予鲁比的福祉照例会确保他们的儿子平安回来。结果，蒂克夫妇不但失去了儿子，他们的女儿后来也死去了。这种家的空荡把苏妮击垮了，而且使她的生活沉重不堪。达维则因无数次流产而没有孩子。同样的情形出现在弗利特伍德一家，杰夫·弗利特伍德和甜甜的孩子也从来没有顺利地降生，这导致甜甜6年不出家门，人也变得疯疯癫癫。这些现象源自数代人之间的近亲联姻。不光是这样，家族之间还出现了不同代际之间的“接管”，即那些乱了辈分而不能去教堂举行婚礼的婚配，比如，帕特的婆婆，即她丈夫比利的母亲佛恩是布莱克霍斯家族的女儿，后来却被比利的外祖母的叔叔奥格斯特·卡托“接管”，也就是说，佛恩做了自己舅公的妻子。这样的结果便是，比利的父亲，同时是他外祖母的叔叔，又是他的曾舅公。这样的例子比比皆是，按照帕特的说法，鲁比镇已经出现了严重的血统问题。[②]

鲁比这种血统的混乱是与镇上人们的极端“排他”相伴的。帕特的父亲罗杰·百斯特是第一个违反小镇规矩的人，他从小镇外娶了浅肤色的德里亚。另一个是梅纳斯·居里，他从弗吉尼亚带回来一个长着浅棕色头发的漂亮女孩，且不说这个女孩是个妓女，单就她的肤色的差异就足够让鲁比镇的权威们愤恨的了。梅纳斯被迫放弃了那个女孩和为她准备的房子，从此生活在失去爱的忧郁之中。帕特的父亲则由于不顾小镇权

① Toni Morrison, *Paradise*, New York · Toronto: Alfred A. Knopf, 1998, p. 193.
② Ibid., p. 196.

威们的阻拦娶了镇外的浅肤色的德里亚而一直生活在镇上人们鄙视的眼光中，他们父女在鲁比镇是没有地位的。为了努力改变自己浅肤色的命运，帕特嫁给了“八巨石”中卡托家的比利，并生下了女儿比利·德里亚。比利·德里亚也因为稍浅的肤色，在小镇上承受着与常人不一般的待遇。在帕特的家中，为了努力使女儿变得顺应小镇的“规矩”，帕特在教训女儿时，愤怒之下将预热的熨斗伸向了女儿稚嫩的手，这狠狠地伤害了比利·德里亚，致使母女俩关系紧张，比利·德里亚离家出走，使帕特也在懊悔中痛苦不堪。她的父亲罗杰由于长期生活在小镇人歧视的眼光中而变得沉默不语。作为在鲁比镇上肤色歧视的亲身受害者，帕特的感受是很深刻的。在整理小镇历史和各个家族的谱系时，轮到写自己的家庭的时候，帕特经受着无可言状的痛苦，她在书稿的背面书写着自己多年以来的感触，与自己的父母进行对白。她对她的父亲说：

> 爸爸，他们恨我们，不是因为妈妈是你的第一个顾客，而是因为她长着一张饼干色的脸，并注定要生下像我这样的饼干色的孩子。虽然我嫁给了“八巨石”中的卡托家，但我注定会把我的肤色传递给我的女儿，正如你和他们大家都知道的那样。①

通过改写“美国例外论”而引出的“非裔例外论”，莫里森告诉读者：一个种族自身所具有的优越感和自主感，是通过对不同于自己的他者的排斥而创建和存在的。《天堂》里社区的建构依旧体现了美国黑人和美国白人之间相对存在的事实。鲁比人极端的例外论思想促使他们在社区的建构方面产生了矛盾和问题，并会导致种族自身的毁灭和瓦解。然而，鲁比的建镇过程和他们的例外论的产生以及这种例外论在鲁比的运作，反映了黑人在美国社会里遭到排挤的事实。鲁比镇的祖先们在西迁过程中遭遇的无数来自白人社区和浅黑色社区拒斥的例子，以及他们中的一个姐妹鲁比在白人医院里无人理睬而死亡的经历，使黑与白之间的对立永久、尖锐而且敏感，致使他们关于肤色的立场坚定不移。鲁比人

① Toni Morrison, *Paradise*, New York · Toronto: Alfred A. Knopf, 1998, p. 196.

在建立天堂般家园的同时，却又使他们的社区走向衰败。莫里森试图通过这个例子，证明她反对孤立的立场，在她看来，“孤立本身就带着自我毁灭的种子”。[①]《天堂》更是让读者看到具有“例外论”优越感的美国社会是欧洲裔人的天堂，是在拒绝与之不同的黑人民族和其他少数族裔民族的基础上存在的，是相对于这样的他者而存在的。

莫里森小说中的人物都是由他们的黑人性以及亵渎和拒绝这种黑人性的白人社会所定义。白人社会的毁灭性后果会以直接的暴力体现出来，但是，在莫里森的世界里，白人对黑人的压迫更多的是一种心理的暴力。她的小说很少塑造白人形象，因为她要呈现的暴行不是单纯的行为，而是对黑人生命存在的体制化拒绝。皮奇说：“莫里森总是通过使读者沉浸在活生生的黑人社会里，而更加凸显这个人群在白人主导社会里的‘隐形’处境。”[②] 在《天堂》中，这种拒绝和暴力导致的社会后果使美国黑人形成一种强烈的自爱，进而形成一种极端的黑人种族主义，这一切对美国黑人自身生存造成致命的影响。

其次，特权和排斥不但导致了《天堂》里社区建构的种族弊病，同时也导致了社区建构中的性别问题。在《天堂》所呈现的世界里，特权与排斥是建立社区的两大阻力，是爱的阻力，是“上帝之爱与同胞之爱”的阻力。哈文镇可以看成是长期被压制的和不曾记忆的黑人居住历史的一部分，是像哈文一样诸多以一两个教堂或者某个伦理代码为中心的社区的故事，而在这些代码中处于至高位置的是对女性的保护和尊敬。[③] 正如家的建构一样，在社区的建构中，莫里森一样倾注了对女性的关注，并通过社区的建构表达她的女性意识。

在《天堂》中，莫里森似乎在暗示一个不同于圣经传统教条的观念，传统的圣经教条把男性看作中心，对夏娃的女性后代不予原谅，她

---

① Elizabeth Farnsworth，“Conversation：Toni Morrison”，*The News Hours with Jim Lehrer Transcript*，March 9，1998，http：//pbs. org/newshour/bb/entertainment/jan - june98/morrison _ 3—9. html.

② Linden Peach，ed.，*Toni Morrison：Contemporary Critical Essays*，New York：St. Martin's Press，1998，p. 27.

③ Peter R. Kearly，“Toni Morrison's *Paradise* and the Politics of Community”，*The Journal of American Culture*，Vol. 23，No. 2（Summer，2000）：9—16.

只能对基督进行哀悼，而不能成为他的使徒。莫里森试图对这一传统进行颠覆，而暗示另一个母系权威的存在。小说的总体结构似乎支持这样一种女性主义的观点。小说的进程似乎提供了一个直接的女性的授权过程。[1]

在《天堂》呈现的世界里，在种族特权与排斥下形成的鲁比镇内部笼罩着男性的特权。鲁比镇的男人们用强大的力量保护着这里的一切，包括保护好他们的女人。“男人们以妇女的保护神自居，他们因为女人夜间能够坦然在街上行走和镇上没有邋遢女人而沾沾自喜。”但是，这种保护却变成了女性对小镇事务的无权干涉，变成了女性的操守和守节。“她们无权就关系到小镇传统和权威的问题公开发表言论，年轻的恋人间出现矛盾需要在双方的男性家长间解决，妇女们只能在一旁端茶倒水，甚至连女当事人也没有发言权，父亲可以理直气壮地宣称自己可以左右女儿的思想。”[2] 更为甚者，鲁比镇的男人们为了保护小镇的纯洁，却向手无寸铁的实为保护对象的女修道院的女性开枪。当女性犹豫不定的时候，男人掺和进来并努力代替女人行动，却不真正听取女人的意见，正如罗恩·都普瑞斯（Lone Dupress）看到男人们聚集在一起决定如何去杀掉女修道院的女性们那样。在这种情况下，男性实施着特权（没有通知鲁比镇的女性们，更没有征得她们的同意），同时对女性（修道院的女性们）施加排斥的力量。女性不断成为男人想控制命运时恐惧与怀疑的替罪羊，受白人排斥的黑人男性转过头压迫同种族的女人。在这里，正如陈法春所言，莫里森借助鲁比的黑人男子对女性的强权与排斥，讽刺性地模仿了美国白人对其他民族的种族歧视，它映射出美国人种族观念中的血统优越论、历史观念中的上帝选民意识、逻辑思维中的二元对立以及自我意识中的自高自大的荒谬。[3]

然而，这些女人虽然经历了社会力量对她们的排斥，她们在那些排

① Peter R. Kearly, “Toni Morrison’s *Paradise* and the Politics of Community”, *The Journal of American Culture*, Vol. 23, No. 2 (Summer, 2000): 9—16.

② 陈法春：《〈乐园〉对美国主流社会种族主义的讽刺性模仿》，《国外文学》2004 年第 3 期。

③ 同上。

斥力量下幸存下来，但她们并不是反男性的。对于女人来说，她们常常在以男性为基础的暴力定义中输掉了，她们从不把报复当作一个可能的选择项。同时，宗教的教义要求女人为她们的身体感到羞耻，她们也受这种观念灌输的影响，遵从于而且害怕男性的权威（上帝总是被刻画成一个男性形象，在电影中常常意味着一个自上而下的严肃的声音）。“修道院的女性们在排斥她们的压抑体系中活了下来。她们生存的方法不在于仅仅责怪男人，而在于努力恢复失去的记忆和努力建立起一个基于疗伤和相互理解的社区。”①

种族纯粹性的问题不可能使男人遭到责备，男人们以纯粹黑人性为基础建立社区的企图是有先例的，就是欧洲殖民者以纯粹白人性为基础建立美国的企图。鲁比镇男性的、排外的种族社会秩序与修道院女性社区建构基础之间的强烈对比需要读者注意到在美国西部殖民甚至整个美国殖民历史中白人男性的霸权。那段历史对于黑人和女性的排斥需要黑人和女性索回他们自己的权力并定义他们自己的社区。《天堂》展现了莫里森关于社区构建的种族与性别态度——社区不仅仅是那些选民创建的，也是那些不被允许作出选择的人所构建的。在最初的西迁过程中，他们建立了一个纯粹黑人的“哈文”镇，以寻求自我保护，远离白人社会的侮辱、私刑以及吉姆·克劳法对他们的歧视。这个过程涉及了一个规训与惩罚的宗教，就是他们那燃烧着旺火的炉灶。《天堂》所要表达的远不止这些，它更表达了鲁比人们的记忆以及这些记忆与修道院里的女人们寻求庇护的动机之间的联系。“女修道院吸收了痛苦和磨难并为伤口敷上药膏。”②

阅读《天堂》，就是在建构社区，在这里，个体获得一种归宿感和身份认同，一种在这个世界上拥有一个地方的感觉，不是遵循注定的秩序，而是通过接纳此时此刻生存形式的多样性。“社区是基于共同的历史，通过个体的相互影响和互动建成的。社区的历史是所有个体带到这个社区的集体记忆，这个集体记忆中储存的是人际关系和社会价值的经历和观

---

① Peter R. Kearly, “Toni Morrison's *Paradise* and the Politics of Community”, *The Journal of American Culture*, Vol. 23, No. 2 (Summer, 2000): 9—16.

② Ibid., p. 14.

点，这些经历与观点通过语言与文化的载体代代传递。”①

排斥与特权成为美国黑人空间建构的内部与外部力量，他们在这种力量下寻找和建构可以生存的“他者”空间，这种他者空间表现为黑人在受到整体压迫下建构的黑人社区，莫里森的小说无不反映美国黑人这种边缘存在。同时，来自白人社会抽象空间的排斥与特权内化于美国黑人的社区当中，成为社区建构的负面力量，导致了社区建构的种族与性别问题。通过黑人社区建构的书写，莫里森旨在展示美国总体抽象空间对美国黑人生存空间的剥夺以及这种剥夺下美国黑人的种族命运与性别问题。然而，鲁比这一“天堂”之国的构建与瓦解证明了一个道理，即任何以“例外论”思想建构空间的实践都将走向失败。莫里森对“美国例外论”的改写旨在强调空间建构的权力协商，美国整体的空间构建也应该基于对他者的接纳和认可。

第二节　社区与整体生存

黑人社区是美国黑人整体生存的核心空间，它关系到黑人在美国社会抽象空间同质化下的他者存在，是美国黑人生命与文化传承的重要基地。首先，黑人社区与美国黑人群体的“他者”化紧密相关，是黑人群体在美国抽象空间里受到共同歧视的结果；其次，黑人社区是美国黑人整体生存的空间，它滋养着他们的生命并传承着他们的文化；最后，黑人女性成为社区存在与文化传承的关键，保证了社区的哺育力量的持续与增强。

黑人社区形成于美国黑人群体的“他者化”，在美国国家抽象空间建构的过程中，空间所蕴含的权力关系对作为种族群体的黑人社区产生了非常严重的后果。物质主义支撑下的白人社会把眼光投向了黑人群体，这不但禁锢着黑人个体的发展，而且把所有黑人归为同一种类，把他们整体凝固起来。如果用萨特的他者论来定义美国黑人群体的他者性，我

① Peter R. Kearly, “Toni Morrison's *Paradise* and the Politics of Community”, *The Journal of American Culture*, Vol. 23, No. 2 (Summer, 2000): 9—16.

们就会得出，“美国黑人群体是在白人社会这一‘第三者’凝视下的‘我们—客体’”。[1] 詹姆逊也曾用类似的观点论及这种群体的他者化，他说：

> 只有当我和其他某个人一起在这样一个“第三者”的视线下成为客体的时候，我方经历着自己成为一个“我们—客体”；因为在那一刻，在我们的相互依赖中，在我们的耻辱与愤怒中，我们的存在在一个旁观者的眼里以某种方式混合在一起，对于他们来说，我们莫名其妙地成为“相同”的人：我们成了一个阶级或者种类的代表，两个相同类型的某个东西……[2]

这种体制化的权力关系以及白人社会的强制性力量使问题更加恶化，黑人群体被剥夺了塑造自我的权力，无论从个人还是群体的角度来说，他们的公共自我都不为社会所承认。“莫里森作品中的所有人物都处在被他们的黑人性和白人社会所定义的世界里，白人社会不但亵渎他们的黑人性，而且拒绝它。”[3] 他者化导致黑人个体和社区的无能，他们对自身的处境感到淡然，对痛苦感到麻木：他们“选择”作为客体的身份，甚至会奋力地捍卫它。例如《最蓝的眼睛》中的杰萝丹和《秀拉》里的海伦娜，她们不断地变成一种完美的意象，而不是成为自由的自我。白人社会（强调秩序与稳定）所主宰下的黑人社区促成他们的生活方式，他们从自己真实的生命里隐退。在《最蓝的眼睛》中，叙事者克劳迪娅说：“作为一个阶级与种姓的少数民族，我们在生活的边缘移动，努力挣扎着巩固我们的弱点且坚守它，或者在衣服的褶皱上爬行。”[4] 首先，《最蓝的眼睛》中的外部世界——俄亥俄州的洛兰镇的白人世界认定黑色是卑劣的、丑陋的和没有价值的。洛兰的生活反映了整个美国的情况：种族隔

---

① Linden Peach, ed., *Toni Morrison: Contemporary Critical Essays*, New York: St. Martin's Press, 1998, p. 31.

② Fredric Jameson, *Marxism and Form: Twentieth-Century Dialectical Theories of Literature*, Princeton: Princeton University Press, 1971, p. 249.

③ Linden Peach, ed., *Toni Morrison: Contemporary Critical Essays*, New York: St. Martin's Press, 1998, p. 27.

④ Toni Morrison, *The Bluest Eye*, New York: Pocket Books, 1970, p. 11.

离。在1941年的时候，黑人如果要进白人的家，他们必须从黑色的门进出。当克劳迪娅和弗里达去寻找佩科拉时，她们走过洛兰街道的时候，经过的湖边公园是不许黑人进去的。克劳迪娅告诉读者："公园现在是空的，但是它却亲切地期待着干净的、举止得体的白人小孩和他们的父母来玩耍。"[①] 对于黑人来说，公园代表着禁果，"它充斥着我们的梦"，克劳迪娅解释说。这些黑人女孩很少和白人世界接触，而是与她们周围的意象（符号）相处，如小白人布娃娃以及每天喝水用的画有雪莉·邓波儿脸蛋的杯子等。她们周围呈现的"美丽"形象是微笑的、金发、卷发和蓝眼睛的小女孩。甚至连黑人的反叛企图都由围绕他们的社会环境形成，例如，《所罗门之歌》中，从"医生街"（黑人们最先对干线大道的称呼）到"非医生街"的改变，表现出对白人命名的拒绝，同时也是对失去他们的命名权的承认。"更为深刻的是，以暴制暴的'七天'也只是反应性的，他们仍然只达到二等或者最初级的身份。"[②]

莫里森认为，被动地接受一个固定角色并从生活中隐退的做法是一种失败，但是，当意识到美国黑人处在一个种族歧视的社会里，他们的处境是非自然的处境时，她的谴责得以调和。[③] 莫里森说，黑人被看作是最底层的阶级，因为他们被那种方式所认定。黑人的穿着或者他们的居住区域不会导致任何不一样，因为他们处于底层的现象还是那么明显，这种可见性使他们受到的偏见更加长久。偏见的存在，不是因为他们是黑人，而是在于他们被认定为曾经是奴隶或者一个更低的阶层，这样，阶级体系可以长时间地存在下去。[④]

这种共同的命运把美国黑人凝聚在一起，他们总会因为外力的缘故在特定的地方形成自己的社区，共同承受来自主流社会的压力。例如，《宠儿》里的辛辛那提社区，它经历了残忍的奴隶制强加的分离以及废奴运动后的体制化压制。身为黑人且来自黑人社区的莫里森对社区具有很

---

① Toni Morrison, *The Bluest Eye*, New York: Pocket Books, 1970, p. 105.

② Linden Peach, ed., *Toni Morrison: Contemporary Critical Essays*, New York: St. Martin's Press, 1998, p. 30.

③ Ibid.

④ Danille Taylor - Guthrie, *Conversations with Toni Morrison*, Jackson: University Press of Mississippi, 1994, p. 117.

大的移情。她说在她成长的社区里，存在着自由与怪异，个人与个人之间存在着习惯上的差异，但是整个村子和部落的存活却具有它的一致性。在传统的黑人社区中，人们可以做任何他们喜欢的事情，却没有人被赶出社区之外，就像《秀拉》里那样的社区。社区并没有赶走秀拉或者将她处理掉，而是使自己免受她的伤害，秀拉仍然是社区的一部分。在黑人社区里，人们做他们想做的事，且能得到许可，或许是因为在外部世界当中，这些怪异的人只能是一个小小的佣人或者低层次的工厂工人的缘故。这些人拥有很大的情感和行为空间跨度，他们是莫里森写作的时候想到的人物。①

美国黑人群体的他者存在使他们主要以社区的形式共同求得生存，社区成为他们实现整体生存的空间。斯特普陀在《他处之家》(*A Home Elsewhere*，2010) 一书中讲述了社区在美国黑人历史和文学上的重要性。他说，社区是美国黑人建构自我的重要方式和内容。即使到了奥巴马时代，社区的重要性仍然不容忽视。道格拉斯 (Frederick Douglass) 在《我的奴役与自由》(*My Bondage and Freedom*，1855) 一书中谈到了他在黑人群体中建立社区的经历，实际上，他就是一个社区的组织者，并在社区的组织中实现自我。而现今社会里，奥巴马总统也谈到社区叙事，说社区叙事本身又是自我创造的叙事 (narrative of self - invention)。在莫里森的《所罗门之歌》中，奶娃不能建构自己，主要是因为他不能想象一个属于社区的自我。莫里森之所以能够想象出奶娃的缺陷，就是因为她自己承担起社区的责任，并且在她的作品中去“组织”社区。②

莫里森小说中的社区向读者呈现了美国黑人的“他处”之家，表现了他们在美国这片土地上的整体生存。如《所罗门之歌》中，除了露丝和她的几个孩子莉娜、科林西安丝和奶娃以外，彼拉特、麦肯和吉他等其他社区的人们都是从南部北迁而来的。他们是南部种族歧视与压迫的幸存者，也是遗弃与创伤的幸存者。黑人从南部向北方大迁徙的黑暗故

① Danille Taylor - Guthrie, *Conversations with Toni Morrison*, Jackson: University Press of Mississippi, 1994, p. 125.

② Robert B. Stepto, *A Home Elsewhere: Reading African American Classics in the Age of Obama*, Cambridge: Harvard University Press, 2010, p. 53.

事告诉我们，一些到北方寻找家园的黑人往往是被遗弃的人。密歇根某市的黑人社区成了这些弃儿共同生存的空间。“由于外部压力的存在，莫里森的社区哪怕是置身于现代城市，也具有‘村庄’的性质，因为，为了确保生存，黑人居民们只有联合起来，形成一个部落单元。”① 被美国社会所遗弃的黑人群体需要社区来抚育他们，需要有社区的力量来确保他们的整体生存，“美国主流社会的压迫性在场使保护其成员成为黑人社区的首要功能”。②

莫里森看重社区的功能，因为她明白社区是帮助黑人群体走出创伤和获得重生的所在。在莫里森的小说中，歌唱、讲故事和玩笑以及社区的滋养和疗伤，都是寻求形成和维持黑人集体的活动。③ 莫里森暗示，在20世纪的美国，只有当黑人自己的社区得到繁荣或者通过社区而繁荣的时候，他们才能够得到“整体”的生存。④

社区作为整体生存的力量在于它赋予黑人社会以团结的精神，奴隶与前奴隶们相互依靠，为了彼此的生存不惜冒险，团结的话语弥漫着处于边缘的黑人社区。其中一个典型的例子就是《宠儿》里的“地下铁路”，另一个例子即贝比·萨格斯的“爱的使命”。与奴隶制对黑人奴隶的身体摧残和毁损相反，贝比·萨格斯劝告前奴隶们看重并珍爱他们的身体：“在那边他们不爱你们的身体，他们鄙视它。你们必须热爱它，你们！这就是我谈论的身体，需要被爱的身体。”贝比·萨格斯通过塑造社区成员的身份来促进社区的发展：社区因此扮演着一个延伸的“母亲”的角色。“这儿，”她说，“就在这个地方，我们的身体，我们能够哭泣、欢笑的身体，我们在草地上光着脚跳舞的身体，我们要深深地爱着它。”⑤ 在这里，贝比·萨格斯利用社区的力量，鼓励前奴隶们进行“放下

---

① Wendy Harding and Jacky Martin, *A World of Difference: An Inter－Cultural Study of Toni Morrison's Novels*, Westport: Greenwood Press, 1994, p. 89.

② Ibid.

③ Robert B. Stepto, *A Home Elsewhere: Reading African American Classics in the Age of Obama*, Cambridge: Harvard University Press, 2010, p. 55.

④ Eva Lennox Birch, *Black American Women's Writing: A Quilt of Many Colour*, London: Harvester Wheatsheaf, 1994, pp. 163—164.

⑤ Toni Morrison, *Beloved*, New York: Signet, 1991, c. 1987, p. 88.

一切”的治疗实践，通过集体的心理疗法治愈社区人们过去所经历的创伤。共同的痛苦经历使他们走到一起，集体的力量使他们走出过去，重建新的自我。

美国黑人家庭的残缺异化给个体的生存和发展形成了巨大的障碍，而社区这个“母亲”使这些被弃的个体能够聚集在一起，寻找生存和发展的力量。贝比·萨格斯自己也是一个失去了母亲的女儿：“如果我母亲知道我的话，她会爱我吗?”她的自我感也是很脆弱的，“悲伤囤积在她的心中，在她沮丧的内心深处，她那不是自我的自我拥有着自己的家”。[①] 当贝比·萨格斯获得自由后，她发现了培育她自我的东西，那一切是种族歧视拒绝给予每一个前奴隶的。她的母爱超越了核心家庭的界限，即欧洲中心主义者普遍认可的心理环境。她坚持鼓励社区的人们做到自我欣赏，她的行为使那些一度被泯灭人性的制度和仇恨毁坏了的人们学会以一种复合的品质去培养一种柔情，去爱——或者去“养育”他们自己。[②] 在谈到《宠儿》时，莫里森再次申明社区的重要性，她说，小说中的人物没有哪个成年人是通过自利、自恋和自私而得以活下去的，在《宠儿》所体现的时代，美国黑人把社区当成理所当然的事情，他们从未想过他们的生活离得开社区。社区之外没有生命，他们不会选择社区以外的世界。那些年代是黑人真正喜欢其他黑人陪伴的年代。黑人生活在世上各种各样的社区里，但是当他们思考舒服和快乐的时候，他们总是想着彼此。[③] 在《宠儿》中，保罗D的例子便证明了这一点。保罗D从“甜蜜之家”被卖出，然后辗转了佐治亚和卡罗莱纳等州之后，不辞辛苦找到了赛丝，显然也找到了他能够赖以生存的黑人社区。保罗D在得知赛丝弑婴后离开了她，住进了社区的教堂。斯坦普·佩德在向艾拉询问保罗D的情况时的对话表现了传统的黑人社区对黑人的无私接纳和拥抱的精神：

① Toni Morrison, *Beloved*, New York: Signet, 1991, c. 1987, p. 140.

② Linden Peach, ed., *Toni Morrison*: *Contemporary Critical Essay*, New York: St. Martin's Press, 1998, pp. 120—121.

③ Danille Taylor-Guthrie, *Conversations with Toni Morrison*, Jackson: University Press of Mississippi, 1994, p. 235.

"他睡在教堂里。"艾拉说。

"教堂!"斯坦普感到震惊而且觉得挺受伤害。

"是啊。他问派克牧师是否准他睡在地下室里。"

"那个地方冰冷彻骨!"

"我想他应该知道。"

"他干吗要那样?"

"他有点傲气,有那么一点。"

"他完全没有必要那样!任何一户人家都可以接纳他。"

艾拉转过身看着斯坦普·佩德。"没有人隔着老远就知道他在想什么。他只需说一声便是。"

"什么?他为什么要说?没有人主动提供吗?到底发生了什么?从什么时候起一个黑人来到这里须得像一只狗一样睡在地下室里?"[①]

事实上,保罗D是自己强烈要求派克牧师准许他住在教堂里的,社区本来有人主动为他提供住宿,他自己拒绝了。在这里,社区作为任何一个黑人的"他处之家"的性质是很明显的。斯坦普说:"只要在这里待上足够的时日,你就会发现没有比这儿这帮黑人更亲切的了。骄傲,呃,那有点让她们难受。他们要是觉得谁太骄傲了,就可能翻脸,不过说到底,他们是好人,谁都会收留你。"[②] 黑人社区的整体生存更体现为非裔文化的整体生存,黑人社区肩负着传承非裔文化的重任。莫里森小说中的社区与非洲古代与现代的社区之间有着一些联系。在许多非洲社会里,社区具有至高无上的地位。在非洲,宗族、家庭和社区是社会生活中的基本结构。这种共同的信仰和社区结构把世界各地的非洲人团结起来。[③] 人们在任何事情上都依赖于他们的社区,包括从食物的收集到分享,从孩子的出生到抚育。邻居就是家人,由此,无论是否有血缘关系,整个

① Toni Morrison, *Beloved*, New York: Signet, 1991, c. 1987, p. 186.

② Ibid., p. 232.

③ Therese E. Higgins, *Religiosity, Cosmology, and Folklore: The African Influence in the Novels of Toni Morrison*, New York and London: Routledge Taylor & Francis Group, 2001, p. 77.

社区都以一个实体存在。社区受到个体的善行和罪恶的影响，结果，每个社区的成员都有责任为了整体的利益而好好活着。当个体误入歧途的时候，社区便会以一个强大的道德力量评定他。在非洲许多地方，社区总是高于个人的。在莫里森的小说中，她个人的社区经历与非洲的社区信仰和实践相交织。她把每一个社区组成一个合唱团，形成一股强大的力量，这股力量可以帮助、伤害、评判和鞭策小说人物的行为。在对个人行使职责的时候，社区可能是成功的，也有可能失败，正如个人在对社区的职责方面既有成功的时候，也有失败的时候。不管是在哪种情况下，莫里森的每一本小说中的社区都作为一个人物出现，反映着非洲很多民族中共有的信仰。①

莫里森的小说，乃至整个黑人小说的成败，在于一致强调通过有意识地拥抱过去与寻找身份来抵抗那些毁灭黑人文化遗产的社会力量的必要性。② 爱丽丝·沃克也认为，社区意识代表了黑人的社会文化，以对抗强大的白人社会的文化。美国黑人的文化历史因黑奴制和种族主义而遭到破坏，黑人对自己历史的记忆如碎片般零散甚至遗失。社区既提供了寻找黑人历史的线索，又提供了把握黑人未来的可能性。③ 非洲文化在美国不同程度的存活，并非是非洲人在新世界做有限的调整就可以实现的，相反，它只是凸显了这样一个事实：非洲人具有的一些经历，足够牢固地使一些习俗和传统存留下来。莫里森说，非裔美国人的神话存在于其他的文化形式当中，如音乐、福音书、圣歌以及爵士乐当中，存在于他们的话语当中，存在于村落的传说和人们的相互关系之中。社区有责任把这些神话及其既有的品质、故事和假设一代一代传递下去，使一个文化上具有其一致性而又没有融进主流文化的族裔保持其完整性并得以存

① Therese E. Higgins, *Religiosity, Cosmology, and Folklore: The African Influence in the Novels of Toni Morrison*, New York and London: Routledge Taylor & Francis Group, 2001, pp. 77—78.

② Patrice Cormier - Hamilton, "Black Naturalism and Toni Morrison: The Journey Away from Self - Love in *The Bluest Eye*", *MELUS*, Vol. 19, No. 4, Ethnic Women Writers VI (Winter, 1994): 109—127.

③ 王晓英：《走向完整生存的追寻——爱丽丝·沃克妇女主义文学创作研究》，苏州大学出版社 2008 年版，第 124 页。

活下去。[1] 莫里森的小说无不叙写黑人社区在传承和挽救非裔文化方面的努力。

在黑白文化的冲突中，能够存活下来的只有那些有用的价值观和坚韧的实践，因为只有这些东西能够给予他们力量。非洲人在美国的幸存也表明了非洲传统组织的巨大弹性。村落之间和州际间的相互交流赋予非洲人非常重要的经历，去接纳那些与之交流的人们的实践，同时也保留他们早期生活中的许多东西。

在莫里森的作品中有一种紧迫感，这种紧迫感来自对危险关头的认识。她的小说可以集中于像奶娃和雅丹这样的个体人物，但是个体的拯救显然不是问题的关键所在。相反，那些力争重新定义和重新认定他们自己的人被描述为是附属于社区和文化的。处于危机和面临考验的是整个黑人文化遗产的持续性。[2] 在《根》一文中，莫里森指出，培育社区概念的关键人物就是祖先，他/她保留了黑人的传统，且使社区的成员之间相互凝结在一起。"美国黑人社区都有一个长者，他们不仅仅是父母，他们是一种永恒的人，他们与书中人物的关系是仁爱的、指导性的和保护的，而且他们往往代表着智慧。"[3] 这让人想起《所罗门之歌》里的彼拉特和瑟丝、《宠儿》里的贝比·萨格斯、《天堂》里的老爷爷（Big Papa）、《柏油娃》里的特雷斯、《家》里的埃蒂尔·弗德汉姆小姐以及《爱》里的L等。在莫里森的小说中，个人如果脱离社区或者与社区的连续性割裂，那么他/她将备受折磨。莫里森说，当一个祖先缺场的时候，无论这个祖先是男性的还是女性的，丰富的知识和爱的资源就会丧失。[4] 在《所罗门之歌》中，与自然的生命力及其再生性相割裂使仇视白人的吉他处在深深的孤独和渴望当中，这种割裂同样导致了《爵士乐》里的悲剧。

---

① Danille Taylor-Guthrie, *Conversations with Toni Morrison*, Jackson: University Press of Mississippi, 1994, p. 112.

② Susan Willis, *Specifying: Black Women Writing the American Experience*, Madison: University of Wisconsin Press, 1987, pp. 93—94.

③ Mari Evans, ed., *Black Women Writers* (1950—1980), New York: Doubleday, 1984, p. 343.

④ Danielle Russell, *Between the Angle and the Curve: Mapping Gender, Race, and Identity in Willa Cather and Toni Morrison*, New York and London: Routledge, 2006, p. 182.

在北迁的过程中，黑人遭受了双重的剥夺——离开南方的家园使他们离开了与非洲祖先的联系。莫里森公开表明了保持与祖先联系的作用：“当你杀死你祖先的时候，你就杀死了你自己。我想指出这个危险，如果没有有意识的历史联系，去说‘看，这就是即将要发生的事情’，那么，好事不一定总是光临那些完全独立的人。”[①]

莫里森通过塑造社区以阐明自己的文化观点，即坚持非洲传统文化是非裔人在美国整体生存的途径之一。她勇敢地面对备受奴役的祖先们的流散，在不排除其重大险恶的前提下，给黑人生命与文化以肯定，因为它们成就了黑人的生存。在《爵士乐》中，莫里森致力于描写1926年的哈莱姆，这里聚集了很多曾受到掠夺的南方黑人，对于他们来说，他们自己特有的音乐成了疗伤的良药。莫里森的小说对南方的黑人社区表现出某种青睐，因为这些社区保留并传承着非裔美国人的文化，其中比较典型的是《柏油娃》里福罗里达的埃罗镇和位于加勒比海盗上的黑人社区、《所罗门之歌》里的丹维尔和沙理玛以及《家》里位于佐治亚的莲花镇。

在这些地方，非裔传统文化得到了较为完整的保留；位于北方的黑人社区却因为黑人的过度流散而丧失了文化之根，如《最蓝的眼睛》中的洛兰镇以及《所罗门之歌》中的密歇根某市的城南区。在那里，社区的传统文化因为黑人在流散过程中遭遇迫害而有所损失，社区也部分丧失了它的哺育功能。在《最蓝的眼睛》中，莫里森借助克劳迪娅的叙述对这种社区功能的丧失进行批判，这一点将在下一节做更为深入的阐述。

莫里森既赞扬了非裔文化在塑造黑人身份方面的作用，也对丧失或者抛弃非裔文化的现象进行谴责。莫里森不赞成秀拉和雅丹那样的人，她们在走向现代化的过程中由于被白人文化同化而迷失，由于忘却自己的文化本源而成为文化孤儿。在莫里森看来，秀拉抛弃非裔女性职责和社区责任是错误的——她有义务和责任赡养她的外祖母伊娃而不应该把

① Eva Lennox Birch, *Black American Women's Writing: A Quilt of Many Colours*, London: Harvester Wheatsheaf, 1994, p. 164.

她赶到养老院，她有责任抚养年幼的杜威们而不能把他们都赶出家门，她更不应该随便“使用”社区的男性而后弃之以建构自己的身份。雅丹深受西方现代文明的影响而忽略自己作为非裔女性应有的特质——她应该继承她的婶婶昂迪安的优良品质，她不能忘记黑人女性的哺育传统。莫里森对《家》中C的态度是肯定的——C回到莲花镇，在那里养伤，深得社区女人们的关爱和保护，在她们的熏陶下接纳了非裔文化传统，并学会缝制被子的手艺。C无疑承担起传承非裔文化的责任，并在这种文化的哺育下成长。

在强调南方社区对非裔文化保留与传承的重要性的同时，莫里森十分重视女性对社区的作用和对女性社区的书写。在《所罗门之歌》中，莫里森塑造了一个令人难忘的南方社区——奶娃必须回到那里才能实现他的命运——像他的祖先所罗门那样飞翔的社区。他离开的北方社区是一个不具有哺育能力的社区。事实上，奶娃出生于一个失去功能的家庭。在他遇到彼拉特之前的成长过程中，奶娃几乎完全没有意识到他的文化遗产。由于彼拉特的缘故，奶娃被驱使着去寻找他那难以捉摸的根。他的南方之旅使他成功地与过去的历史连接起来。如果没有这个社区，奶娃将永远不会发现他的伟大遗产。不过，在莫里森的小说中，吸引读者注意力的不是男性的社区，而是女性的社区。奶娃的成功一方面在于他融进沙理玛社区，另一方面也是他对彼拉特的爱。彼拉特和众多其他莫里森的女性人物一样，成为非裔文化传统的祖先。

除了强调黑人女性的祖先作用，莫里森的小说更多地书写女性的命运，她的作品中充斥着“他者”处境下的不同女性。黑人女性地位面临双重困难，“她们既不是白人也不是男性”[①] 的事实，像她们的黑人性一样，使她们成为美国社会中的“他者”，女性在一个父权社会里的困境与黑人在一个种族歧视的社会里的地位平行：当被“看见”时，她们的感受是最真实的。她们被所处的社会贬损到像科林西安丝那样冰冷和幼稚的形象，她不知道任何成年的女性，“她所认识的每一个女人都是一个布

---

① Toni Morrison, *Sula*, New York: Plume, 1973, p. 44.

娃娃”。[1] 她们还是“黑人”女性，她们身处一个以长着金色头发和蓝色眼睛的雪莉·邓波儿样的白色“布娃娃”为完美形象的社会里。“黑人女性是美国美的对立面。黑人女性被定义为‘他者’，注定被观看，她们永远不能满足社会的凝视。”[2] 佩科拉是社会牺牲品的典型，那个社会将黑人贬损至客体，且让他们感到因为是客体而低人一等。在这个社会里，浅肤色女性自感比深色女性优越，已婚女性自感比妓女优越。“坏运气”的诱惑力将会增大，因为一个人的具体化能够“逃避”在连锁的等级制当中，这个制度准许一些人感到自己比某个人优越，只有那些最不幸的、真正“自由”的人身处这个体系之外。佩科拉已处在体系中心“之外”好远——被种族、性别、阶级、年龄和个人历史排斥在现实之外，所以她疯了，幻想着她的眼睛已经变成了蓝色因而使她适应这个世界。但是，并非所有局外人都变成疯子或者在命运面前作出妥协。[3]

莫里森塑造了像彼拉特那样强大的女性和像佩科拉那样脆弱的女性，但是把这些女性聚集在一起，她们就会形成一股强大的声音，并导致好或坏的结果。莫里森的社区就像她的人物一样，是多面的。它们反映了真实的生活和真实的人物，它们不比真实的生活大或者小，而是像真实的生活那样复杂。[4]

在莫里森的小说中，黑人女性是一种不断进化的在场，反映了不同女性的经历以及她们和黑人社区之间的关系。她的第一部小说考察了白人审美标准在黑人女性身上造成的后果。小说让读者目击了佩科拉的心理崩溃过程，她的黑人性是对她所在社会的侮辱，在那个社会里，蓝眼睛被看得高于一切。在《秀拉》中，莫里森书写了一个少女向成年女性的变化过程，记录了黑人群体对一个敢于蔑视社区女性价值观的女人的态度。莫里森暗示读者，美国黑人要获得自由，他（她）只有藐视社区

① Toni Morrison, *Song of Solomon*, New York: Signet, 1977, p. 197.

② Linden Peach, ed., *Toni Morrison: Contemporary Critical Essay*, New York: St. Martin's Press, 1998, p. 32.

③ Ibid., p. 33.

④ Therese E. Higgins, *Religiosity, Cosmology, and Folklore: The African Influence in the Novels of Toni Morrison*, New York and London: Routledge Taylor & Francis Group, 2001, p. 89.

才能做到。甚至在《所罗门之歌》——一部以男性人物为中心的小说中，也是女性，尤其是彼拉特的在场给予了小说值得赞扬的精神维度。彼拉特也可以被看作是困扰《柏油娃》中雅丹睡梦的黑人女性的祖先。在《宠儿》中，女性、母亲、自我集于一身，莫里森讲述了奴隶制对一个女人和一个民族犯下的不可言说的罪行。“与彼拉特和秀拉一样，赛丝拒绝失败，哪怕胜利意味着对传统道德标准的违反。在《爵士乐》中，莫里森询问当一个女人的梦想被延迟的时候将会发生什么。”[①] 在《天堂》里，女性们为了自己的生存创建了一个纯粹的女人社区，《家》里的社区女性们却扮演着维护种族文化的使者和英雄。

在莫里森的小说中，黑人女性的命运总是和她们相互之间的“姐妹情谊”联结在一起。在莫里森的社区构成中，女性社区是一个不容忽视的内容。美国黑人女性的亲密关系有着其非洲的社会根源。在许多非洲国家里，同一个村子里的男人和女人是分开居住的，这就形成了非常紧密的性别群体。到了种族歧视的美国社会，“尽管在一些没有实行种族隔离的地方，人们依然能够看见女性的社区，她们在必需的时候彼此支持和照应”。[②]

对莫里森来说，社区中女性之间的关系是很重要的，在美国黑人的文化当中，存在着姐妹情谊的历史。“姐妹”是一个表明亲密关系的词语，它对于黑人女性来说具有非常重要的意义。在谈到美国黑人的女性情谊时，莫里森说，黑人女性必须对彼此真实而诚恳，除此之外，没有任何人能做到这一点。她们彼此之间无论是身体上还是心理上都存在着很深刻而真实的需要。[③] 对于黑人妇女而言，她们心中坚持着某种价值和秩序以及审美标准，那就是她们的文化。几个世纪以来，被称为“世间的骡子”的黑人妇女虽然生活在恶劣的环境中，但她们利用一切可能的条件，创造了一个艺术品，以非正统的艺术形式表达她们那深藏的灵魂

① Jan Furman, *Toni Morrison's Fiction*, Columbia: University of South Carolina Press, 1996, p. 7.

② Therese E. Higgins, *Religiosity, Cosmology, and Folklore: The African Influence in the Novels of Toni Morrison*, New York and London: Routledge Taylor & Francis Group, 2001, p. 88.

③ Ibid., p. 87.

世界。[①]“姐妹情谊”代表了黑人女性传统文化的一个重要特征，因而常常成为黑人女作家浓墨重彩书写的主题。“奴隶制带来的黑人妇女集体生活和她们在生活中的无助状态使她们特别容易从其他黑人妇女那儿（而不是从男人那儿）寻找安慰和快乐”，它是贯穿妇女生活和整个妇女历史的具有连续性的一种抗拒性生活方式，并不专指妇女间的“性关系”。[②]莫里森小说的社区中不乏女性社区的例子，在那里，她们更多地表现为相互依靠和共同生存，而不是同性恋。

莫里森的作品中出现了各种各样的女性社区，它们成为抵抗男权与种族歧视的力量，女性之间的情感在她们的整体生存中不可或缺。《秀拉》中秀拉与奈尔打小就建立了非常深厚的友谊，她们在上学的路上共同对付来自男性同学的欺负。她们之间的友谊因为秀拉与裘德之间的偷情而走向崩溃。但是，在秀拉死去之后，奈尔意识到秀拉仍然是她生命中最为重要的人。在小说结尾处，奈尔来到秀拉的坟前，沉重的失落感压在她的心头：

> “一直以来，一直以来，我以为我想念的是裘德。”一阵失意感压迫在她胸间，继而上升到她的喉咙。“我们是在一起的女孩，”她自言自语，似乎在解释着什么。“噢，上帝啊，秀拉，”她哭着说，“女孩，女孩，女孩女孩女孩”。
>
> 她哭了个痛快——放声大哭了好长时间——这哭喊无尽无休，那是一阵又一阵的痛苦与悲伤。[③]

奈尔在对秀拉长期的痛恨之后，却意识到秀拉才是她生命中真正的精神支柱，她们俩过去的情谊将支撑着她继续走下去。《爵士乐》中的维奥利特与爱丽丝从仇敌变成朋友，相互间的交流使彼此走出过去的阴影，为新的生活打开希望之窗。《天堂》中的女性在男权领域之外另辟蹊径，

---

① 王晓英：《走向完整生存的追寻——爱丽丝·沃克妇女主义文学创作研究》，苏州大学出版社2008年版，第99—100页。

② 张冰岩：《女权主义论》，山东教育出版社1998年版，第169页。

③ Toni Morrison, *Sula*, New York: Plume, 1973, p.174.

在女修道院里建立了自我疗伤的天地。她们在这里互助互爱，远离种族与性别的压迫。女修道院不但吸引了来自各处的漂泊的流浪者，而且以其无穷的疗伤力量吸引了鲁比镇的女性们——她们或多或少都得到了女修道院的支持、帮助和鼓励。《爱》里的克里斯汀和赫德从亲密无间的好友变成针锋相对的仇人，而在赫德生命的最后时刻，两个女人都意识到她们真正应该面对的不是彼此应该得到的利益，而是凌驾于她们命运之上的父权体制。《家》中，以弗德汉姆小姐为首的妇女社区互助互爱，通过她们团结的力量和爱对C进行身心治愈，不但发扬了非裔人的医学文化，而且表现出对美国现代白人社会及男性霸权的挑战与对抗。

莫里森与她的小说人物一起，创造了位于主流社会之外的黑人社区，这个社区是处于“我们—客体”地位的黑人群体实现整体生存的空间，它不但给饱受创伤的黑人群体以疗伤，安抚他们的灵魂和辅助他们成长，而且还是美国黑人文化得以保持和发展的重要基地。而原本处于他者地位的黑人女性成为美国黑人文化的祖先，她们是传承非裔文化的中坚力量，并且在实现黑人整体生存方面起到积极的作用。同时，因共同的他者地位形成的女性社区是黑人女性实现整体生存的重要空间形式。

第三节　社区与个体身份

莫里森不但强调在强权与排斥力量下建构的黑人社区对美国黑人实现整体生存的重要性，她还特别强调个体和社区之间的关系。通常，在美国小说创作传统中，社会与个人总是被置于相互对立的位置；小说主人公总是为了实现资产阶级的精英个人主义而与社会对立，在个人欲望与集体法则之间挣扎。但是，在莫里森以及其他少数族裔作家的小说中，“社区”——一个与西方的“社会”相对照的重要术语——是小说人物自我成长的决定性因素。[①] 莫里森的小说人物呈现出对自我和集体的双重效

① Wendy Harding and Jacky Martin, *A World of Difference: An Inter - Cultural Study of Toni Morrison's Novels*, Westport: Greenwood Press, 1994, p. 87.

忠，他们的存在几乎都离不开集体。虽然从西方的角度来说，莫里森小说中的社区似乎在限定个人的存在，但是就小说本身的逻辑而言，它们为小说人物提供了唯一成就自我的框架。用作者的话说："社区既是一个支撑体系，同时也是一个榔头。"[①] 社区既抚育它的成员，同时也对其进行限制，因为个人的生存取决于他/她与社区价值之间的一致性：

> 在莫里森的小说中，身份总是暂时的；没有一个人能够离开社群去孤立地定义自我，无论这个社群的运作是多么的悲剧和微不足道。自我无可避免地由种族和性别来建构，他们无法与自己的来源分开。[②]

个体的身份与社区的身份紧紧连在一起，社区对于莫里森来说总是被看作一种力量，其本身比任何一个个体更为有力。"在所有莫里森的小说中，偏离社区或者村落，无疑会导致可怕的后果，重新肯定社区，对恢复秩序和整体性都是很必要的。"[③] 在多数黑人作家中存在着相对于美国主流作家的"偏离感"，即不像主流作家们那样倾向于乡村的描述，而是潜在地把城市看作使美国黑人得以解脱的地方。莫里森强调这种偏离，但她也承认现代黑人文学中渗透着一种"情感"，布满了"城市中的村落"，这些村落储存着能够维持黑人生命力的"社区价值"。[④]

莫里森倾心书写美国黑人的社区，社区总是莫里森创作中最感亲密的部分。"莫里森常常通过小说人物与社区之间的距离来衡量他们，离社区越近，则越好。"[⑤] 在接受斯特普陀（Stepto）的采访时，莫里森详述了她的社区创作情结：

---

① Amanda Smith,"Toni Morrison", *Publishers Weekly*, 21 August 1987: 50—51.

② Barbara Hill Rigney, *The Voices of Toni Morrison*, Columbus: Ohio State University Press, 1991, p. 38.

③ Terry Otten, *The Crime of Innocence in the Fiction of Toni Morrison*, Columbia: University of MissouriPress, 1989, p. 93.

④ Yoshinobu Hakutani and Robert Butler, eds. , *The City in African -American Literature*, Madison · Teaneck: Fairleigh Dickinson University Press; London and Toronto: Associated University Press, 1995, pp. 9—11.

⑤ Jan Furman, *Toni Morrison's Fiction*, Columbia: University of South Carolina Press, 1996, p. 8.

我倾向于把焦点对准街坊和社区，社区，黑人社区——我不想使用这个词，因为在60年代和70年代这个词总有不同的含义，似乎我们必须重造一个词——但是对我来说社区总在那里，只是我们叫它“街坊”了。人们从这个街坊总能得到维持生命的养分。我们更多的是在社区的院子里、村子里之类的什么环境下度过而不是在自己家里度过的。人们在这里得到照顾，或被封锁起来或者别的什么情形。如果你病了，其他人会照顾你，如果你老了，其他人也会照顾你，如果你疯了，其他人也会给你提供一个小的空间……社区会较多地干预你的生活。社群会认为你是属于他们的。街上的每个女人都能够抚育每个人的孩子，而且告诉你该怎么做，你会感受到你和他们的联系，他们也能感受到你和他们之间的联系，而且当他们惩罚我们或对我们大吼大叫的时候，我们会认为他们在阻止我们做什么而且那么残酷，往往在很久以后你才会意识到，他们其实很喜欢你。喜欢你——他们关心你的行为。①

莫里森这段话表明社区对个人的重要性，社区就是家，它哺育着黑人孩子，而且每个黑人个体都是社区的一分子，社区对个体的行为进行教育和规训。

社区价值对个体身份建构的影响通过社区本身的强大力量得以实现，在莫里森的小说中，社区总是表现为一个人或者一个“合唱团”，它对黑人个体的行为进行评论、嘲笑、责备、哀悼，有时还对小说人物的行为进行解释。在1979年的一次访谈中，莫里森说到，她家乡的小镇会像一个“合唱团”一样对人的行为作出反应。她还说，她把注意力集中于邻舍或者社区，因为“从邻舍那里，人们能够获得很强的生命营养”。② 莫里森一再强调社区的重要性，她说，一个父母教育不好他的孩子，两个

① Toni Morrison and Robert Stepto, “‘Intimate Things in Place’ - A Conversation with Toni Morrison”, *The Massachusetts Review*, Vol. 18, No. 3 (Autumn, 1977): 473—489.

② Therese E. Higgins, *Religiosity, Cosmology, and Folklore: The African Influence in the Novels of Toni Morrison*, New York and London: Routledge Taylor & Francis Group, 2001, p. 76.

父母也不一定能教育好他们的孩子，孩子的教育需要整个社区（村子），如果没有这样一个社区，那么最好是创建一个这样的社区。在黑人的社区里，每个成人都可以抚养所有的孩子。社区作为哺育、评判和塑造力量的“合唱团”的功能在佩科拉、秀拉、雅丹、奶娃、弗兰克与C兄妹的身份塑造中得到了突出的表现。在莫里森的作品中，小说人物总是在与社区的离合中成长，他们总是在离开与回到社区、在与社区的协调抑或冲突中不断建构自我。美国黑人的自我身份无法与黑人社区相分割。佩科拉在社区的冷眼下走向疯狂，秀拉离经叛道的行为使社区对她避而远之，雅丹对社区的疏离使她深受梦魇的困扰，奶娃在寻找社区的过程中成长，而C和弗兰克则是通过回到社区得到重生。在呈现这些主题的时候，莫里森总是倾注着对社区强烈的情怀，她赞扬社区对美国黑人个体成长的作用，同时也批判了扭曲的黑人社区对个体成长的失职。

在她的处女作《最蓝的眼睛》中，莫里森描述了位于俄亥俄州的洛兰镇，这个由南部不同地方迁徙而来的黑人组建的社区由于其流散的经历而丧失了传统黑人社区的良好品质，其对黑人个体的哺育力量也遭到削弱，所以，并不总是具有抚育和滋养的力量。社区对小说主人公佩科拉的漠然态度成为她走向疯狂的原因之一。莫里森说，在她的创作中有几个层面的被社会遗弃的人物。黑人社区就是一个被社会遗弃的社区，黑人都是被社会遗弃的人，黑人的文明是被遗弃的文明，它处于别的文明之外且与它们并存。事实上，在美国这个国家，关于黑色的概念几乎就是一种遗弃。但是，社区包含了其内部的被弃者，这对那个社区的道德性是非常有用的。[①] 在《最蓝的眼睛》中，莫里森通过黑人社区的弱者——佩科拉的命运来反映这一观点，而且在小说的字里行间渗透着对失职的黑人社区的批判。

佩科拉在其父亲烧毁房屋而被“赶出家门”的时候得到了社区的照顾，克劳迪娅的父母收留了她。淳朴而勤劳的麦克迪尔夫人给佩科拉以食宿和母亲般的关爱，并帮助她走过了少女的初潮，使小女孩顺利地从

① Danille Taylor-Guthrie, *Conversations with Toni Morrison*, Jackson: University Press of Mississippi, 1994, p. 168.

少女向女人过渡，实现了她人生的第一步成长。麦克迪尔夫人把佩科拉当作自己的孩子一样对待，给她以爱和关怀，当佩科拉因为喜欢杯子上的雪莉·邓波儿的脸蛋而过度饮用牛奶的时候，她也像训斥自己的孩子一样斥责佩科拉。虽然克劳迪娅的母亲由于家境不好不免唠叨，但她内心的善良却让小女孩在自己家里顺利渡过了难关。事实上，在非洲或者非裔美国人的社区中，帮助一个需要帮助的社区成员是再正常不过的了。"熟悉莫里森社区观点的读者对这一点并不会感到吃惊，在美国黑人的社区当中，社区会给个体提供他所需要的一切。"[①] 但是，令人遗憾的是，在佩科拉回到自己的家中以后，麦克迪尔夫人的帮助便终止了。事实上，一切的援助都停止了。佩科拉遭到父亲强暴之后，洛兰镇却显露出它的无力，它终于抛弃了佩科拉。社区没有能够坚强地支撑起对个体的庇护伞，它表现出少有的冷漠，这给佩科拉走向疯狂加重了砝码。只有她的同伴克劳迪娅及其姐姐弗里达对她报以同情和关心。可是她们的力量太微弱，不能拯救危难中的佩科拉。住在佩科拉家楼上的三个妓女也曾赋予她母亲般的爱，可她们的力量也不足以拯救她。"具有讽刺意味的是，莫里森抛弃了她常规的准则，而描述了一个不能实现其职责去帮助其成员的社区，并呈现了这种失职的后果。"[②] 通过核心家庭（最直接的社区）提供的爱和支持以及家庭之外的社区提供的归宿感，个体形成自己的自尊和自我形象，进而形成一种自我和地方感。在《最蓝的眼睛》中，莫里森塑造了一个与传统黑人社区或者在多数非洲国家中的社区不同的社区——其不同之处在于，非洲人的共有经历，即社区就是"家"的事实，到了非裔美国人的社区中已经发生了改变。"美国白人文化中的各种'主义'——种族主义、性别主义和物质主义深深地扎根于非裔美国人的社区当中，成为家庭与社区失败之根源。这一点体现在布里德洛夫一家，尤其是佩科拉的身上。"[③]

---

① Therese E. Higgins, *Religiosity, Cosmology, and Folklore: The African Influence in the Novels of Toni Morrison*, New York and London: Routledge Taylor & Francis Group, 2001, p. 79.

② Ibid., p. 80.

③ Ibid., pp. 80—81.

这些“主义”增强了黑人社区意识上的内化，他们没有能更多地帮助佩科拉并给她以爱。对佩科拉的关注是克劳迪娅和弗里达天真与诚恳的表现，她们表现出成年人们没有能表现出来的美好品质：社区对自己成员的支持和关爱。姐妹俩通过对佩科拉感到同情和悲哀来表现出对大人们的羞愧。按照常理，就莫里森一贯认为的那样，在佩科拉没有自己的核心家庭来拯救她的时候，她的社区就该站出来拥抱她，因为在美国黑人的社区当中，每个人都可以抚养其他人的孩子，读者自然会期待社区给佩科拉以帮助。然而，社区的女人们对佩科拉的同情要么已经缺失，要么受到了压抑。这些女人把对佩科拉的同情掩藏在讨厌、消遣、震惊、愤怒和兴奋的面纱下面，她们选择了蒙上自己的眼睛，对佩科拉的苦难视而不见，她们将自己真实的和正当的情感掩藏在冰冷的漠视之下。克劳迪娅在回忆中这样说道：

> 另外我认为我们的悲哀因无人分担而愈加强烈。人们对这感到厌恶、可笑、惊讶、愤恨甚至兴奋。我们希望听到人们说“可怜的孩子”或是“可怜的宝贝”，可是大家只是摇摇头而已。我们希望看见人们皱起眉头表示关怀，可我们看到的脸都毫无表情。①

在与拉塞尔（Russell，Sandi）的访谈中，莫里森说，美国黑人已经到达了一个高地——他们通过自己的苦难在社会上赢得了自己的地盘，但是，为了能够使这个高地不受侵犯，“美国黑人必须拥有一种社区感”。在《最蓝的眼睛》中，莫里森向我们展示偏离了良好传统的黑人社区对一个黑人意味着什么。没有了生活中的榜样和关爱，佩科拉永远也达不到莫里森倡导的高地。②《最蓝的眼睛》中的洛兰社区不仅仅表现出抚育功能的缺失，更有甚者，社区似乎通过对佩科拉的冷漠来进行自我保护：

---

① Toni Morrison, *The Bluest Eye*, New York: Pocket Books, 1970, p. 148.

② Therese E. Higgins, *Religiosity, Cosmology, and Folklore: The African Influence in the Novels of Toni Morrison*, New York and London: Routledge Taylor & Francis Group, 2001, p. 87.

> 或许社区的女人们通过深埋对佩科拉的悲哀形成一种自我保护。作为种族与性别社会牺牲品的她们，在备受痛苦和仇恨的世界里，没有办法去帮助她们之外的牺牲品，更不要说去拯救她了。她们不愿意清楚地去看待佩科拉，因为，如果她们认真地、更加仔细地关注佩科拉，她们就会在她的脸上看到她们自己。她们最好将佩科拉当作替罪羊，而不愿意把自己置于危险当中。①

其实，不光是社区的成人女性们，就连克劳迪娅和弗里达也终究没有能够坚持自己的主张，她们也被洛兰成人们的力量所征服，克劳迪娅说：

> 所有认识她的人通过与她相比感到完整，与她的丑陋相比感到美丽。她的单纯点缀着我们，她的罪过使我们感到圣洁，她的痛苦显示我们的健康与活力，她的笨拙使我们自感幽默，她不善言辞使我们自信能言善辩，她的贫穷让我们慷慨。我们甚至用她的白日梦来抵消自己的噩梦。因为她允许我们把她作为参照，她受到的鄙视也是应该的。我们把她当作磨刀石使自我更为锋利，对比她的懦弱来丰富自身的品格，为自己虚幻的坚强而悠然自得。②

然而，克劳迪娅对这一现象的呈现和随后进行的评述，无不代表了作者的态度和看法。在莫里森看来，在面对佩科拉的命运时，深受种族主义与性别主义侵蚀的美国黑人社区表现出来的无能是可以理解的，但是却令人感到惋惜。在美国白人社会抽象空间里，小镇人们对佩科拉的鄙视与漠然似乎已成为一种“自然”，但作者借助叙事者克劳迪娅的话语表现出对无能社区的批判，在她看来，黑人社区不应如此。小说的结尾隐喻般地体现了这一点：

---

① Therese E. Higgins, *Religiosity, Cosmology, and Folklore: The African Influence in the Novels of Toni Morrison*, New York and London: Routledge Taylor & Francis Group, 2001, p. 86.

② ［美］托妮·莫里森：《最蓝的眼睛——莫里森长篇小说集》，陈苏东、胡允桓译，南海出版公司 2005 年版，第 133 页。

如今，当我看见她在垃圾堆里搜寻——搜寻什么？搜寻被我们谋杀的东西？——我会说当年我并未将种子埋得太深，而是土地的原因，镇上土壤的原因。我甚至认为当年全国的土壤都对金盏花存有敌意。在这片土地上某些花卉是不宜生长的，某些花籽得不到土壤的养分，某些植物在这片土地上结不出果实。当土地决意封杀时，我们大家对此默许，认为受害者无权生存。毫无疑问我们错了，然而这无关紧要。已经太晚了。至少在我居住的小镇边缘，在镇上的向日葵和垃圾堆间，一切都太晚了，太晚了，太晚了。①

以上的文字中，金盏花的命运无疑暗示了佩科拉的命运。佩科拉所处时代的美国社会，压倒一切的白人文化和在其影响和同化下的黑人社区，都不给佩科拉以生存的机会，她的社区通过对她的漠然与排挤来寻求在白色主导空间下的边缘生存。《最蓝的眼睛》体现了社区在支持和帮助个体方面的失效。沃克（Melissa Walker）在她的《从山巅而下》（“Down from the Mountaintop”）一文中，论及佩科拉们和舍弃她们的社区的悲剧：

克劳迪娅承认，她与其他的人都努力通过利用佩科拉们以鼓励他们脱离自己的源头而在主流社会中有所归宿。因此，那些对佩科拉犯下罪行的不仅仅是首先毁掉了她的父母，而后又毁掉她自己的社会环境，而且还有他们所在的社区，他们利用那些不幸者来促进自己在种族歧视的社会里获得成功。②

于是，居于多数的白人文化是直接和间接的压制者，拒绝给予黑人以金钱、权力和威望，使黑人相互敌视，从而形成颠倒和偏离常规的社

① ［美］托妮·莫里森：《最蓝的眼睛——莫里森长篇小说集》，陈苏东、胡允桓译，南海出版公司2005年版，第134页。

② Patrice Cormier Hamilton，“Black Naturalism and Toni Morrison：The Journey Away from Self - Love in *The Bluest Eye*”，*MELUS*，Vol. 19，No. 4，Ethnic Women Writers VI（Winter，1994）：109—127.

区。在这些社区里，黑人小孩们唱着“black e mo，black e mo!”的歌谣。社区进一步加重了佩科拉对白人文化的内化，并加速了她的疯狂。在《最蓝的眼睛》中，莫里森表现了一个社区舍弃其成员时会发生什么，小说明显地指责了那些不惜牺牲无助的社区成员以求融入美国白人社会的非裔美国人。

佩科拉在社区强大的力量面前走向疯狂，她是黑人种族这一边缘化群体中的弱者。一个异化的黑人社区在她的生命历程中起到负面的作用，因为它业已丧失了其应该具有的性质。然而，社区总会以它自身富含的种族文化元素对个体身份建构产生影响。佩科拉因为弱小，在社区力量面前显得被动，当社区停止对她张开怀抱时，她只有走向灭亡。因此，个体身份的建构在于他/她与社区之间的联系，这种联系的紧密程度直接导致个体身份与命运的不同。如果佩科拉因为弱小和不幸而被异化的社区所抛弃，那么秀拉和雅丹的身份建构则表现出当个体和社区之间的联系不真诚的时候，社区会使那些因受不可企及的欲望引诱而走向错误方向的个体受到伤害或者曲解：

> 莫里森既塑造了社区的消极属性，也塑造了社区的积极属性，但她无疑反对那些拒绝村落的个体。她很痛苦地抓住那些放弃村落价值和联系的毁坏性影响。情感和心理上的无能将孤独的个体暴露于潜在的、致命的力量当中。[①]

在莫里森的作品中，社会的弃儿就是那些脱离社区、企图与西方文学中的模式一致而在他/她自己文化之外、之上和超出其文化范畴的人物。[②]《秀拉》和《柏油娃》无不透露着作者对背离社区行为的态度——背离黑人社区价值体系的个体注定不会有前途。对于秀拉，莫里森就作出了这样的回答，她不能完全脱离曾经给予伊娃·皮斯以帮助的社区。

---

① Danielle Russell, *Between the Angle and the Curve: Mapping Gender, Race, and Identity in Willa Cather and Toni Morrison*, New York and London: Routledge, 2006, p. 165.

② Barbara Hill Rigney, *The Voices of Toni Morrison*, Columbus: Ohio State University Press, 1991, p. 58.

“秀拉通过割断与社区的联系以获得自由，她放弃了建构家庭和自我的责任而肯定自己对社区道德观念和传统女性哺育者身份的分离。但是，秀拉为她冒险的冲动付出了惨痛的代价，那就是她绝对的孤独。”[1] 秀拉需要她的社区，这个社区在艰难的历史上幸存下来。社区的人们常常把罪恶看作不能击败但可以幸免的东西，正如他们面对的“洪水”、“白人”和“痨病”时那样。[2]

社区的人把秀拉看作蔑视社区责任的异端，因为她破坏了奈尔的婚姻，她拒绝自己的家人且把她的外祖母赶到了养老院。妇女们把她当作性的威胁，男人们暗示她和白人睡过。总之，“底部”的人们无法理解她，他们只是把她当作毒药，她的孤立是纯粹的。富有矛盾的是，社区的人虽然与她保持距离，却没有拒绝她，他们在她身边工作，把她看成是自然的离轨，“他们也不会对她进行放逐和歼灭”。[3] 如果她是罪恶之源，他们的经验告诉他们，她也应该被接受且存活下来。社区的特点之一就是能够接受那些怪诞的人或事物，如单腿的伊娃和令人难以置信的杜威们。[4] 秀拉在“底部”不但没有受到驱逐，她的存在居然能对社区产生有益的影响，由于害怕她的邪恶力量，小镇的人们更加注重抚育他们的孩子和更加关注她们的丈夫。

但是，秀拉和“底部”之间的关系远非如此简单，《秀拉》的例子告诉我们，在这本小说中，没有一个人物主宰小说文本的叙事，他们“反映了多重的、碎片的自我，有时候无法定义、不可避免地难以归类，总是与一个社群的整体身份融在一起，抑或与黑人性的概念融在一起”。[5] 虽然小说以秀拉的名字命名，严格地说，她也算不上是一个主人公，因为她与奈尔、夏德拉克、奈尔的母亲、伊娃和整个社群分担了小说的叙

---

① Wendy Harding and Jacky Martin, *A World of Difference*: *An Inter-Cultural Study of Toni Morrison's Novels*, Westport: Greenwood Press, 1994, p. 70.

② Eva Lennox Birch, *Black American Women's Writing*: *A Quilt of Many Colours*, London: Harvester Wheatsheaf, 1994, p. 161.

③ Toni Morrison, *Sula*, New York: Plume, 1973, p. 107.

④ Eva Lennox Birch, *Black American Women's Writing*: *A Quilt of Many Colours*, London: Harvester Wheatsheaf, 1994, pp. 163—164.

⑤ Barbara Hill Rigney, *The Voices of Toni Morrison*, Columbus: Ohio State University Press, 1991, p. 37.

事焦点，秀拉离开梅德林的10年，同时也从小说叙事文本中缺席了。“当莫里森的小说人物到社区之外去追寻自我时，他们通常从小说的叙事中消失了。”[①] 秀拉身份的多重性是社群身份的反映。莫里森曾经说，她把《秀拉》中的社区看作“滋养之地”，因为在这个世界上，再没有别的地方能像“底部”那样使她毫无伤害地活着。无论他们怎样看待秀拉，无论她有多奇怪和不同，他们都不会伤害她。[②]

但是，背离社区的价值使秀拉自身走向绝路，她一再重复的断言——“我不想成为任何人，我就想成为我自己”[③] 几乎是莫里森小说中恶魔似的语言，代表了秀拉具有歧义的多重道德。做独特的自己当然反映了秀拉这个新型黑人女性的激进思想，具有其值得称赞的一面，但是，“成为自己或者至少使自己成为一个独特的自我，都是不可能的，因为所有的自我都是多重的、分裂的、碎片化的，都是大的整体的一部分”。[④] 秀拉为了做一个属于自己的自我，逃离了梅德林。10年后归来，她给“底部”带来了灾难。她通过占有和抛弃小镇的男人来建构自我，在这一过程当中，她连好朋友奈尔的丈夫都不放过。奈尔的丈夫裘德因为和秀拉偷情被奈尔撞见而逃离了家，逃离了梅德林，奈尔的家走向崩溃和消散。秀拉以自己的生活方式伤害着镇上的每个人。人们把她当成瘟疫。带着小孩的母亲见到了她，老远就把孩子藏起来。秀拉这种试图标新立异、伤害社区和疏离社区的做法，在她自己身上得到了报应。她在不经意间爱上了阿加克斯（Ajax）——唯一一个她占有之后却没有抛弃的男人。当她最终接受社区的价值体系，开始接受奈尔那样的价值观，企图把阿加克斯留在身边的时候，一切都太晚了。她想做一个真正的女人，一个拥有爱情、具有稳定生活的女人，去守护属于女性的“鸟巢”的时候，这个男人却离开了她。更令她感到悲哀的是，在这个人离去之后，她才从他丢下的驾照上看到了他的真实姓名。这种打击使秀拉一病不起，以致

① Wendy Harding and Jacky Martin, *A World of Difference: An Inter-Cultural Study of Toni Morrison's Novels*, Westport: Greenwood Press, 1994, p. 88.

② Claudia Tate, *Black Women Writers at Work*, New York: Continuum, 1989, p. 130.

③ Toni Morrison, *Sula*, New York: Plume, 1973, p. 80.

④ Barbara Hill Rigney, *The Voices of Toni Morrison*, Columbus: Ohio State University Press, 1991, p. 38.

离开了人世。秀拉厌倦她出生成长的“底部”，离开它，又回到它的怀抱，进而伤害它；作为黑人社区的“底部”，并没有反过来伤害她，而只是加强了警觉性，加强了对她的防范。不过，秀拉已经成为一个“驱之门外”的人物，没有了可靠的联系和定义，这对社区来说是很可怕的，对一个受到剥夺与被“边缘”的社区来说尤其如此。社区的反应是把这个自由人当作另一种替罪羊，利用这种“途径”来定义他们自己的生活。秀拉的邻居们害怕并责备她拒绝适应传统的角色，但是她的无形却给他们以有形。他们对秀拉罪恶的认定以很神秘的方式改变了他们。一旦他们个人的不幸得到了认定，他们便得以彼此保护和热爱。他们开始珍惜自己的丈夫和妻子，开始保护他们的孩子，修缮他们的家屋，而且，大家一起手挽手共同对付他们当中的恶魔。[①]“底部”的“不予作为”实际上已经表明了它对于秀拉这个个体的权威性，此时的秀拉已经成为社区意识的“客体”，她的自我建构也成为社区需要的产品，“底部”通过秀拉的“偏离”来建构自己的纯洁性和统一的价值体系，在社区对其价值体系的维护过程中，秀拉已成为社区的“他者”，她的疏离和对社区的伤害使自己成为一个被边缘化的人物。

秀拉作为一个自由的主体，实际上被小说叙事的真正主体——“底部”所控制。德克尔说：“虽然秀拉好像有着‘自由意志’，但她的活动却被她的社会集体‘主体’所限制，它要求一个‘他者’来证明它的存在并责备其意识形态的局限性。”[②] 所以，“底部”对秀拉来说，是家，是宽容，是忍耐，同时也是定义秀拉的主体。另一方面，正如许多评论家所说的那样，“底部”在某种程度上离不开秀拉，秀拉这个“恶人”使社区的价值体系更加凸显和牢固，她颠覆社区价值的企图最终不会成功。秀拉企图成为完全独立的自我，试图做一个忘记社区价值的人，可是她并没有能够远离社区，而是最终回到社区，以她背离社区价值的自我定义着社区的自我价值，同时又在社区强大的力量面前失败。

如果秀拉的命运源于她对社区价值的颠覆，那么雅丹的身份困惑则

---

① Toni Morrison, *Sula*, New York: Plume, 1973, p. 102.

② James M. Decker, *Ideology*, New York: Palgrave Macmillan, 2004, p. 116.

来自她社区价值的缺失，社区价值的缺失是雅丹身份建构的困惑之源。哈丁和马丁在谈到《柏油娃》的二元对立时，也谈到了社区在个人身份建构中的作用，他们说："《柏油娃》在质问二元对立的同时又重新制造了二元对立，在这里，非裔美国文化与主流美国文化对立，南方与北方以埃罗和纽约为例表现为鲜明的对峙。社区的需求与个体的需求冲突，男人与女人被禁锢在挣扎当中。"① 雅丹身份的建构就充分体现了社区价值存在的必要性。

《柏油娃》里的雅丹，按照莫里森的话说，是实现了理想的秀拉。莫里森说，雅丹的危险在于她希望拥有绝对的自由。② 雅丹已脱离她的黑人社区，她已经没有了作为黑人女性应该具有的传统特质，她没有特雷斯和昂迪安的哺育特性。莫里森并不提倡让雅丹变成特雷斯或者昂迪安，但是她需要一些她们那样的品质以成为一个完整的女人。她不具有那些品质，是因为她能够避免。雅丹的问题在于她的现代性，现代女人往往急切而独立，却忽略了女性应该具有的品质，她忘记了自己的哺育本质。莫里森认为，要成为一个完整的女人，既需要有冒险精神，也需要有鸟巢。③ 雅丹是一个新型的、资本主义的现代美国黑人，是一个最终融入白人文化的人，这个现代的品质不能替代历史遗留下来的一些重要品质，雅丹不能为了成为一个职业女性而忽略哺育的特性。莫里森通过雅丹塑造了一个黑人女性形象，其潜在的悲剧不在于像佩科拉那样的自我怀疑，而是在于她由于接受了白人文化的操控而变得腐败。④ 雅丹是真正意义上的孤儿，她远离了自己的黑人社区。对于她的叔叔和婶婶，她只有在接受他们的服务时才能想起他们，"从某种意义上说，雅丹利用了她的叔叔和婶婶"。⑤ 另一方面她之所以谈到瓦里安，也只是因为他为她做了一件

① Wendy Harding and Jacky Martin, *A World of Difference: An Inter-Cultural Study of Toni Morrison's Novels*, Westport: Greenwood Press, 1994, p. 75.

② Danille Taylor-Guthrie, *Conversations with Toni Morrison*, Jackson: University Press of Mississippi, 1994, p. 105.

③ Ibid., p. 104.

④ Eva Lennox Birch, *Black American Women's Writing: A Quilt of Many Colours*, London: Harvester Wheatsheaf, 1994, p. 172.

⑤ Danille Taylor-Guthrie, *Conversations with Toni Morrison*, Jackson: University Press of Mississippi, 1994, p. 104.

具体的事情——资助她上学和使她接受教育——但她对瓦里安的好意也并不十分在意。

作为非裔文化保留地的黑人社区，不但为个体的成长提供养料，而且对个体总具有牵引力量，成为他们在人生经历中不得不思考的因素。《柏油娃》里森因为误杀了妻子而远离故土——位于弗罗里达的埃罗(Eloe)。在遇到并爱上雅丹以后，森和雅丹出入于纽约这样的大城市。可是，森在那个城市里总感觉自己是个他者，他融不进这个城市，城市让他害怕和憎恶。在纽约见到的黑人，要么是一直在哭泣的黑人女孩，要么是看上去无比满足的黑人，他们下意识地戴着“白色的面具”。森感到困惑，他不知道自己是谁，他心目中一直存在的黑人形象现在已经变得模糊。“现在他听到的是因为满足而发出的尖叫，这使他战栗。自己到底离开了多久？如果那些是他这些年来一直心中装着的黑人，那么你自己到底又是谁呢？”[①] 然而，纽约对雅丹却充满了魅力。强烈的文化冲击使森要求雅丹与他一起回到自己的家乡埃罗，埃罗对他张开了怀抱，在那里，森回到了家。

深受现代西方文化渲染的雅丹牺牲了自己的天然身份而追逐时尚潮流，但她又面临着身份的危机。特雷斯警告森说，雅丹已经“忘记了祖先的特质”[②]，她这一警告是很具前瞻性的。雅丹在埃罗的亲身经历证实了特雷斯的评价。在埃罗期间，虽然社区的人们对雅丹十分友好而热情，但她却处在社区带给她的疏离和不安之中。习惯了都市现代气氛的雅丹在埃罗发现各种与大城市相距甚远和不相协调的东西，比如，在纽约，她可以理所当然地和森住在一起，没有人对他们的行为说三道四，而到了埃罗，雅丹必须根据埃罗的习俗，与森分开，住在森的姑妈家里。当与森的姑妈同住在一间屋子里时，雅丹感受到从未有过的裸露感，这种裸露感甚至使她感到猥亵。在这里，雅丹感受到自己身份的危机，她在森的姑妈家住宿时所做的噩梦便可见证。在她的睡梦中，有无数的黑人妇女，如出穴的蚂蚁般向她涌来，她们用丰满的双乳威胁着她

① Toni Morrison, *Tar Baby*, New York: Alfred A. Knopf, 1982, pp. 216—217.
② Ibid., p. 305.

一向拥有的自信。雅丹睡梦中和清醒状态下出现的那些女人的在场使她不安和慌乱。这些具有无限生命力的女性社群的闯入使雅丹深感恐惧。这个噩梦让她回忆起在巴黎的时候，一个身穿黄色衣服的黑人妇女鄙夷地向她吐沫的情形。在埃罗，雅丹显然成了一个外人。雅丹不能够拥抱黑人祖先的特质，这使一个原本具有支撑力量的女性社区在她面前转变为一个充满狂怒的房间。这是黑人社区拥有的集体无意识在雅丹身上发生的效用，对她的潜意识发出的警示。因为接受西方教育而疏离了黑人种族的雅丹把这些夜间的造访者看作对抗她个人命运的威胁者。虽然这些幻梦中的女人被剥夺了语言，但她们“似乎对她有一致的看法，全体出动来将她抓捕、系住和捆绑”[①]，这个幻景使雅丹陷入身份的焦虑和建构之中。

虽然雅丹认为城市才是她的归宿，但来到埃罗使她重新拾回生命中黑人性的一面，这将对她以后的身份建构产生影响。虽然社区几乎从雅丹的生活里缺失，但它作为“合唱团”的力量在她梦中得以发挥。坠入身份陷阱的雅丹有意识地否认自己的独特感受，她走出黑人社区（埃罗）以建构自己的身份，但是，这种建构是不成功的。雅丹不得不思考，兴许是她身上黑人性的丢失导致了她的梦魇。然而，黑人社区或者社群对于森来说，就是他随时可以回归的家。森在哪里都能找到自己的家，因为他走到哪里，哪里就有他要的黑人社区。在相遇和追随雅丹的过程中，加勒比骑士岛上的黑人社区总引导着森或者拥抱着森，他一到那里就找到了归宿。也许正如许多评论家所说的那样，森与雅丹各持极端，一个拥抱城市而拒绝社区，一个拥抱社区而拒绝城市。但是，在经过雅丹和森相爱过程的交锋之后，虽然两者因意见不合而分手，但他们关于城市与社区的看法均在发生改变。雅丹虽然走向了大城市，社区在她的身份建构中已不再是毫无关系的存在了，社区是她永远需要携带的东西。而对森来说，社区永远是他的根据地，是他魂牵梦萦的地方，是他总要回去的地方。

雅丹的例子告诉读者，个体不能忘记社区以及社区所蕴含的非裔文

---

① Toni Morrison, *Tar Baby*, New York: Alfred A. Knopf, 1982, p. 262.

化，远离社区和社区文化，将使个体陷于身份归宿的危机之中。社区成为雅丹建构自我的潜在力量，它暗示了身处西方现代文明中的美国黑人个体要成就完整的自我，永远离不开美国黑人社区的作用。秀拉与雅丹都试图做黑人女性中的强者，但是，即使深受西方文明浸染的她们，也不能在身份建构中脱离黑人社区，社区作为一股隐形的力量，支配着秀拉和雅丹的身份建构。

虽然莫里森的作品都倾注了对社区的书写，但是她总是对南方的黑人社区持有怀旧和称赞的态度。在她看来，这些社区总是作为黑人文化的保留地以及黑人群体的疗伤之地而存在的，如《家》中佐治亚的莲花镇以及《所罗门之歌》中弗吉尼亚的丹尼尔和沙理玛，还有《柏油娃》中的埃罗和加勒比海岛上的黑人社区。和其他非裔美国作家一样，莫里森的小说大多描述了美国黑人从南部农村走向北方城市、寻求拥有更多机会和前景的生活历程，但与其他非裔作家不同的是，莫里森更看重南方对非裔美国人身份建构的作用。在《家》与《所罗门之歌》这两部小说中，莫里森回到了南方的黑人社区——美国黑人最早聚居的、保留着他们历史和文化的地方，这里的社区对小说人物的影响是有力而正面的，它作为小说人物归属的家，为他们提供个人抑或代际的疗伤。

黑人家庭对社区的重视和依赖，体现在社区的重要人物会帮助教会孩子们学会社会交往并有助于他们走向成功。社区成为家的延伸，会在很多方面弥补家庭的不足。社群中的资深人士会对孩子们进行教导、规训、辅助和引导，并为特殊家庭的孩子寻找机会，以使其更顺利地走向生活。[①] 莫里森的《家》就描绘了这样的社区。

在《家》这部作品中，莫里森回到了20世纪50年代，挖掘朝鲜战争给非裔美国人带来的人生经历和精神创伤。小说主人公弗兰克·蒙内（Frank Money）是朝鲜战场上的一个退伍老兵，在前线的创伤经历使他充满了愤懑与自我仇恨，他的经历使他遭受了男性与道德身份的阉割，变得冷漠和无能。回到美国后，无处不在的种族主义让弗兰克经受了更

① Andrew Billingsley, *Black Families in White America*, Englewood Cliffs, N.J.: Prentice-Hall, 1968, pp. 98—99.

多的伤害。《家》讲述了弗兰克和妹妹C的创伤经历和弗兰克的自我救赎与回归之旅，更重要的是，它还讲述了黑人社区在修复弗兰克和妹妹C的身心创伤方面的治愈作用，体现了黑人社区对黑人个体疗伤和身份建构的伟大力量。

在《家》中，儿时的弗兰克和C都很仇恨他们所生活的社区——一个拥有50多座房子，住着100多个黑人的地方，长大后他们以不同的理由逃离了家乡，弗兰克参军去了朝鲜，C则嫁给了一个来自城里的年轻人。然而兄妹俩的出逃均未能实现他们的梦想，相反，他们遭受到无法预料的伤害。朝鲜战场带给弗兰克沉重的战争创伤，他在这种创伤中丧失了自我；C则成了白人社会直接的受害者，她在一家医院里谋职，后来成为这家医院院长波里加尔·司各特的医学试验品，她遭受到严重的生理伤害和心理侮辱，医学实验的创伤使她的生命危在旦夕。

弗兰克兄妹在经历重大创伤之后重新回到他们一度仇恨的社区，居然发现它的面貌与他们儿时的感觉截然不同。C和弗兰克感觉自己回家了，社区以温暖的胸怀拥抱了逃离的他们，并使他们身心痊愈。这是一个充满着和平、安详、互助和团结的社区。这个小镇保留了非裔美国人固有的民族文化，尤其是社区的女人们，她们颠覆了现代医学，用她们的智慧战胜了C的疾病。原本等待死亡的C在社区女人们的努力下，逐渐走向康复，且在她们的帮助下，心理上也变得更加坚强。妹妹的康复使弗兰克也逐渐走向精神的回归，并找回了自己。莲花镇美好的社区氛围深深地打动了弗兰克兄妹，并彻底地改变了他们的人生态度。社区的力量征服了他们，使他们感受到从未有过的归宿感。C不但从身心上回到了社区，她还通过向社区的长辈们学习缝制被子的手艺以传承非裔美国人的传统文化。在《家》中，社区赋予弗兰克和C第二次生命，成了他们疗伤的摇篮；社区是弗兰克和C的家，以温暖的怀抱拥抱着这两个离家出走的、饱受沧桑的孤儿。莫里森在她的最新一本小说中重新塑造社区，再现它极大的凝聚力，用意是很深刻的，她借此再次重申社区对个体身份建构的重要性。

《家》向我们讲述的是，在随处可见的种族隔离与种族歧视的历史背景下，存在着莲花镇这样的他者空间。只有在这里，深受种族歧视迫害的黑人个体才能得以疗伤和获得真正的自我。社区为个体的自我建构提供空间和能量，在这里，黑人个体得到爱护和支持，他们的自我得到尊重，他们的主体性也因此得以建构起来，而拥抱社区和社区文化则成为黑人个体建构自我的积极力量。在《家》里，个人与社区从对立走向协商，然后走向交融，这是极度叛逆的秀拉和西方化的雅丹所无法企及的，更是身处北方黑人社区的佩科拉所无法期望的。在《家》这本小说中，莫里森建构了一个她一直以来所向往的、理想的黑人社区，这是作者拥抱社区文化的深刻反映。

在莫里森30多年前发表的《所罗门之歌》中，奶娃的父亲麦肯·戴德儿时的创伤经历导致他爱与家庭责任的丧失，从而导致了奶娃的玩世不恭和对世事的漠然态度。在麦肯·戴德走向北方，一味追求财富和趋向白人社会标准的时候，他已经忘却了自己的种族之根。他对黑人同胞剥削、无情，对家人也很冷漠和缺乏关爱。奶娃就是在这种背景下成长起来的毫无责任感、对人对事冷漠、缺乏热情的人，他活在一种无聊的虚无之中。奶娃从小就在孤独与别人的排斥中长大，他的自我是破碎与分离的。这种破碎与分离源于以下原因：他是第一个出生在白人医院——慈善医院的黑人婴儿；他延长的哺乳期也使他有别于别的孩子；他的姐姐们对他只表现出不经意的敌意，其他的同伴们也在玩耍中有意地用他家人的姓名（Dead）取笑他……长大后奶娃感觉自己很失败，这主要来源于他的疏离感，他做事缺乏远见，也不能表现出对他人的同情，他对他的母亲很冷漠，对他的姐姐们也几乎从未倾注过感情，他仿佛和一群陌生人生活在一起，他一直在向他的家人“撒尿”。他对他的恋人（也是他的表亲）哈加尔严重缺乏责任，他的自私致使她变得疯狂并走向死亡。奶娃的疏离还源于他居住的地方——既不属于城南的黑人区也不属于“非医生街”的白人社区，这样的处境让他感觉没有归宿。奶娃对黑人社区态度漠然，因为他的思维只是限于个人的烦恼：他对当时的白人种族歧视不但无知而且毫不关心，他更不能像吉他那样狂热地关注黑人和白人之间的种族斗争，似乎这种事情与自己毫不相关。奶娃“对这个世界所知道的一切全是别人告诉他的，他觉得自己是存放别人行动和痛恨的一只垃圾箱。他本人什么也没干过，除去有一次他揍了他父亲，他从来没有独立行动过”。[1] 要治愈奶娃破碎的自我——不仅是奶娃自己，而且作为他同代人的代表——要求他重塑祖先的社区，要求他去发现祖先的名字。由于奶娃失去了他的姓名以及文化遗产，他不能建立起家与社区之间有意义的联系。奶娃这种代际的创伤，是通过回到南部，回到祖先的社区得以治愈的。寻找祖先的社区使奶娃找到从未有过的归属感，是南部的黑人社区给了奶娃家的感觉，从而更加增强了他对亲人和家的责任感，实现了他从少年向成人的成长。

为了寻找父亲和姑母彼拉特儿时在南方丢失的黄金，同时也渴望逃离毫无动力的生活，奶娃向南，向父亲的故乡出发。他先是到了父亲的家乡丹维尔。他没有在山洞里找到黄金，却找到了比黄金更为珍贵的父辈历史和有关他祖父和祖母的故事。奶娃着迷于自己祖先的传统，并从丹维尔的村民、孩子们的童谣以及百岁老人瑟丝的叙述中得到了祖父故乡的线索。奶娃继续南行，来到祖父的故乡沙理玛，在南行的过程中，寻金的目的已被寻找祖先足迹的愿望所替代。初到沙理玛小镇的时候，奶娃仍然是个无知、不负责任、被动的少年。为了获得勇于担当的成人知识，他不得不抛开他旧有的、不成熟的自我，而去经历混乱的、阈限的、濒临死亡的成长历程。长者们带领他参加游猎猞猁的活动，更准确地说，是一个男子在非洲部落文化的智者和长者们安排下进行的成人仪式。他们用自己的智慧使奶娃接受并从事他们社区的行为。打猎过程中，奶娃进一步蜕掉了旧有的自我。这个蜕变来自长辈卡尔文的灯笼，这个灯笼使他的眼睛无法辨别黑暗。为了看清楚黑暗中的东西，他必须“看着那可能看到的”[2]，最后，奶娃的视线具有了穿透力。就在此时他听到了莱娜山谷的哭泣声，卡尔文告诉他关于“一个叫作莱娜的女人在哭泣”的传说。结果奶娃发现，这个莱娜就是他的曾祖母，被他的曾祖父所罗门飞回非洲时抛弃了。通过在黑暗之中充满危险与考验的打猎经历，奶娃开始接触到了他的祖先之迷。

在沙理玛，奶娃不但知道了祖父的成长经历，还了解到自己的曾祖

① Toni Morrison, *Song of Solomon*, New York: Signet, 1977, p. 142.

② Ibid., p. 273.

父所罗门传奇般的飞翔故事。这个镇上的所有人都姓所罗门，他们都是他的亲戚，到处流传着所罗门之歌，充满着他的曾祖父和曾祖母的传说。在这里，不光是人的姓名，很多地名也用“所罗门”加以命名了，如“所罗门杂货店”、跟所罗门飞翔有关的“所罗门跳台”和“莱娜山谷”。对于奶娃来说，这是个充满传奇、美丽、淳朴而纯净的地方，他感觉自己回家了，对这个地方恋恋不舍。

要想彻底解开曾祖父的谜，奶娃需要找到他的家族，并完全进入成就他新自我的沙理玛社区。不过，想要获得这个通行证，他还得意识到“他的人”，包括那些他曾经渴望逃离的人们。从丹维尔到沙理玛的经历使奶娃认识到，彼拉特是这一切的纽带。他回忆起在他姑妈家里那种真正的“家”的感觉，忽然，他无限想家，尤其思念彼拉特，他开始想念那些他决意要离开的人。奇怪的是，奶娃越是走近所罗门的传说，越是走近自己的祖先，他就越能够理解他的父母。他还不知道哈加尔已经死了，但是他承认他须对哈加尔负责。他再一次听到孩子们唱的所罗门之歌，这歌曲是彼拉特一直都在传诵的歌曲，他一生都听到的歌。奶娃带着他对其家族历史的知识，回到他在密歇根的社区，心中充满了对他的父母、姐姐和彼拉特新的理解和认识。他从他祖父的鬼魂那里知道，“你就是不能抛下任何一个人”。[1] 他同样认识到，“名字是有意义的……当你知道你的名字的时候，你就得保持它，把它写下来且记住，否则在你死后它就会消失”。[2] 名字就是记载，就是见证。他的姑妈彼拉特每住过一个州就带走一块那里的石头——因为她曾经在那里住过。既然住过，那么那个地方就是她的——也是他的，他父亲的，他的爷爷和奶奶的。非医生街、所罗门跳台、莱娜山谷、沙理玛、弗吉尼亚，这些名字现在在奶娃看来，意义是那么重要。他不再像过去那样，对地方没有依恋。现在他在他的姑妈、他的父亲还有他的祖父生活过的地方都有了根，他和他们共享着那笔遗产。在即将离开沙理玛返回北方、准备去向他的家人尤其是向彼拉特汇报他在南方的收获以及关于祖父的遗骨之事时，奶娃跑进

① Toni Morrison, *Song of Solomon*, New York: Signet, 1977, p. 332.

② Ibid., p. 329.

所罗门杂货店，对着橱窗的厚玻璃板瞥了一下自己，他发现自己咧嘴而笑，他的眼睛在闪光，他发现自己有生以来还从来没有这么迫切和幸福过。[①] 奶娃之所以发生了如此大的变化，是因为在从北方的城市走到并融进南方祖辈社区的过程中，他从无知走向了成熟，从年少走向了成年。南部之行使他找到了家，找到了归宿，找到了作为一个人、一个男人的责任感，并使他拥抱了自己的家人以及社区——不但是南部的沙理玛和丹维尔，还有他所生活的北方城市里的黑人社区。

从美国北部密歇根的城市到弗吉尼亚的南部社区，奶娃获得了从一个自私和幼稚的人走向成人的复杂知识。通过奶娃的故事，莫里森暗示了在20世纪，对美国黑人社会来说，孤立地抹杀南方记忆的个人主义会破坏个体的精神和道德身份。[②] 这也是为什么当其他黑人作家一致地描绘美国黑人从南方农村走向北方城市的同时，莫里森却要反过来叙写已经迁往北方的黑人返回南部的目的，因为南方是美国黑人最早的聚居地，那里储藏着他们的历史和文化之根。奶娃需要的是情感和社会的成熟，他的贫穷是精神上的，而不是物质的。他的行程把他的身体由北方移到了南方，经过了一系列的乡村和南方景观后到达弗吉尼亚的沙理玛、他祖先的家。总而言之，《所罗门之歌》不仅仅是关于一个男人的个人成长、更是关于社区的疗伤与身份建构功能的故事。美国南部社区对于这种疗伤叙事来说是很关键的，因为奶娃和他的家庭的问题不仅关涉到现在和过去的关系，而且关涉南部奴隶制度的历史。

南部拥有着奶娃一家家族的秘密，他必须与美国黑人的移民浪潮逆向而行以超越他生命的无目的性，他的活着不能仅仅为了表面的满足与快乐。正如克鲁霍尔兹（Linda Krumholz）所言，莫里森小说里的社区抓住了"美国黑人的流动性和家庭以及社区的责任之间的张力"。[③] 奶娃的家人因为实现他们的流动，牺牲了相互之间的亲密和家族身份，失去

---

① Toni Morrison，*Song of Solomon*，New York：Signet，1977，p. 356.

② Jennifer Lee and Jordan Heinert，*Narrative Conventions and Race in the Novels of Toni Morrison*，New York：Routledge，2009，p. 109.

③ Linda Krumholz，"Dead Teachers：Rituals of Manhood and Rituals of Reading in *Song of Solomon*"，*Modern Fiction Studies* Vol. 39，No. 3 (1993)：551—574.

了祖先的姓名。失去姓名使戴德一家失去了历史、社区以及传统。过去已经“死了”，名字的丢失对理解家族的过去形成了障碍和破坏。

在《所罗门之歌》中，莫里森从一个疏离的、碎片的现代人开始，以他成功地与他的人民建立联系而结束。通过走向祖先所在的南方，奶娃懂得了过去持续地对现在产生影响，且以一种解放的方式而非控制的方式产生影响。他发现了非裔文化遗产的现实存在及其意义。按李的说法，“莫里森不但从结构模式上而且从本体论模式上颠覆了典型的美国成长小说”。① 奶娃所收获的不是典型的关于局限性的知识或者是从堕落到罪恶的知识，而是一种积极的，从碎片、疏离走向完整和回归的知识。这个知识使他进一步将祖父的文化断根与父亲的人性扭曲与家族的历史连贯起来。②《所罗门之歌》致力于重申当代非裔美国人从心理上拥抱社区（来自共同的文化和历史的社区）的必要性，小说的结尾成功地实现这个理想，结束于充满希望的非裔文化遗产的连续性和关联性之中。

奶娃与弗兰克兄妹最终走向社区，与社区的价值观走向一致，从而获得了自我的重生和生命的疗伤。然而，与社区价值体系背道而驰的秀拉和雅丹则面临着身份的危机。在莫里森的小说中，社区是很强大的，社区的成员会增加保护生命和维持生命的支撑力量。莫里森就是这样通过社区的书写，反映出美国黑人的社区在黑人个体身份形成方面的力量和作用。《家》与《所罗门之歌》赞扬了传统的黑人社区对黑人个体的拥抱和哺育，《秀拉》与《柏油娃》站在中立的角度对社区进行评判，而《最蓝的眼睛》则对失职的黑人社区进行审视和批判。总之，无论社区以何种方式存在，它都与黑人个体的身份建构不可分割。

莫里森在小说人物身份建构和与社区的关系方面表现出走向协商的

① Cathering Carr Lee, “The South in Toni Morrison's Song of Solomon: Initiation, Healing, and Home”, *Studies in the Literary Imagination*, Vol. 31, No. 2, (Fall, 1998): 109—123.

② 在《“轻”与“重”:〈所罗门之歌〉中父与子的精神困境及托妮·莫里森的人文思考》一文中，杜志卿、张燕论述了白人文化的桎梏和奴役下，戴德一家三代的历史，描绘了这一家族如何在白人奴役下失根和麦肯·戴德的精神扭曲以及奶娃没有信仰的虚无。论文讨论了《所罗门之歌》意在将“灵”与“肉”的冲突、“轻”与“重”的失衡和谐于寻根和返璞归真的道理。

倾向，这种倾向呈不断进化的趋势。《最蓝的眼睛》中佩科拉走向疯狂，她的悲剧命运与社区的冷漠无为有关，社区的人们甚至把佩科拉当成自己在主流文化里实现他者生存的基石，他们把佩科拉当成他者来建构自己的身份，因为他们看到了佩科拉的丑陋和不幸，而认定自己不那么丑陋因而应该有幸地活着。《秀拉》中秀拉不顾社区的价值而我行我素，社区也通过将秀拉他者化以建构自己的身份，通过排斥她以宣称社区的“纯洁”。秀拉与社区的悲剧来自二者之间协商的缺乏。《所罗门之歌》表现了社区与个人之间从疏离走向协商和协调的过程。奶娃首先与北方的黑人社区不相融洽，到了南方的沙理玛时，那里的社区对奶娃来自城市的异化自我有所排斥，但逐渐两者都走向妥协与协商，奶娃最终能够投进社区的怀抱，从而实现了他从少年到成年的过渡。《宠儿》中个体与社区经历了融洽到分离再到协商的过程。在《家》这部小说中，个体与社区之间的协商达到了较为理想的状态，小说人物最终能够全身心地投入社区，并成为传递黑人文化的主要力量。

第四节 社区与个体空间

黑人社区不但与黑人的个体身份紧密相连，而且与个体的生存空间有着不可割裂的关系。在莫里森的小说中，个体空间的建构与社区不可分割，黑人社区是黑人赖以生存的生命线。一方面，个体的存在离不开黑人社区。另一方面，美国黑人的个体生存空间总是处于一定的社区，其建构离不开社区的存在；作为美国黑人个体生存空间的家总是与一定的黑人社区联系在一起，两者之间的互动与相互关系决定着家的存在。对于家庭空间而言，“孤立是很危险的”[①]，黑人村落或者社区可以为黑人家庭提供生存策略、生活方式和生存力量。正如杰瑟所说的那样，“通过不同空间的交织，莫里森展示了家和社区是如何作为一个聚集力量、成就策略以及休息的地方，尽管它们不足以‘解决’体制的和社会弊病的

① Danielle Russell. *Between the Angle and the Curve: Mapping Gender, Race, and Identity in Willa Cather and Toni Morrison*, New York and London: Routledge, 2006. p. 182.

问题”。[1] 以牺牲社区相互照顾的力量和基于共同价值观的相互关系为代价的任何自由都是存在问题的，《所罗门之歌》与《宠儿》很典型地表现了个体生存空间与社区之间的关系。

在《所罗门之歌》中，麦肯·戴德为了追求个人财富，拉大自己与黑人社区的距离，他远离黑人价值观、与自己的黑人同胞对立的做法使他的家陷于孤立的状态，而这种孤立使他位于非医生街的豪宅变成了阴森的牢狱。这个家里没有欢笑、没有温情、没有活力，家里的人一个个活在孤独沉闷的世界里。麦肯要求他的孩子们远离黑人社区。在孩子们小的时候，麦肯偶尔会把他们带到黑人区，但是，他不是带他们去和黑人同胞玩耍的，麦肯的目的在于炫耀，炫耀他豪华的轿车和打扮得体面干净的女儿。有一次麦肯去谈事时把女儿们带到了黑人区，他让她们站在自己的车子旁。一个黑人男孩到了女儿们身边，她们买了冰淇淋给那个孩子吃。麦肯看到以后，果断而粗暴地将女儿手中的冰淇淋打落在地。在他看来，那个黑男孩又脏又丑，孩子们和他交往有损自己的身份。

麦肯对他的同胞们也缺乏同情心，在城南拥有出租房的他在同胞需要救济时表现得格外冷漠。当他的助理弗莱迪告诉他，他的一个房客波特喝醉了酒，并扬言要自杀的时候，麦肯的反应很是令人吃惊。弗莱迪说：“您将如何使他从房顶下来呢?”麦肯的回答是：“我没打算把他弄下来。我要弄下来的是我的钱。他可以继续发疯，如果他想死的话，他也可以死在那儿。但是如果他要不把我的房租扔给我，我立刻把他从窗口打将下来。”[2] 麦肯言出必行——他让弗莱迪从酒醉不醒的波特的口袋里掏出了他的房租。在吉他小时候，有一次他们的房租到期却无钱付租，吉他的奶奶贝恩斯夫人带着年幼的吉他和他的弟弟来到麦肯的办公室前，指望能缓一缓交租期限。老太太的一番祈求并没能够改变冷酷的麦肯，他的回答依然是：他们祖孙几人周六前必须交房租，否则就滚出他的房子。悲惨中的贝恩斯太太叹息地对她的孙子们说：“做生意的黑鬼太可怕

① Nancy Jesser, “Violence, Home, and Community in Toni Morrison's *Beloved*”, *African American Review*, Vol. 33, No. 2 (Summer, 1999): 325—345.

② Toni Morrison, *Song of Solomon*, New York: Signet, 1977, p. 24.

了，太可怕了。”[①] 麦肯对社区的态度使他的家人受到社区的排挤，奶娃就是典型的例子。有一天，奶娃与好友吉他来到血库地区第十街羽毛的台球大厅，羽毛拒绝让奶娃进去，这一举动不仅仅因为奶娃不到年龄，还因为他的父亲是麦肯·戴德。尽管吉他是这里的常客，他们仍然拒绝奶娃。麦肯拒绝黑人区，拒绝黑人的价值体系，这使他的家人也遭到社区的拒绝。

黑人社区具有强大的团体意识和力量，非医生街的命名就是很好的说明。虽然麦肯的岳父，即露丝的父亲、黑人医生福斯特是一个傲慢而自我仇恨的种族主义者，他将自己的黑人同胞称作“食人者”，但是，他作为第一个能够在慈善医院里谋职的黑人知识分子，让他的同胞们十分振奋。他们不计较他的个人行为，而是站在整个非裔种族的立场，与白人社会抗争，把他所在的街先后命名为“医生街”和“非医生街”，都是在以社区和团体的力量支撑着他。然而，麦肯·戴德对黑人社区的排斥却使他地处非医生街的家死气沉沉。

不过，正如莫里森一贯认为的那样，美国黑人或者其家庭总会以某种方式与他们的社区产生关联。麦肯的女儿科林西安丝与黑人社区的波特之间的恋情打破了麦肯的家与社区之间的僵局。和奶娃一样，科林西安丝也是在回到社区的过程中找回了自己。虽然她不是像奶娃那样历尽艰辛去南方寻找，但她也在回归黑人社区的过程中找到了她的自我和幸福。身处非医生街的莉娜和科林西安丝，受父亲资产阶级思想的严酷教育，接受高等教育，并与城南的黑人区相互隔离。这种教育导致她们整日幽闭家中，年逾 40 了还在家里靠制作和出售丝绒玫瑰花聊以混日。一个偶然的出门做钟点工的机会，使科林西安丝结识了来自黑人社区——城南的波特，并与他相爱了。虽然遭到来自奶娃和他父亲的极力反对，科林西安丝还是嫁给了波特，和他一起生活在城南，拥有了作为女人的生活和真正的自我。除了奶娃历尽艰辛找到回归社区、拥抱社区的路之外，科林西安丝也使麦肯的家更进一步走向社区，她的举动掀起了非医生街麦肯豪宅里的波澜，莉娜终于能向自己的弟弟发泄怨恨，表达出她多年来对父亲和弟弟的不满，家人之间的沉默得以打破，他们的沟通也将会逐渐增加。

① Toni Morrison, *Song of Solomon*, New York: Signet, 1977, p. 22.

科林西安丝的举动是一股力量，使自己的家人逐渐从牢狱般的豪宅里走向社会。

在黑人社会里，“家庭就是黑人社区的产物，社区围绕着家、定义着家并赋予家以身份和使命”。[①] 最能代表莫里森家与社区观念的是《宠儿》，如果说《所罗门之歌》讲述了麦肯·戴德因为个人阶级身份的异化而导致了家与社区的孤立，那么《宠儿》一书中蓝石路124号的孤立则是由于赛丝奴隶记忆的固守以及她在众人面前的孤傲所致。蓝石路124号的孤立使其濒临灭亡的边缘，而丹弗走向社区，建立了家与社区之间的联系，并使这个家得到拯救。蓝石路124号很典型地展示了家和社区两种空间之间的关系。杰瑟说：“发表于20世纪80年代美国国内经济紧缩和反女性主义浪潮冲击时期的《宠儿》，表现了叫作‘家’的这个空间和叫作‘社区’的人群之间的乌托邦和反乌托邦的特点。”[②] 蓝石路124号曾经是重返自由的黑人们相聚与交流的理想场所，而后却成了鬼魂萦绕的孤独空间，这源于这两个空间之间互动与联系的失败。

124号是废奴主义者、白人爱德华·鲍德温兄妹的房子，在贝比·萨格斯赎得自由的时候，种植园主加纳先生从鲍德温家人那里给她租下的。贝比·萨格斯在这里住下以后，重获自由的她使这座房子一度处于非常热闹的状态，124号成为辛辛那提的黑人社区聚会的场所，人们在这里交换信息和食品。贝比·萨格斯给穷苦的黑人同胞提供吃的，为他们制作和修补鞋子，她在这里爱过，警告过，喂养、惩戒和安抚过她的黑人同胞。当时她用两口大锅在炉灶上做饭，房子整夜灯火通明。陌生人也来这里休息，孩子们来这里试穿鞋子，人们会把信儿放在这里，因为无论是谁需要这些信息，他们都会在一天之内光顾。这里的谈话声音都很低，但是人们却没有废话。[③] 赛丝从非人的“甜蜜之家”逃跑来到124号，与贝比·萨格斯进一步改进了房子，与爱她的婆婆和心爱的孩子们一起，享受了几天幸福的时光。在这里，她成了邻舍的一部分，事实上真正拥

① Andrew Billingsley, *Black Families in White America*, Englewood Cliffs, N. J.: Prentice-Hall, 1968, p. 150.

② Harold Bloom, ed., *Toni Morrison*, Philadelfphia: Chelsea House, 1999, pp. 74—75.

③ Toni Morrison, *Beloved*, New York: Signet, 1991, c. 1987, p. 87.

有了自己的邻居，有一种归家的感觉。

但是，奴隶制体制力量的入侵激起了赛丝的绝望行为，使这座房子变成了无法靠近与无法逃离的空间。当“学校教师”带着人马赶来的时候，慌乱中的赛丝把锯子朝向了她的女儿，她还试图杀死其他几个孩子，在场的斯坦普·佩德从赛丝手里救下了他们。赛丝弑婴这一事件改变了124号的命运。她的杀子行为使邻居们无法理解，他们对她心生讨厌和恐惧。她的婆婆贝比·萨格斯也不再召集人们去林中空地进行布道，她退而思考颜色的秘密，她觉得上帝似乎在欺骗她，她没有责备赛丝，却是自己退隐了。起初贝比·萨格斯还去牢房给赛丝送饭，送丹弗去喂奶，后来人们越来越少看到她了，124号门前逐渐冷清下来。在贝比·萨格斯死后，这里更是无人光顾，而宠儿的到来则使124号陷入了彻底的孤立。

弑婴之后的18年里，124号一家人生活在孤独和与社区的对立之中，先是贝比·萨格斯日渐封闭，于羞愧中把自己困在床上，然后死去，后来是两个男孩因恐惧家中闹鬼而逃走，只剩下赛丝和女儿丹弗。赛丝因为要保护女儿而不让她外出，所以，在贝比·萨格斯死后的12年里，丹弗整天关在家里，足不出户，终日与家中的鬼魂做伴。当赛丝被宠儿的欲望缠身，家中因饥饿变得安静和沉默的时候，丹弗不得不走出124号的门廊，走向外面的世界。这时，丹弗已不知道通向邻居们的路怎么走，路有多长她也不记得了。杀死孩子后赛丝每天除了去索亚的餐厅里打工、下班回来之外，也是足不出户，跟邻居们从不来往。按照艾拉的说法，不是因为赛丝的杀婴行为令人憎恶，杀婴在黑人的历史上是有先例的，奴隶的历史使这一行为让人愤怒，但并非完全不能理解。她理解18年前赛丝在棚屋里的行为，但是赛丝后来对这个行为的反应是骄傲的、方向是错误的且赛丝自己也太复杂了。当她从监狱出来的时候，不对任何人有所说法，就像世界上只有她一个人在活着一样，于是艾拉等也就抛下她，不给她好日子过。[①] 赛丝似乎确实有她自觉骄傲的理由，在她看来，把自己的孩子“送到了安全的地方”，尽到了母爱的责任，是她最感满意的事。“学校教师”之流再也无法重新得到她“最好的东西”，她觉得自

① Toni Morrison, *Beloved*, New York: Signet, 1991, c. 1987, p. 256.

己做了最了不起的事情。18 年后，当保罗 D 跟她谈起 124 号的孤立时，赛丝仍然坚持她过去的想法：

> “怎么会是这样呢？你的儿子们走了，也不知道去了什么地方。一个女儿死了，另一个不离开院子半步。这怎么能行呢？”
>
> “他们不在‘甜蜜之家’。学校教师找不到他们。”
>
> “也许情况会更糟。”
>
> “我的责任不是知道什么会更糟，我只知道事实是怎样的，且使他们远离我知道的可怕的地方。我做到了。”①

因此，当邻居们对她的弑婴行为感到不齿的时候，赛丝却能挺直腰背，在邻舍们仇恨的眼光里绝不低头，甘愿活在自己孤独的世界里。所以，这样一来，虽然在弑婴事件之后，124 号庭院里的栅栏和围墙都已被推倒，在这座房子和外面的世界之间没有了实际的障碍，124 号表面上看起来成了一个开放的空间，但是，在蓝石路 124 号和辛辛那提社区之间却形成了一道无法翻越的墙。一方面，124 号的人不进入黑人社区的空间，另一方面，邻舍们也无人踏进这个庭院了。按常理，家的保护功能需要有相对封闭的空间，蓝石路 124 号的空间特点是很独特的，它没有了封闭的栅栏、门以及围墙，可是，并没有一个人进入这个空间，更为奇怪的是，这个空间里的人自行封闭，并且，丹弗在一个兴风作浪的鬼魂的陪伴下感到分外安全。

在这里，家的保护意味着孤独和与世隔绝，当保罗 D 在弑婴事件 18 年后突然出现在 124 号的时候，丹弗非常怪异的反应体现了她多年来在这个房子里的孤单生涯。她对保罗 D 警惕而排斥，因为她预感到这个人将从她的手里抢走她的妈妈，本已孤单的她将会更为孤独。保罗 D 驱走了家中的鬼魂，丹弗也并不表示感激，因为鬼魂离开了，就意味着她没有了伙伴。这就是为什么后来宠儿化为肉身出现在 124 号门口的时候，丹弗是那么狂喜，她生怕赛丝她们抢走了这个女孩，她要将她据为已有。

① Toni Morrison, *Beloved*, New York: Signet, 1991, c. 1987, p. 165.

她精心照料宠儿，使她一天天强壮起来，慢慢地学会说话，并和她交流。宠儿的到来并不是为了丹弗，可是丹弗却因为她的到来而生活得兴高采烈。因为在过去那刻骨铭心的12年里（当她知道她母亲杀死姐姐的事之后），这房子里就只剩下她自己和母亲赛丝。当保罗D第一天来到124号并在桌子旁坐下的时候，

> 丹弗站在楼梯的第一级台阶上，突然一下脸红了，害羞起来。已经很久没有人（好心的白人妇女、神父、发言人或者新闻发言人）坐在她们的桌子旁了。这些人即使来过，他们那不听使唤的眼神使他们那些同情的话语立刻变成了谎言。已经十二年了，还在奶奶贝比·萨格斯死之前很久，任何形式的房客都没有来过了，更没有任何朋友来访。没有有色人来，没有留着太长的头发、不带笔记本的榛子色的人来，没有木炭，没有橘子，没有问题。[1]

这段话足见124号的孤寂，丹弗终于说出了自己的心声："我不能住在这里。我不知道去哪里或是做什么，但是我不能住在这里，没有人跟我们说话，没有人光临，男孩们不喜欢我，女孩子们也一样。"[2] 然而赛丝却执意坚持死守这座房子，不再对来自外界的一切事情进行逃避，尽管它们会导致124号永久的孤立。

124号与辛辛那提黑人社区之间的不可逾越在社区这方面表现为，他们已经觉得124号变得陌生，不可接近了。除了艾拉这样的妇女之外，莫里森着墨较多的该数斯坦普·佩德了。斯坦普是124号的老朋友，尤其是贝比·萨格斯的好朋友。当年是他在河边救下了赛丝母女，并把她们送到了贝比·萨格斯手中。在贝比·萨格斯死后的12年里，他从未光顾过124号。当无意中给保罗D看了当年赛丝杀婴的报纸后，斯坦普后悔不已，几次想登门拜访，去看望赛丝，他想借助耶稣基督的力量去帮助她们[3]，并想借此对故友贝比·萨格斯有所交代。可是，多年来形成的

---

① Toni Morrison, *Beloved*, New York: Signet, 1991, c. 1987, p. 12.

② Ibid., p. 14.

③ Ibid., p. 172.

距离感使斯坦普屡试屡败。他被一种莫名的陌生感阻止，六次登门都未成功，举起的手重又放下。过去，这座房子的门总是对他敞开的，他通常不用敲门就直接进去了，因为他总是给人们带来大衣、带来消息或者救过他们的命，或者为他们修好了蓄水池。房子的主人总是对他报以热情的欢迎。如今，他来了六次，六次都放弃了他常规的做法，不是直接进屋，而是试图敲响 124 号的门，但是均未成功。“他在雪地里叹了口气，踟蹰的脚步重又转向来时的路。思想上是愿意的，可身体却显得那么微弱。”[①] 斯坦普最后终于有勇气敲响了 124 号的门，但是他只听见了屋里的闹声，却没有人理睬他的敲门声。后来他目睹赛丝回来了，进了门，并锁上了它。那个屋子又成了一个把世界拒之门外的、三个女人的世界。在赛丝看来，尽管保罗 D 曾经跟她讲过外面的世界，且她也可以活在那个世界里，但是她认为“不管我的门外发生了什么，都不关我的事。世界就在我的家里，这个屋里拥有该拥有的一切以及所需要拥有的一切”。[②] 斯坦普在敲了门而未被准许进入之后，放弃了去看望赛丝的努力，他离开的时候，124 号又回到它原来的状态。当赛丝把门锁上的时候，屋里的女人们终于又能够像她们喜欢的那样，看见她们过去看到的东西，说她们自己想说的话。然而屋里的声音对于斯坦普来说，可以辨别，却无法理解，“它们是这座房子里的女人，她们的思想，不可言说的思想，没有言说”。[③] 直到这个时候，124 号与社区之间的僵局仍未打破。斯坦普的做法标志着社区已在走向交流，然而赛丝的固守却使这种僵局继续维持着。

> 当家与社区之间变得僵硬的时候，从这个空间到那个空间，虽不是不可能但却很困难的时候，这些空间就失去了它们改变社会的力量。由于蓄奴制、殖民化以及渗透于美国历史任一时刻的种族歧视的存在，如果说所有的家庭都受困于暴力和创伤，是有道理的。正是莫里森对这种广泛存在的困扰的坚持使《宠儿》成为一个考察

① Toni Morrison, *Beloved*, New York: Signet, 1991, c. 1987, p. 173.

② Ibid., pp. 182—183.

③ Ibid., p. 199.

家庭空间多难历史的有用场地。[①]

事实上，紧紧抱着过去不放的赛丝生活在过去的记忆里，这种记忆以灵魂为名，化作宠儿的肉身，出现在124号，进一步将赛丝囚禁在家中。宠儿“是赛丝的女儿，也是贩奴船上的幸存者。她来自她的祖先”。[②]赛丝整天与宠儿、丹弗待在家里，与外面的世界进一步隔绝。废奴运动后赛丝无法从精神的奴役下解脱。宠儿的出现使赛丝沉浸在狂喜之中，她再也不用一味地记起过去。事实上，这种狂喜表现了过去的记忆在赛丝心里的扎根已经到了不能挣脱的地步，因为赛丝整天和宠儿黏在一起，也就是说，她一刻也不曾从过去的记忆中摆脱出来。“宠儿的鬼魂与其说是超现实的影像，不如说是一个母亲的良心一直耿耿于怀、耽于自责，因而对自己进行审判的一个幻影。”[③] 最后，宠儿一天天地将赛丝的生命吞噬了，这说明过去的创伤记忆已使赛丝不能自拔，精神的奴役吞噬着她的生命。怀抱过去使赛丝固守着124号这一封闭的空间，断绝与世界的往来，她所居住的辛辛那提的黑人社区也更进一步与她保持僵硬的距离。

《宠儿》透露出莫里森的社区观念，那就是，美国黑人的家必须是与特定的黑人社区共存并与之互动的，离开黑人社区的家必定走向危机。赛丝死守着宠儿——死抱着记忆不放，断绝和社区的联系，这使蓝石路124号陷入危机，濒临死亡的边缘。正如杰瑟所说的那样，赛丝弑婴后形成的蓝石路124号与辛辛那提黑人社区之间的僵局使二者之间的相互来往变得艰难，即便不是不可能。这导致了社区作为促进大的社会变革的空间力量的丧失。莫里森认为，要维持这种空间，关键在于和他人建立联系，和社区建立联系。[④] 二者之间僵局的打破和社区的介入使蓝石路124

① Nancy Jesser, “Violence, Home, and Community in Toni Morrison's *Beloved*”, *African American Review*, Vol. 33, No. 2 (Summer, 1999): 325—345.

② 杜维平：《呐喊来自124号房屋——彼拉维德叙事话语初探》，《外国文学评论》1998年第1期。

③ 朱小琳：《回归与超越：托妮·莫里森小说的喻指性研究》，中国社会科学出版社2010年版，第20页。

④ Nancy Jesser, “Violence, Home, and Community in Toni Morrison's *Beloved*”, *African American Review*, Vol. 33, No. 2 (Summer, 1999): 325—345.

号这一封闭的空间得以解脱出来，从而使封闭的赛丝得到解放和解救。

挽救蓝石路124号的重任落在了丹弗的身上，只有她能跨出124号的庭院并走向社区。从赛丝杀死女儿后，124号的境况逐渐恶化，这个家过去被鬼魂萦绕，后来充满了“家人团聚”的欢笑，然后转变为宠儿冲着赛丝的号叫，最后却变成了死一般的沉寂。这种沉寂来自饥饿，丹弗原本以为自己最能理解沉默的含义，结果却很吃惊地发现饥饿也能使人沉默：使你沉默下去并耗尽你的生命。赛丝与宠儿都不会以这种或那种方式去顾及这个，她们都在忙于聚集力量以对付彼此。所以，只有丹弗不得不走出世界的边缘，如果不那样，她就会饿死，她们都会死掉。[①] 丹弗终于走出去了，走进与她隔绝了10多年的社区。丹弗走向社区，向邻舍们索要食物，这使她和她的家庭得以接受社区的干预，从而使124号的生活得以改变。她找到了琼斯女士，向她诉说了家里断粮的情况。琼斯女士把这个消息传遍了社区，社区的人们主动将吃的东西放到了124号的庭院。丹弗一一上门道谢，邻舍们投以会心的微笑。另一个突破便是丹弗去鲍德温家里找工作，管家珍妮询问来由，丹弗不得不说了实情。珍妮又把宠儿的情况向社区的人们传播了。得知这个消息，社区的人们非常震惊，他们都认为，一个幼小的幽灵来家里闹鬼也就罢了，化着肉身来吞噬赛丝却未免太过分。社区顿时忘记了前嫌，再也不记恨赛丝了。由艾拉带头的30个妇女聚集在124号庭院里，以她们传统的方式驱走了宠儿。赛丝重又回到她们的怀抱，丹弗也投入了她们的怀抱。

124号与社区界限的打破使和谐的记忆重新点燃。妇女们来到124号的庭院，她们看到的不是坐在台阶上的丹弗，而是她们自己，看到她们是那么年轻强壮，甚至像小女孩一样在草坪上睡觉。她们回忆起当初在124号聚餐的情形，热气腾腾的鲶鱼、美味的水果沙拉、鲜美的水果馅饼。他们重又看到年少的自己在这里欢笑，还有他们的父母以及这里曾经响起过的琴声、歌声以及交谈，还有和蔼热心、神圣的贝比·萨格斯。她们曾经倚靠和翻越的栅栏已经不见了，当年的灰胡桃树桩也已经撕裂得像把扇子，但是当初她们就在那里，年轻而且快乐，在贝比·萨格斯

---

① Toni Morrison, *Beloved*, New York: Signet, 1991, c. 1987, p. 239.

的院子里玩耍，从未像后来那样生出忌妒之心。此刻，社区的人们开始了她们的反思，她们一度认为贝比·萨格斯是那么张扬，如今，时过境迁，赛丝的命运把她们连接在一起，二者之间冰冻的高墙终能化解，甜蜜的回忆使辛辛那提的黑人社区重新对124号敞开胸怀。“《宠儿》唤醒了美国黑人共有的经历，在这里，一度被遗忘的社区精神得以复活，并与奴隶制度的现实及其持久的毁坏性后果进行对话。莫里森关注了空间的亲密性，即空间是人们进行联络的地方。”① 《所罗门之歌》和《宠儿》告诉读者，在家与社区的关系中，家的存在离不开社区的存在，社区总会以这种或那种方式影响和制约着家庭。家与社区的联系是两者生存与发展的关键。个人对社区文化的异化会导致家的变异与不幸，孤立于社区也会使家处于灭亡的危险之中。

正如她自己所倡导的那样，莫里森在她的小说创作中深情地书写了美国黑人的社区。黑人社区的建构与存在无不体现了白人社会主导的美国抽象空间对非裔美国人的空间剥夺，这种空间的剥夺使美国黑人变成了一个“我们—客体”。他们只有在强大的种族歧视与迫害下寻求一种边缘的生存方式，并在这个抽象空间之下建构属于自己的“他者”空间以求得种族的整体生存。社区成为美国黑人最主要的空间生存形式，它的建构体现了美国黑人的悲惨历史和在美国社会里受到排斥和歧视的命运，他们在美国社会的抽象空间中实现自己的异质生存。作为美国黑人群体实现种族整体生存的主要形式，社区凝聚着美国黑人的生命与精神，固守并传承他们的文化。作为“我们—客体”中的一员，任何一个美国黑人的身份建构都离不开社区，与社区之间的关系决定并建构着黑人个体的身份。黑人个体生存空间也只有在与社区的联系与互动中得以存在和兴旺。莫里森热爱并赞扬传统的美国黑人社区，宣扬它对于美国黑人个体的哺育和疗伤作用，同时她也为那些因受到白色文化浸染而变质的黑人社区感到担忧，并通过书写这种异化的黑人社区来强调自己坚持传统黑人社区精神的态度。在书写社区重要性的同时，莫里森始终关注着黑

① Angelo Costanzo,"*Sweet Home*: *Invisible Cities in the Afro - American Novel* by Charles - Scruggs (Baltimore: Johns Hopkins Univ. Press, 1993)", *American Literature*, Vol. 66, No. 3 (Sep., 1994), 618—619.

人女性的命运和她们对非裔文化传承的重要作用。女性往往成为黑人社区文化的祖先与守护者，莫里森通过塑造黑人社区，并把黑人祖先置于社区的中心，以回应个人和集体的需求。哈金与马丁结合了莫里森自己与其作品，对她的社区书写做出如是评述：

> 在后民权运动时期，对少数天才的黑人来说，在社区之外取得成功是可能的，但是，个人的成就往往建立在牺牲社区哺育的重要性基础之上。莫里森从自己的经历出发，描述了黑人种族个体面临的困境，她说："在这个文化背景下，黑人若要取得成功，他们必须离开。这就要求他们付出惨痛的代价。……一旦你离开了家，那些抚育你的一切都将不再拥有……所以你真的将自己隔离起来了。"莫里森深信社区持久支持的必要性，所以她给她自己和她的人民在小说中再现了那个世界。这样，虽然事实上她是一个社区的放逐者，但她与她的读者却能够沉浸在社区当中。[①]

由此，莫里森就能像她小说中的祖先一样，试图在自己的内心实现个人选择与社区依恋之间的协调。正如她自己所说的那样，"把村落随身携带，如果你内心有一种社区感，那么就不必有社区了"。[②]

---

① Wendy Harding and Jacky Martin, *A World of Difference: An Inter－Cultural Study of Toni Morrison's Novels*, Westport: Greenwood Press, 1994, p. 108.

② Sandi Russell, "It's OK to Say OK", in *Critical Essays on Toni Morrison*, ed., Nellie Y., McKay, Boston: G. K. Hall & Co., 1988, p. 43.

第三章　无处不在的“他者”:莫里森小说中的异质空间

莫里森小说的空间叙事不仅书写了美国黑人在家与社区这两大空间的他者存在，同时还体现了他们在其他社会空间，尤其在异质空间生存方面的他者化。莫里森对种种异质空间的书写体现了美国黑人和女性的他者存在，渗透着作者浓厚的种族、性别与文化意识，呈现出空间、权力、身体以及生命之间的种种关系。

福柯在其《异类空间——异托邦》（“Of Other Spaces，Heterotopias”）[①] 一文中专门讨论了异质空间（异托邦）的概念。福柯说，我们不是生活在一个空洞的、可以放置我们自己和其他东西的空间里。我们不是生活在一个空白的可以照进不同光线的空间里，我们生活在一组关系当中，这些关系定义着不同的地点，这些地点既不能相互减损也不能相互叠加。有些地方具有很奇特的特征，它们的特殊性会产生对它们所表明、映射或反映的各种关系的怀疑、中和甚至颠倒。这些空间与其他所有的空间相联系，但又与它们相互冲突。这类空间主要有两种类型：乌托邦和异托邦。乌托邦是指没有真实地方的地方。这种空间是社会现实空间的直接或者相反的类比，它们用极其完美的方式呈现社会自身，或者是社会现实的反面，但是不管怎样，这些乌托邦基本上都是不真实的空间。异托邦存在于各种社会和文明当中，是真实存在的空间，是对一

① 也有学者将福柯的论文译作“他者空间”，但笔者认为其含义与本书中所涉及的“他者空间”有所不同。为了避免含混，故将福柯的“Other Spaces”译作“异类空间”。

定社会和文化中存在的真实空间的再现、争夺或者颠倒，是实现了的乌托邦。这种地方在所有地方之外，虽然在真实世界里它们有自己的位置，因为这些地方与它们所反映的和关涉的地点截然不同。①

福柯提出了异托邦的六大原理，这六大原理有利于我们更好地理解异托邦的内涵，这六大原理是：（1）异托邦存在于所有文化当中，是每一个人类群体持续拥有的空间，但它以非常不同的形式呈现出来，世上没有统一的异质空间形式；（2）同一个异托邦在不同的历史时期有不同的功能，同样的异托邦在不同的文化里有不同的功能；（3）异托邦可以是在一个真实的地方出现的数个相互不兼容的空间或地点的并置；（4）异托邦总是和一定的时间断裂相连，它与异时性相辅相成，也就是说，异托邦在人类出现传统时间断裂的时候最能发挥其作用；（5）异托邦总是预先有一个开、关的体制，开与关都使其成为孤立的和可穿透的空间；（6）异托邦相对于其他所有空间都产生效用，作为一种补充而存在。②

我国学者汪行福批判福柯关于异托邦的论断，认为福柯的异托邦理论存在着理论和政治上的问题。首先，它缺乏一个规范的标准，没有把具有反抗意义的异质空间与统治的异质空间区别开来。③ 在福柯的文本中，墓地与教堂、戏院与花园、博物馆与图书馆、集市与度假村、穆斯林土耳其浴室与斯堪的纳维亚桑拿浴室、妓院与殖民地、兵营与监狱都是异托邦场所。但是，这些场所在性质上显然是不一样的，有些是欲望和梦想的天堂，有些只是监禁和规训的工具。也就是说，福柯没有区分好的意义上的异托邦和坏的意义上的异托邦，也就是说，福柯没有在乌托邦与恶托邦之间作出区分。汪行福认为，福柯的理论在方法上摇摆于规范的批判主义和无规范的描述主义之间，就把异托邦视为自由、幻想和偶然性支配的空间而言，福柯以审美化的个人自由作为自己的规范；而且，不加区分地描述疯人院、兵营、监狱、医院、度假胜地、花园、

① Michel Foucault，"Of Other Spaces，Heterotopias"，1967，http：//foucault. info/documents/heteroTopia/foucault. heteroTopia. en. html.

② Ibid.

③ 这也是本书未用"他者空间"翻译福柯的"Of Other Spaces"的原因，因为"他者空间"具有很强烈的政治内涵，其本身蕴含了反抗的力量。而福柯在"Of Other Spaces"一文中并没有进行明确的政治阐释，虽然他的其他空间理论富含有关政治和权力的话语。

浴室等场所，从而又陷入了无规范的描述主义。[①] 不过，伊格尔顿曾对福柯的“异质空间”概念进行评价说，“这是一种用概念来框定住对象，却又以某种理智的杂技在瞬间使概念化的同一性滑动起来的哲学风格”。[②]

福柯的“非同一性”定义使异质空间本身具有无限的开放性，为解读不同社会空间提供了特别的视角。具有典型特征的异质空间如同普通的社会空间一样，蕴含了各种复杂的社会关系和政治运作，成为社会空间必不可少的组成部分，异质空间体现了福柯的空间理论中关于空间对人的身体的规训功能。实际上，福柯对异托邦的界定与列斐伏尔的分类一样，强调空间存在的差异性、多样性和异质性，旨在对空洞、同质的空间进行颠覆，只不过福柯的异托邦强调了这些差异空间是具有典型特点的空间，他在给出异托邦的六大原理的时候，表明了这些异质空间的特点。异质空间暗示着某种地点与地点之间的关系，并反映一定的社会关系，因为福柯认为空间是具体的人类的空间—实践形式，正如列斐伏尔界定的那样，空间本身是社会的空间，人类的社会实践即为空间实践，所以，与“家”和“社区”一样，异质空间一样暗示了空间的社会关系以及社会权力的运作，它们一样成为空间政治阐释的重要场所。

异质空间再现了人与空间的关系，即“人的身体进入一个权力的机构，这个机构对人体进行探索、打破和重组。它定义着一个人如何对其他人进行控制，不仅表现为一个人能够做他想做的事，而且按他所希望的那样进行操作”。[③] 我们对异质空间的界定离不开福柯的空间政治理论和列斐伏尔的空间理论，也就是说，“异质空间”的概念应该为“异质性”、“空间”、“权力”和“秩序”。[④]“异质空间”这一概念在殖民主义和后殖民主义环境的文化冲击中表现得很明显。异质空间指的是不同空间

---

① 汪行福：《空间哲学与空间政治——福柯异托邦理论的阐释与批判》，《天津社会科学》2009年第3期。

② 张一玮：《“异质空间”概念对当代电影批评的意义》，《唐山师范学院学报》2007年第6期。

③ Gary Gutting，ed.，*The Cambridge Companion to Foucault*，2nd edition，New York：CUP，2003，p. 98.

④ 张一玮：《“异质空间”概念对当代电影批评的意义》，《唐山师范学院学报》2007年第6期。

可以和其他空间发生联系，虽然它们看似毫无关系，异质空间的经历使人们考虑他们所处的究竟是哪个世界。[①] 在福柯的权力—空间理论中，权力、技术和知识总是与空间相关联。作为连结权力及其施受对象的中介，空间被分割为不同的类型，包括日常生活中的各种空间，不同的空间涉及不同的社会结构和管理模式，代表了不同的知识体系。社会通过这些体系将知识纪律化，对身体进行规训。[②]

莫里森的作品中家和社区两大主要社会空间再现了美国黑人在社会上的他者存在，反映了美国国家同质空间下美国黑人存在的差异空间。同样，她的小说中充满了福柯所谓的异质空间或异托邦：养老院、医院、战场、坟墓、教堂、精神病院、列车、轮船、汽车、度假胜地、种植园等异质空间分布在莫里森不同的小说中，丰富着她的空间叙事，从不同角度再现了美国黑人和女性的他者生存，涵盖了种族、性别与文化的重要内容。

战场是莫里森较为关注的异质空间，战场成为表现美国黑人悲惨命运的又一个重要空间。《秀拉》中的夏德拉克参加了第一次世界大战，战场带给夏德拉克的创伤性后果是“全民自杀日”的创建，他试图以一年一度地庆祝这个日子来暗示生命的某种意义。而李子经受的战争创伤使他无法做回真正的男人，而是回到无能的婴儿状态，这迫使伊娃用火烧死了他，为他保留作为男人的最后一点尊严。《天堂》里迪克和索安娜的两个儿子都战死在越南战争的战场，这部分地颠覆了鲁比镇作为“天堂”的神话，给这个家庭带来了无尽的悲伤。《家》对朝鲜战争战场这一异质空间进行了深刻详细的描述，弗兰克亲身经历了战场的恶劣环境、战争的无情以及它对人性的泯灭，他目睹自己儿时的好友战死沙场，死无全尸的情形。所有这一切，加上他失去人性的、对他族人民，尤其是那些无辜民众的杀戮，使弗兰克经历了严重的创伤，他的世界充满了噩梦般的记忆和对现实世界的恐惧。

---

① 张一玮：《“异质空间”概念对当代电影批评的意义》，《唐山师范学院学报》2007 年第 6 期。

② 刘玉红：《从福柯的空间理论解读欧茨小说中的异质空间》，《广西师范大学学报》（哲学社会科学版）2011 年第 5 期。

在莫里森的小说中，医院是另一个重要的异质空间，美国黑人的他者性在这个空间中得到了深刻的反映。在《家》中，朝鲜战场留给弗兰克的恐惧给他造成的后果是他被误认为有精神病而被关进精神病院，一个相当于监狱的地方。他被认为有精神病，是因为他赤脚在大街上行走，如果他身上没有流血，恐怕直接被抓去监狱了，因为在这个时期，赤脚、或半身裸露的人会被关进监狱的。不过，如果仅仅是因为受伤，弗兰克是不会被抓到医院去的，他之所以被送到精神病院，是因为人们认为他是个危险分子。这家医院经常向外面出售尸体，按照洛克牧师的说法，之所以这样，是因为“医生们需要通过可怜的穷人尸体的实验去帮助那些活着的富人”。[①] 在这里，精神病院实际上反映了种族歧视的运作。《天堂》里鲁比镇的名字来源于小镇一个成员——摩根家族的女儿鲁比。鲁比在迁徙的过程中病死了，她之所以死亡，就是因为白人的医院拒绝给她治疗。《所罗门之歌》中的“非医生街”的医院虽然有一位黑人医生，但是却拒绝给黑人治病。《家》中的C则因为在一个白人的医院里谋职而遭到这家医院的院长兼医生的医学虐待而备受摧残，身心均遭受创伤。医院这一异质空间暗示了美国黑人在社会上的不平等地位以及遭受歧视的社会现实。

还有不少异质空间从不同的层面反映了美国黑人的生活，《秀拉》中的养老院体现了秀拉离经叛道的品质，反映了一个抛弃非裔文化遗产的女人对亲人做出的恶劣行为，使曾经为了自己的子孙不惜以生命为代价的伊娃只有在养老院里度过余生。而《爱》里科西的度假胜地则标志着黑人实现自我、发奋图强、实现黑人自救与兴旺的典范，其兴衰过程也体现了黑人内部的性别问题。《所罗门之歌》中彼拉特在警察局里的表现反映了黑人在白人权力机构面前不得不卑躬屈膝、委曲求全的事实，同时也反映了彼拉特的机智和勇敢，为了营救自己的侄子而在白人警察面前应对自如，她的“缩身术”让奶娃无限感叹，她的精神更是让他感到敬佩。

除了以上异质空间，莫里森作品中更值得关注的是种植园、墓地、

① Toni Morrison, *Home*, New York · Toronto: Alfred A. Knopf, 2012, p. 12.

教堂和流动空间，它们以不同的方式呈现了黑人和女性的他者地位。奴隶制种植园是体现莫里森小说创作思想的典型的异质空间，再现了美国黑人在奴隶制下的他者生存，成为莫里森新奴隶叙事的重要内容。虽然种植园的叙写只出现在《宠儿》与《慈悲》两部作品当中，但这一异托邦却是莫里森所有小说中尤其具有分量的空间书写。种植园反映了黑人奴隶被剥去人性，成为“赤裸的生命”的事实，深刻地再现了在美国历史上黑人命运最黑暗的一页，重现了他们的“他者”生存。墓地是莫里森小说中的另一个异质空间。这一空间出现在莫里森多数作品当中，其书写不但暗示了美国黑人在社会上的“生”之不平等，而且表现了他们的“死”之无足轻重。坟墓，抑或墓地，表现了空间的政治权力，映射出种族与性别的种种问题，同时蕴含了非裔文化的保留与承继。教堂也是莫里森小说中重要的异质空间。作为各种重大事件产生的地方和生命的庇护所，教堂在莫里森的小说中体现出很特别的意义，在与慈悲相关联的同时，教堂这一具有神圣意义的空间也成为权力运作之地和暴力场所。另外，美国黑人从一开始就成了迁徙的种族，莫里森的小说无不反映了这一点，她的小说主人公无不在不同的空间中游走。在这种迁徙的过程中，莫里森小说人物所经历的流动空间也成为体现社会关系的重要场所，反映了他们在美国社会的他者生存。莫里森流动空间的书写再现了汽车、火车和轮船等异质空间所体现的社会关系，这些“没有地理标记的异质空间”[①] 反映了性别与种族的空间政治。本章将从种植园、墓地、教堂和流动空间等角度，探讨莫里森小说中的异质空间书写。

第一节　种植园与“赤裸的生命”

莫里森以她的新奴隶叙事著称。新奴隶叙事是非裔文学的一种样式，旨在考察美国奴隶制历史和重写19世纪的奴隶叙事。新奴隶叙事有三种形式：以第三人称讲述奴隶制的历史小说、以第一人称叙事讲述的奴隶

① Michel Foucault, “Of Other Spaces, Heterotopias”, 1967, http://foucault.info/documents/heteroTopia/foucault.heteroTopia.en.html.

生平故事以及重审奴隶制对后世的创伤遗毒的叙事风格。[①] 这种分类模式对历史小说和那些追溯奴隶制对现世的影响的小说进行区分，莫里森的小说通过其虚构性使这种划分变得复杂。她的小说无不审视奴隶制对美国黑人生命与生活的持续影响，这种影响使他们长期处在身份与自我的寻找与建构当中。“莫里森每部小说都渗透进美国黑人内心深处的私密空间，探讨奴隶制深刻毒害下他们的内部情感和思想空间。”[②] “新奴隶叙事这个文学样式本身具有介于事实与虚构之间的模糊特点。19 世纪的前奴隶叙事占据了自传、文学和历史之间的阈限空间，同样，莫里森在 20 世纪对奴隶叙事的再创造是一种历史的想象和想象的历史。”[③] 在这种新奴隶叙事之下，最能直接反映奴隶制对黑人造成创伤的是《宠儿》。在这部小说中，莫里森塑造了介于虚幻与真实之间的“异托邦”——美国南方的奴隶制种植园“甜蜜之家”。

以“甜蜜之家”为代表的种植园体现了复杂的空间关系和空间政治，它是资本扩张的结果，是权力机制运作的产品和形式。种植园体现了福柯对“异托邦”的界定，很适合福柯给出的异托邦的第五个特点（见前文）。奴隶制种植园是一个独立于外部世界的空间，它自身附带了自我封闭的形式，并带有监狱式的功能，所以，它是福柯所谓的“异托邦”。“甜蜜之家”还从另一个层面体现了其异托邦的特质，表现出真实与虚幻的特点。福柯在谈到“异托邦”的真实与虚幻时说道：

> 异托邦与乌托邦之间存在某种混合的、共同的经验，那就是镜子，这面镜子本身是一个乌托邦，因为它是一个没有地方的地方。在镜子里，我看到我自己在我不在的地方，在一个不真实的、虚拟

① Ashraf A. Rushdy, “The Neo - Slave Narrative”, in *The Cambridge Companion to the African American Novel*, ed., Maryemma Graham, Cambridge: Cambridge University Press, 2004, p. 95.

② Marilyn M. Mckenzie, “Spaces for Readers: The Novels of Toni Morrison”, in Maryemma Graham, ed., *The Cambridge Companion to the African American Novel*, Cambridge: Cambridge University Press, 2004, pp. 221—232.

③ Elizabeth Ann Beaulieu, *Black Women Writers and the American Neo - Slave Narrative: Femininity Unfettered*, Westport, Connecticut • London: Greenwood Press, 1999, p. 61.

的世界里——镜子的乌托邦。但是，镜子本身又是一个异托邦，因为它事实上是存在的，在我所在的地方实施对抗。在镜子旁边我从我在的地方发现我自己的不在，因为我看到自己就在那里。从镜子那边的虚幻世界里投射过来的凝视，我回到我自己；我重新把眼光投向自己，并重新建构我所在的空间里的自己。从这一点来说，镜子就是一个异托邦，当我看到镜子里的自己的时候，它立刻使我占据的空间变得完全真实，并与周围的空间联系起来，同时也使之变得完全不真实，因为为了得到理解，这个空间必须穿过另一边的虚幻的空间。①

奴隶制种植园是真实的存在，莫里森通过她虚构的“甜蜜之家”让我们看到这个一度真实存在的空间。另一方面，在《宠儿》的叙事中，书中人物赛丝和保罗D等常常在记忆的镜子中回到甜蜜之家，发现自己真实而又虚幻的存在。赛丝在她的再记忆中重见既真实又虚幻的“甜蜜之家”：“突然，‘甜蜜之家’在她的眼前铺展开来，无限铺展。尽管那个农场上没有一片叶子不让她感到痛苦，它还是以它那无耻的美丽在她眼前舒展开来，永远回不到它当初那糟糕的情形。这使她怀疑是否地狱也是一个漂亮的地方。”② 而这个美丽的记忆却又在反复提醒赛丝她在“甜蜜之家”的真实情景，她不能原谅自己的记忆以这种方式呈现。所以，“甜蜜之家”无论从种植园这一空间本身还是从文本叙事上来看，都表现出典型的异托邦性质。另外，“甜蜜之家”是一个对这个概念本身所蕴含的空间的颠倒，在这个术语和它所指代的真实空间之间存在一种反讽关系。杰瑟把“甜蜜之家”说成是一个“类乌托邦”的种植园③，无疑再次证明了它作为密闭的异托邦的特点。“甜蜜之家”为在一个蓄奴制体制下是否能拥有“家”提供了批判，其漂亮的名称掩盖下的是颠倒人性的、将黑人他者化的空间实践。

---

① Michel Foucault，“Of Other Spaces，Heterotopias”，1967，http：//foucault. info/documents/heteroTopia/foucault. heteroTopia. en. html.

② Toni Morrison，*Beloved*，New York：Signet，1991，c. 1987，p. 6.

③ Nancy Jesser，“Violence，Home，and Community in Toni Morrison's *Beloved*”，*African American Review*，Vol. 33，No. 2 (Summer，1999)：325—345.

莫里森笔下的种植园既体现出福柯“异托邦”的特点，也体现了他空间理论中的权力政治。在福柯的空间理论中，空间与政治权力、与身体紧密相连。在福柯看来，现代社会形成了各种各样的机制，这些机制都表现出一个紧闭的空间特征，其封闭性使监视和规训成为可能，现代社会因而是一个个规训性空间并置的、通过空间来统治和管制的社会，是一个监狱化了的社会，它埋伏着自动而匿名的权力，权力在这里流动，通过这个空间达到改造和生产个体的效应。① 美国奴隶制种植园是一个密闭的空间，它体现了空间建构的原理，并且反映了空间建构过程中呈现的空间政治和身体政治。首先，从空间的政治经济原理来说，美国南方种植园是欧洲帝国主义经济扩张的结果和形式，是资本流动的必然结果。这很类似于列斐伏尔的空间生产原理，即空间是资本主义的扩张和同质化的结果。同时，空间是社会的产物，每一个社会，每一个生产模式，每个特定的生产关系都会生产出自身独特的空间。所以，美国的奴隶制种植园也是美国这个特定的、与众不同的资本主义社会的产物，从福柯的政治观念角度来说，种植园体现了空间的权力机制。奴隶制种植园是福柯的全景敞视监狱似的空间，它能够生产主体——一种新的主体类型。在福柯那里，空间是权力实施的手段，权力借助空间而发挥作用。

莫里森小说中的种植园这种监狱式空间生产出的新型主体就是黑人奴隶，他们被生产为一种客体。在这里，黑人的生命失去了他们应有的价值，他们被剥夺了生命的意义而成为“赤裸的生命”——他们的身体成了被拔去意义、去掉了人性、“拔去了生命形式和价值的身体”，是“一个纯粹的动物一般的身体”。他们的身体被“卷进了政治领域”，既可以“毫不迟疑地被杀死而毫无牺牲价值”，也“可以被权力肆无忌惮地任意处理”。② 按照福柯的话来说，权力关系总是直接控制身体，干预它，给它打上标记，训练它，折磨它，强迫它完成某些任务、表现某些仪式和发出某些信号。③ 莫里森的作品中，身为奴隶的美国黑人，在种植园这

① 汪民安：《身体、空间与后现代性》，江苏人民出版社 2006 年版，第 104—105 页。

② 同上书，第 24 页。

③ ［法］福柯：《规训与惩罚》，刘北成、杨远婴译，生活·读书·新知三联书店 1999 年版，第 27 页。

样的异质空间中，丧失了身体作为生命的意义。他们丧失了作为生命主体的自我而成为被人定义的、作为动物的他者，他们的身体携带了遭受惩罚的历史，镌刻着“他者”的标记，如赛丝背上的“树”、贝比·撒格斯扭曲的臀、宠儿的脖颈和保罗D的舌头等。

“甜蜜之家”的权力机制首先告诉读者，定义属于定义者。黑人奴隶作为“人”的定义是由白人奴隶主来确定的，他们已然成为被泯灭了人性的“赤裸的生命”，成为介于“人”与“非人”之间的类人类。在“甜蜜之家”，奴隶主成为奴隶的定义者，他们决定着奴隶是人抑或不是人。加纳先生所命名和营造的“甜蜜之家”是一个虚假的乌托邦。加纳把农场的社群团在一起，并给农场起了个“甜蜜之家”的名字。但正如贝比·萨格斯的出售签上的名字（Jenny）一样，“甜蜜之家”不过是个标签。“甜蜜之家”的名字暗示了一个乌托邦的社区，然而，对于农场的奴隶们来说，远没有实现这个目标：加纳运用其“开明”的奴隶制拥有每一个奴隶、榨取他们的劳动、限制他们的活动，但他对他们并不粗暴，也不让他们挨饿。对于贝比·萨格斯来说，相对于之前令她遭受身体损伤和情感摧残、导致她的一生大部分处于痛苦状态的种植园而言，“甜蜜之家”已经很进步了。[①] 加纳的“模范农场”使他的奴隶们产生一种幻觉和误解，他们认为自己果真处在“人”的状态。加纳在其他肯塔基州的白人面前表现为一个开明的奴隶主——他不会因为他的奴隶们的男子气概而受到威胁，同时也对他们进行保护和关爱。事实上，他在保护着他们的男人气概，他们“每个人都是男人（人）”，他是以那种方式买下了他们，也是按那种方式在养着他们。[②] 不过，虽然“甜蜜之家”的男人们被准许“发明”和“对抗”，行动可以不经许可，可以“为母亲买回自由，可以选择马匹和妻子，也可以拥有枪支，甚至学习阅读，如果他们想要那么做的话”（其实他们觉得没有认字的必要，因为一切他们认为重要的事情都不会以文字的形式出现）。但这些黑奴作为“人”只是在加纳的地产上且只能在他的地产范围内这么做：“跨出那个地盘一步他们就成了人类种族的入侵者。”[③] “甜蜜之家”

① Toni Morrison, *Beloved*, New York: Signet, 1991, c. 1987, p. 139.

② Ibid., pp. 10—11.

③ Ibid., p. 125.

的奴隶们从中学到了痛苦的教训。保罗 D 和赛丝知道，尽管加纳以一种很独特的方法来拥有他所雇佣的奴隶，他们所获得的人格也是掌控在“定义者”的手中。加纳把他们叫作“人”，是因为那样更利于他的目的。实际上，加纳通过对一个族群的命名来框定他们的生活从而取悦自己，正如《柏油娃》中瓦里安邀请森共进晚餐那样，不是因为他真的对黑人有多尊重，而是因为他想借此标明自己的与众不同或者说他“高兴”那么做。[①]

加纳先生与众不同，他勇于突破重重困难，把他的黑人奴隶命名为人且当作人来对待，这一点证明了加纳作为奴隶主开明的一面。不过，加纳的作为进一步凸显了美国黑人身为奴隶和在美国社会的他者化地位，他们不是作为人，而是作为“人”以外的可以给白人奴隶主带来利益的生产力。另一方面，加纳通过自己的行为显示了白人的权威和他们作为真正主体的本质。加纳把保罗们当作“人”，在这个世界里，他实施着对“他者”的权力，实施着命名权，把他的奴隶们取名为“保罗”，并以字母顺序对他们进行编号，他们成为他任意摆弄的对象，这充分证明了保罗们的命运掌握在加纳的手里。当保罗 D 来到赛丝家里的时候，赛丝向女儿介绍了保罗 D，丹弗便称其为“D 先生”，保罗 D 及时以“保罗 D. 加纳”进行纠正。[②] 丹弗与保罗 D 之间的对话暗示出前奴隶们只是个财产的代号而已。而保罗 D 对其姓氏“加纳”的重申再次表明他们是白人社会的他者和他们对于白人奴隶主的从属地位、被他们命名以及作为其所属物的事实。尽管加纳的农场比别的种植园有更多的民主，但这并不会减损加纳作为奴隶主的权威，更没有改变奴隶们作为他者存在的本质。相反，它更凸显了白人作为统治阶级对空间主宰的权力，他们有权决定黑人是人，抑或不是人。“甜蜜之家”的黑人们成了“没有牙齿的看家狗，没有长角的公牛和被阉割的种马，他们的嘶叫无法翻译成勇担责任的人类的语言”。[③] 白人奴隶主不但实施自己对黑人的命名权力，而且还

① Trudier Harris, *Fiction and Folklore: The Novels of Toni Morrison*, Knoxville: University of Tennessee Press, 1991, p. 176.

② Toni Morrison, *Beloved*, New York: Signet, 1991, c. 1987, p. 11.

③ Ibid., p. 125.

想努力去维持它。这一点表现在加纳对贝比·萨格斯的命名上：

> “加纳先生，为什么你叫我珍妮？”
>
> “因为那是你出售牌上的名字啊，姑娘。‘珍妮’不是你的名字吗？那你叫自己什么？”
>
> “我什么也不叫自己。”
>
> 加纳先生笑红了脸。“当我把你带出卡罗莱纳的时候，惠特罗叫你‘珍妮’，‘珍妮·惠特罗’是他销售单上的名字。他没叫你‘珍妮’吗？”
>
> “没有，先生，他要是叫了我能听见的。”
>
> ……
>
> “不过，”加纳先生说道，他的脸再一次涨红了，“如果我是你，我就坚持叫自己‘珍妮·惠特罗’。‘贝比·萨格斯夫人’不是自由黑人的名字。”①

贝比·萨格斯试图争辩，申明自己的名字是“贝比·萨格斯”。到了辛辛那提以后，她向鲍德温的佣人詹尼说了自己的名字，可鲍德温和加纳等依然管她叫“珍妮”。

加纳的开明掩盖了他对奴隶们的剥削，在护送贝比·萨格斯到鲍德温家时候，加纳一再在鲍德温兄妹面前证明自己是个开明的奴隶主。贝比·萨格斯承认加纳做法的开明，但她心中却并没有否认他对她及其儿子哈尔持续剥削和压迫的本质，因为“哈尔为她赎回的自由已经太迟且毫无价值和意义”。② 如果加纳的控制因为其“开明”而带有一定的民主，他对黑人奴隶的管制是隐形和潜在的，那么在加纳死后“学校教师”对“甜蜜之家”的接管则使他们“他者化”的地位更加明显。与加纳虚伪的命名方式不同，“学校教师”的做法公开而且直接，他作为命名者和定义者的身份彰显无遗，他开始执行他那暴戾的、“驯化的”反乌托邦计划，

---

① Toni Morrison, *Beloved*, New York: Signet, 1991, c.1987, pp.141—142.

② Ibid., p.23.

奴隶们成为被暴力强加和被书写的客体。

“学校教师”对黑奴们的暴戾驯化与他自己的身份形成强烈的悖论，或者说，他代表了西方文明的传统，即他掌管着知识和知识背后的权力，他“文明人”的外表下掩藏的是暴力。“学校教师”代表着西方文明的典型，衣着整洁，举止文雅，是深受基督文明浸染的人。他和他的学生们“说起话来很轻柔，吐痰也吐在手绢上。他们熟悉耶稣的名字，可出于礼貌，却从不使用它，哪怕正对着耶稣的面孔的时候也一样。哈尔曾说，他是一个很好的农场主，没有加纳那么高大强壮，但是却足够聪明”。[①] “学校教师”代表着知识与文化，是一个很投入的学者，他掌握着知识，因而掌握着话语的权力，在他身上，知识、权力和话语达成了有力的共谋。

在“甜蜜之家”，“学校教师”掌握着绝对的话语权，不仅如此，他还运用自己对知识的掌握和权力，对黑人奴隶实施他者化，把他们作为对象和客体，作为他笔下书写的内容。因此，知识、空间与权力在这里融为一体。列斐伏尔说，在空间固有的知识和权力之间、理解与暴力之间不存在根本的冲突。[②] 在“甜蜜之家”这个封闭的空间中，“学校教师”的知识借助权力的力量，对赛丝等实施他者化，知识和话语的暴力使赛丝他们再一次成为“赤裸的生命”。而最令人啼笑皆非的是，赛丝整日为“学校教师”磨墨，在自己的“他者”化过程中助上一臂之力，“学校教师”就用这个墨水来书写他们：

> 他喜欢我制的墨水。那是她的方子（加纳夫人），但是他更喜欢我的研制方式，这对他来说很重要，因为他晚上要坐下来写进他的书里。那是一本关于我们的书，不过我们不会立刻知道的。我们只会认为向我们提问是他的风格。他开始拿着个笔记本而且把我们说的都记下来。[③]

---

① Toni Morrison, *Beloved*, New York: Signet, 1991, c. 1987, p. 37.

② Henri Lefebvre, *The Production of Space*, trans., Donald Nicholson-Smith, Malden · Oxford · Carlton: Blackwell Publishing Ltd., 1991, p. 358.

③ Toni Morrison, *Beloved*, New York: Signet, 1991, c. 1987, p. 37.

在这里，“学校教师”把赛丝他们视作客体，奴隶们成为他研究的对象。“学校教师”对赛丝他们的研究充分体现了萨义德研究中西方与东方的对立，来自东方世界的黑人对“学校教师”来说具有神秘性和未知性，他要通过知识的力量来了解他们，并用知识的暴力对他们进行定义。他用绳子测量赛丝的头、鼻梁和脊背，还数赛丝有多少颗牙齿。[①]“学校教师”在进行如此研究的时候，他把赛丝当作了类人类（sub-human），他对他的两个学生说：“我告诉你们把她人性的特征写在左边，把她动物的特征写在右边，但是不要忘记把两者结合起来。”[②]

“学校教师”和他的学生们对赛丝等黑奴作为类人类的定义更多地通过身体暴力来实施，他们除了对赛丝进行身体的测量和考证外，还用实际行为来考察她的“动物性”。他们把她按倒在马厩的后面，像挤牛奶一样甚至像挤羊奶一样挤她的奶。他们把她按倒在马厩背后而不是马厩里，是因为他们觉得赛丝太脏了不能够和马关在一起。[③]吸取赛丝乳汁的实验表明了“学校教师”们在赛丝身上实现了相互对立的描述。她是他们吸取乳汁的乳房，也是他们实现其性欲的身体——他们能想象出的每一个特点都能够在她身上得到调整。财产就是财产，因为它被认定为财产。[④]对于赛丝来说，马厩背后的“偷奶”是对她作为人的最大的玷污。

西克索是“甜蜜之家”的黑奴中较为有胆识的一个，他曾试图通过自己的狡辩来实现对事物的定义，可是，他的企图注定会失败。一次他杀掉了农场上的一头小猪，“学校教师”指定他偷吃了这头猪，西克索努力争辩自己的行为不是“偷”：

> “你偷了那头小猪，是不是？”
>
> “没有，先生。”西克索说道，他很体面地看着面前的肉。
>
> “学校教师”笑着道：“你杀了它吗？”

---

① Toni Morrison, *Beloved*, New York: Signet, 1991, c. 1987, p. 191.

② Ibid., p. 193.

③ Ibid., p. 200.

④ Nancy Jesser, "Violence, Home, and Community in Toni Morrison's *Beloved*", *African American Review*, Vol. 33, No. 2 (Summer, 1999): 325—345.

"是的，先生，我杀了它。"

"你屠宰了它吗?"

"是的，先生。"

"你是不是煮了它?"

"是的，先生。"

"那么，你吃了它了吗?"

"是的，先生，我当然吃了。"

"但是你却告诉我这不是偷?"

"是的，先生，这不是偷。"

"不是偷是什么?"

"增加你的财产，先生。"

"什么?"

"西克索种植黑麦，使土地有更多的收成；西克索吃了然后注入土壤，土壤会给你产出更多的庄稼；西克索吃了，西克索喂饱了，西克索给你更多的劳动。"①

西克索深知自己是财产，他想通过狡辩来否认自己的行为是偷盗。虽然他的狡辩似乎获得了胜利，但他照例招来一阵毒打，晚上被捆绑起来，关进牲畜的棚栏，且到处都上了锁。"学校教师""意在告诉他，定义是属于定义者，而不是属于被定义者的"。②

虽然"学校教师"和加纳之间存在风格上的差异，但他们运用的则是蓄奴制相同的文法。赛丝因"学校教师"对她进行丈量的事感到疑惑，她问哈尔"学校教师"与加纳夫妇有何不同时，哈尔的回答是他们之间没有什么不同。虽然说话的语气不一样，加纳夫妇更为柔和，"学校教师"更为粗野，但他们所说的内容并没有什么不同。③ 保罗D也在多年后意识到这一点，他最初以为因为"学校教师"改变了加纳的做法他们才选择了逃跑，但后来他越发觉得加纳与学校教师没有什么不同。加纳把

① Toni Morrison, *Beloved*, New York: Signet, 1991, c. 1987, p. 190.

② Ibid.

③ Ibid., p. 195.

他们看作人，那么就证明了他可以不把他们看作“人”，作为人还是不作为人，也是加纳先生一句话。总之，黑人是可以不被看作人的，或者直接不看作人。加纳把他们叫作“人”，也是仅限于“甜蜜之家”，离开了“甜蜜之家”，他们就不是人。他们在“甜蜜之家”作为“人”也只到加纳死去之前为止，“即使加纳没有死去，他也随时有可能一觉醒来又不把他们称作人，他完全可以把那个词拿回去”。[①] 他们实施着作为定义者的权力，不但对世界进行定义，还对与自己属于同一个物种的美国黑人进行定义。有一点值得注意的是，虽然加纳好像对赛丝和贝比·萨格斯都显得较为友好，但是她们作为女人，根本没有进入他关于“人”的定义范畴。加纳在对黑奴的命名中并未考虑过女人，他在对外人宣扬的时候，提到的都是“甜蜜之家的男人们”（the Sweet Home men），女人是“他者”之外的他者，因为即使在加纳“开明”的话语中，女人也是与牲畜并列的存在，他的男奴们可以为母亲赎回自由，可以拥有马匹和妻子。在这里，女人被当作与牛马等其他财产同类的事物。

在“甜蜜之家”，赛丝和保罗D等黑奴自然被加纳和“学校教师”等定义为“他者”，这种“他者”化伴随着对美国黑人身体的残害和掠夺。“甜蜜之家”等种植园权力机制运作的结果便是灵与肉的分离，黑人奴隶们的自我成为灵肉分离的自我，他们常常被与身体、非理性、兽性和低品质等相联系。《宠儿》凸显了19世纪奴隶叙事中隐含的内容并对身体加以强调，在美国历史上，非裔美国人被拒绝了完整的人格，而身体在表现这一点上起到了重要的作用。试图通过身体叙事在读者中产生一种回应是19世纪感伤小说的重要形式。在莫里森的新奴隶叙事中，她将身体置于中心位置并不奇怪。从历史上来看，身体被用来证明对一些人群的羞辱与抛弃，也是一种表达集体身份和集体抵抗的工具。[②] 奴隶制最令人恐惧的就是“身体的盗窃”——蓄意而暴力地将被俘的身体与其原动意志（motive will）和主动欲望（active desire）相分离。莫里森现代主义诗学的抒情风格就是由对人类灵魂、身体和故事的破碎的关注而构成，

① Toni Morrison, *Beloved*, New York: Signet, 1991, c. 1987, p. 220.

② Sherryl Vint, “‘Only by Experience’: Embodiment and the Limitations of Realism in Neo-Slave Narratives”, *Science Fiction Studies*, Vol. 34 (2007): 241—261.

同时也被这种关注所瓦解。[1] 身处奴隶制种植园的黑人的身体是不属于自己的，这尤其反映在黑人女性身上，她们不能真正感受自己的身体并从中获得快乐。正如贝比·萨格斯所说的那样，奴隶不可能有自己的快乐情感；她们的身体不是用来感受快乐的，但是为了让那些拥有她们的人高兴，她们得为他们生下尽可能多的孩子[2]，贝比·萨格斯与赛丝的母亲就是这样的例子。不仅如此，她们的身体在种植园这一空间中毫无疑问地遭致残害，这种伤害在她们身上留下痕迹，成为种植园这一空间实践的永恒记载。在《宠儿》中，伤痕诉说已成为莫里森的暴力美学，它贯穿了整个小说并把身体与小说叙事联系起来。[3] 身体刻痕遍及整个小说，而莫里森对之进行详尽描述的是母亲和女儿的身体：赛丝母亲腋下的烙印、赛丝背上的"树"、宠儿的脖子以及贝比·萨格斯扭伤的臀等。这些伤痕表明了每个生命个体不同的遭遇，同时也突出了黑人奴隶的集体历史。这些伤痕记载了赛丝等黑人女性的身体在奴隶制种植园里被白人阶级用以书写权力的空间，记载着她们不能忘记的过去。伤痕成为痛苦叙事的工具，它要求被阅读，它是《宠儿》中"再记忆"的重要中介。正如多布斯所说的那样，"身体的痛苦是没有声音的，但是当它最终发现一种声音的时候，它就会讲述一个故事"。[4]

赛丝对母亲的记忆不是母爱，而是母亲身上烙上的圆圈和十字的标记，她对母亲最深刻的回忆就是她身上的标记和她被吊死的情形。赛丝小时候没有懂得母亲身上的标记意味着什么，她母亲指着自己身上的标记说，"这就是你的母亲，这个。其他有着这个符号的女人都已经死了，我是最后一个了"。[5] 赛丝母亲的这句话暗含了太多的意义。她身上的符号到底意味着什么？它意味着"生"与"死"吗？它意味着白人阶级在黑人身上的书写权力和他们对黑人奴隶的生死大权，黑人奴隶作为美国

---

① Cynthia Dobbs, "Toni Morrison's *Beloved*: Bodies Returned, Modernism Revisited", *African American Review*, Vol. 32, No. 4 (Winter, 1998): 563—578.

② Toni Morrison, *Beloved*, New York: Signet, 1991, c. 1987, p. 209.

③ Cynthia Dobbs, "Toni Morrison's *Beloved*: Bodies Returned, Modernism Revisited", *African American Review*, Vol. 32, No. 4 (Winter, 1998): 563—578.

④ Ibid., p. 564.

⑤ Toni Morrison, *Beloved*, New York: Signet, 1991, c. 1987, p. 61.

社会"他者"的地位在赛丝母亲身上得到突出的彰显。显然，赛丝毫无疑问地成了同样的他者，她不是像她母亲那样被通过身上的符号来决定生与死，但她身上的那棵"树"则讲述着身为美国社会"他者"的非人经历。赛丝先是被当作动物来对待，"学校教师"告诉他的学生们要去研究赛丝作为人的特点和作为"动物"的特征，他们像对待牛一样，拥到赛丝身上，去强行吸取她的乳汁。当赛丝把他们的暴行向加纳夫人透露以后，她便遭来一阵毒打，她的身上于是留下了一个标记，不是像她母亲那样的烙有十字的圆圈，而是一棵"稠李树"（chokeberry）。

赛丝背上的"稠李树"是白人奴隶主制造的，由白人女孩艾米·丹弗命名的，而后成为赛丝记忆和讲述过去的凭证。遭到"学校教师"等鞭打的时候，赛丝因为强忍而咬断了自己的舌头。最具讽刺意味的是，在鞭打赛丝的时候，他们在地上挖了一个坑，说是为了不伤及赛丝肚子里的孩子。[①] 这似乎带着人道主义的精神，但读者不难想象，将赛丝的肚子放在坑里，让她趴着，然后进行鞭打的情形，与对待牲畜没有什么不同。另一方面，他们不伤及赛丝肚子里的孩子，只不过是在保护"甜蜜之家"未来的财产。"偷奶"和鞭打成为赛丝心头挥之不去的记忆。赛丝背上的"稠李树"成为她借以诉说并释放痛苦的方式，进而反映出"甜蜜之家"罪恶的空间实践。"甜蜜之家"成为浮现在赛丝头脑之外的画面。赛丝说，"那不是一个想象的画面，而是我来到这里之前所待过的地方，是个真实的地方，它永远不会消失。哪怕是整个农场上的每一棵树和每一片草叶都死掉了，它也不会消失"。[②]

如果赛丝通过身上的伤痕的诉说来释放心头的痛苦，那么，保罗D等"甜蜜之家"的"男人"们经历的"他者"化则是一种"不可言说"的命运。这种命运一方面表现为他们待遇的"不可言说"，另一方面表现为他们被剥夺了言说的权力。首先，"甜蜜之家"男奴们的他者化表现为他们被沦为动物以及被重新推向自然并与自然成为同类。他们在种植园里像驴一样劳动，像狗一样生存[③]，这种比喻十分贴切，它不仅仅表现为

① Toni Morrison, *Beloved*, New York: Signet, 1991, c. 1987, p. 202.

② Ibid., p. 36.

③ Ibid., p. 41.

保罗D被戴上马嚼子、西克索被锁在牛圈里，而且表现在黑人男奴们被像牲畜一样关在“甜蜜之家”。在奴隶制的种植园里，黑奴的性可以被奴隶主拿去出租赚钱。加纳因为害怕他的男奴们出去肇事而不许他们外出，把他们禁锢在农场上，年轻力壮的“甜蜜之家”的男人们只有与牲畜为伴，牛犊成了他们的性伴侣。在这里，人与动物之间的界限已经模糊，保罗D他们无形中把牛马当成了自己的同类。加纳虽然对他的奴隶们较为善良和民主，但他不许他们擅自离开“甜蜜之家”，也不曾考虑他们的婚配问题。空间的限制使他们自己从生理上向动物靠近，保罗们似乎从主观上靠近非人类的动物，而使自己变成了异类的人。因为有过在玉米地里与母牛交配的经历，在他的新婚之日，哈尔竟然也把赛丝带到了玉米地里，度过他们的“蜜月”。[①] 而这种经历也是保罗D始终羞于启齿的事，且对他往后的人生造成了深刻的影响。多年以后，保罗D来到蓝石路124号，宠儿为了驱走保罗D而强行使他与她发生了性关系，保罗D对自己作为“人”的特质开始怀疑，他开始思考“学校教师”把他们定义为“动物”也许不无道理。当得知赛丝杀死女儿一事后，保罗D责问赛丝：“赛丝，你长着两条腿，而不是四条”[②]，他试图强调赛丝是人，而不是动物，却做出了非人的举动。然而话出之后保罗D惊诧于自己为何如此说，因为他又想起年轻时与小牛犊之间的事。这导致他突然在赛丝浓厚的母爱面前为自己内心的秘密感到羞愧，从而选择了离开。

“甜蜜之家”的奴隶们不但与动物为伍，而且被降至不如这个农场上的牲口的地位，他们甚至与农场上的牲畜争风吃醋。“甜蜜之家”有一只公鸡名叫“先生”，保罗D曾把它从蛋壳里剥出来，看着它长大，到头来“先生”在整个农场威风凛凛，处于“王者”的位置。在这里，“先生”比他们所有人都有尊严，即使被杀死了，煮来吃了，它依然被叫作“先生”。在保罗D看来，“先生”已获得了准人类的身份。[③] 保罗他们把这只公鸡和其他的公鸡当作仇人，总是骂它们为“婊子养的”，公鸡被赋予了

---

① Toni Morrison, *Beloved*, New York: Signet, 1991, c. 1987, p. 27.

② Ibid., p. 165.

③ Trudier Harris, *Fiction and Folklore: The Novels of Toni Morrison*, Knoxville: University of Tennessee Press, 1991, p. 182.

人的尊严，而保罗D他们则没有，他们没有牲口那样的自由和尊严。保罗D离开“甜蜜之家”的时候，很多只鸡在路旁看着他离去，这使他十分恼火。多年后与赛丝谈到往事，保罗D说，那只目空一切的“先生”坐在路边的木桶上，盯着他看。他说：“我敢打赌，它笑了。”“先生”当初连出生的能力都没有，可它依然是“王”，而保罗D不再是他自己，“学校教师”把他改变成另外一种东西，那种东西连木桶上坐着的鸡都不如[①]，“先生”是自由的化身和男人的比喻[②]，它在农场上趾高气扬，获取母鸡们的欢心。而保罗D却永远得不到像“先生”这样一只公鸡的自由，他永远不能忘记的是当他嘴里含着马嚼子手反捆在背后离开“甜蜜之家”时，“先生”那不可一世的“表情”。

保罗D无处寄托自己的情感，他把他的爱献给了“甜蜜之家”的一棵古老的大树——“兄弟”。这棵树与“先生”一样拥有了准人类的身份。保罗D在“甜蜜之家”形成了很温顺的性格，他通过把感情悄悄地给这棵树而得以安身。在“甜蜜之家”的时候，保罗D经常和大伙到“兄弟”树下共进午餐，除此之外，他还常常独自一人在树下逗留和栖息，“兄弟”成了他的精神陪伴。当多年后倾听并抚摸赛丝背上的“树”时，保罗D感叹于这棵树是如此难看，“甜蜜之家”有很多树，每一棵都比赛丝的“树”好看，尤其是“兄弟”，它附着了保罗D太多的情感。他发现自己在厨房里抚摸赛丝背上的“树”，那幅让他“像一个矿工一样扒开矿石探索的铁锻般的图案实际上只不过是一簇难看的疤痕”。[③]

“甜蜜之家”的奴隶们从人到牲畜的地位变迁伴随着话语权的丧失，如前所言，保罗D他们自然没有发言权，他们没有定义的权力，他们是白人阶级的定义对象，不仅如此，他们还被剥夺了言说的权力。语言是人区别于其他生命的重要标志，而剥夺了他们的言语权，就是剥夺了他们作为“人”的权力。首先，西克索因为与“学校教师”争论而被关进牲口棚里并招来毒打，这旨在表明奴隶们没有言说的权力；哈尔在目睹

① Toni Morrison, *Beloved*, New York: Signet, 1991, c. 1987, p. 72.

② Trudier Harris, *Fiction and Folklore*: *The Novels of Toni Morrison*, Knoxville: University of Tennessee Press, 1991, p. 181.

③ Toni Morrison, *Beloved*, New York: Signet, 1991, c. 1987, p. 21.

自己的妻子赛丝遭受“学校教师”的学生们“偷奶”的行径时，只能默不作声，后来他的脸上被涂上了奶油，这让他无法言语；保罗D被套上了马嚼子，自然不能说话，当他看见路边坐着的哈尔时，他们两人自然也无法与对方说话，他们成了失语一族，回到牲畜般沉默的世界里。这种沉默在保罗D的世界里继续，作为“甜蜜之家”最后的“男人”（他们当中一个疯了，一个被卖掉了，一个失踪了，一个被烧死了），他花了很长时间才把阿尔弗雷德、佐治亚、西克索、“学校教师”、哈尔、他的兄弟们、赛丝、“先生”、铁片的味道、哈尔脸上的奶油、山核木、记录纸，一样一样地装进他胸口的烟盒里，直到来到蓝石路124号以前，这世上什么也没法把它撬开[1]，因为他的经历都是些不可言说的经历，同时也因为他一度被剥夺了言说的权利而变得沉默，沉默成为他的生活方式，而只有那胸口的烟草盒帮助他携带着那些不可言说的记忆。

赛丝逃走了，“甜蜜之家”的男人们也因为各种原因死了，或疯了，或卖掉了，这个种植园变成了废墟。然而，这座给黑人们带来噩梦的庄园却在他们心头久久萦绕，“甜蜜之家”的记忆导致赛丝果断而残忍地杀死了自己的孩子，从而生活在种植园的梦魇和失去孩子的双重折磨中，给她的家庭空间蒙上了恐怖和孤寂的阴影。奴隶制的创伤遗毒是美国黑人一切不幸的根源，在种植园里形成的他者地位成为美国黑人在历史上长期处于下层阶级的缘由，这些经历导致了黑人在家庭空间建构方面的种种障碍，也成为他们建构社区的重要原因。

第二节　坟墓与游荡的幽灵

莫里森的每一本小说都是关于美国黑人生存及生存空间的小说，同时也是关于他们死亡与死亡空间的小说。生命的价值不但能从生存的意义上得以阐释，也能从死亡的意义上得以说明。美国黑人的地位决定了他们生之没有地位，死之没有尊严。在没有尊严的生死之间，莫里森向读者展现的是坟墓或者墓地所富有的政治内涵。

---

① Toni Morrison, *Beloved*, New York: Signet, 1991, c. 1987, p. 113.

坟墓，或者墓地，是自然空间的一部分，可正如福柯和列斐伏尔所阐释的那样，它已不再是纯粹的自然空间，而被赋予了社会政治的力量，其异时性和政治性使之成为一个很神秘的空间。福柯给出了异托邦的六大原理，其中一个原理即为异时性。他说，异质空间多与时间片断相联系，也就是说，它们很对称地面向一种异时性。当与传统的时间发生绝对分裂的时候，异质空间方能最大限度地发挥作用。墓地是一个高度异质的空间，因为对个人来说，墓地开始于这种奇怪的失去生命的异时性以及一种准永恒性，其永久性就是死亡与消失。墓地显然与普通的文化空间有所不同，不过，它却与所有的地点相联系，如城市、国家、社区或者村庄等，因为每个个人、每个家庭都有亲人在墓地里。[①] 列斐伏尔认为，墓地等空间浓缩、庇护所有分散的正在运作的力量。[②] 无论福柯还是列斐伏尔，都将坟墓或者墓地与社会力量联系起来，事实上，它映射了不同社会的社会关系。在莫里森的小说中，这种神秘空间被附上了种族、性别和文化的内涵，与美国黑人的命运紧紧联系在一起。莫里森把坟墓或者墓地的书写作为一种政治策略和表达种族与性别意识的有力手段。坟墓作为一个死亡空间，与美国黑人作为他者的生存不可分割。美国黑人是作为一个"他者"存在于社会空间的，他们的死自然也缺乏像白人统治者那样的尊严，这常常体现为他们死后不能体面地埋葬，从而呈现出坟墓这一空间对美国黑人"他者"化的呈现。莫里森在描述坟墓的时候，倾注了非裔文化中的"幽灵"遗产，使坟墓这一空间的丰富性得以和种族的命运联系起来，一如幽灵与鬼魂出现在几乎她所有的作品当中那样。"就种族问题而言，莫里森的主体性受到她关于美国历史（即非洲人为了美国南部的经济发展而沦为奴隶的经历）的知识的影响，但是，这种主体性却因为她关于非洲文化的知识而得以强化。"[③] 莫里森成长于一个美国黑人的

① Michel Foucault, "Of Other Spaces, Heterotopias", 1967, http://foucault.info/documents/heteroTopia/foucault.heteroTopia.en.html.

② Henri Lefebvre, *The Production of Space*, trans., Donald Nicholson - Smith, Malden • Oxford • Carlton: Blackwell Publishing Ltd., 1991, p. 235.

③ Therese E. Higgins, *Religiosity, Cosmology, and Folklore: The African Influence in the Novels of Toni Morrison*, New York and London: Routledge Taylor & Francis Group, 2001, pp. viii—ix.

社区，社区的人们总是讲述着他们的过去，讲述关于朋友和祖先的生活和事迹，这些故事与植根于非洲的民间传说和习俗交织在一起。她的社区和家人常常给她讲述看见鬼魂和魂灵回访亲人的故事。莫里森说，她像相信细菌一样相信鬼魂。① 席根思在考察了非裔文化传统和莫里森作品的基础上得出，莫里森作品中很多素材与非洲文化和宇宙观并行不悖。在非洲古老的土地上以及莫里森祖先的王国里，我们能发现莫里森小说中众多人物的信仰和传统之根。② 在许多非洲社会里，人们相信死者会以肉体或者灵魂的形式回到亲人的生活中。人们相信死者具有一种力量，影响亲人的身体和安康，因此，他们常常认为，这些灵魂会给他们的亲人带来危险。死者对生者的力量是很复杂的，人们认为祖先的灵魂带有其在生时的特点，无论它带给亲人的效应是否带有恐惧性，魂灵都必须得到抚慰。在古代非洲的民间信仰中，丧葬仪式是很重要的，“如果没有体面的葬礼，死者的魂灵就无法到达最后的目的地，它就会游荡在周围，且给生者实施报复”。③ 这种信仰从非洲的中心地带被传到了美国，在这里，无数非洲人的后代被迫在这里生存，关于灵魂回访的说法也在他们当中留存并传递下来。莫里森的小说中不乏这样的例子，她的小说人物对死者魂灵笃信不疑。在描写逝者魂灵返世的同时，莫里森向读者表达了坟墓空间暗示的黑人的他者地位，它与种族偏见、种族歧视、种族与性别的暴力以及非洲文化信仰等交织在一起。在莫里森的小说中，最能反映坟墓空间政治的是《慈悲》、《宠儿》、《所罗门之歌》和《家》四部作品。

《慈悲》虽然发表于 2008 年，但这本小说反映的却是美国早期的历史，该书回到 17 世纪的美国，反映了殖民时期的美国在种族建构上的特点。在《慈悲》里，对坟墓的着墨并不多，但坟墓却是与小说主题极为相关的重要空间。这部小说因为以雅各布·瓦克在殖民过程中的兴衰为主线，所以他的生死也成了小说情节发展的主要脉络。莫里森爵士乐般的叙事模式使本来书写不多的坟墓空间在不同叙事者的口中反复出现，

---

① Therese E. Higgins, *Religiosity, Cosmology, and Folklore: The African Influence in the Novels of Toni Morrison*, New York and London: Routledge Taylor & Francis Group, 2001, p. 5.

② Ibid., p. ix.

③ Ibid., p. 39.

使其成为较为重要的叙事环节。《慈悲》描写了欧洲殖民者在美洲创建美国的初期历史，雅各布和许多其他殖民者那样，充满着征服的欲望，但是也和不少殖民者一样成为这个征服过程的淘汰者，终将不免一死，他的衰亡体现在他孩子的夭折和他自己的死亡。莫里森在叙事过程中不乏对这个原本慈悲的白人殖民者的同情，但同时也表露了建邦之初就已形成的种族差异以及白人与有色人种之间的对立。白人作为来自异地之邦的民族在新大陆成为主体而将其他民族变成客体的事实，被坟墓这一小小的空间从一个侧面反映出来。

雅各布是在他的孩子们死去很多年后死去的，他死于天花。由于雅各布生前为人还算友好，不时过来给他帮忙的邻舍的白人奴隶威拉德和斯卡利不顾疾病传染的危险为他挖掘了坟墓，他们淋着雨挖了五英尺深的坑，在大雨来临之前将雅各布放进墓穴里。[①] 人们不但把雅各布好好埋葬了，而且在他的坟墓上架起了高高的十字架，雅各布的魂灵理应得到安息。然而，正如莫里森小说中其他的死者那样，雅各布从他的坟墓里走出来，游走于他生前修建的大房子，他的返回不是因为没有得到很好的安埋，也不是因为暴死，而是因为他有不灭的欲望，对空间的欲望，因为雅各布去世之前就很遗憾上帝为什么要让他患病，并且临死前要求人们把他抬到新修建的大房子里去，他要在那里断气。雅各布的坟墓虽然表明他已经死了，它标明了一种时间的断裂，意味着死亡带来的时间的永恒，但它并没有能终止雅各布的欲望，他以灵魂重现的方式对空间实施操控，从而确定他的主体地位。

在《慈悲》中，孩子的死亡体现人种之间地位的悬殊，雅各布和丽贝卡的四个孩子都不幸夭折了，他们被埋葬在农场上。四个孩子虽然早死，但他们得到了父母和仆人的爱，这也从他们的坟墓上反映出来。雅各布的四个孩子中，三个男孩子都因病死去，而他们的大女儿帕特丽贤(Patrician) 则死于马蹄之下。帕特丽贤被埋葬两次，第一次因为她死时正值冬天，土地冰冻，装不进雅各布为女儿修造的挡着兽皮的棺材，所以他们只有让她在盒子里冰冻，等到春天来了再把她放在她弟弟们的坟

① Toni Morrison, *A Mercy*, New York · Toronto: Alfred A. Knopf, 2008, p. 144.

墓中间，并对她进行再洗礼。为了解除丽贝卡沉重的丧子之痛，莉娜清晨来到帕特丽贤的墓前，在坟墓上摆上了珠宝、食物和香叶，然后告诉丽贝卡，孩子们已经变成了天上的星星，或者变成了其他同样可爱的东西，黄色的绿色的鸟儿，或者欢快的狐狸抑或天边玫瑰色的云彩[①]，雅各布的孩子们埋葬时都得到了祈祷，他们得到雅各布和他的妻子丽贝卡以及仆人莉娜她们的爱怜，他们死去后的待遇表明，他们是多么宝贝。与这些孩子的待遇相反，索洛的孩子的境遇则是另一番情形。索洛的孩子因为早产而死，莉娜用一块麻布将他裹上，放到溪水最宽处，沉入海狸水坝之下。很多年以后，索洛仍想到自己的孩子在莉娜的手掌之下呛着水沉到河底的情形，她只有靠想象中的伙伴吐温（Twin）来取得安慰。

从《慈悲》不多的坟墓书写中已足见主体与他者的身份不同，美国这个国家从一开始就与种族身份产生了千丝万缕的联系，其创始之初就已奠定了白人的主导地位和黑人种族及其他种族的他者地位。雅各布和他的孩子们都能得到体面的埋葬，而作为黑人和仆人的索洛的孩子则不能占用雅各布农场的空间，坟墓成为种族形成的标志。随着美国历史的发展和种族关系的进一步稳固，黑人在美国的他者地位也更加突出与复杂化，坟墓也体现出更加复杂的政治内涵。《宠儿》与《所罗门之歌》中的坟墓不仅反映了种族的问题，同时与性别问题交织，反映了黑人，尤其是黑人女性在美国社会的他者存在。在《宠儿》中，除了赛丝背上的“稠李树”以外，宠儿墓地上发生的那一幕也在小说中反复出现，成为小说情节发展的重要线索。在这本小说中，“莫里森怀着强烈的愿望，去发现那些无数没有标记的坟墓下面的故事，使玛格丽特·加纳的女儿复活，让她去质问导致她非正常死亡的社会秩序”。[②③]《宠儿》是莫里森所有小

---

① Toni Morrison, *A Mercy*, New York · Toronto: Alfred A. Knopf, 2008, p. 80.

② Sunanda Pal, "From Periphery to Centre: Toni Morrison's Self Affirming Fiction", *Economic and Political Weekly*, Vol. 29, No. 37 (September 10, 1994): 2439—2443.

③ 《宠儿》是以玛格丽特的真实故事为蓝本进行创作的。20 世纪 70 年代莫里森在兰登书屋工作时，曾担任了《黑人之书》(1974) 的编辑任务。这部书收集了美国黑人长达 300 年争取平等的斗争史料。在编书过程中，莫里森有机会接触到不少有关黑奴反抗奴隶制的报道，其中一个名叫玛格丽特·加纳的女奴带着她的几个孩子从肯塔基州逃到俄亥俄州的辛辛那提。当奴隶主闻讯赶来追捕时，玛格丽特割断了一个孩子的喉咙，并将其余几个全部弄死。

说中逝者的魂灵与生者交织最多的一部，赛丝死去的女儿宠儿不但以鬼魂的方式出现在蓝石路124号，吓走了年少的两个儿子，使他们再也没有归来，她后来还以肉身出现在赛丝的家中，与赛丝母女共同生存，且最终吞噬着赛丝的生命。这无疑验证了非洲传统中关于非常规死亡的说法，非正常死亡的人会以鬼魂与肉身的方式回到亲人身边，对他们的生活和生命带来危险。宠儿死于赛丝之手，是她亲手杀死了她，这会导致宠儿的魂灵不得安息。

不过，赛丝对自己女儿魂灵的回归并没有愧意，这主要在于她对宠儿坟墓构建的看法。为了她的女儿能够合理地埋葬，赛丝付出了沉重的代价，她为此出卖自己的灵魂，为了女儿能有一块墓碑，她不惜与白人刻碑人做了一场交易。赛丝以此表达她强烈而深厚的母爱，而且无怨无悔：

> “（宠儿的诅咒）不及我爱她那样强烈，”赛丝答道，她的脑海里重又浮现了当年那一幕：那些未曾雕刻的墓碑散发出宜人的凉意，她选择了其中一块，垫着脚尖靠在上面，她的双膝像坟墓一样大大地张着，那块墓碑像指甲那样带着粉红的颜色，洒落着闪光的碎片。十分钟，他说，你给十分钟，我免费为你雕刻。[①]

赛丝通过与白人刻碑人进行10分钟的性交来换取“Beloved”一词，刻在孩子的墓碑上，这个名字来自葬礼上牧师的祷告词，在牧师的祷告中，赛丝就听明白了Dearly Beloved两个词，两个她认为最核心和最重要的词，于是把Beloved作为女儿的名字，因为她生前还没有名字，她只是一个“已经会爬”的孩子。赛丝还常常后悔，她想也许再给10分钟，她就可以将这两个词一并刻在宠儿的墓碑上。但赛丝认为，她的牺牲足够对更多的牧师、更多的废奴主义者和一个充满恶意的小镇作出回答，因为她曾“和那个刻碑人碾压在墓石当中，他的儿子在旁边观看着，他脸上的愤怒是那么苍老，而他表现出来的欲望却是那么新奇”。[②]

① Toni Morrison, *Beloved*, New York: Signet, 1991, c. 1987, pp. 4—5.

② Ibid.

在这里，赛丝用自己的尊严和人性来换回对宠儿的母爱。对身为前奴隶的赛丝来说，母爱即是痛，她因为爱她的孩子，所以要杀掉她而失去她，又因为爱她而出卖自己的灵魂，宠儿的坟墓成为赛丝他者书写中很浓重的一笔。

墓地上发生的一幕与“甜蜜之家”的经历以及蓝石路124号的弑婴事件一样，成为赛丝心头挥之不去的记忆，它甚至深刻地改变了赛丝的生活。在赛丝弑婴之后，贝比·萨格斯一改过去乐观的性情，深居简出，退而思考颜色的秘密。赛丝起初对贝比·萨格斯的改变并不理解，而多年以后她突然意识到，贝比·萨格斯对特定颜色的看重一定是刻意的，就像她自己关于颜色的记忆一样。直到有一天，赛丝突然发现她的头脑中只有宠儿墓碑的颜色：

> 赛丝看着她的手，看着她那瓶子般绿色的衣袖，想到她的房间里颜色是多么单调，意识到她怎么不像贝比·萨格斯那样怀念颜色。刻意的，她想，一定是刻意的，因为她能记住的最后的颜色就是她女儿碑石上散落的粉红碎片。自那以后，她就变得像一只母鸡那样对颜色毫无感觉。[①]

宠儿坟墓空间的构建表现了赛丝的母爱之痛，这个空间表现出的赛丝的他者性给她以后的生活和生命造成了极其深刻的影响。

列斐伏尔说，有的空间表达了无法克服的分离，有的却表达了对抗与满足。[②] 在《宠儿》中，宠儿的坟墓既是表达分离的空间，同时又是一种对抗的空间。坟墓对赛丝和女儿来说，意味着永久的分离，但同时它又是表达了黑人与白人种族对抗的空间，在这里，居于优越地位的墓地刻碑人通过刻碑这件事来实现他因地位不同而得到的满足感。在宠儿墓地上实施的空间实践体现了黑白之间的社会关系以及黑人尤其是黑人女性作为他者的事实。白人刻碑者，一个在白人社会里处在卑贱地位的人，

---

① Toni Morrison, *Beloved*, New York: Signet, 1991, c. 1987, pp. 38—39.

② Henri Lefebvre, *The Production of Space*, trans., Donald Nicholson-Smith, Malden·Oxford·Carlton: Blackwell Publishing Ltd., 1991, p. 137.

对赛丝实施起他的权威。正如莫里森所言，任何一个白人都可以通过和黑人比较来使自己拥有一份优越感，在这个世界上，他至少比一群人的地位要高。在这里，赛丝在失去女儿强烈的悲痛之上，再次忍受种族的侮辱。这一切均因为她是黑人，还因为她是女人，作为黑人女性，她处在接受一切痛苦与人格贬低的地位。就这样，宠儿的墓地牵连着赛丝的种族身份以及她在社会上作为“他者”的存在，她的身体和灵魂遭到践踏，她的灵魂被剥夺，正如在“甜蜜之家”一样，她只剩下“赤裸的生命”。在“甜蜜之家”，她的身体成为白人统治阶级书写的对象与工具，她背上的“稠李树”成为“他者”的标记。在宠儿的墓地里，赛丝的身体正如在“甜蜜之家”一样，不仅是种族书写的工具，还是性别书写的工具和知识权力的强制对象。刻碑人要在宠儿的碑石上刻字，先要在赛丝的身体上刻写快乐和满足，同时刻写他作为白人和男人的优越感以及他作为刻碑人的权力。赛丝作为种族、性别和知识的最底层的身份表现得淋漓尽致。她被剥夺了一切属于人的性质，因为她被剥夺了灵魂，她那原本为灵魂所支配的身体变成了交易品，她成了绝对的他者。

如果赛丝在坟墓空间所遭受的是来自白人阶级的凌辱，那么，《所罗门之歌》中露丝与其父的坟墓之间的关系体现的则是在种族歧视下，在黑人内部所遭遇的性别问题。露丝在对父亲福斯特坟墓的走访中过着一个“小”女人的生活，她通过与父亲的灵魂交流而实现着一种非真实的存在。露丝作为底特律黑人医生福斯特的女儿，由于其父亲的显赫地位，她的成长经历中就不曾有自己明显的身份，她是在“福斯特医生的女儿”的称呼中长大的，“露丝的成长环境本已注定了她枯燥的生活，她父亲那栋拥有十二间房屋的城堡给予露丝的是黑人中产阶级囚禁般的生活，一切均躲藏在这个城堡厚重的大门之内”。[①] 露丝 16 岁时嫁给了麦肯·戴德，但一味追逐名利的麦肯在两个女儿出生后就不再对她倾注一点点爱，这来源于麦肯对露丝与其父亲之间乱伦的猜测；露丝整日面对一个充满仇恨与忌妒的丈夫，她的生活因恐惧而变得笨拙。露丝意识到自己没有

① Wilfred D. Samuels, “Liminality and the Search for Self in Song of Solomon”, in Harold Bloom, ed., *Toni Morrison's Song of Solomon*, Philadelphia: Chelsea House Publishers, 1999, p. 6.

个人身份的“他者”存在，而通过定期在夜间走访她父亲的坟墓以感受他持续的在场来确认自己的身份，去寻找紧锁于枯燥乏味的婚姻里的生命意义。露丝通过看望父亲的坟墓并和他交流，以“重新体会父亲生前给她的关怀”。[①] 在与父亲的坟墓对话的时候，露丝的“他者”身份得到了非常清楚的表达，她坐在那里，情景是那么辛酸——空荡、孤独而且寂寞地和她父亲的坟墓说着话。事实上，露丝虽然在儿时曾得到父亲的关爱，但在她逐渐长大后，父亲福斯特就开始厌倦了女儿的爱，迫不及待地将她推给了希望做他女婿的麦肯·戴德；身为丈夫的麦肯对露丝的爱报以厌恶和仇恨，因为她不能按他的意愿劝说福斯特医生将财产转到他的手里；身为露丝儿子的奶娃曾一度在他父亲的暴力之下保护了露丝，但他后来却把露丝看成是“愚蠢、自私、怪异和猥亵的”。[②] 所以，露丝遭到了父亲、丈夫和儿子的拒绝。遭到处于优势地位的男性的拒绝使露丝维持着一种不真实的、空洞的、孤立的存在，因为她没有独立支撑的自我。

走访父亲的坟墓并与之对话，是露丝作为黑人中产阶级女性他者存在的鲜明表达。《所罗门之歌》中的另一个逝者的坟墓却关系着非洲文化的重要性，它成为美国黑人在他者化空间中的生存策略。《所罗门之歌》作为一部关于祖先与自我成长的小说，除了带着浓厚的非洲文化中关于“飞翔”等传说和信仰之外，还渗透着祖先的幽灵对生者生命的参与，这种参与告诉读者黑人在美国的他者化生存，他们的他者化与坟墓紧密联系在一起。其中，奶娃的祖父麦肯·戴德一世（Jack）（以下论述中均用“杰克”）的坟墓与整个小说的发展线索密切关联。

杰克因为凭借自己的奋斗而发家，在丹维尔拥有了很兴旺的农场“林肯天堂”而招来白人竞争者的妒忌并死于白人农场主巴特勒的枪口之下。杰克的他者化不仅体现为他暴死于白人手中，而且还在于他没有得到体面的埋葬，他无助的遗孤麦肯和彼拉特将他的遗体埋葬在他们以前

① Wilfred D. Samuels, "Liminality and the Search for Self in Song of Solomon", Harold Bloom, ed., in *Toni Morrison's Song of Solomon*, Philadelphia: Chelsea House Publishers, 1999, p. 7.

② Toni Morrison, *Song of Solomon*, New York: Signet, 1977, p. 123.

一起钓鱼的河边。但是，因为埋得太浅，又太靠近河水，在葬后第一场大雨中，在兄妹俩离开丹维尔不到一个月的时间里，杰克的尸体被河水冲了出来，后来被巴特勒等弃之于山上的岩洞里。丹维尔的长者瑟丝在向奶娃讲述他祖父的遗体时说："其时正值夏天，你一定会认为，大热天的，他们应该会将它重新埋葬，但是他们没有，我认为那是件极不体面的事。"[①] 当奶娃告诉瑟丝，他的父亲不知道他祖父尸体的遭遇时，瑟丝说："不要告诉他，让他有所平静吧。父亲被别人杀死就够他受的了，他没有必要再来承受关于他尸体的事。"[②] 这足以说明，在非裔文化中，对死者的尊重极为重要。瑟丝的话验证了席根思所言的非洲文化中关于尸体与魂灵的说法，她说："如果没有得到埋葬，死者会不高兴的。"[③] 对自己祖先的文化和传统一无所知的奶娃，在倾听了瑟丝的叙述后，也受到了这种文化潜在的影响，虽然他的南方之旅重在寻金，但他还是说出了对祖父尸体的关注，他想去看看祖父尸体所在的岩洞，兴许能找到点遗骨什么的，他好将之好好埋葬。瑟丝对奶娃的说法寄予厚望，她对奶娃说："告诉你父亲，你将你祖父体面地埋葬了，埋在一个墓地里。兴许你还可以为他立个碑，一个漂亮的墓碑。"[④] 而此时，苍老的瑟丝唯一自私的愿望不是别的，就是希望在她死后有人尽快发现她，而不是让巴特勒家的狗把她吃掉，她也渴望能得到埋葬。

没有合适的坟墓，得不到体面的掩埋，这使得杰克的魂灵一直游荡，跟随着彼拉特和麦肯，而且它一直引领着彼拉特的行为。《所罗门之歌》的神秘之处在于，在兄妹俩埋葬好父亲准备出走他乡的时候，老麦肯的魂灵以一个不说话的人影一直牵引着他们行走的方向，而且把他们引向了猎人栖息的岩洞。后来他自己的尸体被倾倒在这个岩洞里，从此，这个岩洞就与小说人物的命运和整个小说的线索联系在一起。如果说麦肯与彼拉特第一次走进岩洞多少带有某种巧合的话，那么后来彼拉特两次回到岩洞以及奶娃两次来到岩洞，都与杰克被弃的尸骨有关，他没有得

① Toni Morrison, *Song of Solomon*, New York: Signet, 1977, p. 245.
② Ibid.
③ Ibid.
④ Ibid.

到安葬的灵魂促使他的后代们将他的尸骨最终妥善安埋。小说的叙事从种种迷雾中走向清晰，彼拉特一直以为她多年来一路携带的是当年她与哥哥杀死的白人男子的尸骨，而奶娃、麦肯和吉他都认为彼拉特屋梁上挂着的是兄妹俩当初在岩洞里发现的黄金，可没想到它居然是杰克的尸骨。尸骨被弃于岩洞，杰克的魂灵不得安息，他于是向自己的女儿彼拉特诉说“不要抛下任何人”，这句话说明“杰克死后尸体遭致遗弃，同样也指他当年被‘飞翔’的父亲所罗门所抛下的情形”。[1] 这句警言告诉了读者，黑人在美国土地上的奴役生活，渴望飞回非洲故乡的过去，也显示了他们在这片土地上死后没有安身之地的命运。父亲的话使彼拉特回到丹维尔的岩洞，拾起那里的尸骨，走到哪里带到哪里，她想她是在遵从父亲的教诲，将被他们谋害的死者的尸骨随身携带。而事实上，杰克通过这种方式，使自己的灵魂与亲人走在一起。当奶娃的寻根之旅成功地发现姑妈家的遗骨实为祖父的遗骨时，他欣喜地把这个消息告知彼拉特，姑侄二人重新回到丹维尔的岩洞，把杰克的遗骨重新安埋。当奶娃挖掘墓坑的时候，彼拉特蹲下身去，打开她多年来一直带着的麻袋，袋子里传出一声长长的叹息，周围的风也变得寒冷，一股香辣的、甜甜的生姜味把他们包围[2]，杰克的魂灵终于在一声叹息中得以安息。彼拉特把父亲的遗骨放进了坟墓，奶娃在上面培上土，并用铲子将它拍打和固定。

《所罗门之歌》书写的不仅仅是“飞翔”的民间文化在美国南方的传承，同时也是关于死者魂灵的书写。奶娃的成长中包含了对“飞翔”意义的理解和接纳，同时也包含了对于死者之“体面埋葬”的确信，他通过建构祖父的坟墓来实现对祖先和祖先文化的接受，进而实现了自己真正的成长。丹维尔的岩洞不仅是刻着麦肯和彼拉特成长足迹和关于黄金的美妙传说的地方，而且成为一个死亡的空间，在这里，麦肯曾亲自杀掉一个白人男子，更重要的是，它后来成为奶娃的祖父杰克的尸骨存在地，最后成为他的坟墓所在地，它同时又变成了彼拉特死亡和奶娃“飞

---

① Therese E. Higgins, *Religiosity, Cosmology, and Folklore: The African Influence in the Novels of Toni Morrison*, New York and London: Routledge Taylor & Francis Group, 2001, p. 25.

② Toni Morrison, *Song of Solomon*, New York: Signet, 1977, p. 335.

翔”（另一种意义的死亡）的地方。此时的岩洞似乎被附上了神奇的隐喻色彩，戴德一家三世以“死亡”的名义聚集在这里，实现了他们的名字赋予的真正含义“死”（他们的姓为 Dead）。

莫里森正是通过这种“死亡”空间的书写，来表达美国黑人的他者存在。所罗门一代遭遇了奴隶制的摧残，而所罗门死后，被抛下的儿子杰克不知道自己姓什么，浑噩的白人官员在登记“自由人”户口的时候，错将他姓名写成了 Dead。杰克虽然努力奋斗成为出色的黑人，拥有自己的“林肯天堂”，但他最终也难以逃离白人阶级的魔掌，他被白人妒忌者杀死，他的遗体被他们弃之山间的岩洞。而杰克的子女麦肯和彼拉特则因为害怕白人阶级的追杀而四处逃难，抛弃他们父亲的岩洞成了兄妹俩栖息和分离之地，他们从此各自流离，多年后终能见面的麦肯和彼拉特再也回不到儿时的亲情，对名利的追逐已使麦肯彻底异化，他早已被城市里白人社会资本追逐的思想所腐蚀，无法回到童真的自我。他的儿子奶娃由于在这种父亲营造的环境中长大，没有自我，没有责任，没有文化传统，他们成了迷失的一代。戴德一家几代人的经历导致了奶娃这一代人的代际创伤。然而，《所罗门之歌》的叙事却是被一个没有得到合理埋葬的杰克的幽灵牵引着，并以他的遗骨的体面埋葬得以收尾。所以，坟墓作为一个死亡空间，在《所罗门之歌》的叙事中处于很重要的位置，是这一空间的意义伴随着彼拉特的空间旅行和奶娃的由北到南的寻根之旅。奶娃与彼拉特以及杰克的遗骨在丹维尔岩洞里实现了祖孙三代的团圆，而这种团圆是以死亡的方式实现的，这更突出了黑人在美国存在的他者性，若要团圆，除非死亡，这又使我们想起了美国黑人的家，他们的家都是“孤儿”的家的深刻含义。

在莫里森的新作《家》中，作者再次强调了坟墓这一死亡空间的重要性，小说人物同样通过对坟墓的理解和建构来接受和保持非裔美国文化，从而实现自身的主体建构。小说以童年的主人公弗兰克和妹妹 C 在田野里目睹白人将谋害的黑人尸体倾倒于野外开始，而以成年的兄妹俩将这个被害的黑人的遗骨细心挖掘出来，谨慎地用 C 初次编织的被子将之包裹，重新为它精心埋葬而结束。弗兰克和 C 小时候常到田野玩耍，在一个茂密的种马场看到一群白人很草率而粗暴地将他们谋杀的一个黑人的尸体倾埋在那里。这一幕在弗兰克和C心中留下了深深的阴影，然而，他们对家乡“莲花镇”的讨厌使他们几乎淡忘了这恐惧的情景。后来，深受身心创伤的弗兰克和C回到家乡，在社区的抚慰中找回了自己。不仅如此，他们的回归伴随着对非裔文化的接受和拥抱，这种拥抱不仅表现为C完全投入社区并学会了传统的手艺，它还深刻地表现为弗兰克兄妹用C所编制的第一块被子将儿时目睹的死者重新埋葬，这个举动意味着兄妹俩重新回到黑人的社区、拥抱并传递非裔文化的决心。他们虔诚地对不幸的死者进行体面的埋葬，因为只有这样他的魂灵才能得以安息。弗兰克和C埋葬死者遗骨的举动意味深长：

> 小心地，小心地，弗兰克将遗骨放在C的被子上，他尽可能地使它们回到在生时的模样。C的被子变成了淡紫色的、深红色的、黄色的和深军绿色的寿衣。他们一起将被子折叠并在它的末端打上结。弗兰克把铁铲递给C，自己双手抱着这个绅士。他们沿着马车道往前，从莲花镇边缘转身走向小溪。他们很快发现了那棵他们熟悉的月桂树，就在这棵树下，弗兰克放下了装着死者遗骨的被子，这被子之前是死者的寿衣，现在则成了他的棺材。[①]

当弗兰克挖掘墓穴的时候，C朝河对岸看去，她看到了一个个子矮小，穿着滑稽套装，手里转动着一根表带的男子，他正露齿而笑。C所目睹的无疑是死者的魂灵，兴许他是因为得到了弗兰克和C的安埋而释然。当弗兰克掘好墓穴的时候，夜幕降临了，一阵和煦的微风升起，墓地上涌起一股淡淡的葡萄的味道，一群蜂鸟飞过，弗兰克感到无比释然。当兄妹俩完成对死者尸骨的安葬后，弗兰克从口袋里拿出两颗钉子和一块擦光的木头。他用石头将木头用钉子钉在树干上，露出了他漆在木头上的字：“这里站着一位男士。”[②]

弗兰克以他那极其虔诚的方式埋葬儿时目睹的被害人的尸骨，还死

① Toni Morrison, *Home*, New York · Toronto: Alfred A. Knopf, 2012, p. 143.
② Ibid., p. 144.

者以尊严。而他正是通过这样的举动来表现和实现他自我的回归，回归美国黑人的文化传统，并且通过这种方式传承它。“这里站着一位男士”既暗示了弗兰克认为美国黑人应该作为“人”，而不是作为“他者”而存在，同时也暗示了弗兰克自己走出过去的创伤，告别懦弱，争做一个真正男子汉的决心，弗兰克实现了他的成长，修筑那个不幸的死者的坟墓，则是他实现成长的标志。《家》与《所罗门之歌》有一个共同之处，那就是都有一个非正常死亡的黑人，他们都没有能得到体面的埋葬，而最后故事都以体面地埋葬死者遗骨告终。书中的主人公都是在对死者进行安埋的行为中实现自我的升华。坟墓这一死亡空间在这两部小说中体现了美国黑人的他者存在，而美国黑人要实现完整的自我，必须在这种他者存在中坚守并拥抱自己的传统信仰和文化，汉密尔顿的说法非常切合这两部小说中坟墓书写的目的：

> 莫里森坚定地关注着美国黑人的过去，对于她来说，美国黑人只有通过对自己过去文化的积极认识才能实现自我。只有通过对过去的理解和接受，美国黑人才能在当前实现其心理上的完整性和增强他们作为一个种族的力量，从而走向未来。[1]

在莫里森的小说世界里，坟墓作为死亡空间和作为时间断裂（异时性）的标志的意义已经变得模糊。莫里森小说中的坟墓揭示了美国黑人的他者生存，而那些因外在暴力而死的亡者魂灵的游荡则告诉读者那些他者的经历是不能忘记的，坟墓并没有隔断过去与现在之间的联系，相反，它使过去与现在、历史与现实、缺场和在场混为一体，反映出黑人在美国总体抽象空间下的他者生存。坟墓空间蕴含着很复杂的空间政治，它暗示了种族的差异和矛盾、性别的暴力和非裔文化的传承。坟墓与幽灵的书写是莫里森的创作手段之一，是作者继承非裔文化的重要表现，这在莫里森的作品实现非裔文化的在场，建立黑人文学主体性方面有着

① Patrice Cormier - Hamilton，“Black Naturalism and Toni Morrison：The Journey Away from Self - Love in *The Bluest Eye*”，*MELUS*，Vol. 19，No. 4，Ethnic Women Writers VI (Winter，1994)：109—127.

积极的意义。同时，小说中的人物也通过对坟墓与死者魂灵关系的认同来接受非裔文化，实现他们的主体建构。莫里森作品中对坟墓的重视和对亡魂的尊重是黑人在美国社会他者生存下对自我身份的认定和在他者空间下维持自我身份的重要策略之一。

第三节　教堂与弱者生存

种植园与坟墓这两种异质空间再现了从非洲移至美国后黑人的他者命运，它们体现了黑人作为另类的种族与白人对立存在的事实。莫里森作品中的另一种异质空间——教堂则体现了在美国的他者生存中黑人对白人文化的吸纳和运用，教堂成为美国黑人十分重要的生存空间，是他们在美国这片土地上实现他者生存的重要力量。同时，莫里森小说的教堂书写不但体现浓厚的种族情怀，更表现了深刻的女性主义思想。

在列斐伏尔那里，教堂属于绝对空间，受一定意识形态支配。[①] 这种空间往往因为被赋予了某种神圣的力量而变得抽象，它和语言的虚构空间相似，是一个精神空间，总是为僧侣阶层所掌管而把某种东西奉为神圣。[②] 这种空间带有宗教和政治的性质，反映了一定的精神范畴，成为想象和思想的折射，暗示了宗教机构的存在。[③] 教堂的精神性在一系列的活动中得以“实现”，其想象性便以“真实”的方式体现出来。[④] 所以，教堂不可避免地属于社会空间，反映一定的社会关系。福柯也认为，空间不能与人的活动相分离，它不是一个空洞的容器，而是具体的人的空间—实践形式。他指出，人类的任何具体活动场所都是通向社会认识的途径。[⑤] 福柯关于异质空间的第五条原则描述道：

---

① Henri Lefebvre, *The Production of Space*, trans., Donald Nicholson - Smith, Malden · Oxford · Carlton: Blackwell Publishing Ltd., 1991, p. 210.

② Ibid., pp. 236—237.

③ Ibid., p. 237.

④ Ibid., p. 251.

⑤ 汪行福：《空间哲学与空间政治——福柯异托邦理论的阐释与批判》，《天津社会科学》2009年第3期。

> 异质空间场所不是像公共空间那样可以自由进入，其入口要么是被强制的，比如兵营和监狱，要么进入者必须服从一定的仪式和斋戒或洁净礼。有些异质空间完全是为了某种斋戒行为而存在，其部分地具有宗教的企图，部分地是为了卫生。[①]

福柯指出，异质空间相对于其余的空间产生效应，其中有一点就是它们的角色是创造一个别处的真实空间，这个空间尽可能完美和严谨，它们对其他的空间形成一种补充。福柯通过早期英国清教徒在美洲建立殖民地的例子来证明，表现为在异域土地上建立一个相对于宗主国而言更为规范的空间。而在这个空间中，教堂发挥着极其重要的作用，在极具规范性的村镇布局当中，教堂位于中心的位置，教堂的钟声统一支配和调节人们的行为，所以美洲的空间与地理被附上了浓厚的基督色彩，带着它最基本的符号。[②]

莫里森的小说再现了不同时期教堂的作用，尤其再现了废奴运动之后教堂对美国黑人生活与生命的意义，体现在种族生存、性别斗争与文化传承等方面。在莫里森的小说中，凡是有黑人村落或者城镇的地方，都有教堂。在《慈悲》中，莫里森回到美国殖民时期，回顾奴隶制和种族以及阶级的建构历史，再现了“种族”一词的形成过程，它伴随着殖民与奴隶制的兴起。在这个过程当中，教堂成为欧洲殖民者踏足美洲大地、建立政治根基的基础，成为欧洲殖民者进行空间扩张的政治借口。他们借上帝的名义在这里为所欲为，并首先以修建教堂的方式对土地进行分割。“任何一片土地都有可能被一所教堂（或一个教会）所拥有，被一个公司所控制，或者成为某个皇室的亲信抑或子孙的私有财产，而不是归宿于它们本应归属的土著人。”[③]“教士们公开在镇上阔步前行，他们的寺院威胁着小镇的广场，他们那灾难性的布道出现在村庄的边缘。”[④]

---

① Michel Foucault，“Of Other Spaces，Heterotopias”，1967，http：//foucault. info/documents/heteroTopia/foucault. heteroTopia. en. html.

② Ibid.

③ Toni Morrison，*A Mercy*，New York • Toronto：Alfred A. Knopf，2008，pp. 12—13.

④ Ibid.，p. 13.

以雅各布为代表的殖民者把自己看作上帝派来征服新大陆的使徒，把征服美洲大陆视作上帝赋予他们的使命。在与多尔特嘎谈到殖民任务的艰巨时，雅各布谈到了他们“独一无二的责任，以及这块未经驯化的土地给他们制造的问题的严重性，谈到他们的责任与上帝的任务之间不可割裂的关系，以及他们代表上帝所经受的困难”。① 随着殖民活动的深入，大量的教堂也在美国大地上建立起来。

基督教在美国的发展伴随着对美国黑人的吸纳，西方对美洲大陆的征服以及美国的发展过程除了将黑人变成奴隶之外，还使基督教思想融进黑人的信仰当中，使原本来自欧洲文化的教堂同样成为美国黑人重要的社会空间。在莫里森的小说中，来自非洲的文化元素占着很重要的地位：

> 莫里森的小说充满了神话、民间传说、幽灵、祖先、音乐、哲学和宇宙论。这些构成因素不仅植根于非裔美国人的历史，它们在她的小说中出色地交织在一起，它们来自非裔美国人的“非洲”，因为奴隶制的缘故多少有些变化，但其最根本的元素是纯粹非洲的。②

强调与传扬非裔文化是莫里森一贯的主张，不过，另一方面，莫里森的小说无不关注教堂这一来自西方意识形态的异质空间在美国黑人生命与生活中的重要作用，并且，教堂与非裔文化的传承相联系。

美国黑人对教堂或者基督教的接受并非偶然。基督教很早就在北非流行了。当17世纪伊斯兰教在北非出现的时候，基督教就已经在那里存在了，这两大信仰为了争夺对这个领域的控制而展开了生死之战。在人口尤其稠密的西非——这是大量奴隶的来源地，16世纪葡萄牙人就把基督教带到了这里。对这里的人们来说，基督教是个很奇怪的宗教，一方面，它传授平等和友爱的精神，另一方面，它又大规模地使非洲人与他

---

① Toni Morrison, *A Mercy*, New York · Toronto: Alfred A. Knopf, 2008, p. 18.

② Therese E. Higgins, *Religiosity, Cosmology, and Folklore: The African Influence in the Novels of Toni Morrison*, New York and London: Routledge Taylor & Francis Group, 2001, p. 4.

们的家园分裂，并把他们运到遥远的大陆去做奴隶。[①] 从此，基督教就开始对非洲人产生了一定的影响。到了美洲成为奴隶以后，美国黑人传统信仰常常与欧洲奴隶主的基督教融在一起。[②]

在美国奴隶制期间，教堂成为统治黑人奴隶的工具，同时也吸纳了黑人奴隶的加入。在奴隶制种植园里，一旦取消了对黑人奴隶的警惕，就不会有人反对他们有某种形式的宗教活动。种植园主们只有在对奴隶进行教导或有黑人奴隶头目的时候会起疑心，否则，种植园主们会支持奴隶们的宗教活动，或者只是表现出被动的冷漠。在一些大的种植园或城镇里会有黑人的集会，里士满、查尔斯顿、列克星敦、肯塔基等城市就存在黑人奴隶的教堂。有的奴隶主专门修建教堂，高薪聘请牧师为他自己及其奴隶们布道，黑人牧师的人数往往很可观，大多数种植园至少拥有一个以上的黑人牧师。当废奴运动者发起他们的反奴隶制运动时，种植园主们对奴隶的宗教活动非常警惕并更加有效地控制他们。1830—1835 年，在南方种植园里，奴隶的宗教活动通常是由一个白人来监管，奴隶主们也越来越多地要求他们的奴隶出席自己的教堂。邀请奴隶出席白人教堂并非意味着走向友谊，相反，它是白人用以监视奴隶的手段，因为他们认为，在奴隶的集会中有太多的阴谋，并给废奴主义者的宣传以可乘之机。当奴隶们出席主人的教堂时，他们通常坐在走廊上或者某个特定的区域。所以，最初的种族隔离就出现在教堂里。白人奴隶主追求自主宗教行为的态度反映了他们的恐惧，他们发现要控制和监督那些虔诚的基督徒的信仰是比较困难的，因为有很多虔诚而有影响力的奴隶对福音书和圣经文本中关于压迫者的惩罚以及关于忠诚者的解放之间的区别有着深刻的理解。黑人奴隶们用各种不同的方式将非洲的宗教文化与基督教中的精华杂糅，产生了一种持续的、有时是挑战性的宗教社会，成为战前南方隐形的机构。[③]

---

① John Hope Franklin and Alfred A. Moss, Jr., *From Slavery to Freedom: A History of African Americans*, New York: Alfred A. Knopf, 2001, p. 27.

② James Ciment, *Atlas of African-American History*, Revised Edition, New York: Facts On File, Inc., An imprint of Infobase Publishing, 2007, p. 41.

③ John Hope Franklin and Alfred A. Moss, Jr., *From Slavery to Freedom: A History of African Americans*, New York: Alfred A. Knopf, 2001, p. 153.

在奴隶制及其之后的历史时期，美国黑人把这种融合了他们祖先的文化与基督教的教堂作为他们“他者”生存的重要空间。黑人社区的教堂是他们最具影响力的机构。由于被排除在社会和政治生活之外，美国黑人越来越多地转向教堂来寻求一种自我表达、寻求认可和实现领导才能。在他们的生活中，教堂是属于他们的最为纯粹的事物。对黑人来说，拥有、参与和掌控他们自己的机构是最为振奋人心的事，它激起了他们的自豪感和自尊心，因为他们曾在适应美国生活的努力中遭受了羞辱。因此，黑人的教堂被誉为“黑人社会的避难所”。①

教堂出现在莫里森大多数作品当中，反映美国黑人不同侧面的生活，并与他们的“他者”生存紧密联系。《最蓝的眼睛》中，定期出席教堂成为波琳规范自己行为、提升自己身份以及教导家人的方式，而且她努力出席那些具有品味的教堂：

> 她去的教堂，谁要是大声喧哗都会遭人白眼。她在教堂管理委员会任职，并且是教堂妇女小组成员之一。祈祷时她总是对乔利的生活方式叹息不止，祈求上帝帮助她让两个孩子免受父亲恶习的影响。她把乔利当作罪孽与失败的典范。丈夫是她的荆棘头冠，而孩子则是她的十字架。②

参加教堂的活动是波琳品德修养的重要内容，同时她也以辛苦的劳动来支撑家庭。可是，她却没有意识到，她对子女的严格要求和自己无暇顾及他们的生活却导致了她的家人对成长充满了恐惧。她的儿子选择了出逃，她的女儿则感到无所适从。佩科拉在种种遭遇所造成的绝望中求救于皂头牧师，祈求得到一双蓝眼睛，她想借助教堂的力量实现自己的梦想。皂头牧师善意的欺骗（他用药毒死了一只垂死的老狗，毒死老狗之前他告诉佩科拉，如果狗死了，那么佩科拉就能获得一双蓝色的眼

---

① John Hope Franklin and Alfred A. Moss, Jr., *From Slavery to Freedom*: *A History of African Americans*, New York: Alfred A. Knopf, 2001, pp. 465—470.

② ［美］托妮·莫里森：《最蓝的眼睛——莫里森长篇小说集》（含《秀拉》），陈苏东、胡允桓译，南海出版公司 2005 年版，第 80—81 页。

睛）使佩科拉信以为真，更加速了佩科拉的疯狂。在这里，教堂是美国黑人寻求精神支柱与寻找出路的地方。

在《秀拉》中，反复出现的教堂情景让读者将它与小说的情节发展联系起来。混血儿海伦娜总是想在不同的场合表现她高于别人的身份，她在教堂的举止就表现了这一点："在教堂里，有人迟到时从不回头看的是海伦娜；按季节给教堂的圣坛放置鲜花的是海伦娜；发起退役老兵欢迎宴会的还是海伦娜。"① 教堂与海伦娜身份之间的关系还体现在她女儿奈尔的婚礼上。教堂在《秀拉》一书中主要关联到婚礼与葬礼，对于"底部"的人来说，婚礼与葬礼并无太大的区别：

> 在教堂举行一个地道的婚礼，事后又有一次不折不扣的招待会，这在"底层"的居民中还是不多见的。一般的婚礼不过是为某一桩事情大大花一笔钱，而如果没有特殊的原因，大多数新婚夫妇只是到县政府去一趟，或者要特别隆重一下，也只是请神父到家中来说上几句话。其余的人就更简单，新婚夫妇只消彼此"接纳"就算完事了。②

奈尔与裘德的婚礼就是"底部"人中特别的婚礼，在教堂举行了地道的仪式，还有事后的招待会。这场婚礼显示了奈尔家的地位和排场，奈尔的母亲海伦娜也借此表现了她区别于普通黑人的地方。然而，对多数"底部"的人来说，教堂更多地与葬礼有关，如小鸡、秀拉和汉娜的葬礼。

教堂在《宠儿》一书中有着非常重要的意义，贝比·萨格斯是一位不入教的牧师，她走上讲坛，把她伟大的心灵向那些需要的人们敞开。在冬天和秋天，她把心带给 AME（非洲人美以美会）教徒和浸礼教徒，带给圣洁教会教友和神圣者会教友，带给救世主和赎罪者教会。不用人请，不穿圣袍，没有涂膏，她让自己伟大的心灵在人们面前波动。③ 贝

① Toni Morrison, *Sula*, New York: Plume, 1973, p. 18.

② ［美］托妮·莫里森：《最蓝的眼睛——莫里森长篇小说集》（含《秀拉》），陈苏东、胡允桓译，南海出版公司 2005 年版，第 192—193 页。

③ ［美］托妮·莫里森：《宠儿》，潘岳、格雷译，南海出版公司 2006 年版，第 110—111 页。

比·萨格斯出入于不同的教堂，以一个前奴隶的伟大心灵对美国黑人进行传道和疗伤，与她在“林中空地”的布道一起，成为前奴隶们珍爱自己、面对未来的精神支柱。教堂更是美国黑人寻找庇护的地方。《宠儿》描述较多的是当保罗D从赛丝家里搬出来之后住进的教堂，这个教堂是辛辛那提黑人社区的教堂，狭小而简陋：

> 这是座不比一间富人家的客厅更大的小教堂。长凳没有靠背；因为听众同时也是唱诗班，就不用为唱诗班单设座位了。有一部分成员被专门分配去建造一个台子，好让牧师站得比听众高出几英寸，但这并非当务之急，因为主要的高大建筑，一个白色橡木十字架，已经立起来了。①

这是座旧店铺改装的“神圣救世主教堂”，惨淡潮湿。保罗D就住在这个教堂的地下室里。蜗居在这一片狭小的空间当中，保罗D靠酒精暖着身子，回忆着他儿时以来的悲惨人生、在“甜蜜之家”的岁月以及他所见过的前奴隶们的生活。这个教堂也与宠儿紧密联系在一起，赛丝在杀死女儿之前没来得及给孩子命名，是在她杀死孩子之后，教堂牧师在葬礼祷告词中的“Beloved”一词成了赛丝给女儿的名字，并刻在她的碑石上。辛辛那提黑人社区的教堂因为他们相对的落后与贫穷而显得简陋，规模也很小，但它在这个社区的人们的生活中具有非常重要的地位。

《爵士乐》以主人公维奥利特在教堂里手持匕首企图划破死者多卡斯脸部的暴力行为拉开序幕，维奥利特的行为无论是对死者还是对教堂这一神圣的空间都是一种亵渎。书中叙事者有意识地在维奥利特的名字（Violet）和暴力（Violent）之间产生联想，似乎二者之间有着某种联系。这一着墨不多的事件背后是一曲关于美国黑人生命历史的故事、关于他们从南方到北方的流散、关于亲情之爱与男女之爱的悲惨过去的爵士乐，它与黑人的种族命运产生关联。

---

① ［美］托妮·莫里森：《宠儿》，潘岳、格雷译，南海出版公司2006年版，第218页。

在《家》中，C在其父母从得克萨斯逃往佐治亚州的途中降生在一座黑人教堂里①，而他们后来定居的莲花镇仅有的两个简陋的教堂是小镇黑人生存的主要精神空间和传承文化的所在，在他们的生活中起着至关重要的作用。黑人教会是抚慰黑人创伤心灵、帮助他们走向回归的支撑力量。从朝鲜战场回到美国的弗兰克并没有因为血战沙场而受到尊敬，社会对待他们就像对待一只狗一样，种族歧视使弗兰克处处遇到麻烦。约翰·洛克教士夫妇使逃跑于冰天雪地的弗兰克得到了温暖，给他吃的，并把自己所剩的17美元全都给了他，伴他走上回家的路。

在莫里森的小说中，把教堂置于核心位置的当数《天堂》，她把《天堂》归类为她“爱的三部曲”中关于“上帝之爱”的小说，其他两部分别为讲述父母之爱的《宠儿》和关于男女之爱的《爵士乐》。同时，这三部小说以奴隶制到重建时期（《宠儿》）、哈莱姆文艺复兴和北方移民时期（《爵士乐》）以及黑人民族主义和民权运动时期（《天堂》）为历史背景，为理解黑人作为受害者与犯罪者的角色提供了丰富的历史视角。② 三部小说都以空间的“去乌托邦化”开头，都巧妙地将爱与暴力结合在一起。《宠儿》开篇就告诉读者蓝石路124号房子的恶托邦性质，“124号充满恶意”暗示了本应为温暖之家的空间带给人们的恐惧及其背后的悲伤故事；《爵士乐》以维奥利特在教堂行凶开始，对常规的空间概念进行颠覆，使教堂这一神圣的空间变成了复仇的恶行之地；《天堂》的开篇照例给读者呈现了对空间概念的冲击，圣洁的女修道院成了血腥之地。修道院这一宁静空间的打破，如同《宠儿》与《爵士乐》一样，暴力背后是长长的非裔美国人的心酸历史。

《天堂》一书再现了美国黑人西迁以及建立生存乐园的历史，并赋予这段历史浓厚的宗教色彩，该书的命名和叙事都表明了其作为“上帝之爱”文本的来历。莫里森在小说中将宗教信仰与种族、性别交织在一起，在小说的整个叙事过程中，宗教空间，即教堂的书写成为莫里森政治思想的重要表达，她对女性的关怀贯穿着小说叙事的始末。在《天堂》一

① Toni Morrison, *Home*, New York · Toronto: Alfred A. Knopf, 2012, p. 40.

② Megan Sweeney, "Racial House, Big House, Home: Contemporary Abolitionism in Toni Morrison's *Paradise*", *Meridians*, Vol. 4, No. 2 (2004): 42.

书中，对基督教的信仰是哈文和鲁比镇建构的精神支撑，也成为小镇发展过程中十分关键的因素。鲁比镇的祖先们西迁的过程中遭遇了种种歧视与迫害，在他们走投无路的时候却得到了上帝的垂青。泽卡利亚·摩根（Zechariah Morgan，或者 Big Papa）被誉为带领他的人民走向“允诺之地”的摩西。他带着儿子雷克多（Rector）在林中祈祷并得到启示的过程暗示了圣经的隐喻。[①] 基督教在他们生活中的位置是十分重要的，从到达哈文并建立自己的小镇时开始，他们就建立了三个教堂，即浸信会（the Baptist）、卫理公会（the Methodist）和圣灵降临教会（Pentecostal）教堂。[②] 其中，浸信会规模最大也是最强大的。教会成为他们处理大小事务时必须参照与遵循的机构。三个教会之间并不和谐，当浸信会内部因为 K. D. 与阿奈特之间的事情而纠纷不断的时候，卫理公会开心地笑了，而圣灵降临教会则开怀大笑。然而，这些不合并不会影响整个小镇的凝聚力。当初久经磨难和得到上帝眷顾的经历使他们确信自己是“上帝选民”的事实，这种观念使他们产生了一致的排外性。同时，每个教堂都有来自最初西迁过程中 15 个核心家庭的成员或者和他们有联系。伴随他们迁徙和建镇过程的炉灶是这些教堂捍卫和争论的焦点，如何面对叛逆的年青一代也是他们所共同关心的问题。为了捍卫小镇的纯洁性，三个教堂能够聚集于他们信仰中的核心空间——炉灶，商讨一切事务的对应措施。

然而，对具有浓厚宗教信仰的鲁比镇的教堂，作者并没有过多地进行描述，居于她关注核心的是离鲁比镇 17 英里的女修道院，莫里森倾情描写了作为“他者”存在的女修道院及其存亡与鲁比镇之间的关系。在莫里森的“他者”空间书写中，《天堂》里的女修道院无疑具有很典型的特点，女修道院的来历、存在和毁灭都呈现出明显的他者性。女修道院在地理空间上与该小说中的鲁比小镇一样，表现出一种边缘性，鲁比镇在方圆 90 多英里内没有另外的城镇与其毗邻，而距离鲁比只有 17 英里的女修道院显然是在这 90 英里以内，所以，除了鲁比，女修道院周围也没

---

① Marni Gauthier, “The Other Side of Paradise: Toni Morrison's (Un) making of Mythic History”, *African American Review*, Vol. 39, No. 3 (Fall, 2005): 395—414.

② Toni Morrison, *Paradise*, New York · Toronto: Alfred A. Knopf, 1998, pp. 56, 83.

有邻舍，它是一个孤立的空间。

修道院在一个贪官废弃的豪宅基础上改建而成，至于当年的大贪官为什么要把他的豪宅建在如此远离尘嚣的地方，小说并没有做详细的说明，只是在房屋内部结构的残痕中透露出其生活的排场和极度的奢靡腐败。女修道院的名字本来是“印第安基督国王女子学校”（“THE CHRIST KING SCHOOL FOR NATIVE GIRLS”）。也许这个名字是所有人谈论修道院的时候所指的名字，但是在主人公康妮的记忆中，只有修女们使用这个标准的名字——多数是在祈祷的时候。不知道出于什么原因，所有的学生、州里的官员们以及他们在镇上遇见的人都管它叫“女修道院”（“Convent”）。这个教堂兼学校是由一个贵妇人捐助建立的，她之所以要买下这幢豪宅并把它设立为印第安女子学校，是因为在俄克拉荷马州有不少不守规矩的女孩，在已有许多新教教堂及学校的情况下，她认为建立一个天主教堂，并把它当作教育印第安女孩的学校，定是个不错的主意。同时，这也是她干预事务的好机会：把上帝和语言带给土著人，因为他们两者都不具有；改变他们的饮食、服装以及思想；帮助他们鄙视一切曾经使他们的生命有价值的那些东西，并带给他们以特权，去了解世上唯一的上帝，从而给他们以救赎的机会。[①] 由此可以得出，女修道院的建立带有空间的强制性。它首先是一种殖民空间，是把欧洲人的意识强加给土著人的措施和手段，另一方面，作为学校，女修道院具有管制的性质。来到这里的女孩都是那些在学校里喜欢逃学或者具有某种缺陷的人，如尿床、口吃等。她们也不大听修女们的教导，认为她们滑稽、阴险。这些女孩非常放肆，经常有人从修道院里逃走。所以，女修道院是桎梏与反抗的空间，更是福柯所谓的异质空间，也是“他者”的空间。

在其后期的存在过程中，女修道院也表现出他者性，这种他者性体现为政府对修道院的冷漠态度。贵妇人的资助支撑到20世纪30年代，到了50年代的时候她的赞助已几乎耗尽。经修道院教育而变得驯良的印第安女孩已被她们的母亲或者兄长领了回去，或者已经毕业并过上了虔诚

① Toni Morrison, *Paradise*, New York · Toronto: Alfred A. Knopf, 1998, p. 227.

的生活。除非州里给她们派来更多亟待教育的女孩并给她们出资，否则这个女子学校就将走向关闭或者等待再分配。院长玛丽·马格纳和修女罗伯塔四处奔走，也没有任何收获。有关部门根本不予重视，他们说一来这幢房子和地产不为教堂所有，二来俄克拉荷马州是一个以新教为主的地方，这里只是住着一群信奉天主教的奇怪的女人，也没有男性的传教来对她们进行控制，是没有办法享受特殊待遇的。[①] 这一点体现了两个方面的问题，第一，国家抽象空间力量对修道院的他者化，在以新教为主要宗教的地域范围内，女修道院是遭受排斥的；第二，它暗示了男权的决定力量对修道院的他者化，修道院这个空间里因为没有男性作为统领，所以它必须失去关注和重视。修道院就像身在这里的女性一样，受到政府和官方的忽略。

修道院的他者性还在于它的成员构成，来到修道院的这些女人几乎都是社会的弃儿，她们都带着痛苦的过去，不堪回首，无处可去。因为修道院经费的匮乏，修女和学生们陆续离去，这幢废弃的豪宅最终就只剩下院长玛丽·马格纳和她亲自营救和一手带大的康妮。玛丽·马格纳去世以后，只剩下康妮。康妮在某种意义上是一个纯粹的修女，在院长死去前 30 年里，康妮一直是院长的骄傲，她把自己的身心奉献给圣子和圣母玛利亚。玛丽死后的修道院由康妮和后来陆续来到这里的有着复杂过去的女性组成，这些女人一度生活在沉默与失语当中，彼此并非那么紧密。康妮在经历过感情失败后整天酗酒度日，生活在黑暗中；马维斯由于不慎窒息死自己的孩子，遭到舆论的谴责，可是比失去孩子更痛苦的是那种让她失语的压抑生活，作为一个酗酒丈夫的性工具和孩子们心中无能的母亲，她觉得他们都要杀害她；表面玩世不恭的吉姬因为曾经目睹一个小男孩在种族冲突中无辜惨死而内心深处极度缺乏安全感；帕拉斯由于遭受自己最信赖的亲人和爱人的背叛以及被人强奸的经历而不敢回首往事；弱不禁风的塞尼卡的温顺可人是源于她自幼被母亲抛弃的经历，她更不会谈起自己受性侵的过去。这些女性来到这里后都不想离

① Toni Morrison, *Paradise*, New York · Toronto: Alfred A. Knopf, 1998, pp. 232—233.

去，因为它为她们提供一种难得的安全感。这些女人有一个共同点，那就是她们都“受到了男人特权社会的虐待，所以修道院对她们来说是一个真正的避难所”。① “整幢房子因男性的缺失而弥漫着幸福，像一个受到保护的领域，没有谁来追杀她们，而且充满活力。”② 她们在这里找到了自我——无拘无束的、真实的自我。

由这些处于边缘的他者组成的修道院成了一个疗伤的所在，是这些受伤的女性的家园；这是个受过心灵创伤、害怕和人交往的团体。然而康妮在每天面对这些“心碎的姑娘，这些孱弱的躺着的姑娘”③ 以后，决定振作起来改变自己和这群自我封闭的女性，她告诉她们，“可怕的东西不在外界，而在内心”。④ 康妮让马维斯她们利用“大声说梦”的方式释放压抑的自我，将承载她们太多创伤和悲痛的过去揭示开来。通过这种方式，她们宣泄了自己的情感，消释了内心的痛苦。胡俊说，这是一种从理性世界的沉默和失语走向诉说与打破身体与精神二元对立的有效方式。⑤ 在理性的世界里，她们被迫选择沉默和失语，但是，在个体受到尊重的修道院，她们能够释放自己的喜怒哀乐，且彼此同情。不仅如此，鲁比镇的女人们与修道院的姐妹们也有很多接触，深受其接纳的胸怀所感染。迪克的妻子索安娜（Soane）曾经因为迪克与康妮之间的爱情而结识了康妮，后来却在反复的走访中与康妮成为亲密的姐妹；阿奈特（Arnette）于 1971 年在修道院产下她的孩子，并在 1974 年的婚礼当晚回到修道院寻找他，至于孩子的命运如何，小说始终未作明确的交代；甜甜（Sweetie）曾于 1973 年 10 月在一种发狂的状态下走访了修道院；比丽·德里亚于同一个月在与其母亲发生冲突后来到修道院，“她在那里看到的一切永远改变了她”⑥；娄恩——小说中年迈的助产婆和智慧女人，定期来到修道院，她在 1976 年 7 月鲁比的男人们密谋袭击修道院时偷听了他

---

① Peter Widdowson, “The American Dream Refashioned: History, Politics and Gender in Toni Morrison’s *Paradise*”, *Journal of American Studies*, Vol. 35, No. 2 (2001): 313—335.

② Toni Morrison, *Paradise*, New York · Toronto: Alfred A. Knopf, 1998, p. 177.

③ Ibid., p. 222.

④ Ibid., p. 39.

⑤ 胡俊：《真正的天堂》，《译林》2007 年第 3 期。

⑥ Toni Morrison, *Paradise*, New York · Toronto: Alfred A. Knopf, 1998, p. 152.

们的谈话，并试图设法在他们赶到修道院之前去给她们通风报信。鲁比镇的女人们与修道院的女性之间的情谊无疑与鲁比女性们自身的他者身份有关，虽然鲁比的人们把他们的小镇称作“天堂”，但这座天堂却是在男性权力之下以女性的沉默为代价的，女性没有权力过问小镇的大小事务，凡事都是男人说了算。例如在阿莱特与K.D.之间的关系出现危机的时候，当事人阿莱特并没有资格发言，K.D.的舅母们也无权过问，而是由双方的男性家长坐下来谈判。修道院成了一个地处边缘却对处在他者地位的女性具有无限吸引力的空间。

另外，女修道院是相对于鲁比镇而存在的他者空间，这种他者性来源于性别歧视。在《天堂》中大多数人认为，修道院的女性们是些很奇怪的邻居，但是她们并没有危害性，她们甚至是有助的邻居。她们接纳那些需要休憩的人，她们的善良品性一贯得到众人的认可，来到这里的人总能吃到美味的食物。鲁比镇的人们，尤其是女性，深感修道院宽容的胸怀。修道院体现的慈善与教堂本身的性质融为一体。可是，当鲁比的不幸一桩桩出现的时候，他们把不幸归因于修道院的怪异，并在一年前就策划对它进行袭击。小镇的权威们认为修道院一切的正面印象均是个谎言，其所表现出来的一切都是为了掩盖它那真正的邪恶面目。他们认为修道院里藏着一个恶魔，这个恶魔极具毁灭的力量，它扰乱着鲁比的宁静。当情况变得很紧急的时候，鲁比镇三个本是矛盾重重的教堂忘记了前嫌，他们的代表聚集在炉灶边，一起担负起捣毁修道院的艰巨任务，对那些忽视他们警告的女人们采取行动。闯进修道院的时候，“他们看见了那个魔鬼的卧室、浴室和他那肮脏的游戏围栏”。[①] 这时候他们仍然认为鲁比是天堂，是上帝所赐，是上帝的领土，他们以教父的名义重申这块允诺之地。卡里神父（Reverend Cary）列举了鲁镇作为天堂的原因，他说天堂的获得是拒绝了现代科技、文化和统治机构的结果。他们认为修道院的女人们没有什么宗教，她们从未考虑过建造一个教堂，也从未踏进教堂，她们不需要男人，也不需要上帝。他们说：“无论谁靠近她们，都注定变得残废，而今这种混乱已经渗透进我们的家园，我们的

① Toni Morrison, *Paradise*, New York • Toronto: Alfred A. Knopf, 1998, p. 17.

家庭。我们不能拥有这种混乱，我们大家，根本不能有这种东西！”[①] 正是这种对男性权威的忽略和藐视使鲁比的男人们怒火中烧，他们把修道院的女人看作异端和罪恶之源，认为她们是一群不需要男人且自主存在的女巫或者婊子，这些女人给他们带来了不幸。所以，他们拿起武器，连夜向修道院发起了袭击，使这些一度从男性社会的魔掌里逃出的女性再次消失于男人的武力之下。

莫里森的小说强调国家暴力如何对美国黑人产生了多种影响[②]，《天堂》里的空间书写就是一个典型例子，表现了国家暴力对黑人族群的强加，以及这种强加导致的后果。《天堂》第一页就告诉读者，鲁比的建镇之父们对曾经遭遇的冤屈过分关注导致他们从迫害对象变成了迫害者，《天堂》讲述给读者的是女性（多为黑人女性）成为国家体制与黑人社会男权结构牺牲品的事实。[③] 虽然小说以“他们先打死了那个白人女孩”开头，但小说的后面章节里并没有对这一点进行说明，修道院的女性中哪一个是白人并不重要，重要的是“剩下的他们可以慢慢来”。[④] 他们要打死的是这里所有的女性，而不单是其中的白人女子，在这里，“种族”不过是个幌子，种族问题并非是首要的问题。鲁比的男人们把他们曾经遭遇的迫害内化了，他们自己变成了迫害者，这不但体现在鲁比镇肤色的排外方面，更体现在对鲁比之外自主存在的女修道院的迫害，把仇恨转嫁到一群比他们弱小的女子身上。鲁比不再是天堂，它成了令人恐惧的空间，“鲁比企图维持一个从心理上和身体上都感到安全的社会空间，但是最终却变成了他们曾经想逃离的那种世界”。[⑤] 当斯蒂华德·摩根自诩鲁比无须监狱的时候，当鲁比的男人们为镇上没有过罪犯、也没出现过马虎和放荡女人以及成功处理好 K. D. 等“家丑”的能力感到自豪的时候，小镇却以狭隘的种族和性别规范囚禁着这群

---

① Toni Morrison，*Paradise*，New York · Toronto：Alfred A. Knopf，1998，p. 276.

② Megan Sweeney，“Racial House，Big House，Home：Contemporary Abolitionism in Toni Morrison's *Paradise*”，*Meridians*，Vol. 4，No. 2 (2004)：50.

③ Ibid.，pp. 43—44.

④ Toni Morrison，*Paradise*，New York · Toronto：Alfred A. Knopf，1998，p. 3.

⑤ Megan Sweeney，“Racial House，Big House，Home：Contemporary Abolitionism in Toni Morrison's *Paradise*”，*Meridians*，Vol. 4，No. 2 (2004)：53.

历经磨难的前奴隶的子孙们。那些曾经是、现在依然是美国社会他者的黑人男性，把枪口对准了同族的异性同胞，企图以牺牲他者来获得小镇的救赎。

女修道院是在国家抽象权力与男性霸权下存在的“他者”空间，这个他者空间产生了一种抵抗的力量，这种抵抗力量来自修道院神圣的宗教精神以及女性的宽大胸怀。没有男性控制的女修道院实现着它的自在生存，这些被社会所弃的女性在修道院圣洁的力量下面对自己的创伤，勇敢地正视过去，走向坚强的自我。女修道院虽然已不是当年严格意义上的修道院了，因为真正的院长和其他的修女们都已不复存在，但是，康妮却因为仍然具有甚至超越修道院的性质而变得神圣。房顶巨大的十字架标明女修道院的宗教本质，室内的祭祀氛围也很浓厚，这个教堂里放着许多雕刻的偶像，且它们都受到了崇拜。墙上的壁龛里放着穿着白色裙子和戴着金色与蓝色披肩的小男人和小女人，他们怀里抱着小婴儿，或者在比划什么手势，其毫无表情的脸上透着纯真。他们的脚下放着燃烧过的蜡烛，过道两边放着的小碗证明，这里的人们对这些小人像用食品祭祀过。①

然而在具有虔诚的崇拜气氛的同时，修道院又显示了它非宗教的一些性质，马维斯等先后来到这里的女人都不是修女，而是另一种信仰的成员。这种信仰来自康妮，她使这里的生活具有神圣的特点。康妮向来到这里的女性们宣讲修道院的信条，即除了谎言之外，一切真诚的东西都可以存在。② 真实坦白地相处，这是修道院有别于其他地方并使人能自在生存的所在。修道院的真诚与真实造就了它的开放性，这与鲁比的情况恰好相反，以男性为主导的鲁比小镇从昔日的意气风发走到后来的死气沉沉，其故步自封和狭隘排外束缚了它渴望得到的自由，而修道院尽管起初只是一个被人遗弃的角落，可是由于它敞开胸怀不断接纳新成员，进而使一个本是边缘的团体日渐充满生机和活力。《天堂》开篇第一句话“他们首先打死了那个白人女孩”验证了这种无私接纳的开放性，这不由

---

① Toni Morrison, *Paradise*, New York • Toronto: Alfred A. Knopf, 1998, p. 9.

② Ibid., p. 38.

得使人想起了莫里森的理想之一，即建立“有种族特点但却是非种族的家”。[1] 在这里，女修道院成为一个具体的、局部的“种族既相关，但又不重要”的空间。由此可见，以女性群体为成员的修道院比以男性权威为主导的鲁比镇更有可能成为天堂的所在。莫里森试图在《天堂》中探讨建立一个真正天堂的可能性，而真正的天堂就在修道院，这里的女性们“因为释放了自己的情感和欲望、找到了完整的自我而过着比鲁比小镇的居民更为快乐的生活。真正的天堂来自宽广的胸怀，来自空间的接纳性”。[2] 在修道院人与人之间真正实现了平等，她们之间毫无芥蒂。虽然她们偶尔也有打斗，但这从不影响修道院一贯的和谐气氛，打斗会在很短的时间内得到消解，“这里是世界上最平静的地方”。[3]

康妮的神圣还在于她扮演着文化祖先的角色，同时她还是一个超越种族的祖先。康妮的种族身份具有模糊性，有人认为康妮是“受过洗礼的、具有神奇治疗力量的印第安女人”[4]，但小说并没有对康妮的身份做明确的交代，文中只提到她绿色的眼睛、茶色的头发和烟雾般日落色的皮肤。[5] 而康妮与娄恩之间神力的传承又使她带有非裔文化的气质，她能像娄恩那样，进入人的身体，并对伤者（或者死者）进行康复治疗。莫里森似乎有意在康妮身上实现种族的杂糅并模糊种族的界限，使她成为一个超越种族的人物，从这一点来看，莫里森的女性意识无疑具有普适性。在《天堂》中，康妮犹如鲁比镇的娄恩、《所罗门之歌》中的彼拉特和瑟丝、《宠儿》中的贝比·萨格斯、《家》中的埃迪尔小姐一样，是关键的“祖先”人物。但与她们不同的是，这个“祖先”似乎不仅仅是非裔文化的祖先，她具有某种普适的品质，她的名字“Consolata”本身就是“安慰者”的意思，这也是修道院成为“伊甸园”[6] 的重要原因之一。

---

① Wahneema Lubiano, ed., *The House That Race Built: Black Americans, U. S. Terrain*, New York: Pantheon Books, 1997, p. 9.

② 胡俊：《真正的天堂》，《译林》2007年第3期。

③ 同上。

④ Peter R. Kearly, "Toni Morrison's *Paradise* and the Politics of Community", *The Journal of American Culture*, Vol. 23, No. 2 (Summer, 2000): 9—16.

⑤ Toni Morrison, *Paradise*, New York · Toronto: Alfred A. Knopf, 1998, p. 223.

⑥ Peter R. Kearly, "Toni Morrison's *Paradise* and the Politics of Community", *The Journal of American Culture*, Vol. 23, No. 2 (Summer, 2000): 9—16.

康妮对修道院女性们的疗伤正如贝比·萨格斯为辛辛那提黑人社区的人们疗伤一样，带有宗教的性质，她像贝比·萨格斯那样大方慷慨。但是，辛辛那提的人们一度对贝比·萨格斯存过忌妒之心，而修道院的女性对康妮只有热爱，在修道院女人们的印象当中，康妮是个完美的母亲、朋友和伙伴，在她的陪伴下她们远离危害。她是一个完美的房东，不收取一分钱，对每个人都欢迎："这个老奶奶，她们信任她、忽略她、对她撒谎、有时收买她。这个生活中的母亲，孩子们凭着自己的兴致拥抱她，或者从她身边擦肩而过。"①

康妮的神圣更在于她对上帝的虔诚、经受上帝的考验而最终成为上帝的化身。康妮自幼跟着玛丽·马格纳长大，深受她的宗教润泽。在修道院的岁月里，玛丽·马格纳教导康妮学会忍耐，这种教诲使她保持一种平稳的心境，且让她变得单纯。在康妮的成长过程中，她经历了上帝的接触与引导。当初康妮与迪克·摩根之间的恋情败露后，迪克的妻子索安娜来到修道院，向康妮表示她的傲慢与自以为是，康妮因失去迪克而深陷痛苦之中。她在玛丽·马格纳的陪同和帮助下进行忏悔以愈合心灵的伤痛，然而康妮总是难以释怀。就在此时，康妮的右眼被太阳灼伤，只能在黑暗中看清事物，并从此带上了墨镜——康妮受到了上帝的责备（"Consolata had been spoken to"）②，从此以后康妮把身心献给了上帝。玛丽·马格纳的离去使康妮再次失去母爱而成为孤儿，她"感觉自己像一卷白纸，一片空白，放置在一个空空的衣柜的角落里"③，但康妮在娄恩的帮助下始终坚持对上帝的虔诚信仰。就在康妮准备帮助来到修道院的女性们走出阴霾的时候，上帝再一次眷顾了她。他走向康妮，"他茶色的长发坠落到双肩和背上，当他取下他的墨镜时，他的双眼像苹果般又绿又圆"。④ 这个上帝似乎就是康妮的化身，他的形象就是康妮的形象，而康妮则像"梳子上滴落的蜂蜜般滑向他的语言"⑤，她感到自己的身体

① Toni Morrison, *Paradise*, New York · Toronto: Alfred A. Knopf, 1998, p. 259.
② Ibid., p. 241.
③ Ibid., p. 248.
④ Ibid., p. 252.
⑤ Ibid.

很轻，似乎没有了重量，如果她愿意，仿佛可以不用站起来就能移动，而且令人惊奇的是，康妮的眼睛恢复了，她再也用不着墨镜了。

康妮的虔诚实现了升华，她成了女性的基督。在这里，莫里森对耶稣进行了改写，她试图“将男性的耶稣变成女性的”。① 从此以后，康妮每日认真梳妆，还穿上了曾经放在她梳妆台上的闪亮的修女鞋。有一天，康妮为女人们摆好了饭菜，通过询问她们的去留来进行她神圣的疗伤课程。魏恩妮说，康妮的这顿饭，犹如基督“最后的晚餐”，带领修道院的女人们进行她们的“发现之旅”。② 她带领她们发现自己身体的秘密以及身体与精神不可分离的道理，帮助她们从过去的痛苦中解脱出来。康妮是莫里森小说中最为神圣的人物，她不但接受了基督的思想，而且从娄恩那里吸取了很多非裔文化的东西，比如隐身术，并通过隐身术救过两条命。她成为莫里森小说中完美的“祖先”，她的存在使修道院成为一个神圣的疗伤空间。在持续几个月乃至几年的疗伤之后，整个修道院发生了根本的变化，马维斯的车上贴上了 Sorrow 字样，年轻的女性们也剪去了长发，修道院里充满了管理的氛围，换上了陌生的样子，驻足者与她们说话的时候，这些女性是如此友善和亲切，一个老朋友要是过来，会惊讶于这些女性身上显示的成人气质，她们看上去是那么平静，而康妮更是挺直而美丽。

然而，女修道院这一神圣而平静的空间却遭到了男权暴力的侵扰，成为鲁比镇的替罪羊。康妮认为，修道院的女人们将不再被过去所困扰，也不会再被猎取，但是，在这一点上，康妮却错了。鲁比镇上本来不很和谐的三个教堂，为了维护他们来之不易的小镇的宁静，居然牢固地组织在一起，去实现他们保卫鲁比的使命，他们说：“做你该做的，无论是修道院，还是修道院的女人都不能再继续。”③ 鲁比的男人们企图利用他们男性的霸权重新打破这个改组过的空间，因为这个没有体制的空间对

① Ron David, *Toni Morrison Explained*: *A Reader's Road Map to the Novels*, New York: Random House Press, 2000, p. 185.

② Megan Sweeney, "Racial House, Big House, Home: Contemporary Abolitionism in Toni Morrison's *Paradise*", *Meridians*, Vol. 4, No. 2 (2004): 58.

③ Toni Morrison, *Paradise*, New York · Toronto: Alfred A. Knopf, 1998, pp. 9—10.

他们来说是一种威胁和颠覆。然而，莫里森后现代的创作手法给读者提供了太多的暗示，表面上鲁比的男人们似乎杀害了所有修道院的女人，实现了他们所谓的征服，但是，小说奇迹般的结尾却表明，这些女性依然继续驻留在世界的某个角落，她们并没有消失。这似乎意味着鲁比镇男性霸权的失败。修道院变得空了，但是，这种空无是以鲁比男性们心灵的空虚为代价的，袭击修道院给他们带来了精神上的冲击，暴行过后他们并没有成功的喜悦，而是痛苦的忏悔和反思。例如，迪克·摩根放弃了自己的鞋子和汽车，光着脚走在人工的水泥地上，他走向一种意识，并开始把眼光投向了土地、房屋和道路之外的东西[1]，他开始思索并为自己过去的行为忏悔，他将对空间产生全新的感受。不过，《天堂》这种美好的结尾也许只是表达了作者的一种愿望，是实现莫里森空间政治的需要，因为在现实生活中修道院女性们的持续存在和疗伤过程难以实现，所以，《天堂》利用一种乌托邦的想象，拓展了我们的理论视野，探索建造一个“他处”的可能性。[2] 而这种“他处”暗示了作者的空间观，即以女性的宽广胸怀建构的空间赋予人生命，尽管男权的力量企图对女修道院的建构与维持制造障碍。

教堂作为莫里森小说中重要的异质空间，从殖民之初逐渐走进美国黑人的生活，在后来的历史时期，成为美国黑人寻求他者生存的重要空间。他们在那里祈祷，寻求精神安慰。教堂也是他们的栖身之所和施展才华的地方，教堂为美国黑人的整体生存提供了场所和力量。莫里森的教堂书写不仅仅体现了她的种族政治，也凸显了她的性别关怀。《天堂》是莫里森小说中教堂空间叙事最多的一部，教堂的意义也最为重大，其中女修道院的他者存在成为小说的核心内容之一。在这个空间中，种族的问题早已被忽略。修道院的成员涉及了各种人种，它首先是白人修女们教育印第安人的教堂和学校，在作为学校的功能逐渐减退之后，它又成为不断容纳黑人女性和其他种族女性的重要场所。小说通过鲁比镇的

① Toni Morrison, *Paradise*, New York · Toronto: Alfred A. Knopf, 1998, pp. 300—303.

② Megan Sweeney, "Racial House, Big House, Home: Contemporary Abolitionism in Toni Morrison's *Paradise*", *Meridians*, Vol. 4, No. 2 (2004): 58.

宗教意识与女修道院的对比以及两者的冲突，凸显了作为他者空间的女修道院较之同样作为他者空间的鲁比小镇的优越性，即深受国家与性别暴力侵害的女修道院中，女性的兼容与宽阔的胸襟赋予教堂这一异质空间更为纯洁与神圣的力量。因此，《天堂》无疑是集宗教之爱和女性之爱的杰作。

第四节　流动空间与身份建构

福柯的异质空间理论中有一种异质空间具有幻觉性或补偿性，比如妓院和殖民地，前者给人以某种幻觉，后者则对宗主国空间进行补偿。就这一点而言，福柯谈到了船舶，他说，船舶是典型的异质空间，它是一个浮动的、没有处所的处所，靠自己的各种装置而存在，它本身是自我封闭的，同时又驶在一望无际的大洋上，从一个港口到另一个港口，从一个轮班到另一个轮班，从一个妓院到另一个妓院，一直抵达殖民地，能把这些空间联结起来。[①] 与船舶类似的其他交通工具，如汽车、火车等也是浮动的、没有处所的处所。我国学者陈永国把这类空间定义为“空间非场所”。他说，空间的非场所指的是过渡性地点和临时性居所（如连锁饭店、假日俱乐部、难民营、贫民窟），被称作“运输工具”的飞机、火车和汽车，供游客临时驻足的机场、火车站、主题公园，人们从事日常消费活动的大型零售店、超级市场、咖啡馆、餐厅、自助取款机以及利用非地上空间进行交流的有线和无线网络。[②] 在这些封闭的空间里，人们无不受到某种意志的操控、某种话语的主宰以及纪律的规训。[③] 封闭的流动空间、空间非场所的约束和操控造成身体的被动性。列车、轮船等流动空间存在一种理性秩序的组织系统，它们是静止的，却控制着运动；它们是沉默的，却讲述着旅行者穿越空间的故事；它们是理性的，却时

① Michel Foucault, “Of Other Spaces, Heterotopias”, 1967, http: //foucault. info/documents/heteroTopia/foucault. heteroTopia. en. html.

② 陈永国：《超现代时期的空间非场所》，《杭州师范大学学报》（社会科学版）2012 年第 6 期。

③ 同上。

常做出疯狂野蛮的出格行径，酿成超现代时期人类文明最惨烈的悲剧。约束和操控在流动空间里表现很明显，对号入座的位置把每一个旅客变成了合乎车厢语法规则的“适当的词”。[①] 与前面讨论过的几种异质空间一样，流动的空间同样是权力的空间，在这里，性别、种族和等级观念统治了不同空间，物理空间成了权力极度张扬的政治空间。[②]

美国黑人自从来到美国这块土地上开始，就注定是一个离散的民族，他们总是奔波流离，因为他们总是居无定所，为了生计不断流动，或者因为向往更美好的生活，或者为白人所追赶。莫里森的作品渗透着美国黑人的迁徙之旅，而在这些旅行的空间中，莫里森小说主人公经受着“他者”的待遇，封闭、浮动、过渡的流动空间通过不同人物的空间经历和感受，反映了空间的规约性，进而呈现出不同人物的他者生存，书写着异质空间所体现的权力政治，表现为种族与男性权力的政治运作。汽车、火车、船舶等相对封闭的空间，通过流动与无限的空间相连，并承载着凌驾于这些空间之上的抽象力量。在莫里森的小说中，流动空间成为美国黑人和女性身份建构的重要空间，流动空间促成了他们他者身份的形成。

汽车是莫里森小说中较为重要的流动空间，它在不同语境下与小说人物的身份建构联系起来。在《所罗门之歌》中，麦肯借助他的帕卡德轿车来构建他黑人资产阶级的身份，帕卡德轿车是麦肯用来武装他自己、跻身白人主流社会的重要手段，它和麦肯裤兜里的出租房钥匙一样，是他身份建构中必不可少的条件。除此之外，汽车的功能还表现为他者的空间，成为他者身份构建的主要空间，《天堂》里的凯迪拉克（Cadillac）牌汽车就是一个典型的例子。在小说的发展过程中，凯迪拉克的功能不断发生变化，从表征主体与他者关系的空间转变成他者的空间。

卡迪拉克的购买和拥有与马维斯的家庭并不相配，似乎与他们的身份不相吻合。卡迪拉克从购买那天起仿佛就会变成一个不祥的东西，邻

---

① 陈永国：《超现代时期的空间非场所》，《杭州师范大学学报》（社会科学版）2012 年第 6 期。

② 刘玉红：《从福柯的空间理论解读欧茨小说中的异质空间》，《广西师范大学学报》（哲学社会科学版）2011 年第 5 期。

居们为他们买了这辆车而感到好笑，因为这家人穷得连吸尘器都没有，连房子都得不到完全粉刷，窗户上没有帘子，家里也没有电视，车的主人还常常把车停在家门口，整夜睡在驾驶座上，而不是在自己家里。汽车的购买完全是丈夫弗兰克的意图，车是他的，而不是她的。弗兰克曾经警告马维斯，不许她碰凯迪拉克，更不许她驾驶它。[①] 凯迪拉克体现了在马维斯的家中谁是主体，谁是他者，它表达着男权对家的控制和暴力，而作为女性的马维斯则处在被动和受控的地位。

汽车本身的封闭性导致和加剧了马维斯家庭的悲剧和她的他者身份，一个小小的疏忽使她的两个双胞胎孩子窒息于车中，这把原本在家里受到弗兰克虐待与欺负的马维斯推向了边缘，在丈夫弗兰克男权控制下，家里充满着阴森、冷酷的气氛。马维斯的女儿萨尔居然暗中掐她的大腿，肆无忌惮地对她进行施虐；她的儿子比利·詹姆斯居然在吃饭的时候往她盘子里吐口水。弗兰克不但不阻止，甚至会暗自纵容这些行为，因为马维斯知道，“弗兰克愿意让他们那么干”。[②] 在面对警察的询问之后，马维斯想找个地方看看她被女儿掐伤的身体，但觉得家里没有合适的空间，她想到了闷死她孩子的凯迪拉克，她想只有他们曾经那么喜欢有她的陪伴，她很想躺在汽车的后座上好好地睡上一觉。于是，凯迪拉克成了马维斯逃避现实的异质空间，马维斯最终“偷”了凯迪拉克，开着它漫无目的地行走在广阔的美国大地上，凯迪拉克成了逃亡者的空间。

汽车的封闭性和流动性使马维斯的逃离成为可能，为了逃避警方和弗兰克追捕的视线，她把原为薄荷色的凯迪拉克漆成洋红色，从马里兰州一路向西，一直到了俄克拉荷马州的女修道院。从那以后，凯迪拉克一直伴随着马维斯的流亡生涯，伴随着修道院女人们的他者存在，在凯迪拉克背后操纵着马维斯和修道院女人们生命的是无处不在的男权暴力。

莫里森小说中另一个重要的流动空间是火车。如果《天堂》里的凯迪拉克汽车体现了女性的他者生存，那么莫里森其他小说中的火车则更

① Toni Morrison, *Paradise*, New York · Toronto: Alfred A. Knopf, 1998, p. 25.

② Ibid.

多地表现了种族暴力和国家权力对美国黑人的他者化，成为黑人身份建构的重要空间。作为“准历史”的莫里森小说通过火车这一异质空间再现了在美国总体抽象空间下美国黑人的他者存在，尤其再现了吉姆·克劳法[①]对火车这一流动空间的规约性及其对黑人种族的歧视与迫害。在他们的旅行空间中，火车成为一个重要的“他者”空间，火车旅行再现了吉姆·克劳法对美国黑人无处不在的他者化过程。

火车的规约性很突出地表现为吉姆·克劳法的实施，它规定白人和黑人必须乘坐不同的车厢，车厢的设施也完全不同。在《爵士乐》中，年轻的乔与维奥利特夫妇向往北方大城市的现代生活，想去那里建构自己的家。1906 年，乔与维奥利特踏上了北去的“南方天空”号列车，然而北去的旅途并非让人感到愉快。他们乘坐的是有色人专设车厢，没有座位，途中的 14 个小时里他们都只能用双手抓着行李架，一路“跳着舞”，感受着火车剧烈的颠簸与“颤抖”。友好的列车员路过这个车厢的时候也因为他们是有色人种而不必冲他们微笑。在餐车吃饭的时候，白人与黑人之间用厚厚的“绿得有毒”的帘子隔开。虽然在靠近目的地纽约的过程中，这种绿色的帘幕渐渐地被取消了，但是乔与维奥利特却因为吉姆·克劳法的原因，被挪动了五次，换了四节车厢。

吉姆·克劳法作为一种无形的规约力量驱使着白人对黑人进行人格的侮辱，体现了空间规约下种族地位等级的森严，《秀拉》中的火车就体现了这一点，小说人物海伦娜和她的女儿奈尔的乘车经历突出表现了火

---

① 吉姆·克劳法（David Pilgrim,“What Was Jim Crow?”, Sept. 2000, www. ferris. edu/jimcrow/what. htm）是指 1877 年至 20 世纪 60 年代中期 100 年左右的时间里在美国实施的种族社会制度，是奴隶制度之后又一个制约美国黑人和决定他们“他者”地位的抽象力量，它使美国社会对黑人的歧视合法化。吉姆·克劳法不仅仅是一套严格的反对黑人的法律，它已然成为一种生活方式，把美国黑人降至二等公民的地位。这个制度认为白人是上帝的选民，而黑人是受到诅咒的仆人，上帝支持种族隔离。吉姆·克劳法触及了日常生活的方方面面，涉及每一个社会空间。实施这套法律的各州通过各种严酷的社会立法，规范种族之间的相互关系。自动饮水喷头、大门的进出口以及公共设施前面都树立了指示牌。白人与黑人在医院、监狱、公立和私立学校、教堂、墓地、公厕等方面都必须分开。多数情况下，黑人的生活设施都非常低劣，通常比白人的破旧或者没有较好的维护，要么他们干脆没有相关的设施，比如没有有色人种的厕所、公共长凳，甚至没有座位。吉姆·克劳法的刑事司法制度由白人来操控，警察、起诉者、法官、陪审团以及监狱的官员都由白人组成。暴力成了吉姆·克劳法的实施手段，是社会控制的主要方法，其最为极端的形式就是私刑。

车这一流动空间赋予黑人的他者地位。海伦娜的外婆因病去世，母女俩为了回家奔丧而乘坐火车回新奥尔良。这是奈尔一生中唯一一次离开梅德林，然而这次火车旅行令奈尔产生了很复杂的感受，她与母亲海伦娜乘坐火车的经历使她感受了吉姆·克劳法制度下的种族隔离对她们造成的伤害和侮辱。

这次旅行带给她们的第一个冲击是列车车厢的规定，海伦娜和奈尔因为没有严格遵守火车的规约而遭到人格的侮辱。一贯在“底部”有些“面子”的海伦娜忘记了她上错的车厢与“底部”的不同，在“底部”，先不说她作为一个浅肤色的黑人多少有些优越感，至少社区的人们是平等的，何况她在社区人当中也算个有脸面的人物。而火车的隐形法则是，她必须坐在规定她乘坐的黑人车厢，问题在于海伦娜忽视了这种法则的严厉性，她错误地以为及时纠正，最终坐进黑人车厢就不会有事。母女俩如果在发现上错车厢时立即下车并从有色人种车厢上车，也许什么问题也没有，然而大胆的海伦娜却想偷懒，硬着头皮带着女儿穿过白人车厢走到黑人车厢去。当母女俩拖着沉重的行李，带着食物走过白人车厢的时候，海伦娜不曾想到她正在进行空间的逾越，更没有想到这种逾越会给她们带来怎样的后果。当海伦娜和奈尔走到标有“有色人种专用”的门口时，一个白人列车员漫不经心地向她们走来，上下打量着她，然后问道：“姑娘，你在这里干吗呢？”（What you think you doin', gal?）①

这句话给一向在“底部”感觉有些优越的海伦娜重重的一击，刚踏上列车就被人这样称呼，多年前的脆弱感立刻向她涌来，列车员的询问在她心里产生了非同寻常的影响：

> 过去所有因为自己有某种瑕疵而生的恐惧感聚集在她的胃里，她的手开始颤抖起来。她只听到了那个词（gal），它在她的宽檐帽上方悬着，在她的努力下从仔细平放着的位置，经过短短的旅程，向她眼睛的方向倾斜下来。②

① Toni Morrison, *Sula*, New York: Plume, 1973, p. 20.

② Ibid.

莫里森在这个情景中对海伦娜的感受进行了非常生动的描写，“Gal”一词足见列车员对海伦娜的居高临下，它代表着白人阶级对黑人女孩的特有称呼，而且海伦娜已经是带着女儿的女人了。来到这个列车空间，海伦娜发现自己身份突如其来的变化，他者的感觉使她顿时紧张起来。只是从白人车厢借过，却被看成是对白人空间的逾越。可怜的海伦娜则以为列车员要看她的车票，她慌忙把行李放下，并在钱夹里找寻她的车票，一边紧张地说道：“我有票的，就在这儿，先生……”① 她的声音里带着一种为了生存而生的急切和道歉。令她感到意外的是，列车员重复问道：“你刚才在那边做什么呢？你在那个车厢里做什么？”② 海伦娜告诉他自己弄错了，因为车厢上面没有标牌。她得到的回复是：“这趟列车上不许犯错，把你的屁股放那边去。”③ 这句话足见列车员对海伦娜的极端不尊重。

海伦娜与奈尔的返乡之行不但经历了心理上的刺激，还感受到种族歧视所带来的生理上的他者化。她们回到新奥尔良是经过转车几次才到达的，在经过肯塔基州到田纳西至伯明翰一带，每个火车站都有为黑人设立的卫生间。但是，在伯明翰转车以后，能正常去洗手间对她们来说已经是一大奢侈了，因为火车站并没有给黑人上厕所的地方，排便的需要使海伦娜拉长了脸。她努力“想着别的事情，因为此时如果要发生什么事故的话，最准确的方式就是想着她的膀胱”。④ 火车停下的时候，海伦娜试图找一个写着“黑人女性专用”的门牌，但她看到的则是同车的黑人妇女走向铁道边不远处高高的草丛。海伦娜带着奈尔也去了那里，并且学会了用树叶擦拭屁股，她也能够毫不羞涩地从靠在铁道栏杆旁、满眼污浊的白人男子身边走过。在以后的几个车站，她们都重复了同样的做法。

奈尔和她的母亲海伦娜的经历告诉我们，当身处社区的时候，她们的生存是相对自在的，她们不用考虑别人的眼光，而一旦走出社区，走

① Toni Morrison, *Sula*, New York: Plume, 1973, p. 20.

② Ibid., p. 21.

③ Ibid.

④ Ibid., p. 23.

到满布暴力的抽象空间，她们立刻就变成了他者，火车等异质空间对她们进行规约和排斥，而且她们不得不承受来自白人社会的侮辱和空间排挤。这一点重又表现了美国国家抽象空间同质化无处不在的暴力强加，它使黑人成为权力的他者，而且这个例子再一次凸显了社区对黑人生存和自我的重要性，他们只有回到社区，才能找到应有的自信和自我。

此种空间规约和沿途的种族暴力持续到莫里森《家》所反映的时代。弗兰克从朝鲜战场回到美国，然后从城市回家的途中一路体验着无处不在的种族歧视，包括他乘坐的火车。在这趟列车上，弗兰克自然坐在有色人种车厢里，目睹了种族歧视给黑人带来的伤害。同一个车厢的一对黑人夫妇遭到了白人的毒打，其原因是中途停车时，丈夫走进了白人的饮料店，企图买饮料解渴。白人卖主和顾客把他撵了出来，并拳打脚踢，闻风赶来的妻子试图营救他，也被他们用石头砸伤了脸。当列车服务员把夫妇俩扶上火车后，那些人继续对弗兰克他们乘坐的车厢乱砸鸡蛋，而白人乘务员对这一切均视为理所当然。[①] 莫里森小说中火车的规约性充分体现了美国社会白人与黑人之间主体与他者的关系。火车车厢的隔离把黑人当成了二等公民，而没有厕所供黑人使用，却把他们推向了非人的处境。黑人被剥夺了人的尊严，被降至与动物同等的地位。所以，莫里森小说中的火车旅行深刻而淋漓地再现了美国黑人的他者地位。

船舶也是莫里森小说中至关重要的异质空间，其规约性既涉及了种族的政治，也涉及了性别的问题。本节以《宠儿》与《慈悲》为例，阐释船舶所体现的他者存在，这两部小说再现了殖民和奴隶贩卖过程中美国黑人和女性的他者地位，船舶成为他者身份建构过程中暴力实施的重要场所。

船舶作为漂移的流动空间，是美国黑人最早经历的异质空间，从非洲乘船驶往美洲或者美国的旅程成为他们他者生存的第一步。美国黑人的美洲之旅是外族强制力量之下的空间实践，其本身就决定了他们在这个旅途中的他者性。西方人通过船舶实现从一个大陆到另一个大陆的空间跨度，其殖民活动靠踩着黑人的生命而取得了成功，他们用轮船把黑

① Toni Morrison, *Home*, New York · Toronto: Alfred A. Knopf, 2012, p. 26.

人运到美洲大陆，并通过黑人的劳动来维持他们的生存和发展。其旅程极其艰苦和残忍，最能反映船舶空间对黑人进行规训并将他们视作他者的是举世闻名的“中段航程”，即从西非或者北非驶向美洲的大西洋航线。在这个贩运过程中，死去的奴隶不计其数。这是一条“单向”的航程，非洲黑人只要踏上了西去的船只，就再也没有回程的路：

> 去美洲的航行，统称为“中段航程”，是一场名副其实的噩梦。过分拥挤是常有的事。据记载，仅仅只有90吨载重的船只会超载390个奴隶，外加船员和食品供给。奴隶们几乎没有站立、躺下或者坐着的空间，他们被用链子两个两个地、手与手、脚和脚绑在一起，没有移动的空间，没有最起码的活动身体的自由。①

黑人奴隶在船上的处境十分艰难，拥挤的船只产生一系列严重的问题，在驶向美洲的途中，过分拥挤的状态导致大量疾病和传染病的发生，没有几艘船逃脱当时流行的天花和痢疾的袭击。饥饿常常使身体健康状况变坏，并使原本没有的疾病被诱发出来，肮脏的环境使疾病增多，从而大大增加了船上的死亡率。这些奴隶当中只有不到一半的人能够到达美洲参加实际的劳作，一半多的人已经在途中死去。其中有很多人不是病死，而是跳船自杀了，活着的人当中很多人都因为与锁链挣扎而变得残废。②

“中段航程”成为许多非裔美国作家文学想象的重要内容，莫里森在《宠儿》的题献中写道：“六千万，甚至更多”，这其中暗示了那些在“中段航程”旅程中死去的非洲黑人。莫里森说，《宠儿》的题献涉及“那些未曾真正进入美国奴隶制的非洲人，即那些作为俘虏而死去的或者在贩奴船上死去的非洲人”。③ 所以小说的题献中暗示了宠儿可能就是那些不

---

① John Hope Franklin and Alfred A. Moss，Jr.，*From Slavery to Freedom*：*A History of African Americans*，New York：Alfred A. Knopf，2001，p. 44.

② Ibid.，pp. 44—45.

③ Terry Otten，*The Crime of Innocence in the Fiction of Toni Morrison*，Columbia：University of Missouri Press，1989，p. 83.

幸在贩奴航行（即“中段航程”）中死去的黑人之一。[①] 她担负着双重的角色，代表着赛丝死去的女儿和无数“中段航程”中的死者，是他们共同灵魂的回归。[②] 所以，“作为未曾被认可的过去的标志——无论是作为被凶杀的宠儿自己还是‘中段航程’的集体惨状的肉身——宠儿都必须得到重新记忆和解释，然后才最终融进社区那‘咬人的笑声’之中”。[③] 莫里森的小说是一部美国历史，它的叙事被历史上那些在“中段航程”中和之后失去的生命、文化和尊严所定义和限定。[④] 赛丝的母亲就是这样一个经历了“中段航程”而后在奴隶制的压迫中死去的人，在贩奴船上的时候，她在自身生死未卜的情形下，还成为奴隶商人的性工具。[⑤] 横跨大西洋的“中段航程”成为黑人最惨痛的“他者”之旅，他们的生命与尊严早已被放置于低人一等的“他者”地位。

《宠儿》中最后重新建构起来的、宠儿语无伦次的独白再现了“中段航程”途中黑人的他者命运，她描述了贩奴船上黑人的生存空间、白人把黑人作为他者对待以及黑人在船上丧失生命的情形。在她的叙述中，宠儿是一个被父母抛弃的孩子，他的父亲在船上死去了，母亲后来也跳海了。宠儿的独白让读者认定他是一对奴隶夫妇的女儿，她的话语中夹杂着外部和内心的背弃感，即在“中段航程”中被父母抛弃（他们双双死亡）以及内心的前俄狄浦斯情结。[⑥] 抛弃女儿并不是这对夫妇的本意，他们的确无法忍受船上的经历。宠儿目睹了在船上黑人无法蹲下、坐下或者躺下的拥挤情形，他们脖子上系着铁链；她目睹了白人贩奴商人枪

① Carl D. Malmgren, “Mixed Genres and the Logic of Slavery in Toni Morrison's *Beloved*”, *Critique*, Vol. 36, No. 2 (Winter, 1995): 96—106.

② Elizabeth B. House, “Toni Morrison's Ghost: The Beloved Who Is Not Beloved”, *Studies in American Fiction* Vol. 18, No. 1 (Spring, 1990): 17—26.

③ Cynthia Dobbs, “Toni Morrison's *Beloved*: Bodies Returned, Modernism Revisited”, *African American Review*, Vol. 32, No. 4 (Winter, 1998): 563—578.

④ William R. Handley, “The House a Ghost Built: Nommo, Allegory, and the Ethics of Reading in Toni Morrison's *Beloved*”, *Contemporary Literature*, Vol. 36, No. 4 (Winter, 1995): 676—701.

⑤ Toni Morrison, *Beloved*, New York: Signet, 1991, c. 1987, p. 62.

⑥ Claudine Raynaud, “The Poetics of Abjection in *Beloved*”, in Maria Diedrich et al., eds., *Black Imagination and the Middle Passage*, New York: Oxford University Press, 1999, pp. 70—85.

杀黑人的情形，目睹了船上死尸堆砌而成的小山以及海面上漂流的黑人尸体。他们在船上的处境非常恶劣，白人贩奴者甚至把大小便给黑人吃，海上的航行让他们度日如年，“只有现在，总是现在”。[1] 宠儿说：

有的人吃他们自己的粪便，我不吃。没有脸的人（白人贩奴商）把他们早上的小便送给我们喝，我们没有小便。晚上我看不见我身边的死人的模样，天亮了，光从缝隙里射进来，我看到他紧闭的双眼。我个子很小，小老鼠不会等到我们睡着了才光顾。有人想扭动一下身体，但是没有空间。如果我们有足够的水喝，也许我们会有眼泪。我们不可能有汗，也不可能有尿，所以那些没脸的人就把他们的尿液给我们喝，有一次他们给我们吮吸带甜味的石头。我们大家都想死去算了，我身边的男人做到了，要想让自己永远死去并非是件容易的事。[2]

这个死去的人就是宠儿的父亲，后来他被白人贩奴商拖走了，她记住的是他那洁白的牙齿。他被放进别的死人堆里，后来，没有长脸的男人用长竿把它们掀进海里了。她的母亲随后也跳进海里，宠儿看到她母亲跳海时的情形。这种成为孤儿的伤痛使她内心十分无助，她反复地重复着“她自己走进去了，她走进去了”[3]，这句话暗示了宠儿被母亲抛弃的心理，她心想，母亲本可以活着，可她因为无法承受痛苦，宁可抛弃自己的孩子而投海自杀，她指望着母亲对她“微笑”，可是她却“已经在海里了”。宠儿来到赛丝家里，她肩负着多种身份，其中有一个就是女儿的身份，即她既是被赛丝杀死的女儿宠儿，也是这个商船上被母亲抛弃的孩子，她来到赛丝身边，索要她失去的母爱。

这就是美国黑人经历的噩梦般的奴隶贩运之旅，这个行程是走向地狱的旅程，走向他者的旅程：

---

① Toni Morrison, *Beloved*, New York: Signet, 1991, c. 1987, p. 210.

② Ibid.

③ Ibid., p. 212.

“中段航程”那无可避免地从失去的来源地到一个强制的目的地的行程——漂浮？——是一种中间状态的空间，是一个从家园到地狱的移动空间，从失去的故乡到荒凉的土地的流动空间，那块土地将成为他们的家——“甜蜜之家”，而后是“可怕的”、“喧闹的”、“寂静的”124号。①

所以，124号是一个富含隐喻的空间，它贯穿了奴隶贩运的“中段航程”和整个奴隶制度的历史，“中段航程”这一从家园走向地狱的旅程使黑人沦为彻底的他者，他们（如同宠儿的父母）之所以具有如此的命运，是因为对于奴隶主和奴隶贸易商来说，他们在乎的只不过是财产和金钱，黑人的生命根本得不到他们的同情。这一点在《慈悲》一书中重新得到说明，《慈悲》中的多尔特嘎不但是个种植园主，把安哥拉的黑人运来做他的奴隶，同时还是一个十分狡诈的奴隶贩运商。他迟迟不还雅各布的债，是因为他的“船货”遭受了损失：

他的船货三分之一死于热病。他因为将他们的尸体抛弃在太靠近海湾的地方而被地方特许长官（the Lord Proprietary Magistrate）罚款五千英镑，并被迫把能够找到的尸体打捞起来，且把他们烧掉或者埋葬。他必须把这些尸体装在两辆大车上，运到低洼的地方，让短吻鳄把他们吃掉。②

“中段航程”的贩奴轮船对于黑人来说成了极具规约性的他者空间，而这种规约不是约定俗成，而是由处于主体地位的欧洲白人制定的，这种规约来自强者的力量，其实施的结果就是将非洲黑人变成彻底的他者，在这里，他们成为“货物”，成为“财产”。

在《慈悲》一书中，船只作为异质空间体现的不仅仅是黑人的他者

① Claudine Raynaud, “The Poetics of Abjection in *Beloved*”, in Maria Diedrich et al., eds., *Black Imagination and the Middle Passage*, New York: Oxford University Press, 1999, pp. 70—85.

② Toni Morrison, *A Mercy*, New York · Toronto: Alfred A. Knopf, 2008, p. 16.

性，它再现了欧洲殖民过程中的种种关系，生动地表现了女性低于男性的地位，这些关系通过船舶的规约体现出来。小说中的“祈祷号”（Angelus）客船的统舱作为一个封闭黑暗的空间，刻画着统舱乘客们卑微的身份，生动地描绘了作为他者的女性的生存状态。《慈悲》中的空间建构体现了它的性别政治，即空间既体现为男性权力的扩张，也体现为对女性的他者化，空间与女性都成为男人控制与占有的对象。在这部小说中，莫里森将笔锋直指西方父权制的空间扩张给世界带来的重大影响，以及这个过程中西方男性霸权对自然、黑人、印第安人以及女性的他者化。

如果贩奴商船被称作货船、运载的奴隶被命名为“船货”的话，那么作为运载白人殖民者的客船上则以等级的划分规定着部分乘客的“他者”地位。《慈悲》中的“祈祷号”呈现了作为他者的白人女性经历的旅途空间。小说主人公之一的丽贝卡与一群处于社会底层的白人女子在“祈祷号”上经历了长达六个星期的航行，在这个临时的、过渡的封闭空间中，丽贝卡深切感受到作为他者的存在。莫里森在这本小说中着力描写了丽贝卡乘坐的统舱的恶劣环境以及乘坐这个船舱的女性的处境。与莫里森其他小说不同的是，《慈悲》描写了一群身为白人的“他者”，一群“弃儿”。丽贝卡来自英国下层阶级家庭，她的前途就是做一个仆人、妓女或者妻子，“这些‘职业’都带着某种恐怖的故事，仿佛只有最后一种是最安全的”。[①] 丽贝卡远嫁美洲，虽然未知前景如何，也不能不说有某种期待。在她的家里，丽贝卡的父亲急于把女儿嫁给雅各布，因为雅各布要的只是一个妻子，而不是她的嫁妆。同时，家中的兄弟们对她总是很蔑视，尽管她帮助父母把他们养大，年仅16岁的她登上了“祈祷号”，不仅为了投奔一个丈夫，更是为了减轻家里的负担。与丽贝卡一起的还有几个女性，她们都是些被社会抛弃的、流放的人群。安妮因为一度给家人蒙羞而被逐出家门，朱迪丝和莉迪亚都是妓女，她们被迫在坐牢和流放之间作出选择，莉迪亚带着她的女儿帕蒂，一个10岁的小偷，多萝西亚是个扒手，她被判处和妓女一样的徒刑，还有两个身份不太明

① Toni Morrison, *A Mercy*, New York · Toronto: Alfred A. Knopf, 2008, pp. 77—78.

确的女人伊丽莎白和阿比盖尔，不过，她们顶多也就是个奴仆之类的人。丽贝卡是唯一一个预付了船费并去结婚的人，其余的人将会有亲戚或者工匠来接她们，而那些妓女和扒手们，她们的费用将靠她们一生的无偿劳动来偿还。这些女人在船上的位置，就像她们在社会的地位一样，被放置在最底层，她们的地位决定了她们在船上的空间，并且受其规训。

在等待上船的时候，丽贝卡就辨别出她们和别人的不同之处，乘客的船舱根据他们的姓氏和职业来决定，登船的时候，他们须向卫兵提供他们的名字、县级地址和职业。她们被迫与男性和上层阶级的女性分开，然后被带到甲板下面畜栏旁边的黑暗空间，这里是轮船的驾驶装置舱。光和空气从一个舱口流进来，一只便桶坐落在一小桶苹果酒旁边，她们的食品用一个系着绳子的篮子从上面放下来。只要是身高在五英尺以上的人都得弯腰驼背、低着头方能移动。她们常常是在统舱里爬动，因为那样更容易一些。蜷缩于甲板与行李箱、盒子和吊床毯子之间，她们相互分出有限的个人空间。她们所带的行李、衣服以及言语和态度清楚地表明了各自的身份。

这些女人共同承受着统舱里的黑暗，海浪的拍打声强化了这里的沉默。也许这些女人都和丽贝卡一样，正在抹去她们之前逃离的世界，也没有对即将到来的世界有什么幻想。她们蹲伏在这里，内心一片空白，没有过去来萦绕她们的心思，也没有未来在召唤她们。“女人常常是男人的女人，或者为了男人而活着的女人，而在她们点燃那唯一的煤油灯的短暂时光里，她们两者都不是。”[①] 当煤油灯最后熄灭的时候，她们重又被包裹在黑暗之中，在很长时间里，她们不去理会头顶上方的脚步声和身后的牛叫声，她们蜷伏着一动不动，看不见天空，时间变成了奔流的大海，没有标记，永恒而毫无意义。统舱的狭小、肮脏与黑暗使这些女性的跨洋之行成了无限期的煎熬。

“祈祷号”的空间特点体现了在差异性关系中无处不在的权力，“就权力来说，能指与所指非常巧合地体现为暴力”。[②] 空间的压迫性暴力施

① Toni Morrison，*A Mercy*，New York · Toronto：Alfred A. Knopf，2008，p. 85.

② Henri Lefebvre，*The Production of Space*，trans.，Donald Nicholson - Smith，Malden · Oxford · Carlton：Blackwell Publishing Ltd.，1991，p. 161.

加在统舱里的女性身上，这反映了她们不但因为阶级地位的悬殊而且因为性别的原因而处于他者的地位，在这里，种族不是他者产生的原因，空间的暴力体现为男性的暴力，“空间的暴力体现为男性性征和男性暴行，压迫性空间对主体实施压迫和恐惧，尽管表面上这个空间可能表现出反面的迹象”。[①] 丽贝卡和她的船友们共同承受着男性权力的空间规训，空间表现出男性权力的可视化特点，她们是男性世界的他者，男人对她们来说，“既是希望，也是威胁，男人是安全与危险的所在”[②]，丽贝卡等女性的命运掌握在男性权力手中，她们在这个统舱中成为暴力压制下的“我们—客体”。

“我们—客体”的身份使统舱的女人们意识到，她们只有联结在一起，才能应对施加在她们身上的暴力而实现自身的生存，共同的他者命运使这些女性之间产生了一种无形的凝聚力，她们一起使漫长的黑暗之旅变得尽可能地处在可接受的限度以内。她们不但诙谐幽默，而且抱着对他人极低的期望以及对自我的高度肯定，她们很容易激起的笑声使丽贝卡略感轻松且鼓励着她。如果她因为女性的脆弱而害怕着一个人的旅行，这些女性很快打消了她的忧虑；如果她在夜间想起她母亲的预测而惴惴不安的话，这些被放逐的、被抛弃的女人使她消除了这种感受；这些女人带着夸大的叹息声和轻度的诅咒，整理着自己的东西，利用着不到门阶大小的那一片领地。

与《天堂》里修道院的女性一样，“祈祷号”统舱的女人们充分利用她们仅有的那片他者空间，以集体的力量战胜空间的压迫，实现她们那被框定的他者生存，这群女人以极强的凝聚力量来激励彼此，支撑着漫长的黑暗与肮脏之旅。她们没有干净与健康的食品，牛奶上也布满了苍蝇，如果《宠儿》里赛丝的母亲等被船员叫去算是一种蹂躏，那么在船底的女性们却把被船长叫去的阿比盖尔称作幸运的人，因为她至少能够吃到她们吃不到的东西。她们用自己顽强的意志力、天生的幽默感和乐观与团结的精神面对外力施加的非人处境。借助微弱的煤油灯光，她们

① Henri Lefebvre, *The Production of Space*, trans., Donald Nicholson - Smith, Malden · Oxford · Carlton: Blackwell Publishing Ltd., 1991, p. 144.

② Toni Morrison, *A Mercy*, New York · Toronto: Alfred A. Knopf, 2008, p. 98.

聚集在一起，共同面对翻滚的大海带来的考验，克服着只有她们自己才知道的黑暗，跪着爬向便桶，努力使自己不要把轮船的强烈颠簸导致的呕吐喷洒在便桶之外。对一滴水、一块饼干、一口朗姆酒的分享使这些女人鼓起生存的勇气，共同生存的努力与相互兼容的胸怀使漫长的黑暗之旅变得不再无法忍受。“祈祷号”的航行对丽贝卡来说成了一生中难以磨灭的记忆，与这群女性乘坐统舱的经历使她对自己作为他者的感受那般深切，就在因为患天花而垂危的时候，她依然在梦境里见到当年与她同舟共渡的她们。①

莫里森在《慈悲》一书中进一步表现了她在种族书写上的协商意识，表现为女性关怀的普适化。《慈悲》与《天堂》之间存在着某种承继的关系，那就是在女性空间书写上的种族协商从模糊走向了清晰，在《天堂》里，女修道院成员的种族构成不是纯粹的黑人，而是有不同种族的女性，但作者通过对种族指代的模糊化来实现她的协商倾向，而在《慈悲》的统舱中，莫里森直接描写了白人女性的他者空间，更突出地表现了她普适的女性主义观。《慈悲》与《天堂》有一个极其相似的地方，就是它们都再现了一个女性的异质空间，在这个异托邦里，一群作为社会弃儿的女性相互鼓励着面对“他者”的生存。女性相互间的包容和拥抱精神使她们所有人都能够面对现实，走向未来。这两部小说的关注点体现了莫里森女性主义思想的普遍性，不仅限于黑人女性，而是广义的女性关怀。《慈悲》与《天堂》中女性异质空间的打破也有其相似之处。《天堂》里修道院被男性的武力毁坏了，而修道院的女性们却在被枪击后出现在不同的生存空间；《慈悲》中轮船统舱的异质空间在那群“他者”乘客上岸后就不复存在，这些女人们也没有相约再次见面，因为她们知道重聚是不可能的。莫里森在这两个异质空间里表现了同样的主题，就是对女性生存空间的普适性关怀，在这里，种族不再是关键的问题，性别的政治超越了一切。“《慈悲》描写了各色人等扛着灵与肉的枷锁和他们的解脱之道。”② 统舱里的这群女性，以自己的方式，在服从空间规训的同时，

① Toni Morrison, *A Mercy*, New York · Toronto: Alfred A. Knopf, 2008, p. 86.

② 王守仁、吴新云：《超越种族：莫里森新作〈慈悲〉中的“奴役”解析》，《当代外国文学》2009年第2期。

寻找合适的解脱之道。和《天堂》一样，这个空间里并没有强调人的肤色问题，其关注的是女性的“他者”空间。

莫里森在她的小说中着力描绘了种植园、坟墓、教堂和汽车、火车以及轮船等异质空间，关涉了自17世纪美国殖民时期到20世纪中期以来美国黑人和女性的他者存在。无论是早期的殖民活动、后来的奴隶制度还是废奴运动之后的长期历史当中，美国黑人终未能完全脱离在社会上的他者地位，曾为奴隶的经历使黑人他者的地位一直延续，他们在美国国家空间内的存在依然是他者存在。这些异质空间上演着白人与黑人的种族对抗，表现出对黑人的拒绝和排斥，同样也表现了在男权统治的社会里女性的他者地位。莫里森通过异质空间的书写，表达了她身为黑人女作家，对美国黑人和女性生存的深切关怀。

结　论

本书从家、社区和异质空间三个角度探讨了莫里森小说的空间书写，莫里森通过空间叙事揭示美国黑人以及女性在不同时代的他者存在，借以表达其种族和性别政治思想。种族与性别始终是莫里森空间书写的核心关怀，她的小说创作事业就是探索“那些费解、受种族感染和与种族相凝结的主题”，强调身份的种族化和性别化建构。[①] 在以上所及的空间书写中，莫里森成功地达到了她小说创作的目的，把政治性与文学性巧妙地结合起来，在既来源于历史和现实又出自作家虚构的文学空间中，美国黑人和女性的他者生存得到了足够的阐发，莫里森书写了他者的历史。

家是人的生存中最为亲密的空间，也是莫里森最为关注的空间。家成为莫里森在小说创作和文学文论方面极其重视的概念。她多次在文论研讨上论及家，并以“家”命名她最新出版的小说。莫里森小说中黑人的家再现了与美国历史并行的黑人他者地位，它让读者想象到俘虏黑人的非洲土地、惨绝人寰的奴隶贸易、灭绝人性的奴隶制度以及现当代美国的种族歧视制度。奴隶制首先夺走了美国黑人的家，即使在废奴运动后上百年的时间里，美国黑人仍然无法摆脱从属于白人的地位，《柏油娃》中西德尼和昂迪安仍旧身为仆人寄住在主人瓦里安的家里，长期的和谐相处也经不起突如其来的矛盾冲突，阶级地位的悬殊令他们为自己的去留感到担忧。莫里森小说中美国黑人的家屋建构反映了他们在美国社会不同时期的他者地位，无论在边远的小镇还是繁华的都市，他们都

---

① Justine Tally, ed., *The Cambridge Companion to Toni Morrison*, New York: Cambridge University Press, 2007, p. 175.

因为身处社会的边缘而没有舒适安逸的居所，简陋与破败成为黑人聚居区的标志。美国黑人的家总是不完整的，他们的家都是孤儿的家。莫里森小说的主人公们都是孤儿，他们在人生的某个阶段里没有了父母。一代又一代的黑人男女因为缺乏父母之爱而变得扭曲，有的甚至目睹父母惨死的情景，这一切在他们的心头造成深深的创伤，并导致了严重的社会问题。因历史原因导致的家庭空间的性别化使黑人女性承受着种族与性别压力而处于他者地位，但她们却成为家庭空间的主要支撑力量。

社区在美国黑人生活中具有极其重要的地位，也是莫里森小说创作的核心与灵魂。社区是美国黑人在家庭之外的第一个外部空间，是身为历史孤儿的他们借以生存的支撑力量。社区的建构一方面来自非洲文化传统，因为在非洲的传统中，社区是黑人男女成长的重要社会机构，它决定着个人发展的方向，来自非洲的美国黑人带着他们的文化之根，对社区具有特别的情怀。另一方面，社区建构与黑人在美国的他者地位有关，身为他者、受到美国主导空间力量排斥的他们为了共同的生存团聚在一起，社区成为黑人实现整体生存的重要空间。社区的人们彼此慰藉受伤的心灵，实现身体与灵魂的疗伤。所以，黑人总是聚居在一起，只要有黑人的地方，就有他们的社区，他们在这里寻找生活的勇气和战胜困难的信心。社区无论是对群体还是个人，都是必不可少的。社区成为保持和发扬非裔文化的重要基地，对美国黑人的身份建构有着特别的意义，这也是莫里森非常关注的问题，这就是她为什么总是倾心于小镇和村落书写的重要原因，因为在日益发展的美国社会，不少美国黑人逐渐忘记了自己的文化之根。

莫里森的小说中，在家与社区之外的各种异质空间进一步呈现了美国黑人无处不在的他者地位，同时也再现了女性的他者生存，从更广阔的视野关注了超越黑人种族之外的女性的他者性。奴隶制种植园再现了美国黑人作为“类人类”的他者处境，被称作“人”或者活得像“人”对于他们来说简直不可企及，他们的生命和尊严遭到践踏。这种人格与尊严的践踏从他们到美国的途中就开始了，亵渎他们人格的“中段航程”早已把这个民族置于彻底的他者地位。栖身于美国这片土地，美国黑人在奴隶制时期受到践踏，在获得人身自由后他们照例处在他者的地位，不但在于生存空间，而且在于死亡空间。坟墓或者墓地空间呈现的是黑人无名的存在和他们生命的毫无价值，讲述着美国黑人的辛酸故事，表达着非裔文化的努力挣扎。各种流动空间的书写把读者带到了黑人在不同时代的命运和遭遇当中，去感受那沉重得无法承受的他者身份。与黑人他者身份并行的是女性的他者存在，她们的他者性在教堂、墓地和流动空间中都得到了充分的体现。

无论是在家，还是在社区的书写中，莫里森都十分关注女性的作用和地位。在美国黑人的家中，女性总是维持这一空间运转的支撑力量，她们以独特的智慧和承受力，担负起一切重担。美国黑人的社区当中总会有一位女性的祖先作为中心人物，影响和激励着年轻的黑人们，并向他们传递着亘古的美国黑人文化。莫里森在实现其空间书写的时候，从不回避种族内部自身的问题。原本并不完美的家却因为曾经的他者经历导致黑人男性的扭曲，家上演着性别的压迫，使黑人女性成为“他者”之中的“他者”，这一点出现在莫里森大多数作品当中。社区内部也滋生起种族主义，并且以男性霸权的方式体现出来。异质空间的书写照例呈现了女性的他者地位，莫里森在教堂和船舶这两大异质空间的书写中，突出了超越种族的普适性。

居于他者空间之上的是无形的抽象空间，是处于统治地位的西方男性霸权，是无处不在的为了白人的利益而制定的法律法令和高于一切的白人文化及其审美标准。这一切导致了黑人的离乡背井，导致了他们生命的物化，导致他们家破人亡、颠沛流离和居无定所。这一切使黑人处在社会底层，成为美国社会歧视与压迫的对象，而他们不得不在社会上努力向白人社会靠拢，为了实现其他者生存而内化白人的文化价值，甚至忘却自己的祖先，背离自己的文化，有意识地忽略自己那不可言说的、被美国主流历史回避的历史。莫里森作为一位黑人女作家，深知自己肩负的责任，她极力倡导文学创作与政治相结合。空间书写成为她小说创作的重要策略，她借此还原历史，让美国黑人和美国人直面历史，进行她那“不可言说”的言说。

莫里森他者空间的书写有着深刻的政治意义，它通过对处于社会底层的黑人和女性空间的书写，再现他们的历史在场，建构空间生存的主体性。在其论文集《黑暗中的游戏》中，莫里森论及在西方和美国的经典文学作品中，黑人总是不太起眼的人物，或者属于某种刻板印象。他们被描写成反面的、贬义的形象，黑人处于文本的他者地位。莫里森说："我的工作要求我去思考如何能自由地在我性别化以及完完全全种族化的世界里去做一个美国黑人女作家。"[①] 在质问欧洲中心认识论将一切白人的东西经典化而将有色人种边缘化的同时，她拥护的是美国黑人的在场，认为这个在场是理解美国文学的重心。[②] 在她的文学创作中，莫里森再现的是作为他者的在场，她的小说充满了各种各样的黑人和女性人群和他们生存的空间，这些人物和空间成了莫里森小说的重要内容。所以，莫里森的小说成为弱者的小说，是他者的小说，他者成为莫里森小说的主体。

莫里森通过还原他者的在场以实现一个"修正历史学家"的责任[③]，去重新书写历史，让那些过去在历史文本中处于隐身状态的他者浮出历史的地表，从而重构他们的主体性，因为他们应该得到历史的承认，他们是美国历史必不可少的部分。她拒绝接受白人书写的既有历史，对它的绝对性和准确性及其建构历史事实的范例进行质疑，而把那些被历史的操控者绕过的痛苦故事通过她的小说展现出来。莫里森的小说记录了从痛苦的奴隶制到20世纪下半叶美国黑人的生存及其复杂性，她不但重写了奴隶制度的历史，也重写了奴隶制度中黑暗的"中段航程"。莫里森的空间书写再现了奴隶制度的种植园、奴隶商船以及坟墓和教堂等异质空间中美国黑人的他者生存，再现了奴隶制度、种族隔离制度及种族歧视等对黑人身体与心灵的伤害，更解释了深受种族与性别双重压迫的黑人女性的命运，这一切融于家与社区两大社会空间中，交织于他们努力建构的生存家园。而莫里森为此所做的一切，旨在还原历史，呼吁并建构美国黑人的主体身份。她要美国黑人认识到自己的主体存在，珍爱生命，做自己"最好的东西"。[④] 她要求美国黑人通过重新面对那痛苦的似

---

① Toni Morrison, *Playing in the Dark: Whiteness and the Literary Imagination*, Cambridge, Massachusetts and London, England: Harvard University Press, 1992, p. 4.

② Sunanda Pal, "From Periphery to Centre: Toni Morrison's Self Affirming Fiction", *Economic and Political Weekly*, Vol. 29, No. 37 (September 10, 1994): 2439—2443.

③ Ibid., p. 2441.

④ Toni Morrison, *Beloved*, New York: Signet, 1991, p. 1987.

乎应该忘记的过去，站在主体而不是客体的角度重新阐释他们的历史。而黑人作家的职责就是讲述那些“不可传递的故事”[①]，要求美国黑人有意识地去记住它们，激励他们去寻找个人和集体生命的意义。

莫里森对重构他者主体的主张是很坚定的，她说：“我对悲惨与痛苦不感兴趣，我们经历了‘中段航程’，我们付出了代价。我们拥有在这儿生存下去的权利，在这块高地上，我们愿意待多久，就待多久……”[②]这句话表明了小说家的空间政治观，黑人有权利作为主人，而不是作为受到空间排斥的他者在美国活着。所以，莫里森小说空间书写的最终目的是再现他者生存的空间，以构建空间生存的主体性，希望他者能拥有空间生存的权利。他们有资格、有权利这么做，因为他们曾付出了惨痛的代价。

在莫里森看来，美国黑人主体性的建构不能忽略美国黑人文化的在场，她的空间书写强调了美国黑人文化的中心位置，成为黑人主体建构的重要内容。她的小说把读者带到一个美国黑人的世界，那里有飞翔的男人、骑马的盲人、沼泽女人以及阴魂不散的幽灵。这些奇异的故事把读者带到深远的非裔文化的王国，成为非裔美国人寻找自我的文化之根，而那些企图背弃祖先文化传统的小说人物注定不会幸福，他们的生命将饱受成为文化孤儿的折磨。莫里森魔幻现实主义的表现手法呈现了不为西方社会认可的另一种存在，这种存在伴随着不灭的社区精神，而支撑起社区精神和坚守非裔文化的是黑人女性，黑人女性因为承继了非洲的文化传统和经受了美国的文化语境而在莫里森的小说中占着十分重要的地位。她的小说呈现了黑人女性之间本能的亲密感，这些女性人物往往被社会与经济问题所困扰，然而她们却能够通过团结的力量建构生存的乌托邦，消解她们经历的种种痛苦。莫里森小说中的女性社区成了她们在满怀敌意的环境中生存下去的支撑力量。虽然这些社区各自不同，而且具有它们的复杂性，但它们却代表着特定的文化和价值体系。莫里森把身为黑人女性的她们放置在主体的位置，用一种肯定的话语把她们以

① Toni Morrison, *Beloved*, New York: Signet, 1991, p. 275.

② Sandi Russell, "It's OK to Say OK", in Nellie Y. McKay, ed., *Critical Essays on Toni Morrison*, ed., Boston: G. K. Hall & Co., 1988, p. 43.

及非裔文化置于中心的地位。

莫里森的他者空间书写倾注了她浓厚的种族与性别情感，但是，她的书写不是极端的种族主义和性别主义，她通过“呈现”的方式来表达种族情怀和性别政治。在她的空间叙事中，莫里森表现了她在种族与性别等方面的“协商”倾向，协商是从他者空间生存走向主体建构的有利途径。在莫里森看来，无论是极端的种族意识还是极端的性别主义都是不可取的。她的小说再现了无数黑人在苦难的岁月里和不幸的环境中对白人文化的屈服甚至内化而导致的极端思想，例如，《天堂》里的鲁比小镇由久经磨难而形成的乐园变成死气沉沉的孤岛，这源于鲁比的男人们因为曾经受到迫害而对肤色极度敏感所致。在莫里森看来，这种极端的种族主义态度是有害的。鲁比如果要发展，就应该具有更大的包容性，把眼光投向小镇之外，投向黑色之外的广阔空间。莫里森主张黑人与白人之间的协商，正如美国历史由白人与黑人共同创造一样，他们在现实生活中也相互依存。《柏油娃》中轰轰烈烈的阶级斗争之后，接下来的是平静和交流，玛格丽特与昂迪安开始回忆起年轻时候的情形，她们曾经是何等亲密的朋友。她们在交谈中化解着彼此之间的矛盾，骑士岛上瓦里安的别墅里不再有激烈的冲突，因为这里的人相互离不开对方。

莫里森强调女性在美国黑人生活中的重要地位，然而，在家庭空间的建构中，莫里森主张两性之间的协商。《所罗门之歌》中麦肯的豪宅之所以变成了一座“牢狱”，是因为这个家一直被父权笼罩，女性在这个家中没有地位，更没有权力。这种家庭空间的死气沉沉暗示了莫里森的性别协商意识，如果麦肯在家庭空间权力上能与露丝和科林西安斯与莉娜她们有所协商，那么他的家一定是另一种面貌。小说中莉娜与奶娃之间的对峙拉开了麦肯豪宅的性别之战，这无疑为这个家庭空间走向最后的协商迈出了第一步。同样的情形出现在《爱》中，比尔·科西的父权统治不给“君主街 1 号”的女性以任何权力，这种空间注定走向衰落。《秀拉》里伊娃的“木匠路 7 号”对男性是拒绝的，它被母权笼罩着，在伊娃强大的母权面前，她的儿子李子失去了生存的能力；她把几个男孩捡回来抚养，把他们不加区分地命名为“杜威”，杜威们多年来都未能有所成长，最后在灾难面前死亡，“木匠路 7 号”最终变成了秀拉的“死亡”空间，伊娃家庭空间的命运暗示了女权空间一样不能孕育生命。《宠儿》里“蓝石路 124 号”显示了同样的隐喻，这个空间一直表现为对男性的排斥，保罗 D 也曾被“撵出”了这个家，赛丝的母权并没有能使之兴旺下去，而且这个空间逐渐走向衰竭。当 124 号最终接纳了保罗 D，他愿意将他的故事跟赛丝的故事放在一起，期待着更多“明天”① 的时候，这个空间方能预示着更为美好的前景。

在个人与社区的关系当中，莫里森一样强调彼此之间的联系与协商，赛丝之所以在杀掉宠儿之后 18 年的时间里处于绝对的孤独当中，是因为她没有向社区妥协的态度，而社区也与赛丝保持着僵硬的距离。故事结尾时，丹弗走出闹鬼的房屋，走向社区，使蓝石路 124 号与辛辛那提黑人社区之间实现一种协商，124 号和赛丝得以挽救于濒危之中。佩科拉的悲剧更是来自社区的无所作为和冷漠态度，秀拉的悲剧在于她忽视了社区的价值、远离社区，而社区本身也对她避而远之——两者都缺乏协商的态度。莫里森的小说就是这样，书写他者，关注他者和他们的生存空间，关注他们之间的相互协商，尤其是个人与社会、家与社区之间的协商策略。从《最蓝的眼睛》到《家》，莫里森小说中个人与社区之间总体上呈现出从对立走向协商的趋势。

莫里森不但在她的小说中呈现了丰富的空间书写，而且把这些空间书写与空间形式的叙事模式结合起来，共同表现她小说创作的主题。在《现代小说的空间形式》一书中，弗兰克和密切尔森等对现代小说的空间形式进行描述。首先，现代小说的空间形式表现为线性叙事的打破。密切尔森说，现代小说的空间形式中，叙述的进展需包括对一幅多少有点静止的图画的显露，“在空间形式的这个类型中，事件的选择及其分布都趋向主观随意：重要的是组合成的整体，而不是组成它的过程”。② 其次，在空间形式的小说叙述中，“叙述的时间流中止了，注意力在有限的时间范围内被固定在诸种相互联系的交互作用中。

① Toni Morrison, *Beloved*, New York: Signet, 1991, c. 1987, p. 273.

② ［美］密切尔森：《叙述中的空间结构类型》，见［美］弗兰克等《现代小说中的空间形式》，秦林芳编译，北京大学出版社 1991 年版，第 145 页。

这些联系游离于叙述过程之外而被并置着”。[1] 再次，“小说按橘状构造，与空间形式有效地发生了联系。确切地说，它们是由许多相似的瓣组成的橘子，它们并不四处发散，而是集中在唯一的主题（核）上”。[2] 最后，小说的空间形式表现为开放式的结尾。“空间形式这种较为开放的想象力把沉重的负担加给了读者，那种被描绘的世界从某种意义上来说是没有完成的（没有组织起来的），它需要读者的合作和参与，需要读者的阐释。”[3] 莫里森小说的空间书写通过叙述的空间形式表现出来。空间形式的叙述模式对表现莫里森小说的空间书写具有重要意义，它把空间叙事的主题融合进读者的参与当中，把历史和历史事件的表达交给空间和非线性的叙述模式，通过读者的参与共同建构起来。

首先，莫里森从不在小说的开头交代故事的来龙去脉，而是呈现给读者一种画面感，这些画面式开头很巧妙地与莫里森想要表达的空间政治结合起来并突出空间对小说主题的重要性。《宠儿》一开头就给读者一个画面：“124 号充满恶意”，这一句开头不但呈现了一个略带静态的物理空间，而且这个空间也是小说要涉及的核心内容，它与美国黑人家庭空间建构紧紧联系在一起。《天堂》与《爵士乐》开篇的教堂行凶画面向读者暗示了教堂这一异质空间与美国黑人与女性生存可能产生的联系。《所罗门之歌》开头的飞翔画面在激起读者好奇心的同时，涉及了与小说主题相关的黑人文化与民间传说。秀拉的开头告诉了“底部”这一空间的来历，它将会告诉读者关于黑人社区和社区建构的故事。莫里森小说的开头往往具有随意性、画面感，而且与小说的空间叙事紧紧相扣，看似随意的开头其实是作者精心设计的空间画面。

其次，画面式开头引出的是一个非线性的叙事，它要求读者在零碎的叙事过程中慢慢地建构。这在理解莫里森小说的空间叙事上尤其如此，读者需要从凌乱的叙事结构和组织中去建构作者书写的社会空间。莫里

① ［美］弗兰克等：《现代小说中的空间形式》，秦林芳编译，北京大学出版社 1991 年版，第 3 页。

② ［美］密切尔森：《叙述中的空间结构类型》，见［美］弗兰克等《现代小说中的空间形式》，秦林芳编译，北京大学出版社 1991 年版，第 143 页。

③ 同上书，第 159 页。

森的小说充满着分裂的故事片段，她的叙事者从不连贯地讲述故事，而是偶尔进行插话，随后便消失在小说的进程当中，读者所要做的是积极参与到小说的碎片叙事当中，与作者一起建构。比如，在《宠儿》的叙事过程中，读者须把赛丝碎片般的片段叙述和保罗D的口头回忆、他们在小说不同阶段出现的心理活动以及贝比·萨格斯的片段回忆和感受拼接在一起，方能建构出“甜蜜之家”的整体画面，从而目睹赛丝他们在奴隶制种植园里失去人格尊严的他者生存。而赛丝、保罗D以及贝比·萨格斯的叙述和心理画面都散布在小说的不同章节，而且往往相距几十页甚至上百页的距离。这正如弗兰克所说的那样，小说的空间形式体现为所有实际背景必须通过各个片段来重新构建，这些片段有时相隔数百页，散布在书中各处，因而，读者不得不运用与阅读现代诗歌同样的方法来阅读，接连不断地把各个片段组合起来，并且记住各个暗示，直到他能够通过反应参照，把它们与它们的补充部分连接起来。[①] 莫里森的小说几乎都是这样，把连贯的历史书写播撒在空间形式的叙事当中，并以空间书写的方式体现出来。这样，莫里森在建构小说人物主体性的同时，建构着读者的主体性，读者与作者共同书写着空间，他/她直接参与到空间与历史的建构当中。

再次，莫里森小说的空间形式叙事还表现为小说叙述的空间结构，在打破线性叙事的同时，莫里森的小说不仅在开篇给读者展现一种画面感，而且小说的整体结构会组成一个完整的画面，一个空间效果，这个空间效果同时和小说所书写的社会空间产生关联，并服务于这个社会空间的书写。莫里森的小说叙事多呈现为一种橘形结构，《天堂》一书就是这种桔状结构的典型。小说要向读者书写的是鲁比镇和女修道院两个重要空间，有趣的是，莫里森在每一章都以一个女性的名字为题，分别讲述这些女性的故事，而她们最后都聚集在鲁比或者女修道院里。在这里，每一则关于不同女性的故事就是一瓣橘子，而女修道院或者鲁比镇及其体现的空间存在则成为各个瓣会聚的核心。她们故事的先后对小说的发

① ［美］弗兰克等：《现代小说中的空间形式》，秦林芳编译，北京大学出版社1991年版，第7页。

展似乎并不重要，每个故事的顺序也可以是任意的。不过，看似随意的零散故事却会聚成莫里森想要表达的主题思想，那就是女性和空间，以及空间与女性他者生存之间的关系。

橘状的空间形式还表现为对某一个主题的重复叙述，这也是莫里森小说叙事的典型特点。莫里森小说“爵士乐”般的结构模式属于这种类型。橘状结构暗含着重复，同样的比喻、观念甚至同样的事件都持续不断地重复出现，并在各个片段之间建立一个统一的意义，它间接地表明了时间不是向前发展的，或者说，它是圆形运行的。[①]《爵士乐》、《慈悲》等其他作品大多以这种叙事风格呈现。如《慈悲》中雅各布修建房屋一事出现在福罗伦斯、莉娜、索洛、丽贝卡和威斯利等人的不同讲述当中，读者必须将不同叙事者的观点综合起来方可对故事进行评价，因为他们每个人表达的观点均有所不同。

最后，莫里森小说的空间形式还表现为它们一贯的开放式结尾，这种结尾方式同样邀请读者对小说的发展进行建构，而且他们的建构方式与结果都将产生不同，因为这样的结尾给小说进一步的发展提供了多种可能，读者无不在不同的开放式结尾中思索。《秀拉》中奈尔那富有深意的“女孩，女孩”的呼唤，《柏油娃》里森对雅丹的追随，《所罗门之歌》中奶娃向吉他飞去的情景，《天堂》里修道院女人们无法断定的生死都令读者在完成小说阅读之后仍然活跃在文本构建的思绪当中。莫里森说：“我给读者留下了位置和空间（想象与创作的空间），这样他们就能够参与进来。”[②]“我准许我的读者进来并亲身经历，和我一起来讲述这个故事。黑人文学就是这样，具有开放式的结尾，具有参与性。与读者保持这种联系是衡量我能力的一个尺度。”[③]这一点暗示了莫里森小说形式的空间性，空间形式的小说叙述是实现她空间书写的有力手段，同时也是发挥读者主体性，让读者参与文学的阅读和创作空间。

---

① ［美］弗兰克等：《现代小说中的空间形式》，秦林芳编译，北京大学出版社 1991 年版，第 158 页。

② Maryemma Graham, *The Cambridge Companion to the African American Novel*, New York: Cambridge University Press, 2004, p. 221.

③ Sandi Russell, “It’s OK to Say OK”, in Nellie Y. McKay, ed., *Critical Essays on Toni Morrison*, Boston: G. K. Hall & Co., 1988, p. 44.

莫里森小说空间形式的叙述模式服务于她的空间叙事，在家园空间、社区空间和异质空间的书写中，莫里森再现了美国黑人以及女性的他者生存，其目的在于还原历史，恢复他们的历史在场，重新建构他们在不同的历史阶段被抹杀的主体性。在实现这一创作目的的过程中，莫里森的小说始终贯穿着她的种族与性别意识，这种意识通过空间的政治反映出来。莫里森将空间叙事与他者观照结合起来，将作家个人的文学政治观融进了他者空间的书写当中。

参考文献

一　英文文献

Adamson, Joni and Scott Slovic. "The Shoulder We Stand on: An Introduction to Ethnicity and Ecocriticism." *MELUS*, Vol. 34, No. 2, Ethnicity and Ecocriticism (Summer, 2009): 5—24.

Adell, Sandra. *Toni Morrison*. Farmington Hills: The Gale Group, 2002.

Anderson, Peter A. et al. (Designers) *The Nobel Lecture in Literature* 1993. London: Chatto & Windus Limited, Random House, 1994.

Andrew, William L. and Nellie Y. McKay. eds. *Toni Morrison's Beloved: A Casebook*. New York: Oxford University Press, Inc. 1999.

Arias, Santa. "Rethinking Space: An Outsider's View of the Spat ial Turn." *GeoJournal* (2010) 75: 29—41. Published online: 6 February 2010.

Awkward, Michael. *Inspiring Influences: Tradition, Revision, and Afro-American Women's Novels*, New York: Columbia University Press, 1989.

Awkward, Michael. " 'Unruly and Let Loose': Myth, Ideology, and Gender in *Song of Solomon*." *Callaloo*, Vol. 13, No. 3 (Summer, 1990): 482—498.

Bachelard, Gaston. Trans. Jolas, Maria. *The Poetics of Space*. New York: The Orion Press, 1964.

Badt, Karin Luisa. "The Roots of the Body in Toni Morrison: A Mater of 'Ancient Properties'." *African American Review*, Vol. 29, No. 4 (Winter, 1995): 567—577.

Baker, Houston A. Jr. and Patricia Redmond. *Afro—American Literary Study in the* 1990*s*. Chicago: Chicago University Press, 1999.

Bakerman, Jane. "The Seems Can't Show: An Interview with Toni Morrison." *Black American Literature Forum*, Vol. 12, No. 2 (Summer, 1978): 56—60.

Beaulieu, Elizabeth Ann. ed. *The Toni Morrison Encyclopedia*. Westport, Connecticut • London: Greenwood Press, 2003.

Beaulieu, Elizabeth Ann. ed. *Black Women Writers and the American Neo-Slave Narrative: Femininity Unfettered*. Westport, Connecticut • London: Greenwood Press, 1999.

Bhabha, Homi. "The World and the Home." *Social Text*, No. 31/32, Third World and Post-Colonial Issues (1992): 141—153.

Billingsley, Andrew. *Black Families in White America*. Englewood Cliffs, N. J.: Prentice-Hall, 1968.

Birch, Eva Lennox. *Black American Women's Writing: A Quilt of Many Colours*. London: Harvester Wheatsheaf, 1994.

Bloom, Harold. ed. *Toni Morrison*. Philadelfphia: Chelsea House, 1999.

Bloom, Harold. ed. *Toni Morrison's Song of Solomon*. Philadelphia: Chelsea House Publishers, 1999.

Bloom, Harold. ed. *Toni Morrison's The Bluest Eye*. Philadelphia: Chelsea House Publishers, 1999.

Bloom, Harold. ed. *Toni Morrison's Beloved*. Philadelphia: Chelsea House Publishers, a subsidiary of Cross Communications, 2004.

Bloom, Harold. ed. *Bloom's Guides to Toni Morrison's Beloved*. Broomall: Chelsea House Publishers, 2004.

Bouson, J. Brooks. *Quiet As It's Kept: Shame, Trauma, and Race in the Novels of Toni Morrison*, Albany: State University of New

York Press, 2000.

Bowlby, John. *Attachment and Loss, Volume* Ⅰ: *Attachment*, New York: Basic Books, Inc., Publishers, 1969.

Bowlby, John. *Attachment and Loss. Volume* Ⅱ: *Separation: Anxiety and Anger*, New York: Basic Books, Inc., Publishers, 1973.

Bredella, Lothar. "Decolonizing the Mind: Toni Morrison's The Bluest Eye and Tar Baby." in *Intercultural Encounters - Studies in English Literatures.* ed. Heinz Antor and Kevin L. Cope. Heidelberg, Germany: Carl Winter Universitatsverlag, 1999: 363—84.

Brown, Celil and Morrison, Toni. "Interview with Toni Morrison." *The Massachusetts Review*, Vol. 36, No. 3 (Autumn, 1995): 455—473.

Budick, Emily Miller. "Absence, Loss and the Space of History in Toni Morrison's *Beloved.*" *Arizona Quaterly*, Vol. 48, No. 2 (Summer, 1992): 117—138.

Butler, Robert. *Contemporary African American Fiction: The Open Journey.* Cranbury · London · Mississauga: Associated University Presses, 1998.

Cannon, Elizabeth M. "Following the Traces of Female Desire in Toni Morrison's *Jazz.*" *African American Review*, Vol. 31, No. 2 (Summer, 1997): 235—247.

Carmean, Karen. *Toni Morrison's World of Fiction*, New York: The Whitston Publishing Company, 1993.

Chandler, Marilyn R. *Dwelling in the Text: Houses in American Fiction.* Berkeley: University of California Press, 1991.

Christopher, Lindsay M. "The Geographical Imagination in Toni Morrison's *Paradise*". *Rocky Mountain Review*, Vol. 63, No. 1 (Spring, 2009): 89—95.

Ciment, James. *Atlas of African - American History.* Revised Edition. New York: Facts On File, Inc. An imprint of Infobase Publishing,

2007.

Cormier - Hamilton, Patrice. "Black Naturalism and Toni Morrison: The Journey Away from Self - Love in *The Bluest Eye*." *MELUS*, Vol. 19, No. 4, Ethnic Women Writers VI (Winter, 1994): 109—127.

Costanzo, Angelo. "*Sweet Home: Invisible Cities in the Afro - American Novel* by Charles - Scruggs. (Baltimore: Johns Hopkins Univ. Press. 1993)." *American Literature*, Vol. 66, No. 3 (September, 1994), 618—619.

Coyle, Martin et al. *Encyclopedia of Literature and Criticism*. London: Routledge, 1990.

Chroninger, Betty J. "From Strange Fruit to Fruitful Kitchens: The Space of the Kitchen in Toni Morrison's Novels", Diss. U of South Florida, 2005.

Dalsgard, Katrine. "The One - Black Town Worth the Pain: (African) American Exceptionalism, Historical Narration, and the Critique of Nationhood in Toni Morrison's *Paradise*." *African American Review*, Vol. 35, No. 2 (Summer, 2001): 223—248.

David, Ron. *Toni Morrison Explained: A Reader's Road Map to the Novels*, New York: Random House Press, 2000.

Davis, Christina. "Interview with Toni Morrison," in *Toni Morrison: Critical Perspectives Past and Present*, ed. Henry Luois Gates, Jr., and K. A. Appiah. New York: Amistad, 1993.

Decker, James M. *Ideology*. New York: Palgrave Macmillan, 2004.

Diedrich, Maria et al. eds. *Black Imagination and the Middle Passage*, New York: Oxford University Press, 1999.

"Discourse, or Power/knowledge". https://www.msu.edu/~comertod/courses/foucault.htm. Dixon, Melvin. "'If You Surrender to the Air': *Song of Solomon*." *Callaloo*, No. 4 (October, 1978): 170—173.

Dobbs, Cynthia. "Diasporic Designs of House, Home, and Haven in Toni Morrison's Paradise." *MELUS*, Vol. 36, No. 2 (Summer, 2011): 109—126.

Dobbs, Cynthia. "Toni Morrison's Beloved: Bodies Returned, Modernism Revisited". *African American Review*, Vol. 32, No. 4 (Winter, 1998): 563—578.

Dodson, Katrina. "Eco/Critical Entanglements". *Qui Parle: Critical Humanities and Social Sciences*, Vol. 19, No. 2, (Spring/Summer, 2011): 5—21.

Dowling, Colette. "The Song of Toni Morrison," *Conversations*. ed. Danille Taylor-Guthrie. Jackson: University Press of Mississippi, 1994: 48—59.

Duvall, John. *The Identifying Fictions of Toni Morrison: Modernist Authenticity and Postmodern Blackness*. New York: Palgrave Macmillan, 2000.

Edgar, Andrew and Peter Sedgwick. eds. *Cultural Theory: The Key Concepts*. 2nd edition. London and New York: Routledge, 2008.

Evans, Mari. ed. *Black Women Writers* (1950—1980). New York: Doubleday, 1984.

Farnsworth, Elizabeth. "Conversation: Toni Morrison." *The News Hours with Jim Lehrer Transcript*. March 9, 1998. http://pbs.org/newshour/bb/entertainment/jan-june98/morrison_3—9.html.

Featherstone, Mike, Lash, Scott and Roland Robertson. eds. *Global Modernities*. London · Thousand Oaks · New Delhi: SAGE Publications, 1995.

Flint, Holly. "Toni Morrison's 'Paradise': Black Cultural Citizenship in the American Empire." *American Literature*, Vol. 78, No. 3 (September, 2006): 585—612.

Foucault, Michel. trans. Alan Sheridan. *Discipline and Punish: The Birth of the Prison*. New York: Vintage, 1977.

Foucault, Michel. trans. Alan Sheridan. "Of Other Spaces, Heterotopias". (1967). http: //foucault. info/documents/heteroTopia/foucault. heteroTopia. en. html.

Frank, Joseph. *The Idea of Spatial Form*. New Brunsmwick and London: Rutgers University Press, 1991.

Franklin, John Hope and Alfred A. Moss, Jr. *From Slavery to Freedom: A History of African Americans*. New York: Alfred A. Knopf, 2001.

Frazier, E. Franklin. *The Negro Family in the United States*. Chicago: University of Chicago Press, 1966.

Fulme, Jacqueline. *Folk Women and Indirection in Morrison, Ni Dhuibhne, Hurston, and Lavin*. Aldershot: Ashgate, 1988.

Furman, Jan. *Toni Morrison's Fiction*. Columbia: University of South Carolina Press, 1996.

Gates, Henry Louis, Jr. and K. A. Appia, eds. *Toni Morrison: Critical Perspectives Past and Present*. New York: Amistad, 1993.

Gates, Henry Louis, Jr. ed. *Black Literature and Literary Theory*. New York and London: Routledge, 1984.

Gauthier, Marni. "The Other Side of Paradise: Toni Morrison's (Un) Making of Mythic History". *African American Review*, Vol. 39, No. 3. (Fall, 2005): 395—414.

Goldstein, Philip. *Communities of Cultural Value: Reception Study, Political Differences, and Literary History*. Lanham: Lexington Books, 2001.

Graham, Maryemma. *The Cambridge Companion to the African American Novel*. New York: Cambridge University Press, 2004.

Grewal, Gurleen. *Circles of Sorrow, Lines of Struggle: The Novels of Toni Morrison*. Baton Rouge: Louisiana State University Press, 1998.

Gutting, Gary. ed. *The Cambridge Companion to Foucault*. 2nd edition. New York: CUP, 2003.

Hakutani, Yoshinobu & Robert Butler. eds. *The City in African-American Literature*. Madison • Teaneck: Fairleigh Dickinson University Press; London and Toronto: Associated University Press, 1995.

Hamilton, Cynthia S. "Revision, Rememories and Exorcisms: Toni Morrison and the Slave Narrative." *Journal of American Studies*, Vol. 30, No. 3 (December, 1996): 429—445.

Handley, William R. "The House a Ghost Built: Nommo, Allegory, and the Ethics of Reading in Toni Morrison's *Beloved*." *Contemporary Literature*, Vol. 36, No. 4 (Winter, 1995): 676—701.

Harding, Wendy & Jacky Martin. *A World of Difference: An Inter-Cultural Study of Toni Morrison's Novels*, Westport: Greenwood Press, 1994.

Harris, Trudier. *Fiction and Folklore: The Novels of Toni Morrison*. Knoxville: University of Tennessee Press, 1991.

Heinert, Jennifer Lee Jordan. *Narrative Conventions and Race in the Novels of Toni Morrison*. New York: Routledge, 2009.

Heinze, Denise. *The Dilemma of "Double-Consciousness": Toni Morrison's Novels*. Athens: University of Georgia Press, 1993.

Henderson, Carol E. ed. *America and the Black Body: Identity Politics in Print and Visual Culture*. Madison • Teaneck: Fairleigh Hickinson University Press, 2009.

Henderson, George. *Our Souls to Keep: Black/White Relations in America*. Yarmouth: Intercultural Press, Inc., 1999.

Hesse, Erik, Mary Main. "Second-Generation Effects of Unresolved Trauma in Non-maltreating Parents: Dissociated, Frightened, and Threatening Parental Behavior." *Psychoanalytic Inquiry*, Vol. 19, No. 4 (1999): 481—540.

Higgins, Therese E. *Religiosity, Cosmology, and Folklore: The Afri-*

can Influence in the Novels of Toni Morrison, New York and London: Routledge Taylor & Francis Group, 2001.

Holloway, Karla F. C. and Stephanie A. Demetrakopoulos. *New Dimensions of Spirituality: A Biracial and Bicultural Reading of the Novels of Toni Morrison*, Westport: Greenwood Press, 1987.

Hooks, Bell. *Yearning: Race, Gender, and Cultural Politics*. Boston, MA: South End Press, 1990.

Hooks, Bell. "Black Vernacular: Architecture as Cultural Practice." *Visual Rhetoric in a Digital World; A Critical Sourcebook*. ed. Carolyn Handa. Boston: Bedford/St. Martin's, 2004: 395—400.

House, Elizabeth B. "Toni Morrison's Ghost: The Beloved Who Is Not Beloved." *Studies in American Fiction*, Vol. 18, No. 1 (Spring, 1990): 17—26.

Jacobus, Mary. *Women Writing and Writing about Women*. London: Routledge: 2012.

Jameson, Fredric. *Marxism and Form: Twentieth-Century Dialectical Theories of Literature*. Princeton: Princeton University Press, 1971.

Jarret, Gene A. ed. *African American Literature beyond Race: An Alternative Reader*, New York: New York University Press, 2006.

Jennings, La Vinia Delois. *Toni Morrison and the Idea of Africa*. New York: Cambridge University Press, 2008.

Jesser, Nancy. "Violence, Home, and Community in Toni Morrison's *Beloved*." *African American Review*, Vol. 33, No. 2 (Summer, 1999): 325—345.

Jones, Bessie W. & Aufrey L. Vinson. *The World of Toni Morrison: Exploration in Literary Criticism*. Dubuque: Kendall/Hunt Publishing Company, 1985.

Kang, Nancy. "To Love and Beloved: Considering Black Masculinity and the Misandric Impulse in Toni Morrison's *Beloved*." *Callal-*

loo, Vol. 26, No. 3 (Summer, 2003): 836—854.

Kearly, Peter, R. "Toni Morrison's *Paradise* and the Politics of Community." *The Journal of American Culture*, Vol. 23, No. 2 (Summer, 2000): 9—16.

Kennedy, Tanya Ann. *"Keeping Up Her Geography": Women's Writing and Geocultural Space in Twentieth - Century U. S. Literature and Culture*. New York and London: Routledge, 2007.

Kitchiner, La′Nisa S. "Signifying Structures: Representations of the House in African - American and Black Southern African Women's Writing." Diss., Howard University, 2010.

Koenen, Anne. "The One Out of Sequence." in *Conversations with Toni Morrison*. Danille Taylor - Guthrie. ed. Jackson: University Press of Mississippi, 1994: 69—70.

Kolmerten, Carol A. et al. *Unflnching Gaze: Morrison and Faulkner Re - envisioned*. Jackson: University Press of Mississippi, 1997.

Kowino, Hilary Chala. "The Problem of Home and Space in African Literature: Reconciling Multiple Belongings and Unbelongings in the Glo bal Age." Diss., Michigan State University, 2008.

Krumholz, Linda. "Dead Teachers: Rituals of Manhood and Rituals of Reading in Song of Solomon." *Modern Fiction Studies* 39 (1993): 551—74.

Kubitschek, Missy Dehn. *Toni Morrison: A Critical Companion*. Westport: Greenwood Press, 1998.

Lee, Cathering Carr. "The South in Toni Morrison's Song of Solomon: Initiation, Healing, and Home." *Studies in the Literary Imagination*, Vol. 31, No. 2 (Fall, 1998): 109—123.

Lee, Jennifer and Jordan Heinert. *Narrative Conventions and Race in the Novels of Toni Morrison*. New York: Routledge, 2009.

Lefebvre, Henri. *The Production of Space*, trans., Donald Nicholson - Smith, Malden · Oxford · Carlton: Blackwell Publishing Ltd.,

1991.

Lester, Rita. "The Nature of Nature: Ecofeminism and Environmental Racism in America." in *Gender, Ethnicity and Religion: Views from the Other Side*. ed. Rosemary Radford, Ruether. Minneapolis: Fortress Press, 2002.

Li, Stephanie. *Something Akin to Freedom: The Choice of Bondage in Narratives by African American Women*, New York: Suny Press, 2010.

Li, Stephanie. *Toni Morrison: A Biography*. Santa Barbara: Greenwood Press, 2010.

Lodge, David and Nigel Wood. eds. *Modern Criticism and Theory: A Reader*. New York: Pearson Education, Inc., 2000.

Lubiano, Wahneema. ed. *The House that Race Built: Black Americans, U. S. Terrain*, New York: Pantheon Books, 1997.

Lupack, Barbara T. *Literary Adaptations in Black American Cinema: From Micheaux to Morrison*. New York: The University of Rochester Press, 2002.

Lyasere, Solomon O. and Marla W. Lysasere. eds. *Critical Insights: Toni Morrison*. Pasadena, California & Hackensack, New Jersey: Slem Press, 2010.

Malmgren, Carl D. "Mixed Genres and the Logic of Slavery in Toni Morrison's *Beloved*." *Critique*, Vol. 36, No. 2 (Winter, 1995): 96—106.

Marie, Anne and Paquet Deyris. "Toni Morrison's *Jazz* and the City." *African American Review*, Vol. 35, No. 2 (Summer, 2001): 219—231.

Marotta, Melanie A. "The Influence of Rural and Urban Areas on the Female Communities in the Works of Toni Cade Bambara, Gayl Jones, and Toni Morrison." Diss., Morgan State University, December 2009.

Matus, Jill. *Toni Morrison*, Manchester and New York: Manchester University Press, 1998.

Mayberry, Susan N. *Can't I Love What I Criticise?: The Masculine and Morrison*, Athens: The Unversity of Georgia Press, 2007.

Mbalia, Doreatha D. *Toni Morrison's Developing Class Consciousness*. Salem: Associated University Presses, 1991.

McDowell, Deborah E. *"The Changing Same": Black Women's Literature, Criticism, and Theory*. Bloomington: Indiana University Press, 1995.

McKay, Nellie Y. *Critical Essays on Toni Morrison*. Boston: G. K. Hall & Co., 1988.

Mckenzie, Marilyn M. "Spaces for Readers: The Novels of Toni Morrison." in *The Cambridge Companion to the African American Novel*. ed. Maryemma Graham. Cambridge: Cambridge UP, 2004: 221—232.

Middleton, David L. *Toni Morrison: An Annotated Bibliography*. New York & London: Garland Publishing, 1987.

Middleton, David L. ed. *Toni Morrison's Fiction: Contemporary Criticism*, New York: Garl and Publishing Inc. 2000.

Mills, Catherine Anne. "Narratives of Home: National and Transnational Belonging in the Recent Works of Toni Morrison and Dionne Brand". Diss. University of Nottingham, 2007.

Mitchell, Angelyn. ed. *Within the Circle: An Anthology of African American Literary Criticism from the Harlem Renaissance to the Present*. Durham: Duke University Press, 1994.

Mori, Aoi. *Toni Morrison and Womanist Discourse*. New York: Peter Lang Publishing, Inc., 1999.

Morrison, Toni. *Beloved*, New York: Signet, 1991, c. 1987.

Morrison, Toni. *The Bluest Eye*, New York: Pocket Books, 1970.

Morrison, Toni. *City Limits, Village Values: Concepts of the Neighborhood in Black Fiction. Literature and The Urban Experi-*

ence. ed. Michael C. Jaye and Chalmers Watts. New Brunswick, N. J.: Rutgers University Press, 1981: 35—43.

Morrison, Toni. "Home." in *The House That Race Built*, ed. Wahneema Lubiano, 3—12. New York: Vintage Books, 1997.

Morrison, Toni. *Home*. New York · Toronto: Alfred A. Knopf, 2012.

Morrison, Toni. *Jazz*. New York: Alfred A. Knopf, 1993.

Morrison, Toni. *Love*. New York · Toronto: Alfred A. Knopf, 2003.

Morrison, Toni. *A Mercy*. New York · Toronto: Alfred A. Knopf, 2008.

Morrison, Toni. *Paradise*. New York · Toronto: Alfred A. Knopf, 1998.

Morrison, Toni. *Playing in the Dark: whiteness and the literary imagination*. Cambridge, Massachusetts and London, England: Harvard University Press, 1992.

Morrison, Toni. "Recitatif." in *Crossing the Color Line: Readings in Black and White*. ed. Suzanne W. Joens. 157—172. Columbia: University of South Carolina Press. 2000.

Morrison, Toni. "Rootedness: The Ancestor as Foundation." in *Black Women Writers* 1950—1980: *A Critical Evaluation*. ed. Mari Evans. New York: Doubleday, 1984.

Morrison, Toni. *Song of Solomon*, New York: Signet, 1977.

Morrison, Toni. *Sula*. New York: Plume, 1973.

Morrison, Toni. *Tar Baby*. New York: Alfred A. Knopf, 1982.

Morrison, Toni & Robert Stepto. "'Intimate Things in Place'—A Conversation with Toni Morrison." *The Massachusetts Review*, Vol. 18, No. 3 (Autumn, 1977): 473—489.

Moynihan, Daniel P. "The Negro Family: The Case for National Action", Office of Policy Planning and Research, United States Department of Labor, (March, 1965). http: //www. dol. gov/asp/programs/history/webid - meynihan. htm.

"Nature and the American Identity" . Xroads. virginia. edu/~cap/nature/cap2. html. Nowlin, Michael. "Toni Morrison's *Jazz* and the Racial Dreams of the American Writer", *American Literature*, Vol. 71, No. 1 (March, 1997): 151—174.

O'reilly, Andrea. *Toni Morrison and Motherhood: A Politics of the Heart*. New York: University of New York Press, 2004.

Okuyade, Ogaga. ed. *Eco - Critical Literature: Regreening African Landscapes*. New York: African Heritage Press, 2013.

Onwuachi, Chike, Dr. P. *Black Identity in African Diaspora*. Chicago: Third World Press, 1973.

Otten, Terry. *The Crime of Innocence in the Fiction of Toni Morrison*. Columbia: University of Missouri Press, 1989.

Page, Phillip. "Traces of Derrida in Toni Morrison's *Jazz*." *African American Review*, Vol. 29, No. 1 (Spring, 1995): 55—66.

Page, Phillip. *Dangerous Freedom: Fusion and Fragmentation in Toni Morrison's Novels*. Jackson: University of Mississipi, 1995.

Pal, Sunanda. "From Periphery to Centre: Toni Morrison's Self Affirming Fiction." *Economic and Political Weekly*, Vol. 29, No. 37 (September 10, 1994): 2439—2443.

Paquet - Deyris, Anne - Marie. "Toni Morrison's *Jazz* and the City", *African American Review*, Vol. 35, No. 2 (Summer, 2001): 219—231.

Pawielski, Yolonda. *Black Female Authors Document a Loss of Sexual Identity: Jacobs, Morrison, Walker, Naylor, and Moody*. Baltimore: Publish America, 2004.

Peach, Linden. ed. *Toni Morrison: Contemporary Critical Essays*. New York: St. Martin's Press, 1998.

Peterson, Nancy J. ed. *Toni Morrison: Critical and Theoretical Approaches*. London: The John Hopkins Press, Ltd., 1997.

Pilgrim, David. "What Was Jim Crow?" Sept. 2000. www. ferris. edu/

jimcrow/what. htm.

Plumwood, Val. *Feminism and the Mastery of Nature*. London and New York: Rutledge, 1993.

Powell, Timothy B. "Toni Morrison: The Struggle to Depict the Black Figure on the White Page." *Black American Literature*, Vol. 24, Women Writers Issue (Winter, 1990): 747—760.

Qin, Sheng. "Toni Morrison's Gender Politics in *Song of Solomon*." *Canadian Social Science*, Vol. 7, No. 2, 2011: 95—101.

Raynaud, Claudine. "The Poetics of Abjection in *Beloved*", in *Black Imagination and the Middle Passage*, *eds. Diedrich, Maria et al*. New York: Oxford University Press, 1999: 70—85.

Reames, Kelly. *Toni Morrison's Paradise: A Reader's Guid*e. New York & London: The Continuum International Publishing Group, 2001.

Rice, Herbert William. *Toni Morrison and the American Tradition: A Rhetorical Reading*, New York: Peter Lang, 1996.

Richards, Phillip M. *Black Heart: The Moral Life of Recent African American Letters*, New York: Peterlang, 2006.

Rigney, Barbara Hill. *The Voices of Toni Morrison*. Columbus: Ohio State University Press, 1991.

Rokotnitz, Naomi. "Constructing Cognitive Scaffolding through Embodied Receptiveness: Toni Morrison's *The Bluest Eye*." *Style*, Vol. 41, No. 4 (Winter, 2007): 385—408.

Romero, Channette. "Creating the Beloved Community: Religion, Race and Nation in Toni Morrison's *Paradise*." *African American Review*, Vol. 39, No. 3 (Fall, 2005): 415—430.

Ruether, Rosemary Radford. ed. *Gender, Ethnicity and Religion: Views from the Other Side*. Minneapolis: Fortress Press, 2002.

Ruether, Rosemary Radford. ed. "Ecofeminism". http://www.spunk.org/texts/pubs/openeye/sp000943. txt

Rushdy, Ashraf A. "The Neo - Slave Narrative", in *The Cambridge Companion to the African American Novel*: 87—105, ed. Maryemma Graham. Cambridge: Cambridge University Press, 2004.

Russell, Danielle. *Between the Angle and the Curve: Mapping Gender, Race, and Identity in Willa Cather and Toni Morrison*, New York and London: Routledge, 2006.

Russell, Sandi. "It's OK to Say OK," in *Critical Essays on Toni Morrison*, ed. Nellie Y. Mckay, Boston: G. K. Hall & Co., 1988.

Said, Edward W. *Culture and Imperialism*. New York: Alfred A. Knopf, 1993/1994.

Samuels, Wilfred D. "Liminality and the Search for Self in Song of Solom on", in *Toni Morrison's Song of Solomon*: 5—28, ed. Harold. Bloom Philadelphia: Chelsea House Publishers, 1999.

Samuels, Wilfred D. and Clenora Hudson - Weems. *Toni Morrison*. Boston: Twayne Publishers, 1990.

Sandy, Mark. " 'Cut by Rainbow': Tales, Tellers, and Reimagining Wordsworth's Pastoral Poetics in Toni Morrison's *Beloved* and *A Mercy*." *Project MUSE: Today's Research. Tomorrow's Inspiration. http://muse.jhu.edu.*

Schreiber, Evelyn Jaffe. *Race, Trauma, and Home in the Novels of Toni Morrison*, Baton Rouge: Indiana State University Press, 2010.

Schur, Richard L. "Locating *Paradise* in the Post - Civil Rights Era: Toni Morrison and Critical Race Theory". *Contemporary Literature*, Vol. 45, No. 2 (Summer, 2004): 276—299.

Smith, Amanda. "Toni Morrison." *Publishers Weekly*, 21 August 1987: 50—51.

Smith, Barbara. "Doing Research on Black American Women." *The Radical Teacher*, No. 3 (November, 1976): 25—27.

Smith, Neil. *Uneven Development: Nature, Capital and the Production of Space*, Cambridge: Basil Blackwell, Inc. 1984.

Smitten, Jeffrey R. & Ann Daghistany, eds. *Spatial Form in Narrative, with a Foreword by Joseph Frank*. New York and London: Cornell University Press, 1981.

Soja, Edward W. *Postmodern Geographies: The Reassertion of Space in Critical Social Theory*. London • New York: Verso, 1989/2003.

Spottke, Nicole. "Coffins, Closets, Kitchens, and Convents: Women Writing of Home in Gendered Spaces." Diss., University of South Florida, 2009.

Stack, Carol. *All Our Skin*. New York: Basic Books, 1974.

Stepto, Robert B. "Intimate Things in Place: A Conversation with Toni Morrison." *The Massachusetts Review*, Vol. 18, No. 2 (Summer, 1977): 473—489.

Stepto, Robert B. *From Behind the Veil: A Study of Afro-American Narrative*. Chicago: University of Illinois Press, 1979/1991.

Stepto, Robert B. *A Home Elsewhere: Reading African American Classics in the Age of Obama*. Cambridge: Harvard University Press, 2010.

Stevenson, Brenda E. *Life in Black and White: Family and Community in the Slave South*. New York: Oxford University Press, 1996.

Stone, Patricia. "Chronotopes in the Cross-cultural Novel: Time, Space and Meaning in Novels by Toni Morrison, Louis Owens, and Leslie Marmon Silko". Diss. University of New Mexico, 2005.

Sweeney, Megan. "Racial House, Big House, Home: Contemporary Abolitionism in Toni Morrison's Paradise." *Meridians*, Vol. 4, No. 2 (2004): 40—67.

Tally, Justine. *Paradise Reconsidered: Toni Morrison's (Hi) Stories and Truths*. Hamburg: Lit Verlag, 1999.

Tally, Justine. *The Story of Jazz: Toni Morrison's Dialogic Imagination*. Humburg: Lit, 2001.

Tally, Justine. ed. *The Cambridge Companion to Toni Morrison*, New

York: Cambridge University Press, 2007.

Tally, Justine. *Toni Morrison's Beloved: Origins*. New York: Routledge, 2009.

Tate, Claudia. *Black Women Writers at Work*. New York: Continuum, 1989.

Taylor - Guthrie, Danille. *Conversations with Toni Morrison*. Jackson: University Press of Mississippi, 1994.

Taylor - Guthrie, Danille. Conversation with Toni Morrison. *African American Review*, Vol. 31, No. 1 (Spring, 1997): 161—164.

Thomas, Leester. "When Home Fails to Nurture the Self: Tragedy of Being Homeless at Home." in *Toni Morrison's The Bluest Eye*. ed. Harold Bloom. Philadelphia: Chelsea House Publishers, 1999: 225—238.

Treherne, Matthew. "Figuring in, Figuring out: Narration and Negotiation in Toni Morrison's *Jazz*." *Narrative*, Vol. 11, No. 2 (May, 2003): 199—212.

Vint, Sherryl. " 'Only by Experience': Embodiment and the Limitations of Realism in Neo - Slave Narratives". *Science Fiction Studies*, Vol. 34 (2007): 241—61.

Wallace, Michelle. *Black Women in White America*. London: John Calder, 1978.

Walters, Tracey L. *African American Literature and the Classicist Tradition: Black Women Writers from Wheatley to Morrison*, New York: Palgrave Macmillan, 2007.

Webster, Wendy. *Imagining Home: Gender, "Race" and national identity*, 1945—64. London: London's Global Couege Press, 1998.

Whitlow, Roger. *Black American Literature: A Critical History*. Chicago: Nelson Hall, 1973.

Widdowson, Peter. "The American Dream Refashioned: History, Politics and Gender in Toni Morrison's *Paradise*." *Journal of Ameri-*

can Studies, Vol. 35, No. 2 (2001): 313—335.

Wiese, Andrew. *Places of Their Own*: *African American Suburbanization in the Twentieth Century*. Chicago: The University of Chicago Press, 2002.

Willis, Susan. "Eruptions of Funk: Hitoricizing Toni Morrison." *Black American Literature Forum*, Vol. 16, No. 1 (Spring, 1982): 34—42.

Willis, Susan. *Specifying*: *Black Women Writing the American Experience*. Madison: University of Wisconsin Press, 1987.

Wolfreys, Julian. ed. *Introducing Criticism at the 21st Century*. Qingdao: China Ocean University Press. 2006.

Yoon, Seongho. "The Differences Place Makes: Geographies of Subjects, Communities, and Nations in William Faulkner, Toni Morrison, and Chang - Rae Lee." Diss., University of Massachusetts Amherst, 2006.

二 中文文献

[法] 巴什拉:《空间诗学》, 龚卓军、王静慧译, (台北) 张老师文化事业股份有限公司 2003 年版。

包亚明主编:《现代性与都市文化理论》, 上海社会科学出版社 2008 年版。

[美] 伯纳德·W. 贝尔:《非洲裔美国黑人小说及其传统》, 刘捷等译, 四川人民出版社 2000 年版。

曹威:《给黑色的亚当命名——托妮·莫里森小说中黑人男权批判意识流变》,《外语学刊》2009 年第 2 期。

陈法春:《于迂回中言"惨不堪言"之事——〈娇女〉叙述手法的心理意义》,《国外文学》2000 年第 3 期。

陈法春:《〈乐园〉对美国主流社会种族主义的讽刺性模仿》,《国外文学》2004 年第 3 期。

陈永国:《超现代时期的空间非场所》,《杭州师范大学学报》(社会科学版) 2012 年第 6 期。

程锡麟等：《叙事理论的空间转向——叙事空间理论概述》，《江西社会科学》2007年第11期。

戴雪红：《他者与主体：女性主义的视角》，《南京社会科学》2007年第6期。

董鼎山：《美国黑人作家出版近况》，《读书》1981年第11期。

董鼎山：《美国黑人女作家的双重桎梏》，《读书》1986年第4期。

董晓霞：《阿来、托妮·莫里森的“民族”言说与书写》，《贵州师范大学学报》（社会科学版）2011年第5期。

董晓烨：《独特的黑人女性主义：评莫里森的小说创作》，《哈尔滨学院学报》2011年第4期。

杜维平：《呐喊来自124号房屋——〈彼拉维德〉叙事话语初探》，《外国文学评论》1998年第1期。

杜维平：《〈彼拉维德〉女权主义思想评析》，《求是学刊》2000年第2期。

都岚岚：《〈柏油娃娃〉的空间策略与文化身份》，《长春师范学院学报》（人文社会科学版）2007年第4期。

都岚岚：《空间策略与文化身份：从后殖民视角解读〈柏油娃娃〉》，《外国文学研究》2008年第6期。

杜志卿：《托妮·莫里森研究在中国》，《当代外国文学》2007年第4期。

杜志卿、张燕：《“轻”与“重”：〈所罗门之歌〉中父与子的精神困境及托妮·莫里森的人文思考》，《四川外语学院学报》1998年第3期。

方刚、罗蔚：《社会性别与生态研究》，中央编译出版社2009年版。

方红：《不和谐中的和谐——论小说爵士乐中的艺术特色》，《外国文学评论》1995年第4期。

费小平：《家园政治：后殖民小说与文化研究》，北京大学出版社2010年版。

冯亦代：《托妮·莫里森之歌》，《瞭望》1993年第50期。

［法］福柯：《规训与惩罚》，刘北成、杨远婴译，生活·读书·新知三联书店1999年版。

［美］弗兰克：《现代小说中的空间形式》，见弗兰克等《现代小说中的空间形式》，秦林芳译，北京大学出版社1991年版。

郭瑞萍：《从空间批评视角解读托妮·莫里森的三部曲〈宠儿〉〈爵士乐〉〈天堂〉》，《江苏外语教学研究》2012 年第 3 期。
哈旭娴：《从疏离走向和谐——托妮·莫里森小说的两性关系》，《江西科技师范学院学报》2007 年第 4 期。
[丹麦] 海斯翠普编：《他者的历史——社会人类学与历史制作》，贾士蘅译，中国人民大学出版社 2010 年版。
何建文：《托妮·莫里森荣膺 1993 年度诺贝尔文学奖》，《外国文学研究》1993 年第 4 期。
洪建园：《支离的时间破碎的人生——解读托妮·莫里森〈慈悲〉中的时间叙事技巧》，《赤峰学院学报》（汉文哲学社会科学版）2011 年第 2 期。
胡俊：《非裔美国人探求身份之路——对托妮·莫里森的小说研究》，北京语言大学出版社 2007 年版。
胡俊：《真正的天堂》，《译林》2007 年第 3 期。
胡俊：《一点慈悲：关于“家”的建构》，《外国文学评论》2010 年第 3 期。
胡全生：《难以走出的阴影——试评托妮·莫里森心爱的人的主题》，《当代外国文学》1994 年第 4 期。
胡文征：《托妮·莫里森的新作天堂》，《外国文学动态》2000 年第 1 期。
胡允桓：《黑色的宝石——黑人女作家托妮·莫里森》，见钱满素编《美国当代小说家论》，中国社会科学出版社 1987 年版。
胡笑瑛：《不能忘记的故事：托妮·莫里森宠儿的艺术世界》，宁夏人民出版社 2004 年版。
胡作友：《黑暗中的游戏——托妮·莫里森对黑人文化身份的重构》，《清华大学学报》（哲学社会科学版）2008 年第 4 期。
黄丽娟、陶家俊：《生命中不能承受之痛——托妮·莫里森的小说〈宠儿〉中的黑人代际间创伤研究》，《外国文学研究》2011 年第 2 期。
江凤：《空间、地点与身份认同——爵士乐的文化分析》，《山花》2009 年 8 月刊。
江顺来：《所罗门之歌的空间批评》，《疯狂英语》（教师版）2011 年第 2 期。
蒋欣欣：《作家莫里森的身份定位》，《西南民族大学学报》（人文社会科学版）2008年第3期。
[英] 迈克·克朗：《文化地理学》，杨淑华、宋慧敏译，南京大学出版社2000年版。
孔祥平：《美国黑人文学的一个里程碑——评1993年诺贝尔奖金获得者托妮·莫里森》，《外语与外语教学》1994年第6期。
李贵仓：《更为真实的再现——莫里森〈心爱的〉的叙事冒险》，《西北大学学报》1994年第3期。
李美芹、隋华：《文化冲突中的黑色文化底蕴——莫里森与埃利森的对话》，《齐齐哈尔大学学报》2006年第1期。
李美芹、隋华：《盛开在"'他者'之域"的黑白奇葩——托妮·莫里森和纳丁·戈迪默》，《西安外国语学院学报》2006年第4期。
李美芹、隋华：《用文字谱写乐章——论黑人音乐对莫里森小说的影响》，浙江大学出版社2010年版。
李霞：《〈最蓝的眼睛〉中黑人男性形象述评》，《名作欣赏》2010年第33期。
刘国枝、李祥：《托妮·莫里森的黑人男性想象》，《天津外国语学院学报》2010年第5期。
刘进：《论空间批评》，《人文地理》2007年第2期。
刘晓文：《在主流话语中安插"黑人本体"的边缘叙述——托妮·莫里森〈天堂〉的写作策略》，《暨南学报》（哲学社会科学版）2008年第6期。
刘翊：《试析陈苏东〈最蓝的眼睛〉的中译本》，《黑龙江教育学院学报》2007年第6期。
刘玉红：《从福柯的空间理论解读欧茨小说中的异质空间》，《广西师范大学学报》（哲学社会科学版）2011年第5期。
龙迪勇：《叙事学研究的空间转向》，《江西社会科学》2006年第10期。
龙迪勇：《时间性叙事媒介的空间表现》，《江西社会科学》2007年第4期。
龙迪勇：《记忆的空间性及其对虚构叙事的影响》，《江西社会科学》2009年第9期。
楼育萍：《保罗D的身份之旅》，《名作欣赏》2011年第9期。

陆扬：《空间理论和文学空间》，《外国文学研究》2004年第4期。
罗选民：《荒诞的理性和理性的荒诞——评莫里森心爱的小说的批判意识》，《外国文学评论》1993年第1期。
吕柄洪：《托妮·莫里森的〈爱娃〉简析》，《外国文学评论》1997年第1期。
马兰、翁德修：《托妮·莫里森的又一力作〈乐园〉》，《外国文学动态》1998年第4期。
毛信德：《美国黑人文学的巨星：托妮·莫里森小说创作论》，浙江大学出版社2006年版。
[美] 密切尔森：《叙述中的空间结构类型》，见 [美] 弗兰克等《现代小说中的空间形式》，秦林芳编译，北京大学出版社1991年版。
缪久珍：《鲁迅与托妮·莫里森“看与被看”模式之比较》，《现代语文》2009年第10期。
[美] 托妮·莫里森：《最蓝的眼睛——莫里森长篇小说集》，陈苏东、胡允桓译，南海出版公司2005年版。
[美] 托妮·莫里森：《所罗门之歌》，陈苏东、胡允桓译，上海世纪出版集团、译文出版社2005年版。
[美] 托妮·莫里森：《爵士乐》，陈苏东、胡允桓译，南海出版公司2006年版。
[美] 托妮·莫里森：《宠儿》，南海出版公司2006年版。
[美] 托妮·莫里森：《所罗门之歌》，舒逊译，中国文学出版社1996年版。
[美] 托妮·莫里森：《娇女》，王友轩译，湖南文艺出版社1990年版。
南宫梅芳等：《生态女性主义：性别、文化与自然的文学解读》，中国社会科学出版社2011年版。
彭艳：《〈宠儿〉中莫里森的双重身份研究》，《牡丹江大学学报》2009年第12期。
尚必武：《走出奴隶意识，做自己的主人——评莫里森新作怜悯》，《外国文学动态》2010年第3期。
尚必武：《被误读的母爱：莫里森新作〈慈悲〉中的叙事判断》，《外国文学研究》2010年第4期。

申慧辉：《美国文学现状谈》，《外国文学评论》1991 年第 1 期。
[美] 斯普瑞特奈克：《生态女权主义建设性的重大贡献》，秦喜清译，《国外社会科学》1997 年第 6 期。
[美] 索亚：《第三空间——去往洛杉矶和其他真实和想象地方的旅程》，陆扬等译，上海教育出版社 2005 年版。
唐红梅：《种族·性别与身份认同：美国黑人女作家艾丽丝·沃克、托妮·莫里森小说创作研究》，民族出版社 2006 年版。
田祥斌：《南北美洲交相辉映的两朵艺术奇葩——论〈百年孤独〉与〈所罗门之歌〉的成功与魅力》，《国外文学》1998 年第 4 期。
田亚曼：《母爱与成长：托妮·莫里森小说》，中国社会科学出版社 2009 年版。
万俊人：《萨特伦理思想研究》，北京大学出版社 1988 年版。
汪民安、陈永国、马海良编：《福柯的面孔》，文化艺术出版社 2001 年版。
汪民安、陈永国、马海良编：《身体、空间与后现代性》，江苏人民出版社 2006 年版。
汪行福：《空间哲学与空间政治——福柯异托邦理论的阐释与批判》，《天津社会科学》2009 年第 3 期。
王家湘：《黑人女作家托妮·莫里森作品初探》，《外国文学》1988 年第 4 期。
王家湘：《喜闻莫里森荣获诺贝尔文学奖有感》，《外国文学》1994 年第 1 期。
王晋平：《心中的藩篱——〈最蓝的眼睛〉中的象征意象》，《外国文学研究》2000 年第 3 期。
王烺烺：《托妮·莫里森〈宠儿〉、〈爵士乐〉、〈天堂〉三部曲中的身份建构》，厦门大学出版社 2010 年版。
王黎云：《评托妮·莫里森的〈最蓝的眼睛〉》，《杭州大学学报》1988 年第 4 期。
王泉：《拉康式解读莫里森的三部小说》，外文出版社 2006 年版。
王守仁：《走出过去的阴影——读托妮·莫里森的〈心爱的人〉》，《外国文学评论》1994 年第 1 期。

王守仁：《爱的乐章——读托妮·莫里森的〈爵士乐〉》，《当代外国文学》1995年第3期。
王守仁：《超越种族：莫里森新作〈慈悲〉中的“奴役”解析》，《当代外国文学》2009年第2期。
王守仁、刘海平：《新编美国文学史》（第四卷），上海外语教育出版社2002年版。
王守仁、吴新云：《性别·种族·文化：托妮·莫里森与美国二十世纪美国黑人文学》，北京大学出版社1999年版。
王守仁、吴新云：《对爱进行的思考——评莫里森的小说〈爱〉》，《当代外国文学》2004年第2期。
王守仁、吴新云：《美国黑人的双重自我——论托妮·莫里森的小说〈柏油娃〉》，《南京大学学报》（哲学·人文科学·社会科学）2001年第6期。
王晓英：《走向完整生存的追寻——爱丽丝·沃克妇女主义文学创作研究》，苏州大学出版社2008年版。
王秀杰：《难以忘怀的过去：谈莫里森的〈宠儿〉》，《学术交流》2006年第6期。
王秀杰：《从空间视角解读〈宠儿〉中黑人群体的建构》，《东北大学学报》2012年第4期。
王玉：《在差异世界中重构黑人文化身份——解读解构主义者托妮·莫里森》，上海外国语大学博士论文，2006年。
王玉括：《爱的魅力与困惑——托妮·莫里森新作〈爱〉》，《外国文学动态》2004年第3期。
王玉括：《莫里森研究》，人民文学出版社2005年版。
纬结：《〈乐园〉：托妮·莫里森的乌托邦》，《外国文学动态》1998年第2期。
熊文、秦秋：《自然·女性·社会——解读托妮·莫里森之生态主义意识》，《天津外国语学院学报》2009年第2期。
修树新：《托妮·莫里森小说的文学伦理学批评》，东北师范大学博士学位论文，2009年。

杨金才：《托妮·莫里森在中国的批评与接受》，《外国文学研究》2011年第4期。

杨仁敬：《读者是文本整体的一部分——评〈最蓝的眼睛〉的结构艺术》，《外国文学研究》1998年第2期。

杨中举、王红坤：《黑色之书：莫里森小说创作与黑人文化传统》，中央文献出版社2007年版。

应伟伟：《莫里森早期小说中的身体政治意识与黑人女性主体建构》，《当代外国文学》2009年第2期。

曾梅：《托妮·莫里森作品的文化定位》，山东人民出版社2010年版。

曾志江、刘明景：《断层的叙事时间之于断裂的人生——解读托妮·莫里森〈最蓝的眼睛〉中的时间叙事策略》，《湖南医科大学学报》（社会科学版）2009年第5期。

张冰岩：《女权主义论》，山东教育出版社1998年版。

张弘：《展示文化冲突中的心灵困境——托妮·莫里森小说创作简论》，《外国文学评论》1994年第3期。

张剑：《西方文论关键词：他者》，《外国文学》2011年第1期。

章汝雯：《〈所罗门之歌〉中的女性话语和女权主义话语》，《外国文学》2005年第5期。

章汝雯：《托妮·莫里森研究》，外语教学与研究出版社2006年版。

张一玮：《“异质空间”概念对当代电影批评的意义》，《唐山师范学院学报》2007年第6期。

赵宏维：《黑白之间的流动——评〈剑桥美国非裔奴隶叙事指南〉》，《当代外国文学》2011年第3期。

赵宏维：《回归的出逃——评莫里森新作〈家〉》，《外国文学动态》2012年第6期。

赵莉华、石坚：《〈宠儿〉中的“空间表征”之争》，《英美文学研究论丛》2009年第1期。

赵莉华：《空间结构与权力关系——托妮·莫里森〈所罗门之歌〉的空间政治研究》，《名作欣赏》2010年第2期。

赵莉华：《空间政治：托妮·莫里森小说研究》，四川大学出版社2011

年版。
赵一凡等主编：《西方文论关键词》，外语教学与研究出版社 2006 年版。
仲子：《亲骨肉》，《读书》1988 年第 2 期。
周长才：《一个文学种类的诞生——漫说获得诺贝尔文学奖的黑人女作家托妮·莫里森》，《外国文学》1994 年第 1 期。
周春：《美国黑人女性主义批评研究》，四川大学出版社 2007 年版。
周铭：《闭合与解域：〈秀拉〉中身份想象的空间维度》，《天津外国语学院学报》2010 年第 2 期。
朱荣杰：《伤痛与弥合——托妮·莫里森小说母爱主题的文化研究》，河南大学出版社 2004 年版。
朱小琳：《扭曲的生命，不屈的灵魂：论托妮·莫里森小说的暴力禁忌意象及意义》，《北京第二外国语学院学报》2008 年第 10 期。
朱小琳：《作为修辞的命名与托妮·莫里森小说的身份政治》，《国外文学》2008 年第 4 期。
朱小琳：《镜头中的魅影：〈宠儿〉从小说到电影的二次构建》，《北京第二外国语学院学报》2010 年第 2 期。
朱小琳：《回归与超越：托妮·莫里森小说的喻指性研究》，中国社会科学出版社 2010 年版。

后 记

在我辗转的求学之路上，在东西来回之间，在身居异国之际，我常常体验着空间带给我的无数错综复杂的感受。我常想，如果北京、上海是中国的心脏，南京、广州是肝肺，那么，我的家乡，那个处于贵州偏远的、传承着仡佬族悠久文化传统的赵家村，它就是末梢神经了，因为遥远而僻静，显得如此鞭长莫及。但是故乡如此美丽、纯净而安详，在被遗忘的角落独自活色生香，我异常热爱着它，它孕育了我的童年，储藏了我一生最为美好的记忆。我在我的白日梦里回到家乡，回到亲切的老屋，就像巴什拉所说的那样，回到它暖暖的怀抱。想到这里，我禁不住深情而哭。梦里回到的是充满欢笑与唠叨的老屋，曾经触及过的角落仍是那么亲切。父亲在那里提笔作诗，轻声吟唱，兄弟姐妹围坐一旁，漫不经心地效而仿之，母亲在旁边安静观看，笑脸洋溢。而如今，家乡带给我的牵挂，与空荡的老屋相联系着的，是儿时留下的欢声笑语，还有父亲和父辈亲人们长满了绿草的坟冢，那寄托着我的思念与爱的故土。

身处美丽的遵义名城，徜徉在我热爱的校园，陶醉于我钟情的课堂，我持续着我的教学与学术之旅。我的思绪时而飞回遥远的南京大学，那时候我时常独自行走在南大的夜色当中，紫峰大厦宁静而明亮，散发着通亮的紫光，像巨人俯瞰着热闹的运动场。我感受着那美丽的校园，以万千学子的身份，心想，我是属于她的，永远属于她的。恒久的记忆带给我一种归属感，无论何时回到南大的校园，我将不会有过客的感觉。我早已把这园子刻进我的记忆里，四年里每一次春夏秋冬的轮回，我都是那么刻骨铭心，难忘那令我感动的春芽，喧闹的蝉鸣，满园桂花的香，还有冬天里的冷……我对这一切都充满欣喜，我更喜欢图书馆里那宁静而浓郁的氛围，灵魂于书，思想花开，在这里我真正踏实地开始了我的学术之旅。

我热爱南大，我也成为众人中的幸运儿，王守仁教授博大的胸怀和南京大学公正的传统使我成为这里的一员。但念及自己学术懵懂、悟性迟钝，与导师的交谈中常感差距，心生敬畏。曾记得初与老师交谈，我羞涩胆怯、不敢直视，然而王老师亲切的话语和平易的学者风范使我最终放下包袱，在求索的路上崇敬而向往。王老师一次次的交流和点拨使我在迷雾中渐见阳光；他不时的批评指正又使我能如梦初醒，并不断矫正思路；我学术上的点滴进步都少不了老师的心血，忘不了他深夜的邮件，及时高效的信息反馈和点拨使我一步步靠近期待的目标。承蒙王老师的关心和帮助，使我的留学之路变得顺利省时。忘不了严冬时节的越洋电话，老师对我在美国生活情况的关心，心中无限感动。读博岁月的艰辛被老师的关怀冲淡，我们分享着老师和师母的中秋月饼和端午粽子，回家的感觉令兄弟姐妹们心生暖意。这一切点亮了我的学术之路，我会沿着那条路走下去……

还记得南大校园里球场边的逸夫馆，那是外国语学院之前所在的地方。这栋楼里留下我们大家和老师们的身影。刘海平老师美国文学课的活跃气氛至今难以忘怀，朱刚老师的西方文论课让我们感觉睿智而缜密，王老师的英国文学课让我们感受到他开阔的学术视野和独特的教学方法，程爱民老师的华裔美国文学课使我率先对族裔文学有了认识和了解，江宁康老师的英美文学与文化批评课程使我了解到萨义德等批评家的思想，杨金才老师的西方经典文学选读则让我熟悉到一些不曾了解的名篇名作，各位老师分板块的写作研讨课更令我受益匪浅。我热爱着这里良好的学术氛围和教授们的治学作风，并对这一切心存感激。另外，我学术上的进步还得益于南京大学陈兵教授、何宁教授和何成洲教授、南京师范大学姚君伟教授、国际关系学院方杰教授的点拨与指导。我的硕士导师费小平教授在我读博期间给予了我莫大的鼓励和指点，并以其孜孜不倦而勇于进取的精神一直激励着我，我硕士就读期间的文体学老师王锡龈教授在我整个读博和在美留学期间给予关怀和鼓励，我的大学老师刘洊波教授也一直对我关心备至。感谢我的师长和学术前辈们！

记忆中浮现出那些熟悉的身影，是他们的相伴使我的学术之旅不再孤单。忘不了同门兄弟姐妹们的一次次小聚，白爱宏、宁梅、姚成贺、信慧敏、罗媛、王秀杰、宁静、郭瑞萍、赵丹晨、陈博……亲人般的相互关怀和帮助一直伴随着我。感谢那些相伴并帮助过我的同学和朋友：学姐肖腊梅，室友夏莉丽、王晓祎、胡毅，同学徐海香、李颖、蒲立昕、杨元、高巍、陆赟等，学友李林、薛江谋等。我时常在记忆里回到从前，感受着学术伙伴们带来的温暖。感谢在美期间和如今一直关心着我的人们：好友张豫、尹晓煌教授、美国的 Donald Moss 教授夫妇、David Prestel 教授夫妇、Rachel Foster 夫妇和 Kwadwo Ekye - Addai 先生，他们不但使我克服了在异国他乡的孤独，而且在我生活和学习上给予鼓励和帮助。感谢前遵义师范学院外语系主任冉隆森教授对我学术追求的启发和鼓励以及现任外国语学院领导张建群院长和申茂庆书记的关心与支持。感谢我的同事樊波、唐敏、李燕、刘小平、陈兴莉、庞艳宏、秦德娟、杨司桂、李华琴、袁宇航、梁理、黄焕敏等对我课题开展给予的关心和帮助。感谢我至亲的兄弟姐妹和儿时好友赵开颜、张欣等给予的金钱和精神的支援。感谢好友黄赟、黄坤冲等给予的精神鼓励。

感谢我一拨又一拨的学子们，是他们给予了我进取的精神和年轻的心，使我在教与学的过程中不断前行。

最后我得感谢我的母亲，虽然她已年近八旬，还为了我的工作和学习买菜做饭，为我腾出时间。感谢我的丈夫黄淳和儿子黄赵越，他们给予了我家庭的温暖、爱的力量和对于未来的执着与追寻。

再一次感谢你们！我生命中的亲人、朋友、同学以及一直带领我前行的老师们！

2015 年 1 月 24 日

于遵义师范学院